空に響くは竜の歌声

気高き竜と癒しの花

MIKI IIDA
飯田実樹

ILLUSTRATION
HITAKI
ひたき

この物語はフィクションであり、
実際の人物・団体・事件等とは、いっさい関係ありません。

人物紹介 Character

シャイガン

ロウワンの末弟。天衣無縫、猪突猛進。エルマーン流剣術を生み出す武術の達人。国内警備長官。

シュウエン

ロウワンのすぐ下の弟。思慮深い性格で、恋に不器用な兄を心配しつつ応援している。宰相。

シアン

リューセーの側近。竜族（シーフォン）に庇護されている種族アルピン出身。細やかな気遣いが出来る気丈な青年。

［リューセーとは…］竜の聖人にして、竜王の伴侶。そして王に魂精を与え、子供を宿せる唯一の存在　**［魂精とは…］**リューセーだけが与えることのできる、竜王の命の糧。魂精が得られないと竜王は若退化し、やがて死に至る

ジンバイ
ロウワンと命を分け合う金色の巨大な竜。
守《もり》屋《や》龍《りゅう》聖《せい》（四代目）
四代目リューセー。ロウワンの運命の伴侶として、日本からエルマーンに降臨する。幼い頃から龍神様（＝竜王）に憧れていた。小さな花のように可愛い人。
ロウワン
四代目竜王。超がつくほど真面目で堅物。決断力のある優れた王でエルマーンを発展させるが、恋愛についてはまったくの無知で…。本が大好き。

エルマーン王家家系図

Family tree

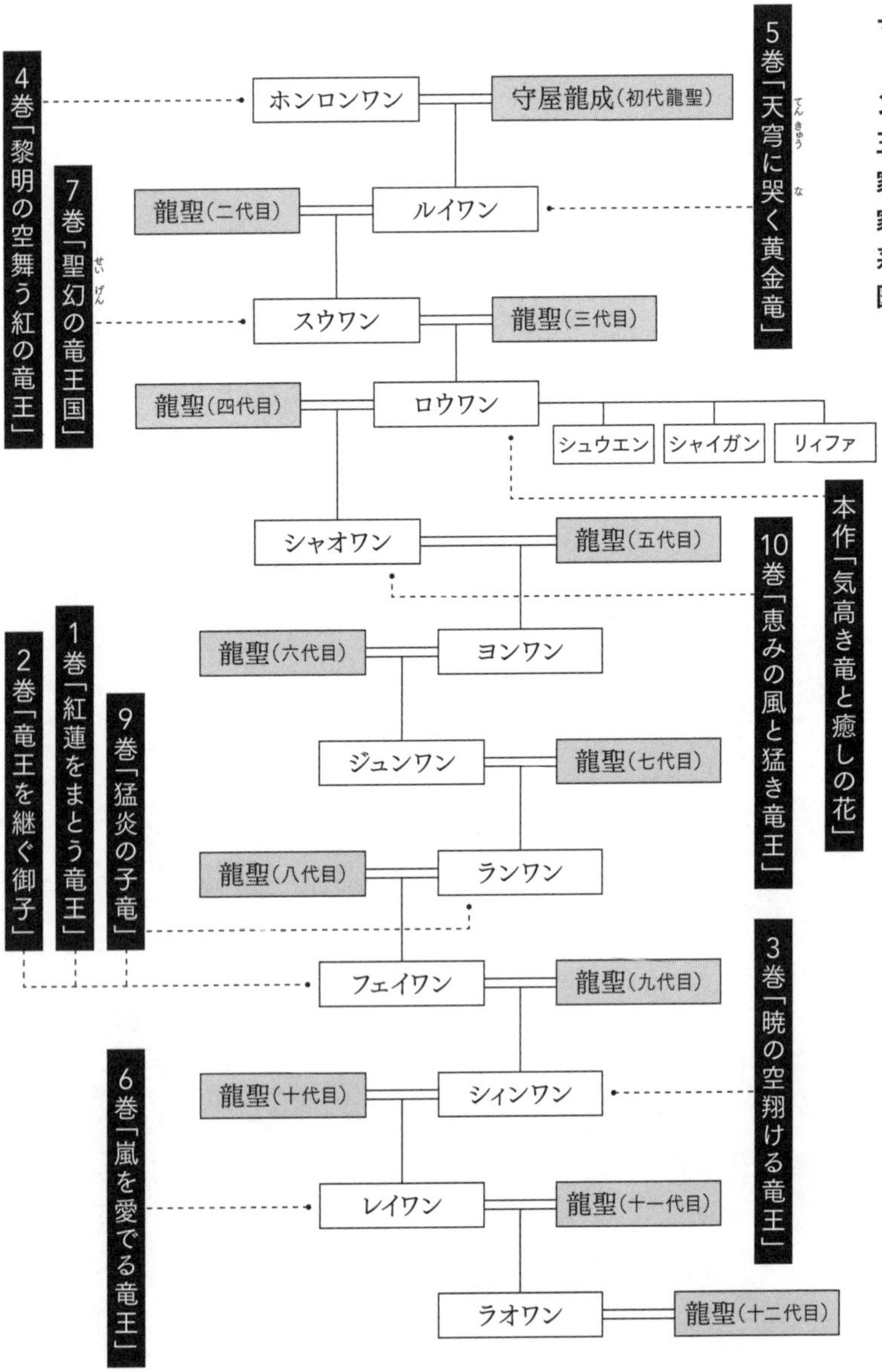

＊竜王の兄弟は本編に名前が登場した人物のみ記載しています

空に響くは竜の歌声　気高き竜と癒しの花

第1章

西の大陸のほぼ中央に位置する荒野に、険しい岩山に囲まれた不思議な形の国がある。空には伝説の竜がたくさん飛び、シーフォンという不思議な髪の色をした美しい人種が住むエルマーン王国。断崖絶壁のような岩肌をくり抜いて造られた荘厳な王城。その麓《ふもと》に広がる城下町は、いつも活気に満ちていた。

しかし今の城下町は、暗く沈んでいる。暗く見えるのは雰囲気だけのせいではなかった。よく見ると、家々の玄関には黒い半旗が掲げられている。国全体が喪に服していた。

エルマーン王国の王妃であるリューセーが身罷《みまか》った。国民すべてがその死を悼み、嘆き悲しんだ。リューセーの死からすでにひと月が経《た》っていたが、悲しみは癒えることがない。それればかりか、避けることの出来ない次なる悲報を予感して、悲しみに震えるばかりであった。

王城内も悲しみに沈んでいた。

王の寝室の外には、たくさんのシーフォン達が祈るように、その場に跪《ひざまず》いている。そして寝室の中では、竜王が最後の時を迎えていた。

ベッドには、赤い髪の年老いた男が、目を閉じて静かに横たわっている。その顔は青白く生気はなかったが、それでも威厳を湛《たた》えていた。

ベッドの側《そば》には、中年の男が二人と美しい女が一人立っている。女は涙が止まらず、ただただ静かに嗚咽《おえつ》していた。男達は悲痛な面持ちで、見守るように立っている。

やがて赤い髪の竜王が、ゆっくりと目を開いた。金色の瞳にはもう以前のような力強い光はない。

「父上、しっかりなさってください」

男の一人が大きな声で呼びかけると、竜王は視線を動かして、三人を一人ずつみつめた。

「お父様、まだ逝《い》かないで！　お父様まで逝ってしまったら、私……悲しくて死んでしまうわ」

女が涙に震えながら、必死でそう訴えた。すると竜王は、乾いた唇にうっすらと笑みを浮かべた。

「何を馬鹿なことを……」

竜王は微《かす》かにそう呟いた。それは静まり返ったその部屋でようやく聞き取れるほどに、力なく掠れた声だった。

「父上……」

三人がすがるように声をかけると、竜王は目を細めて僅《わず》かばかり顔を動かし頷《うなず》いた。

「私はもう十分に生きた……リューセーと少しでも長く一緒にいたくて……リューセーも私のために長生きをしてくれた。おかげで……我が父よりもずっと長生きをした……リューセーとの約束も守り、リューセーより先には死ななかった……。無事に……見届けたのだから、もう良いだろう……私をリューセーの下に行かせておくれ」

竜王スウワンは、掠れた声で静かに語った。その表情はとても穏やかだ。

「大和《やまと》の国では、死んだら魂《たましい》はあの世に行くのだそうだ……我らシーフォンには、死後の概念などなかった。命が尽きればそれで終わり……魂などはなく、軀《むくろ》もただの抜け殻《がら》だと思っていた。だが……死んでもあの世とやらで、またリューセーに会えるのだと思うと、死も辛くはないな……。我が子らよ、私が死んだらこの、人の身は、リューセーと共に土に埋め墓を建てておくれ……我らはそこからこの国の行く末を見守っていこう」

「はい、父上」

泣き濡れる二人の息子と娘をみつめながら、スウワンは再び目を閉じた。やがて深く息を吸うと、目を開き、ゆっくりと両手を挙げて、右手の指に嵌めていた指輪を外した。

「シュウエン……この指輪をお前に託す……ロウワンが目覚めたら……お前からこれを渡してくれ……ロウワンは眠りについた時のままだ。まだ百歳の若き王だ。兄とはいえ、まだ年若い青年であることを忘れず……お前が導いてやってくれ」

「はい、父上」

シュウエンと呼ばれた男が、スウワンの手から指輪を受け取った。

「シャイガン……お前のその剛毅で明朗な性格は、堅物なまでに生真面目なロウワンの救いとなるだろう。兄達を助けてやってくれ」

「はい、父上」

シャイガンと呼ばれた男は、スウワンの手を握り力強く頷いた。

「……永い眠りから目覚めた竜王は、とても孤独だ……両親はすでにこの世におらず、人々も国も自分が眠る前と変わってしまっている。私は……弟のファーレンのおかげで、どれほど救われたか知れぬ……心から頼れるのは兄弟だけなのだ」

スウワンはそう言うと、ゆっくりと目を閉じた。先に逝ってしまったファーレンを懐かしんでいるかのような穏やかな表情だ。しばらくの沈黙の後、スウワンは目を開けて二人の息子をみつめた。

「シュウエン、シャイガン……二人で力を合わせてロウワンを助け、この国をより立派な国に育ててくれ……兄弟仲良く……仲良くな」

「分かっております。父上……我らが誰よりも仲が良いことは、父上が一番よくご存知でしょう？兄上を助けて、豊かな国にいたします」

シュウエンとシャイガンは、二人で父の手を握り、力強く頷き合った。それをスウワンは、微笑みながらみつめた。

「リィファ……我が愛しき娘よ……幸せになるのだよ」

「お父様」

リィファは、父の体にすがりつくようにして泣いた。

スウワンは、ほうっと溜息をひとつつくと、目を閉じて微笑を浮かべる。

「もう何も思い残すことはない……良い生涯であった……。リューセーが待っている……」

スウワンは満足そうな表情で、静かに息を引き取った。


エルマーン王国三代目竜王スウワンが崩御《ほうぎょ》してから半年の月日が流れていた。しかし王国内はまだ喪に服しており、暗く静まり返っていた。

書簡などでの外交は行われていたが、対外的には喪に服しているということで、関所を閉ざしてすべての来訪者を拒んでいた。国内における最低限の政務は、第二王子のシュウエンと第三王子のシャイガンが取り仕切り、粛々と新しき竜王の目覚めを待っていた。

「兄上……ロウワン兄上はいつになったら目覚めるのでしょうか？」

「さあ……どうだろうな。父上は十月ほどで目覚めたそうだ……。次期竜王が眠りにつくという習わしは、父上から始まったそうだから、前例が父上しかない……。父上はおそらく一年以内には目覚めるはずだと言っていたから……まだしばらくかかるかもしれないな」

「父上達が使っていた王の私室の内装や家具を、兄上のために入れ替える作業はすべて終わったから、いつ目覚められても良いのだけど……もしもこのまま目覚めなかったらどうするのです？」

シュウエンは、他国から届いているたくさんの書簡に目を通していたが、弟の言葉を聞いて、少し眉間にしわを寄せてからジロリと睨《にら》んだ。

シャイガンはソファに座り、茶を飲みながら寛いだ様子でいる。特に他意はなくいつもの軽口のようだ。

「お前じゃあるまいし……生真面目な兄上が寝坊などするはずがないだろう」

シュウエンはそう言って、フンと鼻を鳴らした。

「しかしあまりに長い間眠っていたら……分からないでしょ？　父上はたいそう長生きをされた。おかげで我らも結構な歳だ。そろそろ息子達に、役目を譲《ゆず》らなければならないほどだ……こんなことなら、我らも眠りにつかせてもらいたかったですよ」

「そういう言い方をするもんじゃない。逆に我らは父上の側で、政務を手伝うことが出来て、知識や技能を身につけ、経験を積むことが出来た。熟練の参謀として、新しき竜王となる兄上の役に立つ自信がある。我らまで青二才のままでは、この国が危うくなってしまうところだ」

シュウエンの話を聞きながら、シャイガンはカップをゆっくりとテーブルの上に置いて、そのまま頬杖をつきながら何か考え込んでいた。

「もしも……ロウワン兄上が目覚めなかったら……シュウエン兄上が竜王を継ぐのでしょう？　竜王の指輪は兄上に託されたのだから」

シャイガンのその言葉に、シュウエンはバンッと机を叩いたので、シャイガンは驚いて顔を上げた。見るとシュウエンがとても怒った顔をしている。

「軽口でもそのようなことは言うな！　第一、私は竜王にはなれぬ」

「どうしてなれないのですか？　人間の国では、王位を巡って兄弟が争うなど、よくあることではありませんか……。とはいえ、別に私はそういう物騒な話をしているわけではない。もしもロウワン兄上が目覚めなかったら……という致し方ない場合の話をしているだけで、兄上に王位を狙えなどと、言っているわけではありませんよ」

「竜王とはなろうとしてなれるものではないからだ」

シュウエンが、弟を睨みながらきっぱりとそう言ったので、シャイガンは困惑した様子で首を傾げた。

「まったく……お前は真面目に歴史の勉強をしないから、そんな馬鹿なことを言いだすのだ……そもそも我ら竜族に『王』はいなかった。群れを成す生き物ではなかったからだ。ロンワンの始祖ホンロンワン様は、元々特別な竜だった。体も他の竜より大きく、そして他の竜よりも長く生きていたので、不思議な魔力を身につけていた。だから唯一、神と話をすることが出来た。残虐な生き物である竜の中にも、高い知能を持つものがいると神がお認めになり、ホンロンワン様に竜族を束ねるために王となるように命じられた。竜族が天罰を受けて滅ぼされるところを許されたのも、ホンロンワン様を王として神が認めたからだ。二度と竜族が過《あやま》ちを犯さないために、竜族を統率するために、竜王は絶対的な力を持つことが許された。その証《あかし》がこの竜王の指輪だ。ホンロンワン様が自身の体からこの指輪を作られた。……指輪の主は竜王のみ……指輪が王を選ぶのだ」

シュウエンはそう言うと、指輪をシャイガンに掲げるように見せてから、右手の中指に嵌めてみせた。だが指輪がそれに反発するように、ポンッと弾け飛んで、机の上にコロコロと転がり落ちた。

シャイガンはとても驚いてみつめている。シュウエンは、溜息をついてから指輪を拾い、大事そうに金の小箱に納めて、机の引き出しに仕舞うと鍵をかけた。

「ホンロンワン様は、異世界でリューセー様を見つけるまで、色々と試されたそうだ。この世界のあらゆる人種の人間と交わった。女も男も……。だが竜王どころか、シーフォンさえも生まれなかった。竜王を産めるのはリューセー様のみだ。強い魂精《こんせい》を持つ者しか竜王の子を身籠り育てることが出来ない。そしてリューセー様が何人子を産もうと、竜王は一人しか生まれぬ……なぜだか分かるか？」

問われてシャイガンは肩を竦めて首を横に振った。

「竜王の分身だからだ。赤い髪、金の瞳、黄金竜の半身。一目でそれだと分かる。兄上は父上にそっくりだろう。父上も兄上も……ホンロンワン様の分身なんだよ。あの姿はホンロンワン様の姿だ……だから根本的に、私達と兄上は、違うんだ」

シュウエンが真面目な顔でそう断言したので、シャイガンは戸惑っているように目を泳がせた。

「違うって……でも同じ親から生まれたのだから……兄弟だろう？」

シャイガンの言葉に、シュウエンが思わず笑った。

「もちろん我らも王の子だ。ロンワンだから、他のシーフォンよりも力を持っている。本気で力を使えば、シーフォン達を服従させることも出来る。だがやはり竜王とは格段に違う」

シュウエンはそう言って、腕組みをしてから軽く咳払いをした。

「我らは四代目。まだホンロンワン様に近いところにいるが、これから先……我が王家が何代も続けば、正しい伝承が伝わらなくなるだろう。お前のように真面目に学ばぬ者が必ずいるからな……人間の国をたくさん見てきたが、伝承とは長い時の中で、少しずつ変えられてしまうものだ。それが決して他意はなく、意に沿わぬことであったとしても……。遠い未来には、人間達のように、王位を狙う者が現れるかもしれぬ」

シュウエンはそう言うと、眉間を寄せて難しい顔をした。

「ははは……でも人間と違うのは、我らには決して王を殺すことが出来ないということだ……だから王位を狙う者など……」

シャイガンは、わざとふざけるように乾いた笑いを浮かべたが、シュウエンがまた睨んだので、笑いを失い真面目な表情になった。

「兄上はいつか王位を狙う者が現れるとお考えなのですか？　竜王の力は強大だ。我らは決して竜王に逆らうことは出来ないし、竜王を殺すことなど出来ない……無理だ」

「分からない。だが絶対にそんな野心を持つ者が現れないとは断言出来ない。我らには竜王は殺せない。だが謀《はかりごと》は出来る。我らに殺せなくても……人間には竜王を殺せる。だから我らは王の身を守っているのだろう」

「そうですが……確かにそうですが……」

シャイガンはさすがに青い顔になって狼狽《ろうばい》している。シュウエンは机の上で両手を組みながら、しばらく思案していた。

「もしも……もしも竜王が殺されたら……どうなるのですか？　指輪が継げないのだとしたら……世継ぎもいなかったら……」

「我らは滅びる」

シュウエンはただ一言そう言った。そして大きく息を吸い込むと、静かにゆっくりと息を吐いた。

「ホンロンワン様が神から告げられたことはただひとつ。竜王が死ぬ時は、竜族が滅亡する時だということだ。だからこそ、必死で世継ぎを残せる『リューセー』を異世界から探し出した。そして命を削ってまで、次期竜王が眠りにつける部屋を作った。すべては『竜王』を長くこの国に残すためだ。簡単に王の指輪を引き継げるのならば、ホンロンワン様もそんなことはなさらなかっただろう。

シュウエンは目を閉じて思案した。堅い表情でゆっくり目を開けた。

「我らは、竜でもなく、人間でもない、シーフォンという新しい種族となってまだ日も浅い。我ら自身がシーフォンのことをまだよく分かっていないのだ……竜王の指輪が王を選ぶという事実を知ったのは、たぶん私が初めてだろう。父上も叔父のファーレン様も何も言わなかったから……たぶんファーレン様は、私のように好奇心で指輪を嵌めてみようなんて思われなかったのだろう……他にも我らがまだ知らないことがあるかもしれぬ」

シュウエンはそう言って、すっかり冷めてしまったお茶を一口すすった。シャイガンは難しい顔になって腕組みをしている。

「つまり……何代か先の遠い未来では、人間の国のように竜王の兄弟が、第一、第二と王位継承権があるかのように間違えて伝承されることがありえるかもしれない……いや、絶対にないとは言えないということですよね？」

「そんなことはありえない、馬鹿馬鹿しい考えだと思う。私たちは竜王が死ぬ時……つまり世継ぎもなく竜王という存在を完全に失う時が、竜族の滅びる時だと教わった。我らロンワンだけではなく、シーフォンの者達全員が、我らに科せられた罰と共に、絶対に忘れてはならないと胸に刻みつけている教えだ。我らにとって竜王という存在は絶対的なものだ。他に代わりがあるはずもない。しかし人間の国を多く見ていると、『絶対的な王制』はないのかもしれないと、ふと思うことがある。だから罰なのではないかと……」

シュウエンの最後の言葉に、シャイガンが首を傾げる。

「それはどういう意味ですか？」

聞き返されて自分が思いもかけず、心の中で考えていたことを吐露《とろ》していたことに気づいたシュウエンは、苦笑いをして首を竦めた。

「いや……だから我らにとって竜王は絶対だし、その力に歯向かうことも出来ないから、謀反《むほん》などというものは、我が国においては起こりえないと誰もが思っている。竜王の死が我らの死ならば、謀反はすなわち自らを破滅へ導くことだから……絶対に起こりえないことならば、わざわざ天罰にする必要もないだろう？　しかし神はそれを天罰とした。つまり神は『絶対』だと思っていないということだ。今の我らには『ありえない』ことでも、千年後のシーフォン達にはどうだろうか？　我らが人間に近づくほど……人間らしくなるほど、考え方までも人間のようになってしまい、兄弟が竜王になるなどという発想が出てくるかもしれない。そういう危うさがあるのではないかと思ってな」

シャイガンは無言で顔を歪めている。脳裏には、消えていったたくさんの人間の王国が浮かんでいるのだろう。

「現に今我らは、もしも兄上が目覚めなかったらどうしようという不安を抱えている。私もお前も大丈夫だと思っているが、頭の片隅には『もしも』という思いが僅かでもあるだろう。だからお前は軽い気持ちでさっきみたいなことを言う。我らの間では冗談ですんでも、他のシーフォン達が聞いたらどう思う？　きっと謀反なんてこういう些細な言葉がきっかけだったりするのだ。野心を持つ者だけが謀反人となるとは限らない。不安を抱えた無知な者の衝動的な行動だったりすることもある」

シュウエンは、シャイガンをみつめながら、そう呟くように言った。

二人はそれきり無口になってしまった。互いに考え込むように、腕組みをして俯《うつむ》いていた。しばらくしてふとシャイガンが顔を上げる。

「昔は、シーフォンも二千人以上いたのですよね？」

「ああ……第一世代の話だがな」

「それが今では四百人弱……遠い未来の伝承の心配よりも、このまま自然淘汰《とうた》される方が早いのではないですか？」

「だから父上が、子孫繁栄に力を注いでいたのだろう。とにかく子を産め、育てよと……おかげで減少は止まって、ほんの僅かだが増加の傾向にある。アルピンの数も一万人を超えた……だが人口の規模では、我が国は小国だ。人間の国には何十万人、何百万人という人口を誇る国もある……我らの代で、もっと数を増やさねばならないし、我らが末永く生き延びる道を考えていかねばならない……さっき言ったばかりだろう。我らはシーフォンとなって日が浅い……国としてはまだ発展途上だ」

「我らが末永く生き延びる道……」

二人は腕組みをしたまま深く考え込んだ。

「兄上、今よろしいですか?」

それから数日後のある日、シュウエンの執務室をシャイガンが訪ねてきた。鎧《よろい》をまとったその姿に、シュウエンは何事かと、驚いてシャイガンを迎えた。

「どうしたその格好は」

「兄上、先日の話の後、オレなりに色々と考えたのです。我らは父上と約束をした。ロウワン兄上を助け、この国をさらに発展させると……そのためには何をしたらいいのかと……。オレはシュウエン兄上と違い、知力を尽くして外交が出来るわけではない。オレが得意とするのは体を使うことくらいだ」

シュウエンはなんだか嫌な予感がして、思わず眉根を寄せた。『オレなりに色々と考えた』と意気揚々と語るシャイガンには、昔から注意が必要なのだ。こういう時のシャイガンは、シュウエンの考えの斜め上を行く、想像もつかないことを考えている。特にその満面の笑みが厄介だ。

「それで？」

聞きたくないという本音を抑えて、先を促した。

「それで修業に出ようと思う」

「は!?」

思いもかけない弟の言葉に、シュウエンは我が耳を疑った。

「修業？　お前、今、修業と言ったのか？」

「ああ、そうだよ。修業だ」

「修業ってお前……一体何をするつもりだ」

シュウエンは愕然として頭を抱えた。予感が的中した。弟は昔から思い立ったら何も考えずに突き進む猪突猛進《ちょとつもうしん》なところがある。シュウエンには想像も出来ないとんでもないことを考えているのではないかと思ったのだ。

「兄上、昔……オレが若い頃に、何度か行ったことのあるナディーン公国をもちろん知っているでしょう？」

「当然だ。人間の国ではかなり歴史の古い立派な国だ。強い騎士団があり、お前は何度か騎士団を見学に行っていたな」

「そう。国内警備をする上で、騎士団の統率力とか、剣技とか、とても参考になるので、我が兵団を作る上で参考にさせてもらったんだ」

「ふむ、じゃあまたナディーンに行くと言うのか」

シュウエンは、思っていたよりもまともな話だったので、一旦は安堵した。

「ああ、二年ほど行ってこようと思う」

「は⁉」

シュウエンは驚きのあまり、椅子から立ち上がっていた。ポカンと口を開けてシャイガンをみつめていると、シャイガンは相変わらず満面の笑みを浮かべている。

「見学などではダメなんだよ。やっぱりちゃんと修業させてもらわねば……若い者を五人ほど連れて、一緒に修業してくるつもりだ。オレの息子も連れていく」

「おい！　ま、待て!!　二年って……そんなに長く国を離れて、国内警備はどうするつもりだ！　それに間もなく兄上が目覚めるかもしれないというのに！」

「国内警備の方は、次官のディーアルもいるし大丈夫だ。兄上の目覚めに立ち会えないのは残念だが……本当はもっと早くにこうするべきだったんだ。気づいたのが遅かったから、そこは申し訳ない。だが気づいた以上は少しでも早く修業して、兄上の治世に役立てたいのだ。だからこそ若い者達を連れていく」

シャイガンは、悪びれる様子もなく、自信満々にそう告げた。シュウエンは、未だに彼が言っていることがよく分からずに、混乱した様子でいる。

「シャイガン、すまないが、なぜそこまで修業が大事だと思っているのか、もっと分かりやすく教えてくれないか……騎士にでもなるつもりなのか？」

シュウエンは一度深呼吸をして自分を落ち着かせると、シャイガンに向かって改めて尋ねた。するとシャイガンは腕組みをして苦笑した。

「う～ん……実はオレも上手く言えないんだが……騎士の技をとことん学んで、エルマーンの剣技を作りたいんだ」

「エルマーンの剣技？」

「ああ、国内警備団は、我が国に侵入する敵とも戦って国を守らなければならないと、父上が発案なさった。オレに人間達の国の軍隊や騎士団を見学させて、見よう見まねでオレが作った警備団だ。我らはもちろん、アルピンにも剣の使い方を覚えさせた。実戦はしたことがないが、日々鍛錬《たんれん》は積んでいるつもりだ。だが我らが本当に自国のためを思うならばこれではダメだと気づいたんだ。ものまねでは自衛は出来ない。剣の腕ももちろん稚拙だが、それ以前に、実戦となった時、我らシーフォンは、人間を剣で倒すことは出来ない。傷つけられない。そういう自信のなさは、たぶん隠せない。すぐにボロが出てしまう。外交先で竜王を守ることが出来ない。どんな国とも、胸を張って外交出来るようになるためには、自衛に自信が持てるようにならなければならないと思ったんだ」

シャイガンの話に、シュウエンは驚いた。思わず感心してしまうほど、説得力がある。彼はまだ上手く言えないと言っているが、実はもう答えを導き出せている気がしたので、シュウエンが今ひとつ理解出来ない部分を質問してみることにした。

「シャイガン……それで結局何を修業してくるのだ？　剣技なのだろう？　そのエルマーンの剣技とはなんだ？」

シャイガンは一瞬言いかけた言葉を飲み込むと、もう一度自分の中で整理するように、目を閉じた。しばらくの間の後、ゆっくりと目を開けて、真っ直ぐにシュウエンをみつめ返す。

「つまり……人間を傷つけずに、どんな敵からも自衛出来るような……そんな技を習得出来れば、それがエルマーンの剣技になると思う」

「出来るのか？」

「分からない……二年で出来なければ、もっと続けるかもしれない。だがこれを習得出来れば、国内警備団は自信をもって竜王を守れる兵団になると思う。これにシュウエン兄上の外交力が合わされば、ロウワン兄上は、もっと色々な国へ行くことが出来るようになり、我が国の発展へと繋げられるだろう」

はっきりとした口調でそう言いきった弟を、じっとみつめながら、シュウエンはニッと笑った。

「頼んだぞ。行ってこい」


シャイガンが旅立ってから半年後、シュウエンの下に吉報がもたらされた。

「シュウエン様、竜王が誕生いたしました」

シャイガンが留守の間、国内警備の長を任されているディーアルが、その知らせを持ってきた。シュウエンは思わず立ち上がった。

それは兄ロウワンの半身である竜の誕生……片割れの竜王の誕生の知らせだった。半身の竜が卵から孵《かえ》ったということは、ロウワンが間もなく目覚めるという証だった。

「ようやく……兄上がお目覚めになる」

シュウエンは喜びを噛みしめながらそう呟くと、気持ちを落ち着けようと一度深呼吸をした。

「王を迎える支度をするよう皆に伝えよ」

シュウエンの指示にディーアルは一礼すると、王城内に伝令を走らせるために下がった。シュウエンは椅子に座り直して、大きな溜息をついた。ひどく気持ちが昂《たかぶ》っている。喜びと緊張と興奮が入り交じったなんとも言えない気分だ。

机の引き出しの鍵を開け、中に入れていた金の小箱を取り出した。中には竜王の指輪が入っている。兄に会うのは随分《ずいぶん》久しぶりになる。だがもう以前のままの兄ではない。新しき竜王として目覚めるのだ。そしてその姿は、別れた時と変わらぬ若き青年のままだ。

兄はこの弟の変わり果てた姿を見てどう思うだろうか？　あの堅物の兄のことだから、さほど驚いた様子もなく、顔色ひとつ変えないかもしれない。そんなことを考えて、くっと口の端を上げた。少し気持ちも落ち着いた。シュウエンは決心したように、力強く立ち上がった。

北の城の長い廊下を、シュウエンは一人で歩いていた。真っ暗な中を、手に持ったランプの明かりを頼りに最奥まで進む。何度も早足になりそうになるたびに、自分を諫《いさ》めた。最奥に辿《たど》り着くと、大きな扉の鍵を開けてゆっくりと押し開く。眩《まばゆ》い光が溢れ出してきた。シュウエンは眩しさに目を細めて、光溢れる大広間へと歩み入った。

そこは竜王の間と呼ばれる場所だ。竜王が眠りにつく場所でもあり、竜王が伴侶である龍聖《りゅうせい》と婚姻の儀式を行う神聖な場所でもある。

シュウエンは広間を真っ直ぐに横切り、一番奥にある扉の前に立った。そこで大きく深呼吸をすると、手に持っていた竜王の指輪を、扉にある小さな窪みへと差し入れた。すると重い扉が、ゴゴゴッと鈍い音を立てて、少しばかり開かれた。それを確認すると、指輪を取り外して、少し開いている扉に手をかけた。ゆっくりと慎重に扉を開く。

扉の向こうには小さな部屋がひとつあった。淡く赤い光に包まれたその部屋には、中央にひとつベッドがあるだけだ。そのベッドには、赤い髪の青年が、静かに横たわっている。

シュウエンはその姿を見て、安堵して微笑んだ。少しばかり躊躇《ちゅうちょ》したが、逸《はや》る気持ちの方が勝った。部屋の中に足を踏み入れ、ベッドの側まで歩み寄る。そっと顔を覗き込んだ時、突然相手の目がパチリと開かれたので、シュウエンは驚いて大声を上げそうになった。

「あ……」

慌てて右手で口を塞ぎ、じっとその金色の目をみつめ返した。赤い髪の青年はしばらくシュウエンをみつめた後、何も反応せず再び目を閉じた。

「兄上……」

シュウエンは息をするのも忘れていたので、振り絞るようにようやく一言声をかける。

「……お前は……シュウエンか？」

赤い髪の青年が、目を閉じたまま少し掠れた声でそう尋《たず》ねたので、シュウエンは思わず身震いをした。久々に聞いた兄の声に感動したせいだ。すぐに自分の名前を呼んでくれたことも嬉しかった。

ロウワンの姿は眠りについた時のままだ。ほんの僅かだが、髭が生えている。おそらく体の機能が目覚めて、数日が経っているせいだろう。

「兄上……私が分かりますか？」

「ああ、分かるよ……夢ではないのだな。私は目覚めたのだな」

ロウワンはそう言って再び目を開けると、じっとシュウエンをみつめた。シュウエンは思わず微笑んだ。

「はい、兄上がお目覚めになるのを待ちわびておりました」

シュウエンの言葉を聞いて、ロウワンは一度大きく深呼吸をした。

「この前から何度か……目を覚ましていた。だが夢の中にいるように……頭の中がぼんやりとしていたのだが、先ほどはっきりと目が覚めた。体が重くて……まだ起き上がれそうもない」

ロウワンは、夢うつつのように、たどたどしく語った。声もまだ上手く出ないようで、掠れて囁くような小さな声だ。

「少しずつで結構です。なにしろ兄上は二百年ほど眠っていたのですから」

「そんなに長く……父上も母上も、長く息災《そくさい》でいらっしゃったのだな」

「はい」

ロウワンが少し寂しげな表情をして言ったので、シュウエンはあえてそれ以上は語らなかった。ロウワンの時間は、二百年前で止まっている。まだまだ若く元気な両親と、眠りにつく前に別れの会話を交わした記憶が、昨日のことのように思われているはずだ。

新しき竜王が目覚めるのは、先代竜王が身罷った時だと、ロウワンは理解している。だからあえて言わずとも、もうすでに両親は他界しているのだと、自身に言い聞かせて気持ちを整理しているのだろうと、シュウエンは思った。兄の心情を慮《おもんぱか》って、シュウエンは尋ねられるまでそのことには触れないことにした。

「兄上、お体を拭きましょう。着替えもお持ちしました」

シュウエンは、ロウワンの上体を起こす手伝いをして、着ている衣服を脱がせて、濡れた布で体を丁寧に拭いた。ロウワンはまだ思うように体を動かせないようで、されるままになっている。時折確かめるように、手を動かしたり、掌《てのひら》を開いたり握ったりしていた。

シュウエンはロウワンの体を綺麗《きれい》に拭き終わり、その後髭も剃って髪を梳《す》き、新しい衣服に着替えさせた。

「ありがとう。すっきりした。お前にこんな風にしてもらえるとはな」

時間をかけて身支度をしたので、ロウワンもすっかり目覚めたようだ。顔色も良くなっている。

「この日のために練習をしたのですよ？　いかがでしたか？」

シュウエンが嬉しそうに笑って言うので、ロウワンも微笑んで頷いた。

「ああ、上手だったよ。誰で練習したんだ？　お前の家族か？」

「シャイガンでやりました。最初は服を脱がせるのも慣れていませんでしたから、つい乱暴になってしまうので、息子相手ではかわいそうかと思いまして……シャイガンなら練習相手にちょうどいいでしょう」

シュウエンは子供のような笑顔で、おどけながら手振り付きで話していた。何ひとつ変わらない兄の話し方や表情を前にして、自分まで二百年前の子供に戻ってしまったような気分でいたのだ。こんなシュウエンを部下が見たら目を丸くするだろう。

「部屋の外に出たい」

ロウワンが半開きの扉をみつめながら呟いた。

シュウエンは、一瞬返事を躊躇した。数日前から目覚めていたとはいえ、意識をもってはっきりと目覚めたのは今日が初めてだろう。体をまともに動かしておらず、こうして座ることさえままならない状態だ。シュウエンはこれからロウワンの手足を、マッサージしようと思っていたのだ。ゆっくりと体をほぐす必要がある。

だが目覚めた以上は、動いてみたいというロウワンの心理も分からなくもない。立ち上がらせてみて、厳しそうなら諦めさせるのがいいかもしれない。

「立てますか？」

「手を貸してくれ」

シュウエンは肩を貸して、ロウワンの体を支えながらゆっくりと立ち上がらせた。ロウワンは、苦痛に少し顔を歪ませたが、何も言わずに歩みだそうとするので、シュウエンはそのまま部屋の外へと導いた。

広間の明るさに、ロウワンは思わず小さく呻《うめ》いて足を止めた。目を開けられずに俯いている。シュウエンは急《せ》かすことなく、ロウワンの様子を見守った。しばらくしてロウワンはゆっくりと目を開けて、何度か瞬きをした。辺りを確かめるように見回してから、一度深呼吸をして再び歩き始めた。

シュウエンに介添えされて、かなり時間をかけて、広間の中央にある長椅子まで辿り着くと、そこに腰を下ろした。シュウエンはコップに水を汲《く》んできてロウワンに渡す。ロウワンは受け取り、しばらくコップの水をみつめていた。

「兄上、大丈夫ですか？」

シュウエンが隣に腰を下ろして、気遣うように声をかけた。するとロウワンは、薄く笑みを浮かべて溜息をついた。

「いや、ただ立ち上がりここまでの短い距離を歩いただけなのに、随分と遠くまで歩いたかのような疲労感に、我ながら少し戸惑っているんだ。今は水をどうやって飲むのだったか、思い出していたくらいだ」

最後の言葉は、ロウワンなりの冗談らしく、シュウエンは思わず笑って頷いた。介添えしたからこそ分かるのだが、ほとんどシュウエンが、全力でロウワンの体を抱えるように支えていた。足を前後に動かすことさえ、今のロウワンにはかなりの苦痛を伴うだろう。すべての筋肉、すべての骨格が、長い間動かなかったのだ。ガチガチに固まっていて、本来ならマッサージでほぐしてからでないと、歩くことも出来ないはずだ。

一度も弱音を吐かずに、ここまで辿り着いたことで、シュウエンは改めてロウワンの精神力の強さに驚かされた。

ロウワンは、ゆっくりとコップを口元に運び、水を少しずつ含んで時間をかけて飲み干した。大きく息を吐いて、コップを持つ手を膝の上に置く。

「ようやく……自分を取り戻した気がする」

ロウワンは静かに呟いた。シュウエンは微笑んで、ロウワンの手からコップを受け取った。

「体は大丈夫ですか？」

「ああ……すべての機能が元通りになるには、まだもう少し時間がかかりそうだ」

先ほどよりは幾分声が出るようになったロウワンをみつめながら、シュウエンは思わずクスリと笑みを零した。

「なんだ？」

「あ、いえ、申し訳ありません。なんだか何もかもが懐かしく、そして嬉しいと思っただけです」

「懐かしい？」

「……その話し方……兄上らしい。そうだ、兄上はこんな風に話されていたのだったと……。兄上は、つい昨日眠ったばかりのようにお思いかもしれませんが、私は兄上にお会いするのは二百年ぶりですから……私までもが昔に返ったような気持ちになります。こんなおじさんになってしまいましたが」

シュウエンはそう言って頭を掻いた。ロウワンは真面目な顔で、シュウエンの話を聞き、じっと真っ直ぐにみつめている。別れた時と何も変わらない、百歳の若々しい青年竜王の姿がそこにある。シュウエンは今の二人で並んだ姿は、鏡に映したくないなと少し思った。

「そういえば兄上は、こんな姿の私に特に抵抗はないのですか？」

躊躇ない様子のロウワンに、シュウエンは苦笑しながら尋ねる。

「別に……そうだな。まったく戸惑わなかったと言えば嘘になるが、目覚めて最初にお前を見た時に、すぐにシュウエンだと分かった。確かに老けてしまっているが、顔だちも声も、それほど変わっていない。お前はお前だ」

「ありがとうございます」

「シャイガンはどうしている？　元気か？」

「ええ、元気も元気……まったく変わっていませんよ。実は今、国内にいないのです」

そう言って、シュウエンはシャイガンが旅立ったことについて説明をした。ロウワンは驚く様子もなく、静かに聞き入っている。

「シャイガンらしいと言えばらしいが……そんな風に考え、行動出来るのならば、もう私の知っているシャイガンではなく、立派な大人になっているということだな……あの小さなやんちゃ坊主ではないようだ」

ロウワンはそう言って、初めて声を出して笑った。まだ掠れ気味の小さな笑い声だが、シュウエンはとても嬉しくなる。

「リィファは？　私が知っているのはまだ赤ん坊の姿だ……美しい娘に成長しているだろうか？」

「はい、もう結婚して母親になっています」

「そうか……やはり時間は経っているのだな」

ロウワンは溜息と共に呟いて、しばらくぼんやりと宙をみつめていた。

「兄上、そろそろ部屋に戻りましょう。目覚めたばかりなのですから、あまり無理をなさってはいけません。また明日参ります」

「そうだな」

ロウワンは頷いて、再びシュウエンの手を借りて立ち上がった。

それから六日後に、ロウワンは北の城を出て、皆が待つ王城へ戻っていった。


ロウワンが城に戻ってからひと月後に、正式に王位継承の儀式が行われ、竜王として即位した。暗く沈んでいたエルマーン王国は、一気に明るさを取り戻した。城下町の半旗は仕舞われ、新しき王を祝う宴で国中が賑《にぎ》わった。外交も再開し、たくさんの国々から新しき王を祝う使者が来訪した。

ロウワンは、戴冠までのひと月で、体を完全に元に戻した。周りが心配するほど、黙々と体力作りにいそしむロウワンの姿に、何事にも真面目に専念する性格は、やはり兄上だとシュウエンは喜び、止めようとする周囲を宥《なだ》めて、ロウワンがやりたいようにやれるよう助力した。

もちろんロウワンが懸命に取り組んだのは体力作りばかりではない。国政の引き継ぎをしたり、眠っていた間の国内外の状況について学ぶなどして、日々が瞬く間に過ぎていった。

即位から半年、ようやく慌ただしさもおさまり、忙しさは変わらなかったが、安定した日常が始まっていた。

「あとはリューセー様が降臨されれば、兄上の治世も安泰《あんたい》ですね」

「そうだな」

ロウワンは、山積みになっている書簡を黙々と捌《さば》いていた。シュウエンもそれを手伝いながら、チラリとロウワンへ視線を向けた。ロウワンは真剣な顔で、今開いた書簡を隅々まで読み、内容を熟考しているところだった。

若き竜王は、未熟さなど感じさせないほど、そつなく執務をこなしている。その落ち着きぶりや貫《かん》録《ろく》は、とても百歳の若者とは思えない。

シュウエンは、昔から兄はとても落ち着いて大人びていると感じていたが、それは自分が子供だからそう見えたのだと思っていた。だがこうして二百年の時を経て目覚めた兄の、何も変わることない様子を見て、歳の差のせいではなかったのだと実感した。

父のスウワンはよくロウワンのことを「若年寄」と言っていた。生真面目で堅物、融通が利かない頑固者……と悪口のように、ロウワンを評する言葉を並べていたが、当たっているから仕方がない。

自分が歳を取ってみると、父の言っていたことがよく分かるような気がした。シュウエンには息子がいた。歳はロウワンよりも上で、百四十歳になる。その息子と比べても、ロウワンの方が大人だと思うし、落ち着いている。

むしろ今年二百六十四歳（外見年齢五十二歳）になる自分の方が、兄と同等くらいかもしれないとさえ感じた。

「兄上、少し休憩にいたしましょう」

シュウエンはそう声をかけると立ち上がり、侍女を呼んで茶の用意をするよう指示した。大きく背伸びをしてから、ロウワンへと視線を向ける。ロウワンは書簡を最後まで書き終えてから、ようやくペンを置いた。顔を上げてシュウエンと目が合うと、少し不思議そうな表情をした。

「何を見ている？」

「あ、いえ……お目覚めになってから、兄上はずっと仕事浸けだと思いまして……。大分整理もついたことですし、しばらく政務は休まれたらいかがですか？」

「王に休みなどはない」

真顔でそう答えるロウワンに内心苦笑しつつ、昔ならここで二の句が継げずに、黙り込んでしまっただろうなと頭を掻いた。

「休息という意味ですよ。二、三日私的なことに時間を使われてはいかがですか？」

「私的なこと……？」

ロウワンは少しばかり眉根を寄せた。

「兄上は何か趣味はお持ちでしたか？」

「いや、別にない」

真面目な顔でそう答えられて、「ああ」と心の中で溜息をついた。以前は自分も子供だったので、そういう辺りが分からなかったが、趣味もないのでは父が「堅物」と言っていたのも分かると思った。

「お前は趣味があるのか？」

「え？　あ、はい、ありますよ」

「なんだ？」

「笛を奏でます」

「笛!?」

ロウワンが初めて驚きの声を上げたので、シュウエンはなんだかおかしくなって、ククックッと口元を押さえながら笑った。

「母上から教わったのです。横笛を……大和の国の楽器ですが、母上が得意だったと言って、似たようなものを作らせて時々吹いていたのです。それを私も習いました」

ロウワンはしばらく驚いた表情でシュウエンをみつめていたが、やがて落ち着きを取り戻して、真面目な顔に戻りしばらく考え込んでいた。

「どうなさいました?」

考え込むロウワンに、シュウエンは首を傾げて尋ねた。

「いや……それは……笛を奏でるというのは……楽しいものなのだろうかと考えていたのだ。趣味としてそれはどうなのだ?　何か利益となることはあるのか?」

ロウワンが真剣にそんなことを言うので、シュウエンはまた笑いそうになったがこらえた。

「趣味ですから利益はないですよ……いやそうだな、利益という言い方は違いますが……笛を奏でると心が落ち着くし、楽しいし……聴いている者も癒やされると言ってくれますし……自分自身が満たされますよ」

「満たされる」

ロウワンはとても真面目に聞いていた。

「そうです。充実感というか満足感というか……兄上にもお聴かせしますよ。ああそうだ。兄上も習ってみますか?」

「いやいい」

それは即答で断られた。あまりの速さに、シュウエンも絶句してしまうほどだ。

「たぶん私にはそのような才はないと思う。だがお前の笛は聴きたい。今度聴かせてくれ」

「分かりました」

シュウエンは恭《うやうや》しくお辞儀をして快諾の返事をした。

そこへ侍女がお茶を持って現れた。部屋の中央のテーブルに、茶器や菓子の皿が並べられた。

「兄上、休憩にいたしましょう」

シュウエンに促されて、ロウワンも立ち上がると、中央のテーブルについた。

「本などは？　仕事と関係のない本はお読みになりませんか？」

「仕事と関係ないとはどういう本だ？」

「そうですね……他国には色々と面白い本があるではないですか。冒険譚とか戦記とか……そういうのはお読みになりませんか？」

「読まないな」

にべもなくそう言われてしまい、シュウエンは内心苦笑しつつもさらに会話を続けた。

「兄上がよくお読みになっている本はなんですか？」

「他国の学術書だ。人間の学問は面白い。数学書や天文学書などだな」

「そんな難しい本を読んでいたのですか……」

シュウエンは一瞬呆然とし、お茶をすすって溜息をついた。よく本を読んでいる姿を見ていたから、普通に読書家なのだと思っていたのだが、読書家というよりも勉強家だったと知り、それでは『本を読むのが趣味』にはならないなと頭を抱えた。

「そういえば……父上から貰った本をまだちゃんと読んでいなかった」

ふいにロウワンが、何かを思い出したようで、はっとした様子で呟いた。

「父上から本を貰われたのですか？」

「ああ、リューセーが降臨する前に、熟読しておくように言われていたのだった」

ロウワンは立ち上がって机まで戻り、引き出しの中から分厚い書物を取り出した。

「これだ」と呟いて、その本を持って戻ってきた。

良質の革張りの表紙に、金の刻印で装飾されている。

「随分立派な本ですね……なんの本ですか？」

「性交に関する本だ」

「は!?」

シュウエンはとても驚いた。聞き違いかと思ったが、渡された本を開くと、そこにはありとあらゆる性交に関することが図解入りで説明されていた。男女の様々な体位も描かれている。

「こ……これは……」

「リューセーは、異世界の人間で、男性なのだから、性交には十分に配慮せねばならないと父上からきつく申し付けられている。この本を熟読し、技を覚え、リューセーに負担のないようにすることが、竜王の務めだと……子孫を残すためには、リューセーのための性交を行うことが、王の一番の仕事だと言われた」

真面目な顔でそう語るロウワンを、ちらちらと横目で見ながら、シュウエンは本のページをパラパラとめくっていた。その淫猥《いんわい》ともいうべき本の内容に恥ずかしくさえなる。一体父上は何を考えておいでなのかと思った。

「兄上はもう読まれたのですか？」

「貰った時に少し読んだが、なんだかよく分からなくてな」

ロウワンはなおも真面目な顔でそう答えた。シュウエンは頭痛を覚えながら、眉根を寄せつつ溜息をついて、本を静かに閉じた。まあ分からないのも無理はない。百歳の色事には無知な青年に、こんなもので勉強しろだなんて……。そもそも性交は本で学ぶようなことではないだろう。『机上の空論』とはまさしくこのことだ。本を読んで性交が上手になるのならば苦労はしない。……だが……と、シュウエンは少し考えを改めた。目の前の真面目腐った顔のロウワンをみつめる。

冗談交じりに猥談《わいだん》を聞かせるような相手ではない。下手をすれば、嫌悪感を持たれて拒否反応を示されてしまう恐れもある。むしろ『勉学』という体《てい》にしてしまう方が、ロウワンには合っているのかもしれない。そんな考えに到った。

『父上はそこまで考えていたのか』

シュウエンは驚きと共に、深く感心した。しかし脳裏にいたずらを企む父の顔が思い浮かぶ。

『いや……どうだろう？　ただ単に面白がっていただけかもしれない。私への性教育は、ほとんどからかってばかりだったからなぁ……』

シュウエンは、一人でぐるぐると頭を悩ませて、目の前の立派な装丁の本をじっとみつめた。

「まあ生物学みたいなものですかね、難しく言うと……。でも性交は種の存続のために大事なことですし、誰もが大人になり伴侶を得れば、することではあります。人も、動物も、この世の生き物すべてが行うことです。この世で唯一、我ら竜だけがしなかった……つまり我々は本能として元々その欲求を持っていません。ですから我ら竜族にとっては、シーフォンとして生きる上で、学ばなければいけないことですね」

「そうか」

わざとロウワンに合わせて、小難しい言い方をしてみたが、ロウワンがいかにも納得している様子なので、シュウエンはまた笑いそうになるのをこらえながら本を返した。

「お前も子を儲《もう》けた以上は、性交をしたのだな」

本を受け取りながら、ロウワンが真面目な口調でそう言ったので、シュウエンは吹き出しそうになった。

「ま、まあ……そうですね」

兄弟でなんの話をしているのだろうと思いながらも、男兄弟なのだからこういう話をしてもおかしくはないのかと自問自答して、気持ちを落ち着けるように茶をすする。

「この本を読むと、性交と言っても色々な方法があるようだが……お前はどういう風にしているのだ？　どのやり方が一般的だとかあるのか？」

「え？　あ、まあ……そうですね……こ、こういうのとか……この辺りが割と普通ではないでしょうか？」

シュウエンは困りながらも、本を開いて見せるロウワンに、正常位などの体位が載っているページを指し示した。

「ほお……そうなのか……」

ロウワンは生真面目に感心して何度も頷く。その反応に、シュウエンはなんとも言えない気まずさを覚えた。

「いえ、ですが……私も他のものがどのようにしているかなどは知りませんし……ただ……その……つまり……ベッドに横になり……相手と抱き合って……そのぉ……そのまま性交をするには、このような形でするのが自然で無理はないと思います」

シュウエンは羞恥で少し赤くなりながら、しどろもどろに説明をした。

「そうだな。言われてみると確かに……こういうのは、かなり難しい技のようだな。簡単には出来ないだろう」

ロウワンが他のページに載っていた複雑な体位の絵を指して真顔で言うので、シュウエンは苦笑いするしかなかった。

「しかし私は本当に性交が出来るのだろうか？　私はそれほど器用ではないことは、自分でも分かっているつもりだ。こうして本で学んだところで、行動に移せるかどうか……。そもそも性交というのは、生殖器を繋げて、相手に精を注ぎ込む行為なのだろう？　絵を見て想像をしてみるのだが、どうにも想像力が乏しいのか、私にはお前が言う自然な体位すら、困難に思えてしまうのだ」

まるで何かの試験に取り組む生徒のような顔で、真面目に思い悩むロウワンを見て、シュウエンは『やはり』と心の中で呟いた。

普通は感情的な部分で悩むものではないだろうか？

父は突然降臨してくるリューセーと数日のうちに婚姻の儀式をすることに戸惑い、リューセーを愛せるのか、リューセーは自分のことを嫌わないだろうかと、そればかりが気になって、怖くなって逃げ出してしまったそうだ。

シュウエンはその話を聞いた時、父にも怖いものがあるのかと驚きつつも、自分自身も若かったので、その気持ちはよく分かると思った。

婚姻の儀式を行うということは、すなわち性交をしなければならないということだ。会ったばかりで相手のこともよく分からず、互いに好きかどうかも分からない相手と性交するなんて、初恋もまだな若者にとっては、逃げ出したくなるような案件だ。

だが兄のロウワンは、ひたすら性交の『技術的』な部分にばかり気が向いてしまっている。彼の言う『出来るだろうか？』という不安の言葉は、先に言った感情的な不安ではない。きっと彼の頭の中は、本当に陰茎を相手の体の中に挿入することなど出来るのだろうか？　という疑問でいっぱいのはずだ。

『相手を好きになれるだろうか？　相手に嫌われないだろうか？　などという不安がまったくないというのは、むしろ良いことなのだろうか？　いや、しかし……』

「この本にも挿入が難しいなどとは書いていないし……お前もシャイガンも出来ているのだから、まあいざとなれば出来るのだろうな……」

ロウワンはまだ納得出来かねるというような難しい顔をしていたが、それでも独り言のように呟いて、本をみつめながら自信なさげに頷いている。

その声に、シュウエンは我に返って、笑顔を作った。

「兄上、そんなに難しく考えずとも大丈夫ですよ。それに母上の話では、リューセー様の側も「龍神様」にお仕《つか》えするために、知識としては学ぶそうですから……リューセー様にお会いになり、愛を育《はぐく》めば自然とそういうものは出来るようになるのですよ」

シュウエンの言葉を最後まで聞いて、ふいにロウワンは顔を上げた。真っ直ぐな視線を向けられて、シュウエンは思わず少し身構える。

『年頃の若者特有の性に対する好奇心に満ちた眼差《まなざ》しならば、まだ対処のしようはあるが、そう真っ直ぐで無垢な眼差しを向けられては、おじさんの身としては立つ瀬がないな』

シュウエンはうーむと口には出さないが、唸《うな》る気持ちで視線に対峙《たいじ》した。

「父上も同じようなことを言っていた……そういうものなのだろうか？」

「そういうものです」

とりあえずそう返事する以外に言葉が思いつかなかった。

『こういう話はシャイガンの方が上手く出来るのだけれどな』と心の中で苦笑しながら、一度落ち着こうと残りのお茶を飲み干した。だが視線を上げると、まだロウワンは納得出来ていないという表情で、シュウエンをみつめている。

「愛があれば……ここに載っているようなことがどれも造作なく出来るようになるというのか？」

「まあ……それは極論ですが……かなりの技術が必要そうな、難しい体位のものもあるでしょう？そういうのは別として……まあ普通に交わるならば、愛があれば造作もないことです」

「なるほど」

ロウワンはそう呟いて腕組みをしながら、考え込むように再び本をみつめた。特にどこかのページを読んでいるというわけではない。ただぼんやりとみつめているようだ。

『納得はしていないよな』

シュウエンはどうしたものかと溜息をついた。だがせっかくの対話を放棄するつもりはない。話の内容としては、あまり得意な分野ではないのだが、弟ではあっても二百歳も年上の経験者として、兄の疑問には出来る限り答えたいと思った。

「婚姻の儀を行うのはリューセーが降臨して、五日から長くて十日後くらいだと聞いたが……」

「そうですね。父上からはそう伺《うかが》っています。その決まりは、父上が自分の経験上、そのくらいの期間に決めた方が良いと判断したのだそうです。つまり……父上は逃げまわっていて、しばらく母上を放置してしまい……その結果ずっと一人で寂しい思いをさせてしまったからです。リューセー様は、竜王と婚姻の儀で交わらない限り、香りを出し続けるので他のシーフォン達と会うことが叶いません。ですから部屋から一歩も出られなくなるのです。監禁などしたくはありませんから、出来るだけ早く婚姻の儀を行うように、後世の者のためにも取り決めをしようと……父上が弟のファーレン様と話し合って決められました」

「確かにずっと部屋に閉じ込めておくのはかわいそうだな……だが……そんな短期間で愛を育めるものなのか？」

『やはりそうくるよな』

今までの話の流れから、そういう疑問に辿り着くのではないかと、シュウエンは薄々気づいていた。自分が今まで兄に語っていた話の流れ上では「もちろん、兄上なら大丈夫です」と言わなければならないのだが、そんな嘘をつくわけにはいかない。

なあなあという雰囲気が通じる相手ではない。シュウエンは表情には出さないが、これからとても矛盾する話をしなければならない焦りで、冷や汗が噴き出しそうだった。

「兄上……まず婚礼の儀での性交についてですが、これはもう儀式ですから、あまり難しくお考えにならずに、儀式としてやるべき務めを果たすことだけをお考えください」

「それはどういう意味だ？」

ロウワンが首を傾げた。

「兄上もご存じのように、竜王とリューセー様が最初の交わりをするまでは、お互いに惹《ひ》かれ合う香りを放っています。それを嗅《か》げばどんな状況だろうと、二人は互いに求め合い交わり合うのです。リューセー様を我々と同じ体にするために必要な儀式ですから、とにかく……つつがなく……性交さえ出来れば、途中の体位とか、愛だの恋だのとか……そういうことは関係ないのです」

シュウエンの言葉を聞いて、ロウワンが目を大きく見開き、絵に描いたような『呆然《ぼうぜん》とした顔』で固まってしまった。よほど驚いたのだろうと思う。シュウエンも、兄のこんな顔は見たことがない。

そして自分自身で言っておきながら、今までの二人の会話を、意味のないものにしてしまうような言葉を吐いてしまったと思う。

『いや……うん、私が悪い』

シュウエンは深く反省をしたが、もちろんこれも心の中だけで、今さら兄に謝罪する言葉はない。謝罪してしまったら、たぶんまた一から説明を始めなければならず、一晩かかってしまうだろう。

シュウエンはティーポットを手に取り、自分のカップにお茶を注いで、ゆっくりと何事もなかったかのように、お茶を飲んだ。

しばらくしてようやくロウワンが動いた。なんとか我に返ったようだ。眉間にはくっきりと深いしわが寄っている。

「シュウエン」

「はい！」

　低い声で名を呼ばれて、シュウエンは背筋を伸ばして返事をした。

「矛盾しているぞ」

「え？　矛盾……ですか？」

　シュウエンは、わざとしらばっくれて聞き返した。

「お前は愛を育めば自然と性交が出来るようになると言ったのに、愛はなくとも性交は出来るとも言う……矛盾しているではないか。私をからかっているのか？」

「か、からかうなどとんでもありません」

　頭脳戦で兄に勝てるとはとても思えない。安易な誤魔化《ごまか》しでは論破《ろんぱ》されてしまう。ならばここはずるい大人の知恵で乗り切るしかないと、シュウエンは思った。

「兄上、ならば逆に問いますが、兄上は愛とは何か説明出来ますか？」

「愛とは何か？」

　思わぬ問いにロウワンはまた目を丸くした。

「ここで言う愛は、恋人や夫婦の間の愛です。兄上は恋愛をしたことがないので、説明することは出来ないでしょう？」

「そ、それはそうだ」

「愛というのは、とても繊細で複雑なものです。また人それぞれで感じ方も違います。一概にこれだと説明出来る正解はないのです。つまりこういう風にリューセーを愛しなさいと、兄上に教授出来る者はいないのです」

最初は唖然《あぜん》として聞いていたロウワンだったが、次第に真剣な表情に変わり、真摯《しんし》に受け止めている。一方のシュウエンの方は、必死に言葉を取り繕っていた。

「ですから私は兄上に、リューセー様とお会いになって愛を育めば自然と交われると言いましたし、婚姻の儀は儀式と割り切って、お互いの香りにまかせてつつがなく終えられるようにと言いました。それは愛についてではなく、性交が出来るかどうかという兄上の疑問に対する答えです。父上がこの本を兄上に託されたのも、きっとそのように兄上が疑問に思うだろうと予感してのことではないのでしょうか？」

シュウエンは焦る気持ちをどうにか誤魔化して、間髪容《かんはつい》れぬ勢いで論じきった。最後に問いかける形で終わらせることによって、すべての結論をロウワンに丸投げしたのは『大人のずるさ』だ。

ロウワンは真剣に考え込んでいる。

『兄上……お願いします。どうにかこれで納得してください。私にはもうこの論争を続けるのは無理です』

元はと言えば、仕事づくめの兄に、休息を提案しただけのはずだった。なんでこんなことになったのだろうと、シュウエンは頭を抱えてソファに横になりたい気分だった。

「なるほど」

ロウワンがポツリと呟いた。

「なるほど」

まるで再度確かめたかのように、また呟いた。

シュウエンが固唾《かたず》を呑《の》んで見守っていると、ロウワンは組んでいた腕を解いて、姿勢正しく座りなおした。じっとシュウエンをみつめる。

「父上が私にこの本を熟読せよと言ったのは、初めての性交を行うためではないのだな。その後の夫婦生活を営む上で、リューセーを大事にして、子孫繁栄のために努力するようにと……私によく勉強しろと、そういうことなのだな」

「そ……そうですね」

「お前の言う通り……私にはまだ愛というものが分からない。すぐには分かりそうにもない」

「それはリューセー様に会ってから、考えればいいことです。きっと今とはまた違う感想を持つかもしれませんよ」

シュウエンは、ロウワンがどうやら納得してくれたようだと安堵して、思わず笑顔になってしまった。

「ともあれ……この本の全部が役立つとは限らないことが分かったから、熟読するにも少し考えなおさなければならないようだな」

ロウワンは本を手に持って眺めながら溜息をついた。

「どうなさるんですか？」

「……重要な部分だけを書き出して編纂《へんさん》する必要がありそうだ。シュウエン、この本の中で役立つと思われるものを教えてくれ」

新たな問題が浮上して、シュウエンは額に手を当てた。

「兄上、とりあえず仕事に戻りましょう」

ロウワンが戴冠してから半年後には、ロウワン自身が外遊に赴《おもむ》けるほど、内政も落ち着いていた。

まずはロウワンが眠りにつく前から国交を結んでいた国から回ることにした。だがその国々は、当時の半分ほどに数が減ってしまっていた。

エルマーン王国との国交が断絶したというわけではなく、その国自体がすでに存在していなかったのだ。

ロウワンは改めて時の流れを感じた。

一通り新王としてのあいさつ回りが終わると、次はロウワンの知らない国への外遊になった。ロウワンが眠っている間に、父スウワンが国交を結んだ国々だ。

同じ中央大陸に存在する国々は、人種も文化もそれほど大きな違いはない。だがもちろん国の大きさ、豊かさ、強さなどで違いは出てくる。内陸側と海沿いでも多少の違いはあった。

そんな初めての国の中で、最も大きく豊かな国リムノス王国を、ロウワンは訪れていた。

建国は二百年前、ちょうどロウワンが眠りについた頃だ。エルマーン王国と国交が結ばれたのは、百年ほど前になる。

「デメトリオ陛下、初めてお目にかかります。エルマーン王国第四代国王の座に就きましたロウワンと申します。貴国とは父の代より長く友好関係にあり、私の代になりましても引き続き良き縁を結び続けていただきたいと思いまして、ごあいさつに伺いました」

ロウワンは、デメトリオが座る玉座の前に片膝をついて、礼を尽くして口上を述べた。

「ようこそお越しくださいました、ロウワン陛下。ああ、御父上によく似ておいでだ。このたびはご即位おめでとうございます。形ばかりの接見はここまでです。さあお立ちください。堅苦しいあいさつは抜きです。あちらでゆっくりとお話をいたしましょう」

デメトリオはにこやかに笑いながら立ち上がり、玉座の置かれた少し高い位置にある壇上から、ゆっくりと階段を下りて、ロウワンの目の前まで歩み寄った。立ち上がりかけていたロウワンに、デメトリオが右手を差し出した。ロウワンは一瞬躊躇したが、恐る恐るその手を取って立ち上がる。

「申し訳ありません」

ロウワンが礼を言うと、デメトリオは頷いて先に歩きだした。

「さあ、どうぞこちらに」

「はい」

ロウワンは後ろに控えていた家臣達に目で合図を送り、デメトリオの後に続いた。

長く続く廊下を、デメトリオがゆっくりと歩き、その前を従者達が先導していた。デメトリオは、ロウワンと並んで歩いた。

「本当ならば貴賓室にご案内して、お茶を飲みながらお話をするところなのですが、本日は少し変わった趣向でおもてなしをしたいとご用意をしていたのです」

デメトリオはそう言って、緑の瞳を輝かせて語った。明るくて社交的な人だとロウワンは思った。年の頃は四十歳前後だろうか？　人間の年齢は分かりにくいが、はつらつとしていて若く見える。

「スウワン陛下に最後にお会いしたのは、ちょうど十年前。私が即位した時に、祝いを兼ねてお越しくださいました。その時に、次にこの国を訪問するのは、私の跡を継いだ息子になるだろうとおっしゃった。あなた方が長命であることは知っておりますし、スウワン陛下はとてもお元気そうだったので、まさかあれから僅か十年で、ご崩御の報が届くとは思いませんでした」

歩きながらデメトリオがそんな話を始めたので、ロウワンは黙って聞いていた。

「ただ十年前にスウワン陛下が来訪された時に、息子が来たらぜひ見せてやってほしいとおっしゃっていたことを思い出しまして……今回、ロウワン陛下が来訪されるという知らせを受けて、何よりも一番に実現させなければと思ったのです」

デメトリオがそう話した時、二人は廊下の突き当たりに差しかかっていた。リムノス王国の従者達が、扉を開いて待っていた。

扉の先は外廊下に続いていた。屋根はあるが壁はない半屋外のような渡り廊下が、離れのような建物まで真っ直ぐに続いていた。渡り廊下の両側には兵士達が並んで立ち、厳重な警備態勢が敷かれている。

ロウワンは少しばかり驚いた様子で、辺りをキョロキョロと見回していた。

「ここは城の外からも人が出入り出来るので、今だけこのように厳重に見張りを立てていますが、普段は兵士は立っておりません」

ロウワンの様子を見て、デメトリオがすぐに察して説明をしてくれた。

離れの建物に到着すると、大きな扉が開かれて中へと案内された。

ロウワンはその建物に一歩踏み込むなり、驚いて思わずその場に立ち尽くしてしまった。ロウワンの後に続いていたシーフォン達も、思わず驚きの声を上げる。

ロウワン達が驚くのも無理はなかった。建物の中央部分は吹き抜けになっていて、一階から三階までずらりと本棚が並び、びっしりと本で埋め尽くされていたからだ。巨大な書庫のようだった。

「これは……」

「ふふ……驚かれましたか？　ここは我が国が誇る王立図書館です」

「王立図書館……図書館とはなんですか？」

ロウワンが上を見上げたまま、まだ啞然とした様子でそう聞き返した。

「簡単に言えば見ての通り大きな書庫ですが、この建物一棟まるごと書庫にしており、なおかつ閲覧、読書が可能な場所も併設しております。また書籍・文書だけではなく、地図や建築設計図、図解資料などの図版なども収集しているので『図書館』と命名しております」

ロウワンは話を聞きながらも、きょろきょろと忙しなく辺りを見回していた。

「ロウワン陛下、どうぞこちらへ」

声をかけられて我に返ると、広間の中央のテーブルに、軽食の準備がされていた。案内されるままにテーブルにつくと、向かい合ってデメトリオも椅子に座った。

「一体ここにはどれくらいの本があるのですか？」

少し興奮気味にロウワンが尋ねたので、デメトリオは拳を作った右手で口元を押さえて、大笑いを我慢するように笑った。

「思っていた以上に、ロウワン陛下に関心を示していただき、ご案内した甲斐《かい》がありました。ロウワン陛下はとても本が好きだと、御父上から伺っております。この図書館の蔵書は、本だけではなく古い巻物や図版も含めると二万書ほどになります」

「二万!?　二万書……ですか」

ロウワンは驚きすぎて、少し声が裏返ってしまった。目を大きく見開いている。

「世界中から集めています。ご存じの通り、我が国には学問舎があり、哲学・数学・天文学・医学などの学者や研究者を育てています。貴族の子女の教育もそこで行っています。我が国の始祖王は、教養が人間にとっては何よりも大事と考え、学問舎と図書館などを……当時はまだただの書庫ですが、かなり力を入れて作ってまいりました。我が国には特産物はありません。ですが教育に力を入れているおかげで、文化や経済が発展し、今の豊かな国家を作っていると思います」

デメトリオの話に、ロウワンは何度も頷きながら真剣に聞き入っていた。

「ロウワン陛下もかなりの読書家で、ご自分で書庫を作っていらっしゃると聞きましたが……」

「いえ、そんな……ここと比べようもありません。私が持っている本は僅か百冊あまりです」

ロウワンが恥ずかしそうに頬を赤くして、慌てて首を振った。

「いやいや、ご謙遜《けんそん》を。所有されているのは学術書や哲学書が多いと聞きました。その若さで、そんな難しい本を百冊も読んでいるのでしたら、十分にすごいです。ですが見識を広められたいのでしたら、学術書以外の本も読まれることをお勧めします」

デメトリオはそう言って、お茶を一口飲んだ。

「学術書以外……」

「戦記や英雄譚、武勲詩なども面白いですし、世界中の神話や伝承を集めた本などもあります」

ロウワンは興味深いという顔で、頷きながら聞いている。そういう本など興味がないと言っていたロウワンだが、このように教養の高い国の王から勧められれば、それも面白そうだという気になる。

それからロウワンは、お茶を飲みながら、図書館のこと、蔵書のこと、どうやって書物を集めているのかということなどを、次々とデメトリオに質問をし続けた。

気がつけばもうそろそろ出立しなければならない時刻になっていた。他国を訪問して、こんなに名残惜しい気持ちになったのは、初めてだった。

「ロウワン陛下、これは私からの贈り物です。私が面白いと思った戦記や英雄譚の本です。どうぞお持ち帰りください」

帰り支度をするロウワンに、デメトリオから五冊の本が進呈された。それを見て、ロウワンはとても喜んだ。

「ありがとうございます。戻りましたら早速読みたいと思います」

ロウワンは深々と頭を下げて礼を述べた。

エルマーン王国への帰途につきながら、ロウワンの頭の中には本が並ぶあの壮大な光景がいつまでも浮かんでいた。

「図書館か……」

ロウワンはポツリと呟いた。


帰国するなり、ロウワンはシュウエンを執務室に呼んで、リムノス王国で見たことを切々と語った。

「兄上が喜ばれるだろうと思っていましたよ」

シュウエンは話を聞き終わるなり、笑顔でそう答えた。シュウエンには分かっていたのだ。

「お前は見たことがあるのか？」

「はい、実は若い頃に一年ほど、留学させてもらったことがあるのです」

「留学!?」

「はい、リムノス王国の学問舎は世界的にも有名で、留学したいと集まる各国の学者は多いです。もちろん誰でも留学出来るわけではありませんが……それにあの国には大きな商業組合があります」

「商業組合?」

ロウワンは初めて聞く言葉に、僅かに眉根を寄せて首を傾げた。

「はい、商店などを営む者達が集まった組織です。商業に関する取り決めなどを話し合い、利益の独占を禁止したり、物流の確保をしたり、商業に関する情報収集や研究なども行っています。職人の教育にも力を入れていて専門の学舎まであります。ですから私は貿易に関することを学びたくて、留学いたしました」

「それは父上のお考えか?」

「そうです」

ロウワンは黙り込んだ。じっと机の上に置かれた引き継ぎ書類をみつめている。

「リムノス王国は、資源もなく、特産物もありません。ですが貿易が盛んで、商業も発展しており、とても豊かな国です。父上は見習うものが多いと言っていました」

なおも続くシュウエンの説明を聞きながら、『だから外遊先の上位に入っているのか』と、ロウワンはようやく理解して頷いた。

「私も……書庫が作りたい」

ロウワンが呟いた言葉に、シュウエンは首を傾げた。

「書庫はすでにお持ちではありませんか」

シュウエンの何気ない言葉に、ロウワンはむっと顔をしかめた。

「あのような素晴らしい図書館を見てしまったら、私のものなど書庫と呼ぶのも憚《はばか》られる。ただの本棚だ。せめてもっとちゃんとした書庫と呼べるものを作りたい」

「ならば兄上も図書館を作ればいいではありませんか」

また何気ない風に、シュウエンが言った言葉に、ロウワンは眉間にくっきりとしわを寄せた。

「あのような図書館がそう簡単に作れるわけがない。ただ本を集めればいいというものでもない。本を集めるだけならただの倉庫だ。図書館とはそこに学問や研究が伴って、初めて作ることが出来る場所だ。本に対して造詣が深い専門の者が何人も携わらなければ作れない。私が目指したいのは、もっと現実的な……あの三分の一……いやもっと小さな規模でもいいから、きちんと整備された書庫を作りたいのだ」

真剣な顔で、自分の希望を語るロウワンを、シュウエンは嬉しそうにみつめていた。国政以外のことで、ロウワンがこんなに熱意を見せるのは初めてだと思ったからだ。

『これはようやく兄上の趣味と言ってもいいものが見つかったんじゃないかな?』

シュウエンはニヤリと笑ってそう思った。

第2章

江戸時代前期。世は泰平。町民文化も盛んになっていた。

加賀藩《かがはん》。金沢《かなざわ》城下より五里ほど離れた山里に、二尾村《ふたおむら》という小さな村があった。その村は小さいながら、竜神様の加護を受けている村として、周辺の村々の間では有名であった。

村の南に、大きな屋敷がある。この村の名主・守屋《もりや》家の屋敷である。

「おりゅう様！　おりゅう様はいずこですか？」

屋敷で働く若い下女が、人を探して庭に降りてきた。少しばかり焦った様子で、懸命に名前を呼びながら、辺りを見回していると、庭の奥まったところに赤い色が見えた。下女が駆け寄ると、大きな松の木の根元に蹲《うずくま》るようにして座る小さな後ろ姿があった。黄色地に赤い花柄の着物を着て、禿《かむろ》姿の幼子だ。

「おりゅう様！　どうなさったのですか？」

下女は何事かあったのかと、顔面蒼白になりながら慌てて駆け寄った。

「おつる……雀が怪我をしているのです。手当てをしてあげたいのです」

幼子は顔を上げて下女を見た。胸の前で合わされた小さな両手の中から、雀が顔を出している。おりゅうと呼ばれた幼子は、目に涙を浮かべていた。

「まあ……おりゅう様……大丈夫ですよ。雀の手当てをいたしましょう。それよりも旦那様が、おりゅう様をお探しです」

下女は幼子の前にしゃがみ込み、宥《なだ》めるようにその手から雀をそっと受け取った。

「お父様が？」

「はい、雀は私がきちんと手当てをしておきますから、おりゅう様は、旦那様のところへ参りましょう」

おつるはそう言って微笑みながら、おりゅうを立ち上がらせると、空いている右手でおりゅうの手を引き、屋敷の方へ戻っていった。


「お父様、おりゅうです」

縁側に正座をして両手をついて深く頭を下げながら、部屋の中に向かってそう名乗った。

「おお、来たか。さあ、中に入りなさい」

書見台に本を置いて読んでいた父が、かわいらしい幼子の声に、さっと反応して満面の笑顔で迎えた。

おりゅうは言われるがままに部屋の中に入った。父・惣兵衛《そうべえ》の前にちょんと正座をした。

「おりゅう、お前は今年でいくつになる？」

「はい……六つになります」

「うん、よくここまで元気に育ってくれた。おりゅう、今日からお前は男の着物を着なさい」

惣兵衛の突然の言葉に、おりゅうはきょとんとした顔で、すぐには意味が分からないというように
ぼんやりしている。そんな様子もかわいいと思っている惣兵衛は、ニコニコと微笑みながらうんうん

と頷いた。

「急な話で驚かせてしまったね。おりゅう、お前は自分が男だというのはちゃんと分かっているね？」

「はい、分かっています」

おりゅうは柔らかな笑顔を浮かべて頷いた。

「お前はとても大事な子だから、決して弱い子にならぬように、生まれた時から女の格好をさせて、娘のように育ててきた。男は病にかかりやすく、死ぬ子も多いからだ。お前には二人の兄がいるが、お前のすぐ上にはもう一人兄がいたことも知っているね」

「はい、私が生まれる前に、病で亡くなったと聞きました」

おりゅうはとても悲しそうに眉根を寄せて答えた。

「そうだよ。だからお前のことは、とても大切に育てたんだ。お前はほとんど病にかからず、すくすくと育ってくれた。とても丈夫な子になった。もう六つになるしそろそろ大丈夫だろうと、お爺様とも話し合って決めたんだよ」

大きな目を見開いて、じっと聞いていたおりゅうは、ようやく理解したように頷いた。

「私は……これから……兄様達と同じように、男として生きていくのですね」

「そうだ。お前の本当の名前は龍聖《りゅうせい》という」

「りゅうせい……」

「龍《たつ》の字に聖《ひじり》と書いて龍聖だ。ああ、まだ漢字は分からないか……由緒ある良い名前なのだよ」

「龍聖……とても綺麗な響きの名前です。ありがとうございます」

龍聖は柔らかそうな丸い頬を、ほんのり赤く染めて嬉しそうに笑った。そうしているとどこからどう見ても、器量良しの愛らしい娘子だった。

父はそんな龍聖を愛しそうにみつめた。

子供は、健《すこ》やかに育ってくれれば、息子でも娘でもどちらでも良いと思っていた。ずっと元気にこの家にいてくれればそれだけで良いと……。しかし今日は、父にとってとても辛い話をしなければならなかった。

出来ることならばこの日が永遠に来なければいいと思っていた。

しかしこの子が生まれた時から、運命は決まっていたのだ。その運命を変えることは、守屋家の当主として絶対に出来ないことだった。

昨夜は隠居している惣兵衛の父（龍聖の祖父）と話し合った。まだ早いと惣兵衛は渋ったが、父から厳しく諭《さと》された。父は今も実は隣室にいて、きちんと惣兵衛が役目を果たすかどうか見張られているのだ。

「おりゅう……いや、龍聖、お前を明日龍成寺《りゅうじょうじ》に連れていく」

「龍成寺」

「そうだ。我が守屋家の菩提寺でもあり、この村を守る寺でもある。ようやく雪も解けたから、お前の足でも寺までの山道を行くことが出来るだろう。今日こうしてお前に話をした理由もそういうことだ。本来ならば年が明けた頃合いで、このような大事な話はするものだが、雪が解ける春を待っていたのだ」

惣兵衛の顔からは、すっかり先ほどまでの笑みが消えてしまっていた。

「龍成寺には何をしに行くのですか？　家族みんなで行くのですか？」

龍聖はまったく何も気にかけることなく、次々に質問をしていた。

「龍成寺には私とお前の二人だけで行くのだよ。お前のことを和尚様に頼みに行くんだ。これからお前は龍成寺に通って、読み書きを習うんだ」

「読み書きですか！」

龍聖は顔を輝かせた。

「嬉しいのかい？」

「はい、私は末っ子ですから、読み書きを習うことはないと思っていました」

「何を言う。お前が習いたければ、読み書き算盤……他にもなんでも習うがいい」

「本当ですか!?」

満面の笑顔で喜ぶ龍聖を見て、惣兵衛は複雑な表情をしていた。

「龍聖」

「はい」

「お前はとても聡《さと》い子だ。だから私がこれから話すことを、きっと分かってくれると思っている。本当は……まだ六つにしかならないお前に聞かせるような話ではないのかもしれないけれど……」

惣兵衛はそう言って、浮かない表情をした。

その表情をどう受け取ったのか、龍聖は背筋を伸ばして、真剣な顔になり真っ直ぐな眼差しで父をみつめた。

「はい、なんでしょうか」

聞く姿勢でいる龍聖を見て、惣兵衛は小さく溜息をつき覚悟を決めた。

「龍聖……実はこの守屋家には大切な秘密がある。代々この家の当主になる者が、家督と共に受け継いでいくしきたりだ。昔……お爺様のそのまたお爺様の……ずっと遠い昔の守屋家のご先祖様は、龍神様と約束を交わした。その年この村は流行《はや》り病と飢饉《ききん》で、皆が死にかけていた。龍神様はそれを救ってくださる代わりに、守屋家から一人、龍神様にお仕えする者を差し出すように言われた。先祖はその約束を守ってきた。守屋家には何十年かに一人、龍神様にお仕えする者の証を体に付けて生まれてくる男子がいる。その者が生まれたら『龍聖』と名付けて大切に育てて、その子が十八歳になったら、龍神様にお渡しせねばならないのだ」

それまで真面目な顔で一生懸命に聞いていた龍聖が、途中から目を丸くして表情を変えた。ぽかんとしたようなその顔を、惣兵衛は辛そうに目を細めてみつめる。

「龍聖……それは私なのですね？」

六つの子とは思えぬほど、すべてを悟ったようにはっきりと尋ねてきた。

「そ……そうだよ。お前の右脇腹に不思議な形の赤い痣《あざ》があるだろう？　それが証だ」

惣兵衛に言われて、龍聖は自分の右脇腹を手で押さえた。

「これからお前は十八の歳になるまで、いろいろな学問に励むことになる。詳しいことは、明日、龍成寺の和尚様が教えてくださるだろう。龍成寺は守屋家の菩提寺だと言ったが、あそこは龍神様が住んでいる場所に繋がっているといわれる不思議な池を守っている寺だ。龍神様から預かっている儀式の道具も祀《まつ》られている」

先ほどまで真っ直ぐにこちらをみつめていた龍聖が、視線を落としたぼんやりとした表情に変わっていることに気づき、惣兵衛は少し慌てた。あまりに衝撃的な話に、落ち込んでしまったと思ったのだ。こんな幼子には、やはりまだ早い話だったのだ。

「龍聖？　龍聖？　おりゅう？」

惣兵衛は思わず以前の名前で呼んでしまっていた。すると我に返ったように、龍聖が顔を上げた。

「お父様、すみません……なんだか驚いて……色々と考えてしまっていました」

「龍聖、大丈夫か？」

惣兵衛は心配で、少し前のめりになっていた。

「大丈夫です。すみません、驚いてしまっただけです。明日、お寺に行くのが楽しみです」

龍聖はそう言って笑ったが、やはり元気がなく見えた。

その後、龍聖は下女に怪我した雀を預けているからと言って、話を終えた惣兵衛にあいさつをして部屋を出ていってしまった。夕餉《ゆうげ》の時には、いつもと変わりない様子に見えたが、惣兵衛には少し元気がなく見えてしまって、とても心配になった。

だがこれは、祖父母と惣兵衛夫婦しか知らない話だ。他の子供達はまだ誰も知らない。

男の着物に着替えて、髪も総髪に結《ゆ》い上げて、すっかり男の子の姿に変わった龍聖を、兄や姉達がからかいながらも、似合っていると褒めて、仲良くじゃれ合っている。

惣兵衛は妻と顔を見合わせて、心配するしかなかった。


翌日、朝餉《あさげ》をすませた後、惣兵衛は龍聖を連れて龍成寺に向かった。

出迎えた住職に、惣兵衛は追い返されてしまった。

「夕方に迎えに来るといい。龍聖の修業に父親は不要だよ。守屋殿には名主《なぬし》の仕事があるでしょう」

そうにべもなく付き添いを断られた。

本堂には、小さな龍聖が一人ぽつんと残された。緊張しているのか、表情も硬く少し背中を丸めて正座している。

住職はそんな龍聖を観察するようにみつめながら、ゆっくりと前に回り、正面にどかりと腰を下ろした。

「龍聖、私がこの寺の住職、宗閑《そうかん》と申します。この寺で一番偉い僧です。村の者達は私のことを和尚さんと呼びます。呼び方は住職でも宗閑でも和尚さんでも好きに呼ぶとよろしい。この寺には見習いの小坊主も含めて二十人の修業僧がおります。読み書きや色々なことは、私がお教えいたします」

住職が言い終わると、龍聖は深々と頭を下げた。

「よろしくお願いいたします」

「緊張しておるようだが、私が怖いかい？」

「いいえ、住職様は少しも怖くありません」

龍聖は顔を上げて、住職をみつめながら答えた。

「ならば何を怖がっておる？」

住職は試すようにそう尋ねた。龍聖は見抜かれたとばかりに驚いて、少しばかり頬を染めたが、目を伏せて少し考え込むと、再び住職をみつめた。眉間にしわを寄せて、一瞬きょろりと辺りに視線を送った。

「父から……この寺は龍神様の住んでいるところと繋がっている池を守っていると聞きました」

「ああ、そうだよ。この本堂の奥にある」

住職が肯定したので、龍聖はびくりと反応して、僅かばかり身を竦めた。

「そうか……そなたは龍神様が怖いのか」

「こ、怖くはありませんが……父から私は龍神様にお仕えするのだと聞きました。だから驚いてしまって……龍神様は神様だし……絵で見たことがありますが……蛇のように体が長くて、とても大きいのですよね？　わ、私にお仕えすることが出来るのかと……心配で……」

龍聖がもじもじしているので、住職は微笑みながら目を細めた。

「お仕えするために、これから色々学ぶのだ」

「学ぶといいのですか？」

「最初の龍聖……龍成《たつなり》様というお方は、文武両道に優れて神童と呼ばれるような方だった。龍神様はそんな龍成様を気に入って連れていかれたと伝わっている。だから代々の龍聖と定められた者は、初代にあやかって、龍神様に気に入っていただけるように、教養を身につけるのだよ」

「住職様は龍神様をご覧になったことがありますか？」

まだ少し硬さの残る表情で、思いきったように尋ねてきた龍聖に、住職は豪快に笑い返した。

「ああ、ある」

「ええ!?」

龍聖が飛び上がるほど驚いたので、住職はまた豪快に笑った。

「いや、正確には龍神様ご自身のお姿を拝見したわけではない。だがこの寺には龍神様のお姿が分かるものがあるのだ」

「龍神様のお姿が⁉」

いちいち驚く龍聖の素直な様子に、住職は楽しくて仕方がないというように笑い続けている。

「龍神様がこの村に姿を現されたのは、守屋家との契約を交わした時の一度だけだ。その時に立ち会った龍成様の妹君がこの寺を建立《こんりゅう》された最初の住職で、ある時海の向こうから渡ってきた仏像の中に、一度だけ見た龍神様のお顔にそっくりな仏像を発見されて、この寺に祀《まつ》ることにされたのだよ」

そう言って住職が後ろを振り返り、本堂正面の内陣の奥、須弥壇《しゅみだん》に祀られている仏像を指し示した。

「あちらにある仏像がそうだよ」

言われる方を見たが、遠くて龍聖にはあまりよく見えなかった。

「ち……近くで見てもよろしいですか？」

「ああ。そこの一段高くなっているところの手前までは行っても構わないよ」

住職に言われて、龍聖は立ち上がると、恐る恐るという足取りで近づいていった。

一段高くなっている内陣の手前まで来ると、正面に祀られている仏像の姿がはっきりと見えた。

龍聖は大きく目を見開いて、口をぽかんと開けて、食い入るようにみつめていた。みるみる頬が上気して、小さな両手がきゅっと着物の胸元を摑んでいた。

それは見たことがないほど美しい仏像だった。

まだ六歳の龍聖は、そう多くの仏像を見たことがあるわけではない。去年一度、父と一緒に城下町にある分家を訪れた際、道に祀られた道祖神の石像を、道行きにいくつか見たくらいだ。

「龍神様はこんなにもお美しいのか」

龍聖は幼いながら、感動に胸を震わせていた。もう『怖い』などという気持ちは、すっかり消え去ってしまっていた。


時は流れた。

屋敷の門をくぐって一人の青年が現れると、近くにいた村人達が一斉に駆け寄ってきた。

「龍聖様、この前はありがとうございました。おかげで孫はすっかり元気になりました」

「薬が効きましたか……それは良かった。およねさんも安心ですね」

「龍聖様、見てください。怪我もすっかり治りました。畑仕事に戻れます」

「それは良かった。もう無茶をしてはいけませんよ」

村人達は龍聖と呼ぶその青年を拝み、何度も何度も礼を言った。龍聖は一人一人と親しげに話をし、明るい笑顔を振りまいた。村人はその笑顔に癒やされ、仏様を拝むようにまた手を合わせる。

ようやく全員と会話を交わし終えて、龍聖は皆に別れを告げると、山の方へ向かって歩いていった。

春が来て、真っ白だった田畑も、雪が解けて若草色に染まっている。山から下りてくる風は、まだ少し冷たくはあるが日差しは穏やかで暖かい。

龍聖は軽い足取りで、田畑の中の道を歩き、山の麓まで来ると、なだらかな山道を登っていった。

途中で道が二股に分かれて、ひとつは石段へと続いていた。

龍聖は長い石段を登り、頂上にある龍成寺へ辿り着いた。幼い頃から何度も通った道だ。そこは守屋家の菩提寺でもある。

「龍聖様」

境内《けいだい》の掃除をしていた僧が、龍聖に声をかけて頭を下げる。

「本堂へ行ってもよろしいですか？」

「はい、もちろんでございます」

龍聖は嬉しそうに笑って、僧達に丁寧に礼をしてから本堂へ向かった。

この時間、僧侶達は皆、他の用事をしているのか、本堂には誰の姿もない。中央まで進み外陣に正座して、深々と頭を下げてから、合掌をして経を唱《とな》えた。それが終わると、顔を上げて改めて内陣の奥、須弥壇に祀られている仏像をじっと眺めた。

どれくらいの時間そうしていたか分からない。やがて人の気配に振り返ると、住職が微笑みながら立っていた。

「宗閑様」

「お邪魔してよろしいかな？」

「はい」

龍聖が恥ずかしそうに頬を染めて頷くと、住職は龍聖の側に腰を下ろした。

「また仏様のお顔を眺めておいでてしたか？」

「はい……あのお顔は、龍神様によく似ているのだと伺ってから、私は毎日のように拝ませていただいています」

頬を染め、瞳を輝かせながらそう嬉しそうに語る龍聖を、和尚は慈愛の眼差しでみつめていた。

あの幼子も、見違えるほど立派に成長した。龍聖は今年で十八歳になった。すらりと背も伸びて、美しく整った面立ちで、歩けば誰もが振り返るほどだ。普通であれば月代《さかやき》を落として元服している歳だが、月代は落とさずに総髪に結い上げている。

この時代は町人の間でも、月代に丁髷《ちょんまげ》姿が当たり前になっていたが、武士ではない龍聖が総髪であっても、それをおかしいという者はいなかった。それでも若い者達の間では、流行の髪型がある。田舎の二尾村で静かに暮らしているならばともかく、龍聖は学びのために城下町に行っていた。年頃の若者達の間で、髪型を気にするはずだが、龍聖はあえて自分の意思で総髪にしていた。

龍神様が気に入って連れていった初代の龍成は、百年も前の時代で総髪が普通だった。龍聖は初代と同じ姿形であった方がいいのでは、と気にしていたのだ。

自らの運命を受け入れ、曲がることなく真っ直ぐに育った龍聖は、ある意味奇跡のようだなと、住職は思った。

「もうすぐ本物にお会いになるではありませんか」

「そうなんですけど……そう思うとなおさらご尊顔を拝したくなってしまうのです……あんなに優しく美しいお顔の方が、本当にいらっしゃるなんて……もちろん人間ではなく、神様なのですから、いらっしゃるという言い方もおかしいのかもしれませんが……本物の龍神様はどれほどお美しいのだろうと想像すると、興奮して胸が痛くなります」

龍聖の言葉に、住職は声を上げて笑った。

「そなたは龍神様に惚れておいでなのですね」

住職に言われて、龍聖は耳まで真っ赤になった。

「それはもちろんお慕い申しております。私は龍神様にお仕えすることが出来て、本当に幸せだと思っています」

住職は笑いながら何度も頷いて、龍聖の頭を優しく撫でた。

「心からそう思っているのだね？　空元気ではないようだから、私も安堵いたしました」

「空元気？」

「守屋家が龍神様と契約を交わして以来、証を持って生まれた男子は、生まれながらに運命が決められてしまっておる……。そなたは四代目の龍聖。龍神池を守るこの寺の住職である私が、このようなことを言うものではないのだが……そなたが生まれた頃より見守ってきたからこそ、こんなに清く優しく賢い子が、家や村の犠牲となって、龍神様の生贄《いけにえ》になるなど、なんと不憫《ふびん》な話だろうと思ってしまうのだよ。そなたが本当は辛いと思っているのであれば、どう慰めるべきかと思い悩みもしたが……そなたが本当に嫌ではないというのならば、安堵しているのだよ」

龍聖はその大きな黒い目を見開いて、真っ直ぐに住職をみつめていた。曇りのない澄んだ瞳だ。

「私は六つの時に、自分が龍神様に仕える身だということを知らされました。だから龍神様に仕えるのに恥ずかしくないように、色々なことを学ばなければならないと、その責任を重く感じたこともあります。でもあちらに祀られている仏様が、龍神様のお姿にそっくりなのだというお話を伺い、そのお姿を初めて拝見して……私は一目惚れしてしまったのです。おかしいと思われますか？　仏様のお顔に惚れるなど、罰当たりでしょうか？　でも本当に、寝ても覚めてもあのお顔のことが頭に浮かんで、忘れられなくて……あんなにお美しい方ならば、早くお会いしたいと……そう思ったら、どんな学問も、修業も、鍛錬も、少しも辛くなくて……もっともっと立派な人間になって、龍神様のお役に立ちたいと……それればかり考えてまいりました」

「学問所の師も、剣術の師も、茶道の師も、皆が手放したくないと思うほどに、優秀な教え子だったそうじゃないか……神童だと誰に聞いても言っていたよ」

「それは世辞です」

龍聖は赤くなって首を振った。

「医術を学ぶために弟子入りしていた医師の安倍《あべ》様などは、自分の跡を継がせて、藩医に取り立ててもらうと言っていたそうじゃないか」

「安倍先生には大変お世話になりましたが……それは先生の贔屓目《ひいきめ》だと思います」

龍聖は恥ずかしそうにそう言った。

「そもそもなぜ、医術を学ぼうと思ったのだ？」

住職が不思議そうな顔で尋ねたので、龍聖も首を傾げた。

「その話は宗閑様には話しておりませんでしたか？　この村は龍神様の加護のおかげで、作物は毎年豊作となり、日照りや水害にも遭わず、守屋の家も繁栄しております。でも金や富は恩恵を受けても、人の命に龍神様の加護はありません。この村には医者がいませんから、ひどい病にかかれば、町まで医者を呼びに走らなければならない。もっとも村人達には医者を呼ぶ金はありませんし、守屋の家でも、村人のためにそうそう毎回医者を呼んでやることも出来ません。小さな子供や老人は、毎年たくさん亡くなります。それを少しでもどうにかしたくて……私が医者になったところで、十八歳になればいなくなってしまいますけど、村のために何か残せるはずだと……」

「それで薬草園を？」

住職の言葉に、龍聖は大きく頷いた。

「私が安倍先生から学んだ薬学について……薬草園で育てている薬草の効能や、煎じ方、処方の仕方などを書物にまとめました。それを住職様に預けますから、この寺の皆様で、薬草園を引き継いでいただけませんか?」

住職は真面目な顔になって頷いた。

「分かりました。お引き受けいたしましょう」

龍聖は安堵したように微笑んだ。その時、寺の梵鐘《ぼんしょう》が鳴った。

「あ、もうそんな時刻ですか……早く家に帰らねば、お父様達が心配いたします……宗閑様、ありがとうございました……次に会うのは儀式の時ですね」

「そうだな」

龍聖は立ち上がり一礼をしてから、足早に帰っていった。その姿を、住職はいつまでも見送っていた。そして改めてご本尊に向かい礼をしてから、御仏の尊顔を仰ぎ見た。

「龍神様……龍聖は、本当に心優しく、美しい魂を持っております。誰よりも慈悲深く、誰よりも強い……そして明るく朗らかで、誰からも愛されております。この村の誰もが、あの子を手放したくないと思っている……でも約束を違《たが》えることは出来ません。二日後にそちらに参ります。どうかあの子のことをよろしくお願いいたします」


龍聖が家へ戻ると、門の前に心配そうな顔の母親が立っていた。

「お母様、そんなに心配なさらずとも、私は寺へ行くと言ったではありませんか。それにまだ日も暮れておりません」

龍聖は笑いながら、少し赤く染まりつつある空を指して、母に向かってそう言った。

「でもお前、もうすぐいなくなってしまうじゃないか……こんな時まで寺に行かずとも、私達家族と一緒にいておくれ」

母はそう言って、龍聖の手をぎゅっと強く握った。龍聖は微笑みながら、何度も頷いた。

「明日は一日家におりますから……そうだ、お母様、せっかくだから少しばかり二人で散歩でもしませんか？」

「え？　龍聖」

龍聖は母の手を引いて、答えも聞かずに歩き始めた。

「お前、こんな……家のものに何も言わずに出てきてしまって……夕餉の支度をしている途中なのに……」

母のお登勢《とせ》は思いもかけないことで、少しばかり慌てていた。

「その辺りを少しばかり歩くだけです。そんなに遠くに行きませんし……夕餉の支度は下女達に任せればいいではないですか。姉様達も戻ってきているし……第一、さっきまでずっと門の前に立って私を待っていたのでしょう？」

龍聖が明るい口調でそう言ったので、お登勢は言い返せずに少しばつが悪そうに赤くなった。

「まったく……貴方ときたら……母をからかうものではありませんよ」

「お母様と二人でこうして手を繋いで歩くなど、いつぶりでしょうか？」

龍聖に尋ねられて、お登勢はふと繋いでいる手をじっとみつめた。覚えているのはまだ紅葉《もみじ》のように小さな手だった。言われてみれば、一緒にこうして歩くことなど随分なかった。ほっそりとした子だと思っていたけれど、久しぶりに手を繋いでみれば、自分よりも大きな手をしていて、やはり男の子なのだと改めて気づかされる。

それでも畑仕事をしておらず、主に筆ばかりを持っていたその手は、長男達と比べれば、ずっと繊細で綺麗だ。

「お母様、あの土手に上がりましょう。今の時間は川越しに見る夕日が綺麗ですよ」

龍聖が屈託のない笑顔で、少し高い土手を指さして言った。登れない高さではないが、斜面が急で果たして自分に登れるだろうかと、お登勢は困惑気味にみつめていた。

「さあ、お母様、私の背にどうぞ」

気がつくとお登勢の目の前に、龍聖が背を向けてしゃがんでいた。

「まあ、嫌だわ。貴方におぶってもらうなんて……そこまでしなくても自分で登れますよ」

「お母様、これは私のお願いです。後生《ごしょう》ですから私の願いを聞いてやってください」

龍聖がしゃがんだまま振り返り、両手を合わせて頼むので、お登勢は戸惑いながらも仕方なく、その背に覆いかぶさるように体を預けた。

「よいしょっ……と」

龍聖がお登勢を背負って立ち上がった。そのままゆっくりと土手を上がり始める。

「大丈夫ですか？」

母が不安そうな声で尋ねるので、龍聖はクスクスと笑う。

「そんなに心もとないですか？　これでも一応剣術をしていたので、足腰には自信があるのですけど」

そう言って土手を登る龍聖の足取りは、確かにしっかりとしたものだった。

「お母様、去年お爺様のお墓参りに家族で龍成寺に行った時、寺の階段をお父様がお婆様を背負って昇ったじゃないですか」

ふいにそんな話を始めたので、お登勢は不思議そうに「ええ」とだけ返事をした。

「栄太郎《えいたろう》兄様が、替わりますというのにお父様は絶対に譲らなくて……私はあれを見た時、私も歳を取ったらあんな風に、お母様を背負って差し上げたいなって思ったんです。だってあの時のお婆様はとても嬉しそうでした。でも私がお母様にして差し上げられるのは今しかありませんから……願いが叶ってよかった」

龍聖は土手を登りきり、お登勢を下ろそうとしたが、龍聖の背中にしがみついて泣いている母の様子に気づき、困ったように黙って立ち尽くした。

お登勢は声を押し殺し、龍聖の着物をぎゅっと握りしめてすがりつくようにして泣いていた。龍聖はしばらくの間そのままでいた。

眼下に流れる川は、傾き始めた日の光を水面に映して、キラキラと光っている。空は次第に茜色《あかねいろ》に染まっていった。

「お母様、私は守屋家の三男です。末っ子です。龍神様の証を付けずに生まれていたとしても、早くに奉公に出されていたでしょう。少しばかり遠くに奉公に出すだけだと思ってください」

「龍聖……」

「ほら、夕日が綺麗ですよ」

龍聖は母を背から下ろしながら、宥めるように言った。

「私はこの夕日を忘れません」


龍聖と母のお登勢が家に帰り着いたのは、辺りが少し暗くなり始めた薄暮の頃だった。

門の前には、帰らぬ二人を心配した二番目の兄、辰次郎《たつじろう》が立っていた。二人の姿を見つけると、慌てて駆けてくる。

「一体どこに行っていたんだ！　龍聖はなかなか帰ってこないし……寺に使いを出したらとうに帰ったというじゃないか……母様まで姿が見えなくなって、みんな心配したんだぞ」

「辰次郎、すまない……」

「兄様申し訳ありません！　お母様と二人だけで散歩に行きたくて、黙ってお母様を連れ出してしまいました。お許しください」

母が謝ろうとするのを、龍聖が遮りながら一歩前に進み出て、深々と頭を下げて謝罪したので、辰次郎は慌てて両手と首を振った。

「龍聖、そんなに謝るな！　ちょっと心配になっただけで、誰も怒ってなんかいないよ。さあ、二人とも早く中に入って。もう夕餉の時間だ」

兄に促されて、二人は家の中に入っていった。

龍聖には二人の兄と二人の姉がいる。五人兄弟の末っ子だった。兄達は所帯を持ち、この家に同居している。姉達は二人とも、他の村に嫁いでいたが、龍聖の儀式の前に、二人とも家に戻ってきていた。

帰ってきた龍聖を、家族全員が出迎える。祖母と両親、長兄夫婦と子供三人、次兄夫婦と子供二人、里帰り中の二人の姉、三人の使用人という大所帯だ。

龍聖が草履《ぞうり》を脱いで足を洗うのも、着替えるのも、すべて家族みんなが世話をしたがり、大変な状態になっていた。夕餉の間も、皆が龍聖と話をしたがり、しかしそれでは龍聖が食事が出来ないと怒る者もいてと大騒ぎになる始末……就寝の時刻になって、ようやく龍聖は一人になれた。

いや正確には就寝の時も、一緒に寝たいという甥や姪をなんとか上手く断って、ようやく一人で部屋に戻ったのだ。

障子《しょうじ》を閉めて、ほっと息を吐く。行燈《あんどん》に火を入れると、文机の横に置いてある文箱を開けて、中から一束の紙を取り出し、それを片手に部屋の中央にすでに敷いてある布団の上に正座した。そしてまた溜息をつく。

「あと二日しかないのに……まだこれが上手く出来なくて……どうしよう……」

龍聖は小さく独りごちた。今夜はどうしても、自分に課せられた宿題をやりたくて、就寝時は一人になりたいと、頑なに言い張ったのだ。

龍聖は手に持っていた紙の束を、恐る恐るという手つきで開いた。それは浮世絵だった。それもただの浮世絵ではない。春画《しゅんが》である。

龍聖はその絵をじっとみつめて、頬を染めながらきゅっと唇を噛んだ。

衆道《しゅどう》の春画……男同士がもつれ合っている。春画だから、性器も誇張して描かれていた。男らしい侍《さむらい》が、美しい小姓を組み敷き、その尻に巨大に誇張して描かれたマラを差し入れようとしている。

龍神様にお仕えする者は、夜伽《よとぎ》の相手も務めなければならないかもしれないと言われたのは、つい最近のことだった。

半年前に住職がそんな話をした。今の天下泰平の世になる前、戦ばかりが起きていた時代、武士の頭領には身の回りの世話をする小姓が仕えていた。戦場までお供をして、万が一の時には盾となり主君を守った。女のいない戦地では、夜伽の相手を務めることもあったという。

龍神様にお仕えする神子を育てるにあたり、先祖はその『小姓』の役目を手本としたそうだ。だから必然的に衆道の必要性も検討された。

このようなものを、息子に渡すなど父には出来ないだろうからと、住職が代わりに春画を用意して、龍聖に説明をしてくれたのだ。

「衆道は武士の嗜《たしな》みだった。決して恥ずかしいことではない。主君に命を預けるのだ。体も捧げて主君を喜ばせることは、武士の誇りとさえ思われていた。龍神様は神様だから、そこまでのことを求められるか分からないが……一応知識として知っておいた方が良い。いざという時に役立つだろう。龍聖……大丈夫か？」

真っ赤な顔で目を丸くして、春画をみつめたまま固まってしまっている龍聖に、住職が心配そうに声をかける。

「さすがにこればかりは、私が手ほどきをして教えるわけにはいかぬから、それを見てやり方を理解しなさい。説明はしてあげるから」

住職は真面目な説法《せっぽう》のように、衆道での交わり方を説明してくれた。

性交の知識は、なんとなくあった。牛や馬の種付けは見たことがあったし、村祭りの時に、偶然何度か、村人達が物陰で交わっているのを、見てしまったこともある。

でも自分が龍神様と、交わることがあるかもしれないなんて、知った時には少し動揺してしまった。いや、少しなんてものではない。不思議なことに嫌悪感はなかったが、春画を見てこんなことが出来るのかと、ただ唖然とするばかりだ。

大人の男の勃起したものなんて見たことがないから分からないが、この絵のように大きかったら怖いなとちょっと思う。

「でも龍神様だし……」

それはさぞかし立派な男根であるだろうと思う。それを尻の菊座に入れなければならないのだということは、この春画を見て住職の説明を聞いて知った。

何枚かある春画のどれもが、念者《ねんじゃ》が美しい若衆の尻に男根を入れている。

龍聖は一度溜息をついてから、膝立ちになると着物の裾を開いて、褌《ふんどし》を外した。右手の指を舐めると、そっと後ろに回して、菊座に触れる。目を閉じて息をゆっくり吐きながら、人差し指を穴の中へ挿入した。

ゆるゆるとぎこちない手つきで、穴の入り口を弄《いじ》る。指二本までは難なく入る。痛くはない。三本目になると、穴が狭くて無理に入れると苦しかった。

「でも……龍神様のマラはもっと太いはずだから、入れられるようにならなければ……」

龍聖は呟きながら、指を動かして穴の入り口をほぐしていく。脳裏には龍神様に似ているという仏様の顔が浮かんだ。

「わっ……そんな罰当たりな」

龍聖は自分の想像に驚いて目を開けた。仏様の顔を思い浮かべて、こんなことをするなんて……龍聖は真っ赤になった。だけど自慰行為をするなら、龍神様のことを思いながらやりたかった。しかし龍神様の顔が分からない。ダメだと思うと、余計に興奮してきて、龍聖の陰茎が勃起し始めていた。

「あっああっ……龍神様……龍神様……」

右手で尻の穴を弄りながら、左手で立ち上がった陰茎を上下に擦った。

「んっんっ……ああっあっ……龍神様っ……」

切ない声を漏らして、びゅるっと白い精液が放たれた。がくがくと腰を震わせて、はあはあと荒い息を吐きながら、そのまま布団に倒れ込む。まだ息が乱れていた。龍聖はぼんやりと行燈の明かりをみつめた。

「また途中で、気をやってしまった……これでは上手く龍神様の夜伽の相手は務まらないかもしれない……龍神様を怒らせてしまったらどうしよう……」

龍聖は切なげに呟いた。そう思うだけで胸が痛い。ふいに今日、住職に言われた言葉を思い出していた。

『そなたは龍神様に惚れておいでなのですね』

龍聖は『お慕いしている』と言い直したが、住職の言葉の方が正しい。惚れている。龍聖は龍神様に心底惚れ込んでいた。会ったことのない相手に惚れてしまうなんておかしいのだろうか？　これから小姓のように仕えなければならない主に、こんな想いを抱いてしまうのはいけないことなのだろうか？

「神様なのに……」

龍聖は小さく呟いて唇を噛んだ。自分でもどうしてこんなに惹かれるのか分からなかった。この村と守屋家に繁栄をもたらし、守り続けてくださる龍神様。帝《みかど》でも、将軍様でも、殿様でもない。こんな山間の小さな村の青年を寵愛《ちょうあい》し、恩恵をくださる龍神様。

それだけでもお慕いするには十分だと思う。自分が、その龍神様に仕える者として選ばれるなんて……。色々なことを学ぶのも、すべては龍神様のためと思うほどに、気持ちは募っていた。お会い出来る日のことを夢に見て、その日が来るのが待ち遠しくて仕方なかった。

家族や村人達と別れるのは寂しいけれど、それよりも龍神様に会うことの方が待ち遠しい……そんな風に思ってしまうのはいけないことだろうか？

「私はどこかおかしいのかな？」

龍聖は布団に突っ伏したままそう呟くと目を閉じた。

翌日、夜明けと共に起きると、台所へ向かった。使用人と兄嫁達が忙しそうに、朝餉の支度をしていた。

「おはようございます」

龍聖は明るくそうあいさつをすると、みんなが手を止めて嬉しそうにあいさつを返した。

「お手伝いをいたします」

龍聖はそう言って、たすきをかけて土間に降りた。最初の頃は、男が台所に入るなんてと、母や姉からひどく叱られたが、『龍神様のために食事の支度をすることがあるかもしれないから』と言って、なんとか手伝うことを承諾させた。

料理を作るところを見るのは楽しかった。

家族みんなで朝餉を食べて、その後は、甥や姪と遊んだり、父と碁《ご》を打ったり、兄達と釣りに行ったりして忙しい一日を過ごした。

夕餉の後には、姉達にせがまれて三味線《しゃみせん》を弾いた。最初は皆が喜んで一緒に唄ったりしていたが、三曲目が終わる頃には、全員が静かに正座して聞き入っていた。その静まり返った雰囲気に、龍聖は困ったように苦笑した。

「嫌ですね、なんだかお通夜みたいだ」

龍聖がわざとふざけて言うと、突然母のお登勢が堰《せき》を切ったように泣きだした。すると釣られて姉達までもが、さめざめと泣き始める。

「お母様……お姉様達まで……」

龍聖は困ってしまった。

「お父様、なんとかならないのですか？　龍聖を龍神様の生贄にするなど……オレはまだ納得出来ない」

次兄の辰次郎が思いつめたような顔でそう言った。

「我が家に代々伝わる決まり事だ。曲げることはならない」

父は眉間にしわを寄せて苦しげな口調でそう告げた。それを聞いて、辰次郎はさらに気持ちを昂らせて、両手の拳を握りしめた。

「ならばオレが代わりに行く！　オレは次男だし適任だ。龍聖は我が家の……いや、この村の宝だ。

失うわけにはいかねえ」

「馬鹿なことを言うな」

「辰！　やめろ！」

父と長兄から叱られて、辰次郎は不満そうに口を歪める。

「龍の証の痣を持って生まれたのだ……龍聖以外、誰も代わりにはなれぬ……これは運命だ……例外などはない。代々……証を持って生まれてきた者が、龍神様の生贄になったのだ。龍神様との契約を反古《ほご》にすることは出来ない」

父が静かにそう語った。

「生贄ではありませんよ」

静寂を破るように、龍聖が大きな声で言った。皆が驚いて顔を上げて龍聖を見た。

「生贄なんかじゃありませんよ」

龍聖はニッコリと笑ってもう一度言った。

「お婆様、お父様、お母様、栄太郎兄様、辰次郎兄様、すず姉様、みつ姉様、うめ義姉様、よし義姉様……私はこの家に生まれて、皆様に慈《いつく》しんでいただいて、今まで本当に幸せでした。末っ子なのに色々な学問も学ばせていただき、剣術や三味線、医術まで……私がやりたいということは、なんでも自由にさせてもらって、こんなに幸せなことはありません。私はたぶん今まで生きてきた歳の倍以上は、生きてきたんじゃないかというくらい恵まれた日々を過ごしました。その恩に報いるために、精いっぱい龍神様にお仕えしたいと思います。私が龍神様に気に入られて、喜んでいただければ、それだけこの家も村も繁栄するのだと聞きました。だから……これから先、皆様の周りで良いことがあれば、それは龍神様が喜んで褒美をくれた証拠、きっと私が元気で幸せに暮らしているのだと思ってください」

龍聖は微笑を浮かべてそう語った。一人一人の顔をみつめて、感謝の気持ちを伝えたかった。

「私のことを大事に思ってくださるのでしたら、どうかこんなしきたりは止めようなんて思わないでください。どうかこれから先も、証を持つ子が生まれたら、龍聖と名付けて、龍神様の下へ送り出すよう家訓として伝えてください。そうしなければ、私の行く意味がなくなってしまいます」

「龍聖」

皆が驚いたように龍聖をみつめていた。龍聖は優しく微笑んでいる。その笑顔には偽りは感じられなかった。

「今夜はみんなで一緒に眠りましょう」

龍聖の提案で、その夜は居間に全員で雑魚寝《ざこね》することになったが、子供達以外、誰も眠れなかった。ただ皆が龍聖の無事だけを祈り続けていた。

翌朝、守屋家の屋敷の前には、村人達が全員見送りに来ていた。

「皆様、どうかお元気で」

龍聖は明るい笑顔でそう告げると、村人や家族に別れを告げて、父と長兄と共に、儀式を行うために龍成寺へと向かった。

第3章

ロウワンが目覚めてから、間もなく一年が過ぎようとしていた頃、城内がにわかに沸き立つ事件が起きた。

謁見の間で、他国からの使者を招き入れる準備をしていた時、突然広間の中央に、目のくらむような光が差した。何かが爆発したのかと思うような激しい光が溢れ、やがてそれが消えた後には、異国の服を着た黒髪の青年が床に倒れていた。それを見た兵士やシーフォン達の叫びで謁見の間は大騒ぎになった。


「兄上、リューセー様が降臨されました！」

ロウワンが謁見の間へ向かおうと部屋を出たところに、シュウエンがひどく慌てた様子で駆けてくると、開口一番にそう告げた。

「リューセーが？　それは本当か？」

「はい、たった今、謁見の間に現れました」

「そ、それで？」

「気を失っておいでしたので、とりあえずすぐに、王妃の間へとお運びいたしました」

「そうか……分かった……」

一瞬動揺したように見えたロウワンだったが、すぐに冷静さを取り戻した。

「今日の接見は中止いたしますか？」

「いや、予定通り行う。どうせ私はまだリューセーに会えぬのだ。すべては側近のシアンに任せる」

ロウワンは落ち着いた様子で、淡々とそう告げると、何事もなかったかのように歩きだした。

『もう少し、リューセー様降臨を喜んでもよさそうなものだが……兄上らしいといえば、らしいのだが……大丈夫だろうか？』

このたび降臨したリューセーが、どんな人物かはシュウエンもまだ分からない。母のような人としか想像出来ないのだが、こんなに生真面目で堅物のロウワンと、夫婦として上手くやっていけるのだろうかと、少しばかり不安になる。いやリューセーばかりではない。ロウワンもあんな調子で大丈夫だろうか？　と不安に思った。

「あ、兄上！　それで今後はどのようにいたしますか？　儀式の日取りなど……」

シュウエンが後を追いかけて尋ねると、ロウワンは足を止めずに歩きながら少しばかり考えた。

「まずはリューセーの様子を確認してからだ。休養とこの国に慣れてもらうのに、三日は必要だろう。側近のシアンと相談しながら、婚姻の儀式の日取りを決めるのが良いのではないか？」

「そ、そうですね。おっしゃる通りです。接見が終わり次第、私がシアンに尋ねることにいたします」

シュウエンは、ロウワンの冷静さに驚いていた。生真面目な兄は、元々あまりうろたえたりすることはない。普通の人が驚くようなことがあっても、まずは何が起きているのか、どういう状況なのかなどを、瞬時に分析判断をする。時にそこまで堅く考えなくてもいいのに……と思うほどだ。

だがリューセーが降臨したのだ。城をあげて、いや国をあげて祝うべき大事件だ。もう少しくらいは動揺しても良いと思うのだけれど……と思いつつも、この年若い青年に対して良い歳の中年男が狼狽していたことに、少しばかり恥ずかしさを覚えた。

「ここは……」

龍聖が目を開けると、そこは見知らぬ部屋の中だった。起き上がろうとしたが、一瞬眩暈《めまい》を感じてそのまま仰向けに寝て、視線だけを動かした。

「気がつかれましたか？」

声をかけられたので驚いて、さらに視線を動かして相手を探した。すると見知らぬ男性が、こちらへと歩み寄ってきた。初めて見る顔立ち……異国の者のような不思議な顔立ちをした男性だった。肌も白く、短く揃えられた髪も赤茶けたような明るい色だ。だがとても優しそうな顔で微笑んでいる。

「貴方は……？」

「私はシアンと申します。リューセー様、エルマーンへようこそおいでくださいました」

「しあん？　えるまーん？」

龍聖は何を言われているのか分からずに、最初はぼんやりとしていたが、すぐにはっと顔色を変えて、慌てて体を起こそうとした。シアンが介添えしてくれたので、なんとか体を起こしてその場に座ることが出来た。

龍聖は目を丸くして、辺りをぐるりと見回した。見たことのない不思議な調度品、布のかかった大きな窓、龍聖が寝ていた寝具も、床より一段高くなっているようで、初めて見る形の寝具だ。シアンと名乗る男性も、日本人ではないようだし……。ではここは？　と、ぐるぐると考えていた。

「あの……もしかしてここは、龍神様のおいでになる世界ですか？」

「はい、そうでございます」

「ではあなたが龍神様？」

「いえ、私はリューセー様の側近でございます。身の回りのこと、すべてのお世話をさせていただきます。それからこの世界のことや言葉など、リューセー様がこれから生活していく上で必要なことは、すべてお教えいたします」

「では私の先生でいらっしゃるのですね……ああ！　言葉が……私と同じ言葉をお話しになるのですね」

龍聖の言葉に、シアンはとても驚いて慌てて首を振った。

「先生などとんでもございません！　私はあくまでもリューセー様の家臣……いえ、家臣などとはおこがましい……下僕でございます」

「下僕だなんて……貴方のような立派な方を、そのようには思えません。色々と私に教えてくださるのであれば、先生ではありませんか」

龍聖がニッコリと笑ってそう言ったので、シアンはとても戸惑ってしまった。

「リュ……リューセー様……ともかく急にお起きになって、お疲れにはなりませんか？　何かお飲みになりますか？」

シアンに言われて、龍聖は少し考えた。

「そういえば少し喉が渇いているような……私はここに来てどれくらいになるのですか？」

シアンはベッドから少し離れたところで、お茶の用意を始めた。手際よくポットに茶葉を入れて湯を注いでいる。カップにお茶を入れて盆に載せると、再び龍聖の側へ戻ってきた。

「リューセー様が降臨なさったのは、朝方でしたから、もう半日は経つでしょうか？」

龍聖の問いに答えてから、お茶を差し出した。龍聖はそれを受け取ると、カップの中をじっとみつめた。少し赤っぽい色の液体だった。湯気が立ち上っていて、ふわりと良い香りがする。そっと一口すすってみた。ふわりと鼻の奥に、爽やかな草花の香りが広がり、微かに甘い味がする。

「これはなんですか？」

「香茶と言って、異国の飲み物です。前のリューセー様が好んでいらしたと伺っています。リューセー様はあまりお好きではありませんか？」

「いいえ、とても美味しいと思います。これはお茶なのですか？　私の国にもお茶はありますが、とても高価なもので、私達のような下々の者は、とても口にすることは出来ません。だからお茶というものを初めて飲みました」

龍聖はほんのり頬を上気させて答えると、まじまじと改めてカップの中のお茶をみつめたり、香りを嗅いだりした。

「こちらの世界でも、とても高級なものです。私達アルピンは、飲むことは出来ません……リューセー様は王妃となられる方ですから、香茶を召し上がるのは当然でございます」

「え？　王妃？　今、王妃と言われたのですか？　王の妃ということですよね？」

「はい、リューセー様がご存知の『龍神様』という方は、この国の王でいらっしゃいます。そしてリユーセー様は、その竜王様の妃となられる方……ですからこの国の王妃となられます」

龍聖はその大きな目をさらに大きく見開いて、困惑しているというように、視線を泳がせている。その様子に、シアンは少し早まったと悟って、慌てて取り繕った。

「リューセー様、申し訳ありません。何事も順番というのは必要でございます。リューセー様は異世界から、こちらの世界に来て目覚めたばかり……このような話をするのは、もっと落ち着かれてから、順を追っていくべきかと思います。まずはお茶を飲んで、少しお休みになってください」

龍聖は困惑しつつも、色々と聞きたいことがたくさんあった。しかし目の前のシアンと名乗る男性が、龍聖にとても気を遣っているようなので、なんだか申し訳ない気がして、今は言われる通りにしようと思った。大人しくお茶を飲んで、飲み終わるとシアンに促されて横になる。

寝かされている寝具は、とても大きかった。広い大きな台座の上に、布団が敷いてあるのだろうか？　頭を置くところに、柔らかな綿を詰めたような塊《かたまり》が置いてあり、ふわふわとして気持ちいい。体の上にかけられた掛布は、衾《ふすま》のような薄い夜具だった。これも絹のように柔らかくて気持ちいい。

すべてがとても高級な物のようで、龍聖は少し落ち着かない気分だった。王の寝具とはこういうものなのだろうか？　日本でも帝や将軍は、このような夜具でお休みになるのだろうか？　それにしても、龍神様がこの国の王だなんて。神様が国を治めているのならば、この国は神の国ということなのだろうか？　それにさっきリューセーは王の妃だと言っていた。それが本当なら……いや、きっと聞き間違いだ。自分が龍神様の妃になるなんて、天地がひっくり返ってもあり得ない。そもそも自分は男なのだから、妃になんてなれないじゃないか……と、そんなことをぐるぐると考えていたら、いつの間にか眠ってしまっていた。

龍聖が目を覚ますと、そこは先ほど見た見知らぬ部屋のままだったので、あれは夢ではなかったのだとすぐに思った。辺りは少し薄暗い。人の姿はなかった。ゆっくりと体を起こすと、もう眩暈もなく、体も楽になっている。どうやら一晩眠ってしまったようだ。そっとベッドから降りて立ち上がると、大きく背伸びをした。着ていたはずの白い着物ではなくて、見たことのない不思議な衣を着せられていることに気がついた。

裾は踝《くるぶし》まで隠れるほどの長さで、袖は着物の袖とは形が違っていて、もっと細めの筒状になっている。帯はなく、合わせもない。首の所が少し開いていて、ゆったりとしたその衣は、着心地はとてもよかった。だが褌をつけていないので、なんだか少し落ち着かない気もする。

窓の方へ歩いてみた。床には厚手の布のような物が敷かれていて、裸足で歩いてもとても気持ちよかった。

窓にかかっている薄い布を、そっとめくった。障子のようなものはなかった。そこには何もないと思ったが、透明の堅い何かがあるようだ。そっと触ると少し冷たい。壁のように硬いのに、透明で外の景色を見ることが出来た。

見えるのは、遠くの山だ。草木も生えていない赤い岩山は、鋭く険しい様相をしている。空は真っ青に晴れ渡っていた。何か鳥のようなものが飛んでいるのが見える。でも鳥とも違うような気もする。

「あれはなんだろう……」

龍聖はじっと目を凝《こ》らしてみつめた。

「リューセー様」

声をかけられてびくりと震えた。驚いて振り返ると、シアンが立っていた。

「あ……シアン様……おはようございます」

「おはようございます。リューセー様……私のことは『シアン』とお呼びください。お体の具合はいかがですか？」

シアンは微笑みながら、とても柔らかな物腰で、龍聖に話しかけた。

「はい、とてもよく眠れましたので、体の具合もとてもいいです」

「それはよろしゅうございました。お食事を召し上がりますか？」

「あ……」

言われて急に空腹であることに気がついた。

恥ずかしそうに頷くと、シアンはニッコリと笑った。

「は、はい」

「すぐにご用意をいたします。お召し替えをいたしましょう」


龍聖は言われるままに従った。シアンに着替えをさせてもらう。これもまた初めて見る形の衣だった。下半身には、細身の小袴《こばかま》のような物を穿《は》き、裾の長いゆったりとした上衣を羽織って、腰の辺りを帯のような長い布で縛った。上衣は淡い若葉色で、首回りや袖口に刺繍《ししゅう》が施されていて、とても綺麗だった。生地は薄くて軽くて、とても着心地がいい。着物よりも動きやすくていいかもしれないと、龍聖はとても気に入った。

「これはこの国の服装なのですか？」

「はい、リューセー様にとてもお似合いです」

お世辞でもそう言われると嬉しい。龍聖は恥ずかしそうに笑うと、袖などを眺めた。

「お好きな色はありますか？」

「そうですね……青が好きです。明るい青も、藍《あい》のような深い青も好きです」

「そうですか、ではすぐに青色の衣も用意いたしましょう」

「あ、いいです、いいです。そんなわざわざ……この着物もとても綺麗だし、私はこれで十分です」

龍聖は赤くなって、ぶんぶんと手を左右に振った。それを見て、シアンは思わずクスクスと笑う。

「衣装はたくさんお持ちになっている方が、よろしいですから……普段着用される以外にも、状況に応じて替える必要もございますし」

「あ、ああ、そうですね」

龍神様に仕えるのだから、身綺麗にする必要があるのかと、龍聖はハッと気がついて、何度も頷いた。そんな龍聖の素直な振る舞いに、シアンは笑みを零す。

「さあ、お食事にいたしましょう。リューセー様のお口に合うといいのですが……」

「私は好き嫌いはありませんから大丈夫です」

龍聖は笑顔ではっきりと言った。

シアンに連れられて、隣の部屋へ行くと、大きなテーブルに、食事の用意がされていた。それは初めて見る料理ばかりだった。とても良い香りがして、食欲をそそられた。ひとつひとつ料理の説明をうけながら、龍聖は遠慮なくいただいた。

「美味しいです。これも……これもとても美味しいです」

嬉しそうに笑いながらそう言って、次々と料理を食べる龍聖の姿に、シアンはとても好感を持った。

食事が終わり、侍女達がテーブルの上を片づけると、シアンが改めて龍聖にあいさつをした。

「リューセー様、私はリューセー様専属の側近シアンでございます。私の務めは、リューセー様の日常のお世話と、その身をお守りすることです。私の主人はリューセー様で、他の誰でもありません。ですから、たとえ陛下でも、リューセー様の意思に反する命令を、私にすることは出来ませんし、私もリューセー様の命令にしか従いません。すべてのことから、リューセー様をお守りいたします」

龍聖はシアンの言葉をとても驚いた様子で聞いていた。シアンが言い終わった後も、まだ自分で把握出来ていないようで、じっと考え込んでいた。

「私の……側近」

「はい」

「なんだかまだよく分かりませんが……私が頼れるのはシアンさんだけのようですから、今はすべてをお任せいたします。よろしくお願いいたします」

龍聖はそう言って深々と頭を下げた。

「リューセー様、どうか『シアン』と呼び捨てになさってください。『様』や『さん』などの敬称は不要です。それに頭などは下げられずとも結構です。これは私の務めなのですから……それからしばらくの間は、色々なことを学んでいただくことになります。それは一日も早く、この国に慣れていただき、不自由なく暮らしていただくために必要なことです」

「はい、学ぶことは好きですから大丈夫です。どうぞご教授をお願いいたします。でも……呼び捨てだなんて……」

龍聖が困ったように首をひねるので、シアンは微笑んで頷いた。

「突然言われて抵抗があるとは思いますが、私がリューセー様の側近で、リューセー様が私の主であることは変えられない事実です。主から敬称をつけて呼ばれては、私の立場がありません。リューセー様のお優しいお気遣いには感謝いたしますが、どうぞご承知ください」

シアンが丁寧に説明をしたので、龍聖はそれを承諾するしかなかった。

『このようなことでいつまでもご迷惑をおかけするわけにはいきませんね』

龍聖は頷いて「承知しました」と答えた。

「それでは早速ですが、まずはこの国のことや竜王様のことについてお教えいたします」

「竜王様……龍神様のことですね」

龍聖の表情が、ぱあっと明るくなって、頬を紅潮させて瞳を輝かせながらそう言ったので、シアンは少し驚いたが、すぐに微笑んで頷いた。

「はい、竜王様はお名前をロウワン様と申されます。この国……エルマーン王国を治める国王陛下です。陛下は一年前に即位されたばかりの若い王で、御年《おんとし》百一歳になられます」

「百一歳!?」

「はい、百一歳と言っても、とても長命な種族ですので、我々人間からすれば、二十歳の若者と同じくらいです」

龍聖はとても驚いたが『でも神様だし』とすぐに自分を納得させていた。

「あの……私はいつ頃、龍神様にお会いすることが出来ますか？」

龍聖はおずおずと尋ねた。図々しいかとも思ったが、会いたい気持ちは募るばかりだ。

「まだ正確な日時は分かりません。ですが近いうちに婚礼が行われますから、その時には間違いなくお会いになれます」

「婚礼!?」

龍聖はまた驚いて思わず大きな声を上げてしまった。それに気づいて慌てて両手で口を塞ぐと、真っ赤になって俯いた。

「はしたない声を上げてしまい……申し訳ありません」

俯いたまま小さく呟くと、シアンが思わずクスリと笑った。

「あ、笑ってしまって失礼をいたしました。驚かれるのも無理のないことだと思います……大和の国で、初代竜王ホンロンワン様が、守屋家と契約を交わした時は、そのような話ではなかったと聞きます。ホンロンワン様がリューセー様をお側に置くために連れ去ったと……。竜王がリューセー様と婚礼を挙げられるようになったのは、二代目ルイワン様からの習わしです。人間達に倣《なら》い、国を作り、王として立たれたため、伴侶であるリューセー様も、王妃という立場になり……人間の国と外交をする上で、王が王妃を娶《めと》るには、婚礼の儀式が必要だと……」

「あの……他の女性を王妃には娶られないのですか？」

真剣に聞いていた龍聖だったが、思わず疑問を投げかけていた。疑問に思ったことは、すぐに問うてしまうのは、龍聖の癖だった。それは学問の先生にとってはとても頼もしいことで、龍聖がめきめきと才能を伸ばした所以《ゆえん》もそこにある。

「竜王の伴侶はリューセー様だけです。他の誰でもありませんし、あり得ません……だからこそ、異世界より契約を交わしてまで、竜王様の下へ来ていただいているのです」

シアンはそう言って、竜王と龍聖の関係、『魂精《こんせい》』というものについて語って聞かせた。龍聖は驚きつつも、とても興味深いというように聞き入っていた。

「それでは私も魂精を持っているということでしょうか？」

「もちろんでございます」

「シアンには分かりますか？」

「申し訳ありません。私には分かりません……でもリューセー様は必ずお持ちのはずです」

シアンのその言葉に、龍聖は真面目な顔になって考え込んだ。

「もしも……私がその魂精というものを持っていなかったらどうなるのでしょう？　離縁されて家に帰されてしまうのでしょうか？」

「それは……」

思いもかけない龍聖の言葉に、シアンはどう答えればいいのか分からずに、困惑してしまった。答えのないシアンを、龍聖は心配そうにみつめる。その不安そうな龍聖の表情をどう受け取ったのか、シアンは少し考えてから恐る恐る尋ねた。

「リューセー様は……大和の国にお帰りになりたいのですか？」

「そんなことはありません！」

龍聖は驚いて、はっきりと否定した。

「私は龍神様にお仕えするために来たのです。まだ何もしていないのに帰りたいなどと……そんな風に見えますか？」

　龍聖は不安になって尋ね返した。するとシアンは安堵したように首を振った。

「申し訳ありません。そんなつもりで申し上げたのではないのです。魂精を持っていなかったら家に帰されるのかとお尋ねになったので、やはり本当はお帰りになりたいのだろうかと間違えて受け止めてしまいました。失礼いたしました」

　シアンは深く頭を下げて謝罪した。

「リューセー様が、龍神様にお仕えする覚悟で、この世界にいらっしゃるとは、私も聞いておりましたが……昨日、初めてリューセー様にお会いして、こんなにも若く、華奢《きゃしゃ》で、お美しく儚《はかな》げでいらっしゃるというのに、知らない世界に来て、見ず知らずの私と動じることなく対話されて、物怖じもせず堂々としていらっしゃることに驚いてしまったのです。私だったらどうだろうと……昨夜はそんなことを考えてしまいました。リューセー様のお歳を考えれば、親兄弟が恋しいと思っても仕方がないはずです。強がって平気なふりをしていらしても、普通ならば帰りたいと思うはずだと……。でも私が浅はかでした。リューセー様はなんと立派なお方なのだろうと、改めて感服しているのです」

　シアンはそう言い、深々と頭を下げた。龍聖は赤くなって首を横に振った。

「そんなことはありません。私はまだ未熟者ですし、そんな立派な人間ではありません。でも私は龍神様に気に入っていただきたくて……龍神様が望まれることならば、なんでも出来るようになりたいと思っています。六つの時に、自分のさだめを知らされて以来、龍神様のために、色々なことを学び、体を鍛えました。姿もきっと美しい方が良いだろうと、身振りや所作で美しく見えるように、美しい女性の振る舞いなども見聞きいたしました。すべては龍神様のため……。でもそうは言っても半信半疑でした。本当に私は龍神様の下へ行けるのかどうか……家族が案じていたように、ただ生贄として命を捧げるだけではないのだろうか？　そんな風にも考えました。龍神様のために命を捧げることは怖くありません。でも本心を言えば龍神様にお会いしたい……。だから本当に龍神様のいらっしゃる世界に来ることが出来て、私は嬉しくて仕方がないのです」

頬を上気させて、瞳を輝かせながらそう語る龍聖をみつめながら、シアンは何度も頷いた。

「リューセー様は、陛下を……龍神様をお好きなのですね？」

「……会ったこともないのにと、笑われるかもしれませんが……私は龍神様を心からお慕い申し上げております。側にお仕えするだけでも幸せだと思っておりました。ですから本心を申し上げると……龍神様と婚礼を挙げて、妻に迎えていただけると聞いて、とても嬉しくて気持ちが昂っているのです……男の私が妻だなんて……本当によろしいのかと……まだ信じられません。ですから先ほど尋ねた……魂精を持っていなかったら家に帰されてしまうのかという疑問は、本当に今私が一番心配なことなのです。龍神様にお仕えしないまま帰されるなど嫌です」

龍聖が真剣な顔で熱弁を振るうので、シアンは目を丸くして一瞬言葉を失ってしまった。

「リューセー様は、男なのに妻になることには抵抗はないのですか？」

シアンは驚きのあまりそんな質問をしてしまっていた。しかし聞かれた龍聖の方は、きょとんとした顔で、何度か瞬きをして首を傾げた。

「だって龍神様の妻ですよ？　神でもなく、高貴な家柄でもない私が、龍神様の妻として娶っていただけるなんて……もったいないくらいです……」

龍聖はそう言うと、目を閉じて頬を上気させながら、ほうっと小さく溜息を吐いた。かわいらしいその仕草に、シアンは心から安堵していた。これならば少し早いようだが、あの話をしても良いのかもしれない……そう思った。

「リューセー様……実はもうひとつ大事なお話があります」

「なんでしょう？」

龍聖は目を開けて、真っ直ぐにシアンをみつめ返した。

「リューセー様は、竜王の妻として、お側にいて、竜王に魂精を与えるという大事な役目があるというお話をしましたが、役目はそれだけではないのです……実は、竜王の子を産むのもリューセー様にしか出来ないこと。大事なお役目なのです」

「え？」

龍聖はとても驚いてぽかんと口を開けたまま、しばらく何も言えずにいた。少しして、すうっと大きく息を吸うと、何度も瞬きをした。

「今……子を産むとおっしゃいましたか？」

「はい、そうです。子を……竜王の世継ぎを産んでいただきたいのです」

「私が？　私は男ですが……」

「はい、竜王は男にも子を授《さず》ける力をお持ちでいらっしゃるのです。でも竜王の世継ぎを産めるのは、この世でリューセー様ただお一人しかいません」

シアンはそこまで言ってから、やはりこんなにすぐにこの話をするのは、早急だったかと少し後悔をした。さすがの龍聖も、驚きすぎて目を泳がせている。龍聖は両手で顔を覆うと、俯いて固まってしまった。

ショックを受けてしまわれたのだろうか？　とシアンは不安に駆られて龍聖を見守りながら、どう宥めようかと思案をした。やがて龍聖はゆっくりと手を顔から離して、シアンを見た。

「そうですよね。神様なのですから……男に子を産ませるなど、容易いことですよね」

龍聖は納得した様子で呟いた。そして顔を上げて背筋を伸ばすと、ぎゅっと両手の拳を握りしめた。

「私に出来ることならばなんでもいたします。龍神様の子を産めるように努力いたします」

決意した表情で、しっかりとそう告げる龍聖に、シアンは驚くと共に畏敬の念を抱いた。

「他には何かありますか？」

龍聖が身を乗り出すようにして尋ねてきたので、シアンは逆に困惑して何も言えなくなってしまった。

「私はもっともっと龍神様のことが知りたいのです。どうか教えてください。龍神様に気に入られるにはどうしたらよろしいですか？　龍神様はどのようなことがお好きですか？　食べ物は？　色は？」

次々と質問をする龍聖に、シアンは圧倒されてしまった。


シュウエンの執務室に、シアンが呼ばれていた。扉の前で深々と頭を下げるシアンを、シュウエンは近くに来るように促した。

「君を呼んだのは他でもない。リューセー様のご様子を尋ねたかったのだ。降臨されてから今日で三日目だがどうだろう？　少しは落ち着かれただろうか？」

「それが……まったく落ち着かれません」

シアンは真面目な顔でそう答えた。

「なに!?　落ち着かないとは……泣いているのか？　それとも帰りたいと騒いでいるのか？」

シュウエンが驚いて立ち上がったので、シアンは慌てて首を横に振った。

「シュウエン様、申し訳ありません。誤解のある言い方をしてしまいました。リューセー様は体調も良く、お食事もよく召し上がり、この世界にも馴染《なじ》まれつつあります。今日は簡単なエルマーンの言葉を覚えようとしておいでです。落ち着かれないと言ってしまったのは……実はリューセー様が、龍神様に気に入っていただくにはどうすればいいのかと、積極的に色々とご質問をなさっているからで……この国のことに強く関心を示されて、とても好奇心が強く、学ぶこともお好きでいらっしゃいます。とにかく昨日から質問攻めで……この世界のあらゆることが、目新しく、面白いと思われているようで、寝る間も惜しんで、色々なことを学ぼうとされているのです……それで落ち着かないと……」

シアンは一生懸命に説明をすると、何度も頭を下げて謝罪した。

「ほお……リューセー様がそんなに……。性格などはどうだ？　兄上と上手くいくだろうか？」

「性格はとても明るくて朗らかで……それにとても優しくて気遣いのある方で、私や侍女達に何かと話しかけられたり、ちょっとしたことにもありがとうと言われたり、褒めてくださったり……まだ三日だというのに、侍女達はみんなリューセー様の虜《とりこ》になっております。きっと陛下ともすぐに仲良くなられることと思います……なによりも、リューセー様は心から陛下をお慕いになっておいでです」

「リューセー様が？　だってまだ一度も会っていないだろう」

「はい」

シアンは頷いてから、思い出し笑いのように、小さくクスリと笑った。

「リューセー様は幼い頃からずっとずっと、龍神様のことを夢見ておいでだったようです。焦がれるほどに、会いたいと思っておられます。龍神様の妻になることを、とてもお喜びになって……むしろ自分に魂精がなかったら、家に帰されてしまうのではないかと心配されるほどです。ですからきっと……」

シュウエンは驚きつつも、嬉しそうに何度も頷いた。

「実は婚礼の前に、一度兄上と対面させたいと思っていたのだが……それはぜひ私も一度会ってみたい。今から会えるだろうか?」

「はい、もちろんでございます」

シアンに伴われて、シュウエンは龍聖のいる王妃の私室へ向かった。扉の前まで来ると、シアンがシュウエンに一礼をする。

「申し訳ありませんが、こちらで少々お待ちください」

シアンはそう言って、扉を開けて一人で中へ入っていった。シュウエンは言われた通りに待ちながら、扉の左右に立つ兵士を見た。

「警護には気を抜かぬようにな。シアンが良しという者以外のシーフォンは、誰も入れてはならない。当然私もだ。今、私が扉を開けようとしたらどうする?」

突然のシュウエンの問いに、兵士達は戸惑ったように顔を見合わせた。

「お止めいたします」

二人は同時に答えた。

「どのようにするのだ？　やってみろ」

さらに問われて兵士達は顔を見合わせてから、持っていた槍を扉の前に斜めに突き出し、二人の槍を交差させて、扉の前を塞いだ。

シュウエンはそれを見て頷いてから、改めて二人の兵士を見た。

「いいだろう。だがな、今、シアンが私を残して部屋の中に入った後に、お前達はこれをしなければならなかったのだ。一人残った私が次に何をするか分からないだろう？　行動を起こす前に牽制《けんせい》しておくのだ。そうすればこちらも何もする気も起きない。警護とはそういうものだ。分かったな」

「はいっ」

二人の兵士は、姿勢を正すと緊張した面持ちで返事をした。シュウエンは満足そうに頷く。

すると扉が開いた。目の前が槍で塞がれていたので、シアンが驚いた顔をしたが、シュウエンがすぐに、兵士に命じて槍を戻させると、今兵士に指示したことを、シアンに説明したので、納得したように微笑んだ。

「シュウエン様、どうぞお入りください」

部屋の中へと招き入れられたシュウエンは、奥に立つ黒髪の青年を見つけた。シュウエンの姿を見ると、彼は深々と頭を下げる。

「守屋龍聖でございます。お初にお目にかかります。不束者《ふつつかもの》ですがよろしくお願いいたします」

「おお……」

シュウエンは思わず感嘆の声を漏らしていた。想像通り……いや、想像以上に見目麗しく清楚なその姿に、感動したのだ。

「私はシュウエンと申します。竜王ロウワンの弟になります。リューセー様にお会い出来て、大変嬉しく思っております」

シュウエンも深々と頭を下げた。

「シュウエン様、どうぞこちらにおかけください」

シアンが椅子を勧めたので、シュウエンは会釈《えしゃく》をしてから椅子に座った。シュウエンから若干遠い場所に置かれた椅子に、龍聖が座る。

「このような離れたところで失礼いたします」

龍聖が少し困ったように微笑んで言ったので、シュウエンは笑いながら首を横に振った。

「事情はすべて承知しております。リューセー様もシアンから説明を受けていらっしゃるならば、別に問題ありません」

「はい、私から出る香りのせいで、他の方々を惑わせてしまうと……そう伺いました。婚礼がすむまでは、誰にも会うことは出来ないと……ですからこうしてシュウエン様にお会い出来るなんて、本当に嬉しく思っております」

龍聖は背筋を伸ばして、凛《りん》とした態度ではきはきと述べた。シュウエンはそんな龍聖の姿にも見惚れた。

「こんな年寄りで驚かれましたでしょう……陛下の弟だなど」

「そうですね……シアンから説明は聞いていましたが、実際にお会いして、少しだけ戸惑いました……まだこの国のことは、勉強中なので、しいほんの方々のことなど、もっと知りたいと思っています」

「それは嬉しいことです」

シュウエンは微笑みながら何度も頷く。龍聖は少し緊張していたが、初めて会うシュウエンを前に、胸が高鳴っていた。龍神様の弟……なんと美しい方なのだろうと思った。見た感じでは、龍聖の父と変わらないくらいの壮年の男性だ。だが顔が仏像のようにとても美しいと思った。目が大きく切れ長で、鼻筋が通っており、細面《ほそおもて》で美しい。髪は少し長めで肩にかかるほどあり、紫色をしている。染めたような綺麗な紫色だ。そんな髪の色の人物など見たこともない。

「あの……お尋ねしてもよろしいですか？」

龍聖が少し頬を染めて、おずおずと口を開いた。

「なんでしょうか？」

シュウエンが優しく返事をすると、龍聖は嬉しそうに口を開いた。

「シュウエン様のその髪の色は染めていらっしゃるのですか？」

「これですか？　いいえ地毛です」

「そうなのですか？　あの……しいほんの方々は皆様そのような髪の色をしていらっしゃるのですか？　あ……不躾《ぶしつけ》でしたか？」

龍聖が好奇心いっぱいの顔で尋ねてきた。

「いいえ、大丈夫ですよ。そうですね。シーフォンは皆、色々な髪の色をしています。ですからこの世界でも初めて会う人間達は皆驚きます。慣れていますし、そういう反応があるのは当然ですから、お気になさらず」

シュウエンは笑顔で答えた。

「それはやはり、しいほんの皆様が元は竜だったからでしょうか？　人間とは違うのでしょうね」

「そうですね。そうかもしれません。ところでリューセー様、先ほどからおっしゃっている『しいほん』というのは、もしかしてシーフォンのことなのでしょうか？」

「あ！　ああっ！　発音が悪くて申し訳ありません」

龍聖は指摘されて、耳まで赤くなって恥ずかしそうに頭を下げた。

「いいえ、私こそ気遣いのない言い方をしてしまった。申し訳ない。この世界の言葉は言いにくいでしょう。リューセー様はこちらに来てまだ三日なのです。どうぞそんなに謝らないでください。私こそ大変失礼をいたしました」

龍聖が真っ赤になって顔を上げられずにいるので、シュウエンは『失敗した』とばかりに、慌てて何度も頭を下げた。

「リューセー様、シュウエン様のおっしゃる通りです。異国の言葉ですから、すぐに言えないのが普通です。でもシュウエン様のお名前はとても綺麗に発音出来ていらっしゃいますよ」

シアンが横から助け舟を出してくれた。シュウエンがシアンをチラリと見ると、シアンが小さく頷いたので、シュウエンは胸を撫で下ろした。

「シアン、本当ですか？」

龍聖が赤い顔を上げて、すがるような目でシアンをみつめて問うたので、シアンは微笑みながらシュウエンに顔を向けた。

「お名前に違和感はありませんよね？」

「ああ、もちろんだ。リューセー様、私の名前はとても綺麗に言えていますよ。ですから『しいほん』が気になってしまったのかもしれません。リューセー様があまりにも自然に私の名前を呼ぶので、私もうっかりリューセー様がエルマーン語を話せないことを失念していました」

シュウエンもシアンの言葉尻に乗って、慌てて龍聖を褒めて宥めた。

「……がんばって修練いたします」

龍聖は二人の顔を交互に見て、雰囲気を察したのか、シュウエンに向かって微笑みながらそう言った。

シュウエンは安堵したようにカップを手に取って、吐息をお茶で流し込んだ。

「ところでシュウエン様は、龍神……王様とは似ておいでですか？　王様もそのようなお顔立ちなのでしょうか？」

「顔ですか？」

思いがけない問いに、シュウエンは驚きつつも思わず微笑んでしまった。

「そうですね……それほどは似ていないかもしれません。兄は私よりももっと整った顔をしております」

「シュウエン様よりも整った顔!?」

龍聖は思わず驚きの声を上げてしまい、慌てて両手で口を塞いで耳まで真っ赤になった。

「大きな声を上げてしまい申し訳ありません」

真っ赤な顔で何度も頭を下げるので、シュウエンはククッと笑いだしてしまった。なんともかわいらしい人だと思う。

「そんなに兄の顔が気になりますか？」

「あ、いえ……あの……はい。気になります。あの、ですが別に、顔の美醜《びしゅう》を気にしているのではありません。お会いしたことがないので、どんな方なのだろうと、いつも想像ばかりしていたので……私の生まれ育った村には、龍神様を祀る寺があるのですが、そこにご神体として仏像が安置されているのです。最初に龍神様の下へ行かれた龍成様の妹君が尼僧《にそう》となり建立された寺で、その時に妹君が拝見された龍神様のお姿によく似た仏像を、遠い異国より手に入れられたと伝え聞いていて……その仏像が本当にとてもお美しいお姿で……私はずっと龍神様のお姿と重ねてみつめてまいりました……ですから……本物の龍神様はどんな方かと……この世界に来ることが出来てから、毎日そればかり考えているのです……あっ……申し訳ありません。勝手にこんな話をしてしまって……」

龍聖は真っ赤になって両手で顔を覆ってしまった。そんな龍聖をみつめながら、シュウエンは嬉しくなって「ああ」と小さく声を漏らしていた。こんなに素直でかわいらしい方ならば、きっと兄も好きになるだろうと思った。早く会わせてみたくなる。

「まだこの世界に来て三日ですが、いかがですか？　この国で暮らしていけそうですか？　不安はありませんか？」

シュウエンに優しく問われて、龍聖は顔から手を離すと、まだ赤みの残る顔で、真っ直ぐにシュウエンをみつめ返した。

「正直に申し上げて、不安はあります。私で大丈夫なのだろうか？　という不安です。私も私の家の者も、村の者も、みんな『龍神様の生贄となる』と思っています。それはつまり……儀式とは死ぬことだと思っていたのです。私は儀式をして、どうやってこの世界に来たのか覚えていません。ただ突然目の前が真っ白になって、その後気を失ってしまいました。目が覚めたらここにいたのです。私が死んでいないのだとしたら、本当に龍神様のいる世界に飛んできたのだと……そう考えるしかありません。私のいた日本の……大和の国で……あの寺で、住職様や父達にはどう見えていたのか……私が突然消えてしまったのか……それを確かめるすべもありません。でも私は一度死んだものだと思って、もう二度と国には戻らないという覚悟をしてここにいるので、不安はあってもがんばってここで暮らしていくしかありません」

龍聖はそこまで言って、一度深呼吸をした。そして側に控えるシアンへ視線を送って、ニッコリと微笑んだ。

「それにシアンも、侍女のみなさんも……まだ三日ですが、この世界で私が会った方々は、皆様本当に親切で優しい方ばかりです。こうしてシュウエン様にもお会いして、本当に素晴らしいお方だと分かりました。だからだんだん不安はなくなってきています。あとはただ、竜王様に私が気に入っていただけるかどうか……それが不安なだけです」

シュウエンは大きく頷いてみせた。

「それならば大丈夫です、私は今すでに、リューセー様を好きになってしまっています。だから兄もきっとすぐに、リューセー様を気に入るはずです。貴方は本当に素晴らしい方だ。貴方がリューセーとして、この世界に来てくださり、心から感謝いたします。どうか兄のこと、この国のこと、これから末永くよろしくお願いいたします」

シュウエンはそう言って深く頭を下げた。龍聖は驚いて、慌てて頭を下げ返した。

「こ、こちらこそ末永くよろしくお願いいたします」

顔を上げたシュウエンはニコニコと微笑み、それを見て龍聖も安堵したように微笑んだ。

「ところで兄のことですが……ひとつだけ言っておきたいことがあります」

「なんでしょうか？」

「実は兄は、ものすごく……本当にものすごく真面目な男です。堅物です。冗談も通じないほどに、生真面目なのです。ですからもしかしたら……不愛想で怒っているように見えるかもしれませんが、決してそのようなことはありませんので、気になさらないようにしてください。逆にまったく悪気はなく、とても真っ直ぐな心情の人です。嘘も下手です。その分お世辞も下手です。兄の言葉はすべてが本心だと、そう思ってください。兄が少しでも貴方を褒めたり、少しでも貴方を気に入ったようなことを言ったりすれば、本当に心から貴方に好意を持っていると思っていただいて大丈夫です。嘘もお世辞もないのですから」

シュウエンの話を聞いて、龍聖は瞳を輝かせた。

「分かりました。ありがとうございます……ありがとうございます」

そう言って何度も頭を下げた。


それから二日後、シュウエンがしつこいぐらいに勧めるので、ロウワンは龍聖と対面することにした。

シュウエンが対面した時と同じように、王妃の私室へロウワンが訪ねていく形になる。

その日は朝から、龍聖の周りがひどく慌ただしかった。龍聖もとても緊張してしまい落ち着きがない。朝起きてすぐに、竜王との対面という事実を告げられた。本当は前日には決まっていたのだが、シアンが龍聖の心情に配慮して、当日の朝伝えることにしたのだ。前日に知らせていたら、きっと眠れなかっただろう。

朝食も喉を通らないほどに、緊張している龍聖を見て、それは正しかったとシアンは思った。

「リューセー様、お召し替えをいたします」

「え？」

「陛下にお会いするので、それに応じた服装にいたしましょう」

「あ、ああ、そうですね、正装ということですね」

「それほどかしこまったものではありませんが……せっかくですから、綺麗に着飾りましょう」

「はい、お願いいたします」

龍聖は言われるままに従った。

しばらくして侍女がたくさんの衣装や宝飾品を運んできた。綺麗に片づけられたテーブルの上にそれらを広げ、それを見ながらシアンが指示を出す。龍聖はただ緊張した面持ちで立ち竦んでいた。

着ていた服をすべて脱がされ全裸にされると、侍女が濡れた布で体を隅々まで綺麗に拭き上げた。緊張している龍聖には恥ずかしいとか思っている暇もなかった。

次にとても香りのいい油のようなものが肌に塗り込められた。

「肌が綺麗になる油です。でも龍聖様は本当に美しい肌をしていらっしゃるので、こんなものは必要ないのですが……」

シアンが説明をしてくれたので、龍聖は赤くなって首を横に振った。

「竜王様に気に入っていただけるのでしたら、なんでもしてください。私が少しでも見目良くなるようにしてください」

その言葉に、シアンも侍女達も思わず微笑む。

真っ白い小袴のような下衣を穿き、濃紺の長い上衣を着せられた。上衣には金糸の房の付いた白い帯を結ばれ、その上から透けるように薄い生地の淡い水色の長い羽織を重ねて着せられた。羽織には一面に同色の糸で細かい刺繍が施されていた。華美ではないが、とても清楚で美しい衣だと思った。

首にたくさんの青い玉の連なった首飾りがかけられ、手首と足首も、細い金の輪が幾重にも重ねられた宝飾で飾られた。

こんなに美しく飾り立てられたのは生まれて初めてだった。まるでお姫様のようだと、龍聖は他人事のように思った。

「とてもお綺麗ですよ」

シアンが微笑みながらそう言ったので、龍聖は赤くなって俯いた。

「私が青い色が好きだと言ったので、ご用意してくださったのですね」

「はい……実は……陛下も青がお好きなのですよ」

シアンがニッコリと笑ってそう教えてくれたので、龍聖は満面の笑顔になって顔を上げた。

「本当ですか？　ああ……嬉しい……ならば気に入っていただけるでしょうか？」

「ええ、きっと……こんなに青がお似合いになる方は、見たことがありませんから」

龍聖は褒められて、嬉しそうにはにかむと俯いてしまった。胸がドキドキと早鐘のように鳴って、痛いくらいだ。手に汗が滲む。もうすぐ会えるのだと思うと、それだけで気を失ってしまいそうだ。

その時扉が叩かれた。その音に、龍聖はビクリと震えて飛び上がりそうになる。シアンが侍女に目配せをして、扉を開けさせた。

扉の前には兵士が二人立っていた。

「ロウワン陛下の御成《おな》り」

二人の兵士はそう言うと、左右に下がって道を空けた。その後ろからゆっくりとした歩みで、ロウワンが姿を現した。

龍聖はずっと礼をしたままで、顔を上げていなかったので、ロウワンの姿はまだ見ていない。シアンが出迎えに行き、丁重に礼を尽くしてから、部屋の中へ案内した。ロウワンは用意された椅子の脇に立ち、そこよりもずっと離れた奥で頭を下げたままの龍聖をみつめた。

「顔を上げよ」

そう言われても、龍聖がすぐに顔を上げられずにいると、シアンが側に寄ってそっと何かを耳打ちし、頭を上げさせた。

「そなたがリューセーか?」

「は、はい……お初にお目にかかります……龍聖でございます」

緊張して少し声が上ずってしまった。龍聖はロウワンを直視することが出来ず、顔は上げたものの視線はロウワンの足元をみつめていた。

「よく来てくれた」

ロウワンは一言そう言ったきり、黙り込んでしまった。龍聖はそのまま何も言われないので、不安になってそっと視線を上げた。そして驚いて目を見開く。

『真っ赤だ……』

最初にそう思った。目に眩いほどの深紅の髪。そこに立つ竜王は、腰まで届くほどの長い髪が、燃えるような真っ赤な色をしていた。

そしてその顔立ちは、意志の強そうなきりりと太い眉と、切れ長の涼しげな目、高く筋の通った鼻、一文字に結ばれた形の良い唇、彫りが深く、それこそ仏像のような美しい作りをしていた。いや仏像で見ていた……想像していたものの何倍も美しいと思った。

龍聖は舞い上がるような気持ちになっていた。一度見たら、もう目を逸《そ》らすことなど出来ない。

『龍神様はなんと美しいのだろう……あまりにも美しすぎて目が潰れてしまいそうだけど、目を逸らすことなんて出来ない。目が潰れてもいいから、このままずっとみつめていたい』

そう思って、息をするのも忘れてみつめ続けた。

真っ赤な顔で、両目を潤ませながら、じっとみつめる龍聖を、ロウワンは冷静な面持ちで、じっとみつめ返している。

黙ったままの二人に、その場に立ち合っているシュウエンは、どうしたのかと困惑した顔で、奥にいるシアンへ視線を送った。シアンも龍聖を見守りながらも、ロウワンが何も言わないので、どうしたものかと困惑していた。

「陛下……お座りになったらいかがですか？　リューセー様も」

とりあえずシュウエンがそう声をかけると、ロウワンはハッと我に返り、頷いて無言のまま椅子に座った。それを見届けて、シアンが龍聖も椅子に座らせた。

龍聖が緊張して、舞い上がって、固まってしまうのは仕方ないことと思っていたが、ロウワンが何も言わないのは、どういうことかと皆は困惑していた。

シアンが二人の前に、それぞれお茶を用意すると、ロウワンがすぐにカップを手に取り、一口お茶を飲んだ。目を閉じて何か考えているようにも見える。

「五日後に婚礼の儀を行うが……それについては聞いているのか？」

初めてロウワンが、龍聖にそう語りかけたので、シュウエンもシアンも、ホッと安堵した。龍聖は真っ赤な顔のままで「はい」と小さく返事をした。

「他に何か教わったことはあるのか？」

「は、はい……この国のこと……シーフォンのこと……陛下のことも教わりました」

龍聖は視線をテーブルの上に落としたままで、おずおずと答えた。

「私のこと？　私の何を教わったのだ？」

ロウワンの方はいつもと変わらぬ、冷静で淡々とした口調だった。じっと龍聖を観察するようにみつめ続けている。

「りゅ……竜王としてのお立場や……毎日どのようなお勤めをなさっているのかとか……あとは……お人柄とか……」

「私の人柄など、真面目で面白みもないと言われたのではないか？」

ロウワンが珍しく自嘲《じちょう》気味に笑みを浮かべて言ったので、シュウエンは少しばかり驚いた。龍聖はもっと驚いたように顔を上げて、じっとロウワンをみつめた。

「そんなことはございません。とても誠実で、万民を思う正しき方だと……そう教わりました。私もそう思います。陛下はとても真っ直ぐで綺麗な眼差しをしていらっしゃる……見惚れるほどに……」

龍聖はそう言いかけて、ハッと我に返ると、耳までさらに真っ赤になり、慌てて俯いた。本当は両手で顔を覆って突っ伏してしまいたかったが、それでは無礼になると思って必死に耐えていた。

ロウワンはまた珍しく、両目を大きく見開いて、そんな龍聖を驚いたようにみつめていた。

「そなたは……私が怖くないのか？」

「怖い？　なぜ貴方様を怖いなどと思うのですか？」

龍聖はロウワンの言葉を聞いて思わず真顔に戻り、本当に意味が分からないという様子で尋ね返した。ロウワンは、龍聖のその反応に少しばかり動揺したようで、一瞬言葉を詰まらせた後、眉根を寄せながら口を開いた。

「それは異世界の者だからだ。別に責めているわけではない。そなた達人間とは、容貌も違う。この世界の者でさえ、人間達は初めて私を見れば、皆が一様にとても驚く。異形《いぎょう》の者と怖がる者もいる。何より私は竜族だ……異世界から来たそなたが、私を怖いと思っても仕方のないことだ」

ロウワンが淡々と解説するかのように述べると、龍聖はふるふると激しく首を横に振り、少し前のめり気味になった。

「怖くなどありません……私はずっと貴方様にお会いしたいと思っていました。ずっと貴方様を想い、焦がれる思いで待ちわびておりました。貴方様を心からお慕い申し上げております。こうしてお会いすることが出来て、この気持ちは以前よりももっと強くなっております。どうか私をお側にお置きください」

龍聖が頬を上気させて必死に言うので、ロウワンは大きく目を見開いて、ただただ聞き入るしかなかった。

「わ、分かった」

ロウワンは一言そう言うと、突然立ち上がった。

「そなたは私の伴侶になるのだ。頼まれずとも、私の側にいるのは当たり前のことだ……そなたが心配することではない……婚礼の時にまた会おう」

そう言うと、くるりと龍聖に背を向けて歩きだした。

「陛下」

慌てて声をかけたシュウエンにそう告げると、ロウワンはそれきり振り返ることなく部屋を出ていった。シュウエンはその後を慌てて追いかけ、兵士達も共に去っていった。

「今日はここまでだ……仕事に戻る」

残された龍聖は、両手で顔を覆うと、ふるふると肩を震わせている。シアンが駆け寄り、そっと肩を擦った。

「大丈夫ですか？」

「私は何か失礼なことを言いましたか？　気が動転していて……自分でも何を口走ったのか分からなくて……あんな急にお帰りになるなんて……きっと陛下はお気を悪くされてしまったに違いありません」

「そんなことはございません。陛下はおっしゃったでしょう？　心配することはないと……婚礼の約束をなさったではありませんか。シュウエン様がおっしゃったように、陛下は飾った言葉は使われません。気を悪くしたならばそうおっしゃいます。リューセー様が側に置いてほしいと願ったことに対して、そう言われたということは、リューセー様を気に入られたからでございますよ」

「本当に？」

懸命に宥めようとするシアンの言葉を聞いて、龍聖は顔を覆っていた手を外した。両目には今にも零れそうなほど、涙が溜まっている。

「本当でございます。私は直接陛下と会話を交わしたことはあまりございませんが……あのような話し方はいつものことなのです。シュウエン様もそうおっしゃっていたではありませんか」

「怒っていたのではないのですね」

「はい」

「よかった……」

龍聖は安堵して大きく息を吐いた。それと同時にポロポロと涙が零れ落ちる。シアンは、龍聖の背中を何度も擦った。

「陛下に初めてお会いになっていかがでしたか？」

「美しすぎて……目が潰れてしまうかと思いました」

龍聖はそう言うと、ようやく笑みを浮かべた。


「兄上！　一体いかがなさったのですか！」

シュウエンがロウワンの後を追って執務室へと駆け込んできた。ジロリと睨まれて、シュウエンは急いで扉を閉めると、大股でズカズカと進み入り、今椅子に座ったばかりのロウワンがいる大きな机の上にバンッと両手をついた。

「兄上！　ご説明ください」

「なんの話だ」

ロウワンは不機嫌そうに眉根を寄せて聞き返す。シュウエンは眉間にさらに深くしわを寄せて、ロウワンを見据えた。

「なぜ対面を中断なさったのです。それもあんな風な帰り方……何がお気に障ったというのですか？」

シュウエンが鼻息も荒くそう言うので、ロウワンは眉根を寄せたまま今度は不思議そうな顔をした。

「どういうことだ？　シュウエン……さっきから一体何を言っているのか、私にはまったく分からない。分かるように説明しろ」

「それはこちらの台詞です。まずは何に怒っているのか言ってください」

「だから……なんのことだ。私は別に怒ってなどいない」

「ではなぜそんなに不機嫌なのですか⁉」

「それはお前がそうやって訳の分からないことを言って絡むからだろう！」

ロウワンがイラついたように少し声を大きくして言ったので、シュウエンは「ん？」と首を傾げると、前のめりになっていた上体を起こした。

「何かに怒って対面を中断したのではないのですか？」

「別に怒ってなどいないし、対面を中断したつもりもない」

ロウワンは憮然《ぶぜん》とした様子で答える。シュウエンはますます「ん？」と眉根を寄せて首を傾げた。

「兄上……ちょっと待ってください……私には……いや、私だけではない。さっきの兄上の態度は、突然怒って立ち上がり、対面を中断してさっさと帰ってしまったようにしか見えなかったのですが、そうではないのですか？」

シュウエンは気持ちを落ち着けるように、今度はゆっくりとした口調でそう尋ねた。すると今度はロウワンが首を傾げた。

「どういうことだ？　それはまことか？　私がそんな態度を取ったと思ったのか？」

「はい」

「……では、リューセーもそう思っただろうか？」

「はい」

頷くシュウエンに、ロウワンはひどく狼狽したような表情に変わった。目を泳がせ、眉根を寄せ、やがて右手を額に当てて「うーん」と小さく唸った。

「兄上？」

「それは……困った」

「え？」

「そんなつもりはなかったのだ……私はただ……驚いて、動揺していたのだ。それにあの場にいたのが、ひどく長い時間に感じてしまって……それでいつまでも話し込むのはマズイと思って、話を切り上げて、またと言ったつもりだったのだが……」

ロウワンはそう呟くと、また「うーん」と小さく唸った。そんな様子を啞然としてみつめていたシュウエンは、気を取り直して一度大きく深呼吸をした。

「兄上……驚いて動揺していたとは……何に動揺されたのですか？」

「リューセーが……」

「リューセー様が？」

「あ、いや……違う……」

「兄上、今も動揺されていますが大丈夫ですか？」

「だ、大丈夫だ」

「兄上、とりあえず深呼吸をしましょう」

シュウエンに促されて、ロウワンは立ち上がると大きく深呼吸をした。長く息を吐ききったところで、しばらく固まってしまった。それを心配そうにシュウエンが見守る。

「私も……よく分からないのだ」

「どうなさったのです？」

「分からない……ただ……初めてリューセーが顔を上げて、私をみつめた時に心臓が痛くなったのだ」

「……はあ……」

「ひどく痛くて……だがリューセーの目から視線を逸らすことが出来なくて、一瞬動揺してしまったのだ……それでもなんとか落ち着こうと、話しかけたのだが……リューセーが……シュウエン……なぜリューセーはあんなに……」

「あんなに？」

「あんなに……一生懸命……いや、違う……その……なぜ私に好意を持っているかのような、あんなに熱い眼差しで私のことを見るのだろう……？」

「え!?」

シュウエンは思わず驚きの声を上げてしまった。

「ん？　なんだ？」

「え？　だって兄上……何をおっしゃっているのですか？　リューセー様は兄上のことが好きなのです。大好きなのです。なぜそれがお分かりにならないのですか？」

「私を!?」

ロウワンはひどく狼狽して思わず大きな声を上げたので、シュウエンは呆れたような顔になった。

「待て、私達は今日初めて会ったのだぞ？　なのになぜリューセーが私を好きなのだ」

「そんなことは知りませんよ。私はリューセー様ではないんですから……人を好きになるのに理由などないでしょう……現に兄上だって、しっかり一目惚れなさっているではありませんか」

「はあ!?」

ロウワンがまた大きな声を上げた。

「私が？　私が一目惚れだと？　そんな馬鹿なことがあるものか！」

「ではお嫌いなのですね」

「嫌いだなどといつ私が言った！」

「じゃあ好きなんですね？」

「当たり前だ……ろう……あ、いや……私は別に……」

するとロウワンはみるみる耳まで赤くなった。ふいと顔を逸らすと、崩れるように椅子に沈み込む。

シュウエンは笑いそうになるのを懸命にこらえていた。

「私は……別に……一目惚れなどはしておらぬ……ただ……決して嫌いなわけではない……思っていたよりもずっと小さくて儚げで……その佇まいが美しいと思った……花のようだと……」

「兄上も随分、詩的な言い方をなさるのですね」

シュウエンがニヤリと笑って言ったので、ロウワンはまた赤くなった。

「からかうな」

「からかってはおりません。褒めているのですよ」

シュウエンはニヤニヤと笑みを浮かべながら言ったので、ロウワンは赤い顔でムッと口を歪めた。

「しかし兄上、そんなことよりも今一番大切なことは、リューセー様の誤解を解いておくことです。先ほども申し上げた通り、兄上を怒らせてしまったと、リューセー様は泣いておられるかもしれません」

少しからかい気味のシュウエンの言葉に、ロウワンは顔色を変えて前のめりになった。

「それは困る！　泣かせるつもりなどなかった！　シュウエン……どうしたらいいのだ」

「そうですね……何か贈り物でもなさったらいかがでしょう?」

「贈り物!?　何を?　何を贈ればいいのだ」

ロウワンの素直な反応に、シュウエンはなんだか楽しくなってきた。わざと難しい顔を作り、腕組みをして悩まし気に唸ってみせる。

ちらりと薄目を開けて見ると、ロウワンは今まで見たことがないくらいに狼狽した顔で、シュウエンをみつめている。

「そうですねぇ……本来ならば何か心の籠《こも》った特別な物が良いのですが、新たに作ったりするには時間がかかります。今はそれよりも一刻も早く贈ることが大事ですから、すぐに用意出来るものが良いですね……たとえば花とか……」

「花、花だな？　すぐに用意させよう！　何の花が良いのだ？」

「なんでもいいですよ。綺麗な花なら……花は私が用意しましょう。それよりも兄上は手紙をお書きください」

「手紙!?　なぜだ？　誰に書くのだ？」

「リューセー様宛に決まっているではありませんか、花に添えて贈るのですよ」

シュウエンがしたり顔で言ったので、ロウワンは硬直してしばらく言葉もなかった。沈黙の後、少し眉根を寄せて苦しげに息を吐いた。

「何を書くのだ？」

苦しげな息と共に、苦しげな言葉が吐き出される。それにシュウエンはまたニヤリと笑った。

「そうですね～……やはりここは、愛の言葉ですかね？」

そう言った途端《とたん》、ロウワンがジロリときつく睨んだ。シュウエンは目を逸らすと、ハハハと乾いた笑いを漏らす。

「冗談ですよ……兄上の真摯《しんし》な言葉を連ねればいいだけです。相手に兄上が怒っていないということが伝わればいい……『怒ってない』と書くのはあまりにも無粋《ぶすい》ですから、会えて嬉しかったとか、また会うのが楽しみだとか、そういうことを書けばよろしいのではないですか？」

本当は『愛の言葉』は冗談ではないのだが、ロウワンにはまだ無理だろうと諦めた。

「私は今から花の手配をしてまいりますので、兄上は手紙を書いておいてください。すぐですよ」

「待て、シュウエン……私は大和の文字は苦手だ」

「エルマーン語で構いませんよ。シアンが読んでくれるでしょう」

シュウエンはそう言い残すと、足早に去っていった。残されたロウワンは両手で頭を抱え込んだ。


龍聖は一生懸命エルマーン語を覚えようと勉強中であった。あれからすぐに泣きやんで、みんなに笑顔で「もう平気」と言ってから、着替えて勉強をすると言い出した。それからずっと休憩も取らずに打ち込んでいる。

余計なことを考えないようにするために、無理をしているのは明らかだ。平気ではないのだろうが、シアンにはどうすることも出来なかった。まさかとは思うが、シアンにしてみてもあの時はロウワンが怒っているように見えた。いや、怒るとまではいかなくても、なんだか不機嫌そうに見えたのは間違いない。

シアンの知る限り、ロウワンは決して気分屋ではないから、些細なことで気を悪くして安易に態度に出すようなことはない。それならばやはり思い違いだろうと思うが、龍聖をすっきりさせてやれるほど、説得力のある言葉は持ち合わせていなかった。

龍聖はとても察しが良いので、シアンが自信のないまま下手に取り繕っても、すぐに見抜かれてしまうだろう。

「シアン……この発音を教えてください」

ひとつ言葉を覚えては、シアンに尋ね、またそれを何度も繰り返し声に出して発音して覚え……とずっと熱心にエルマーン語を覚えようとしている。

「リューセー様、少し休憩いたしましょう。喉が渇いたのではありませんか？」

「でも婚礼までに、少しでも覚えたいから……時間が惜しいのです」

「リューセー様……」

その時扉が叩かれた。侍女が代わりに対応したが、すぐにシアンの下へ小走りに寄ってきた。

「シアン様、陛下からのお使いの方がいらしております」

「陛下の？」

シアンが驚いて立ち上がると、龍聖も「陛下」というエルマーン語が分かったので、ビクリと反応した。

シアンが扉の方に向かうのを、不安な気持ちでみつめる。シアンは侍女を数名呼んで、何かを運ぶように指示を出した。やがて部屋の中にとても大きな花束が運び込まれたので、龍聖はとても驚いた。花束というには大きすぎる。花の塊と言っても良いかもしれない。侍女が三人がかりで運び入れた。

「陛下からリューセー様への贈り物だそうです」

シアンが龍聖の下へ戻ってきて、ニッコリと笑ってそう言った。

「ええ!?」

龍聖は驚いて、勢いよく立ち上がった。あまりに勢いよく立ち上がったので、椅子がバタンと後ろに倒れたほどだ。

「私に!?」

「はい、陛下からのお手紙が添えられていました」

そう言って差し出された丸められた筒状の書簡を、龍聖は恐る恐る受け取って、一度愛しそうにそっと胸に抱きしめてから、封を切って丁寧に開いた。

紙の中央に、エルマーンの文字で二行ほど何か書いてある。

「なんと書いてあるのですか？」

龍聖が尋ねたので、シアンは手紙を覗き込むと、すぐに笑みを零した。

「これは『今日、貴方に会った時の私の気持ちを花束にして贈る』と書いてあるのですよ」

龍聖がそれを復唱した。

「今日、貴方に会った時の私の気持ちを花束にして贈る」

何度も復唱しながら、みるみる笑顔になり、頬が朱色に色づき、やがて両目にいっぱい涙を浮かべた。

「これが……陛下のお気持ち……」

龍聖はそう呟きながら、ゆっくりと花束の側に歩み寄った。花束は中央の大きなテーブルの上に置かれていたが、テーブルから溢れるほどで、色とりどりの美しい花々は、部屋中に甘い香りを漂わせている。

「申し上げた通りでしたね、陛下は怒ってはいらっしゃらなかったでしょう？」

龍聖はシアンにそう言われて頷くと、花束を抱きしめるように、花の中に顔を埋めた。

「陛下のお気持ち……」

龍聖は嬉しそうに花の中で何度も呟いた。やがて顔を上げると満面の笑みをシアンに向けた。

「これを二つに分けて、この部屋と、寝室のベッドの横に飾っても良いですか？」

「もちろんでございます」

「そうすればいつも陛下がお側に居てくださるような気持ちになれるから……」

シアンも嬉しそうに頷いた。


「なんと手紙にお書きになったのですか？」

「別になんでもいいだろう」

「また誤解されるようなことは書かれていませんよね？」

「誤解？」

ロウワンがギョッとした表情になってシュウエンを見たが、すぐにふるふると首を横に振ると、冷静な顔に戻った。

「おかしなことは書いていない。大丈夫だ……たぶん」

最後の「たぶん」は少し小さな声だった。

「それより……婚礼の日取りを少し延ばそうかと思う」

「え!?　今なんとおっしゃいましたか？」

シュウエンはまったく思ってもみなかった突然の提案に、ひどく慌てて聞き返していた。

「だから婚礼の日取りを少し延ばすと言ったのだ。耳が遠くなったのか？」

ロウワンが真顔で言ったので、シュウエンは眉間を寄せて首を横に振った。

「信じられない言葉を聞いたので、我が耳を疑っただけです。婚礼の日取りを延ばすだなんて、どういうおつもりですか!?　訳をお聞かせください」

「こんな気持ちのままでは、婚礼など出来ないからだ」

「こんな気持ちとは？」

さらに問い詰められて、ロウワンは不機嫌そうに顔を歪めると、腕組みをした。

「それが分からないから、日延べすると言っているのだ」

「……何日くらい延ばされるのですか？」

「十日……分かった。五日……五日だ」

十日という言葉に、シュウエンがひどく顔を歪めたので、ロウワンは慌てて言い直した。

「そしてもう一度、リューセーと対面する」

「!?　……なんのためです？」

「だから……この分からない気持ちを確かめるためだ」

ロウワンの言葉に、シュウエンは「それって……」と思ったが、口には出さなかった。じっとロウワンをみつめると、ロウワンは腕組みをしたまま難しい顔になって、何か考えている。

『そんなのわざわざ日延べしなくても、さっさと婚礼を挙げてしまえば、解決するだろうに』と思ったが、それも口に出さなかった。

「きっちり答えを出さなくても良いことだって、世の中にはあるのですよ？　兄上は真面目すぎる」

「どういうことだ」

「兄上のそれは、恋愛を数式に置き換えようとしているようなものです」

シュウエンは首を竦めながらそう呟いた。

「恋愛!?」

ロウワンが眉間を寄せたので、シュウエンは溜息をついた。

「たとえですよ……とにかく分かりました。どうぞお好きに……何度でも対面なさればよいですよ。気がすむまで……リューセー様も喜ばれることでしょう」

「喜ぶ……か？」

「ええ、きっととてもお喜びになりますよ」

「そうか……」

ロウワンが少し嬉しそうに笑ったように見えたので、シュウエンはやれやれとまた溜息をついた。


翌日、龍聖の下に婚礼延期の知らせが届いた。そしてさらにその翌日、二度目の対面が知らされた。侍女達が慌てて準備に走り、龍聖は前回のことがあったので、さらに緊張した。

前回と同じようにロウワンが、王妃の私室を訪ねてきた。シュウエンも連れている。

「この前は……すまなかった」

会うなり、ロウワンがそう切り出した。龍聖は驚いてロウワンをみつめると、何度も首を横に振った。そんな龍聖を、ロウワンは優しい眼差しでみつめると、ふと部屋に飾られている花へ視線を動かした。

「あれは……私が贈った花か？」

「はい、そうです。あの、ありがとうございました。陛下のお気持ちが……嬉しくて……嬉しくて……寝室にも飾っているのです。陛下がいつも側にいらっしゃるように思えるから……」

龍聖の言葉に、ロウワンは少し赤くなった。動揺しているようで、視線が泳いでいる。そして沈黙した。二人とも頬を少し赤らめたままで、俯いて黙り込んでいる。シュウエンはそれを眺めながら、『なんと甘酸っぱいんだろう』とぼんやり思った。

やがて沈黙と重圧に耐えられなくなったロウワンが、顔を上げると口を開いた。

「そなたは青い色が好きだと聞いた。私も好きなのだが……そなたはなぜ青色が好きなのだ?」

問われて龍聖は顔を上げた。

「それは……水の色だからです」

「水の色」

「はい……私のいた国では、龍は水の神様とされていました。龍神様が現れた場所にも、池が出来て、絶え間なく澄んだ水を湛《たた》えて、私の村を潤してくれました。龍神池の深い青い色をみつめていると、とても心が休まるのです。だから青が大好きです」

ロウワンは、龍聖の話を真剣な面持ちで聞いていた。

「陛下は……なぜ青がお好きなのですか?」

逆に聞き返されて、ロウワンは少し戸惑った。

「私は……空が好きだから……青い空が……でも水の色も好きだ」

ロウワンはそう言って、龍聖をみつめた。龍聖は頬を染めながら、ふわりと笑った。

「私、赤も好きです。陛下にお会いしてから、とても好きになりました。陛下のその美しい髪の色の

ような赤が……大好きです」

そう幸せそうな笑顔で言ったので、ロウワンは見惚れてしまった。ぼんやりとみつめていると、龍聖が不思議そうに小首を傾げるので、ロウワンはハッと我に返った。

「あ……婚礼が延期になったことは聞いているな?」

「はい、陛下もお忙しいのは分かっております」

「その代わり、また会いに来る……会いに来ても……いいか?」

ロウワンが照れくさそうに言うと、龍聖は満面の笑みを浮かべた。

「はい、お待ちしております」


シュウエンはロウワンの後に続いて、龍聖の部屋から王の執務室に戻りながら、何度も溜息をついていた。

「また会いに行かれるのですね」

「いけないいか?」

「いいですけど、もうさっさと婚礼を挙げてしまう方が早い気もします……兄上の気持ちは整理出来たのですか?」

「ん……」

ロウワンは小さく唸って、そのまま足早に執務室へ向かった。シュウエンは足を止めると、去っていくロウワンの後ろ姿をみつめて、また大きく溜息をついた。

次の対面は、それから三日後に行われた。その対面の前日に、シャイガンが帰国した。

城中に響き渡るような大声を上げて、子供のように駆け寄ってくるいい歳をした中年の男を、ロウワンは少し眉根を寄せてみつめた。いつも静寂の中にある王の執務室に、とても似つかわしくない声だ。ロウワンは読みかけていた書簡を机の上に置くと、小さく溜息をつく。

「兄上！　ああ、兄上！　兄上だ！」

「兄上！　私のことが分かりますか？」

シャイガンは机の前まで走り寄り、息を弾ませて期待に瞳を輝かせている。ロウワンは冷静な表情のままで、じっとシャイガンをみつめた。

「知らんな……見知らぬ男だ」

落ち着いた声で、一言そう答えると、置いていた書簡を手に取った。

「兄上！　意地悪はなしです。分かっているくせに……シャイガンですよ。シャイガン」

「……お前はナディーン公国で修業中ではなかったのか？　剣技を習得するまで帰らないと聞いていたが」

「それはそうなんですが、さすがに兄上の婚礼には立ち会わなければならないでしょう？　それで急いで戻ってきたのです」

「別に立ち会う必要などない。婚礼は単なる儀式だ。特に親兄弟がいなければならないという決まりもないし、いなければ執り行えないというわけでもない」

ロウワンは書簡に目を通しながら、淡々と話した。それを聞きながら、シャイガンはニヤニヤと笑みを浮かべる。

「ああ、やっぱり兄上だ。まったくもって兄上だ」

「何を馬鹿なことを言っているのだ。私は私だ」

ロウワンはシャイガンに視線を向けると、眉間にしわを寄せてそう答えた。

「それが残念なことに、婚礼は延期となったんだよ」

すると扉が開いて、シュウエンがそう言いながら部屋の中へと入ってきた。

「シュウエン兄上！　お久しぶりです」

「話を聞いていたのか？」

ロウワンがシュウエンに向かって言うと、シュウエンは肩を竦めて苦笑した。

「シャイガンの声は、廊下の端まで聞こえております」

それを聞いて、ロウワンはジロリとシャイガンを睨みつけた。

「え？　延期ってどういうことですか？　何か問題でもあったのですか？」

シャイガンはシュウエンとロウワンを、交互に見ながら驚いている。シュウエンは苦笑してロウワンへ視線を送ると、ロウワンは不機嫌そうに書簡を読んでいる。

「まあ、その話は後にしよう……それよりシャイガン、修業に出てから一年半になるが、成果は出ているのか？　遊んでいるのではないだろうな？」

「シュウエン兄上まで失礼なことを……成果は出ていると思いますよ。形は出来つつあります。あとはひたすら腕を磨くのみです」

「腕を磨くのみならば、帰国してここでやってもいいのではないのか？」

「いいえ、それがまだそこまでは……出来たといっても、まだ子供の手習いくらいのもの。強い相手があってこその鍛錬です。ナディーンの騎士達相手に、五分五分程度には通用しなければ、実践でも役に立ちませんし、帰国して皆に教えることも出来ません。もうしばらくはかかりそうです」

「では二年では戻らないのか」

ロウワンが口を挟んだので、シャイガンはニッとロウワンに向かって笑いながら頷いた。それを見て、ロウワンは小さく溜息をつく。

「まあ、お前の好きにすると良い」

「それでいつまでここにはいるのだ？」

シュウエンも溜息をつきながら、シャイガンに尋ねると、シャイガンはまた二人を交互に見た。

「それはもちろん婚礼が終わるまでです。婚礼はいつになるのですか？」

「五日延びた……だから六日後だ……今のところは」

シュウエンがそう答えると、シャイガンは首を傾げた。

「今のところ？　ではまた延期になることもあるのですか？」

「それは兄上次第だ」

シュウエンが苦笑してそう言ったので、シャイガンはロウワンを見たが、ロウワンは無視するように書簡を読んでいた。

「え？　兄上が初恋をこじらせている!?」

「馬鹿！　声が大きい!!」

シュウエンはシャイガンを連れて、別の場所に移動していた。謁見の間や大広間など、王国の政務を行う階層の奥にあるその部屋は、改修工事中だった。たくさんのアルピン達が忙しく働いている。

喧噪《けんそう》の中、人々の邪魔にならぬように、端へ移動してシュウエンは改めて真面目な顔で話し始めた。

「私が婚礼の前に一度、リューセー様と対面するように兄上に勧めたんだ。兄上は……あんな方だろう？　目覚めたばかりの頃に、少し話をしたんだ……その……性交について……。たわいもない雑談のつもりだったんだが、兄上がひどく真面目にお考えだったんで……初対面のリューセー様と、上手く性交が出来るだろうかって……。兄上は学問的な感じで、性交について学んでいて、やり方の理屈は分かるが、器用じゃないから上手く出来ないかもしれないと……それで婚礼前に、リューセー様と会うことを勧めたんだ。私が一度リューセー様にお会いした時に、この方ならば兄上も一度会えば、いらぬ心配などしなくなるだろうと思ってな……」

シュウエンの話を、とても興味深げにシャイガンは聞いていた。

「リューセー様はそんなに素敵な方なのか？」

「ああ、母上とは違う感じではあるが……明るくて素直で、何より兄上のことをとても好いてくれている」

「兄上のことを？」

「会う前からずっと、龍神様をお慕いしていたそうだ。どんな方だろうと夢に見て、想いを募らせていたと……たとえ本物がどんな者だろうと、気持ちは変わらないようだ。それでこの方ならば、頑な兄上も、すぐに心を開くかもしれないと思った」

「へえ」

シャイガンは顎を擦りながらニヤリと笑った。

「それで会ったら、兄上が一目惚れしてしまったと?」

「ああ、そうだ。だが兄上は自分の気持ちを把握していない。一目惚れだと認めていない。だが明らかに恋している。兄上はこのもやもやとする気持ちの所在を確認したいと思っていて、それでこんな気持ちのままでは婚礼を挙げることは出来ないと、延期されたのだ……もっとリューセー様と対面したいと言って」

「はあ? それってさっさと婚礼して、北の城で儀式を行えば、解決することなんじゃないのか?」

「そうなんだ。そうなんだが……兄上がそれで納得すると思うか?」

「自分の理解出来ないものは、解明出来るまで追求する性格だな」

「だが恋愛感情など、解明という形には出来ないだろう」

二人は同意し、何度も頷き合った。

「この分だと、さらに延期になってしまうかもしれない。兄上は会えば会うほど、気持ちが募ってしまうだろう。膨れ上がる恋慕の情を、それだと認識出来ないんだ」

「胸を締めつけるような感情は恋慕の情……というのが分からないんだ」

「ああ」

シャイガンは「わ~!」と呻《うめ》きながら、頭をガシガシと掻いた。

「なんとじれったいんだ!」

シャイガンはガンガンと地団太を踏んでいる。それを眺めながらシュウエンは苦笑しつつも、少しホッとしていた。やっとこの気持ちを分かち合う相手が出来たからだ。

「明日、三度目の対面をする。お前も立ち会うと良い、なんとも甘酸っぱい気持ちになれるぞ」

シュウエンはそう言って、クッと笑った。シャイガンはそれを聞いて苦笑しつつ、辺りを見回した。

「ところで兄上、これは何を造っているんだ？」

「ああ、そうだった。お前にここを見せておこうと思って連れてきた。これは今、神殿を造っているのだよ」

「神殿？　神殿というと、人間が信仰している神を祀る場所のことか？」

「そうだ。ほら、父上が亡くなられる時に、墓を建てて母上と共に埋葬してほしいと言っておられただろう。それでとりあえず城の中に安置していたが……兄上がそれを聞いて、城の中に神殿のような場所を造り、その奥に安置すればいいのではないかと提案されたのだ。そうすれば、皆がいつでも父上達に拝することが出来るし、ここを代々の王の墓所としてもいい。我々には宗教はないし、崇《あが》める神もないが、強いて言えば始祖ホンロンワン様がいらっしゃる。我ら竜族の歴史を語り継ぐ意味でも、ここにホンロンワン様の像を造り、神殿として祭事を行えばいいと、兄上が申されたんだ」

「へえ……神殿ね……」

元あった部屋の壁をさらに奥まで岩山をくりぬき、天井も高くして、広々とした部屋になっていた。アルピン達が総がかりで岩壁を削っているのは、像を彫っているようにも見える。

「婚礼は、今まで人間達のものを真似て、なんとなくの形式でやっていたが、それも後世に受け継ぐためにも、きちんとした作法を作った方がいいと言われた。そして竜王の婚礼だけではなく、他のシーフォン達もそれを真似る形で簡易の儀式をここで行えば、統制がとれていいと言われてね。今まではやっていなかったが、葬儀も行えばいいとも言っていた。神殿を守る専門の長も任命したいと言っている」

　シャイガンは腕組みをして聞きながら、何度も大きく頷いた。

「さすがロウワン兄上は、知識が深い……実は私も、一年半もナディーンに滞在していると、さすが長い歴史がある国だけあって、様々な伝統やしきたりが受け継がれていることを目の当たりにして、日々感心ばかりしていたんだ。さっき兄上が言ったように、婚礼にしても葬儀にしても、きちんとした作法や決まりがあって、王や貴族、庶民とそれぞれの格式に合わせて執り行われている。形が決まっているから、その都度《つど》慌てる必要もない。王国とはこういうものだと、つくづく思ったのだ。それに比べれば、我らの国は、どの国よりも長い歴史を持つが、すべてにおいて稚拙で、その場しのぎのように見える。確かに神殿があれば、色々な面できちんと出来そうだ……でも兄上の婚礼には間に合わないだろう」

「ああ、だが後の世のためにと言って、すぐにでもと造らせ始めたんだ」

「へえ」

　シャイガンは感心しながら、辺りを見回していた。

「しかし、このまま兄上が婚礼を延期し続けたら、ここが先に出来てしまうかもしれないな。そうすれば初めての神殿での婚礼も、兄上が挙げられるということになる」

　シャイガンがそう言って笑ったので、シュウエンは大きく首を横に振った。

「馬鹿なことを言うな。ここが完成するには、まだ一年はかかる。婚礼をそんなに先延ばししてなるものか」

　少し怒りながらシュウエンが言うので、シャイガンは大笑いをした。

「陛下にまたお会い出来て、本当に嬉しいです」

龍聖が頬を上気させて、少したどたどしくそう言った。それを聞いて、ロウワンはとても驚いた顔になる。龍聖はロウワンの反応を窺《うかが》いつつ、少し舌を出して照れ笑いをした。

「今のエルマーン語は、聞き取れましたか？」

龍聖は恥ずかしそうにそう尋ねる。ロウワンはすぐに笑みを浮かべると頷いた。

「ああ、とても綺麗な発音だ。もうそんなに覚えたのか？」

「まだ本当に少しだけです。でも早くエルマーン語を話せるようになりたいです」

龍聖がさらに赤くなりながら俯いてそう言うのを、ロウワンは微笑ましくみつめている。

「兄上があんな優しい顔で笑っているよ」

シャイガンが、隣に立つシュウエンに驚いて囁いたので、シュウエンは「シィッ」と言ってそれを咎めた。

「私は大和の言葉が分かるのだから、そんなに焦らずとも困ることはないのだぞ」

「はい、それはそうなのですが、陛下も普段はエルマーン語を話されておいでなのでしょう？　他のシーフォンの方々や、侍女達とも話がしたいと思いますし……早く覚えて悪いことはありませんから」

龍聖はそう言うと、ロウワンが頷いたので、また赤くなって照れくさそうに笑う。そして何かを思いついたような顔でロウワンをみつめた。

「でも……陛下と内緒のお話をする時は、大和の言葉が良いかもしれませんね。侍女達に聞かれても平気です」

龍聖がクスクスと笑いながらそう言ったので、ロウワンは思わず赤くなった。龍聖のそんな言葉や仕草が、とてもかわいらしく見えたからだ。

『確かに甘酸っぱい』

シャイガンはそう思って苦笑しながら、隣のシュウエンと視線を合わせる。すると龍聖が、シャイガンに気づいた。じっとこちらをみつめるので、シャイガンは思わず会釈をした。

「陛下……あの方は？　初めてお目にかかります」

龍聖に問われて、ロウワンが振り返る。シャイガンと視線が合ったので、仕方ないという顔をした。

「シュウエンの下の弟のシャイガンだ。婚礼に立ち会うために、昨日他国から帰ってきたのだ」

ロウワンが紹介したので、シャイガンは一歩前へと進み出て深く頭を下げた。

「シャイガンでございます。リューセー様にお目にかかれて光栄です」

「貴方様がシャイガン様なのですね。お話は伺っています。剣の修業のため、遠い国に行っていらっしゃるとか」

「はい、まだ修業の途中ですが、兄上の婚礼にだけはどうしても立ち会いたくて、戻ってまいりました」

シャイガンが笑顔で答えると、龍聖は嬉しそうに笑って頷いた。

「兄弟の仲がよろしいのですね」

龍聖がニコニコと笑顔でロウワンに言ったので、ロウワンはチラリとシャイガンへ視線を送って

「まあ、そうだな」と答える。

「私はシャイガン様のお気持ちがとてもよく分かります。私にも二人の兄がいたので……兄達はとても私に優しくて、私をかわいがってくださいました。いつも……」

そう言いかけて、ふいに何か思い出したのか、龍聖の表情がみるみる曇っていった。

「どうしたのだ？」

ロウワンが慌てて尋ねると、龍聖は我に返り慌てて首を横に振った。

「な、なんでもありません。ただちょっと家族のことを思い出してしまったので……大丈夫です。申し訳ありません」

龍聖は笑顔を取り戻したが、とても無理をしているように見えた。さすがのロウワンにも、それは感じられたようで、心配そうにみつめている。

「あ、それより今度ぜひ、シャイガン様の剣の技を見せてください」

「ああ、はい、それはもちろん喜んで」

シャイガンの返事に、龍聖は嬉しそうに笑った。だがロウワンは、まだ心配そうな顔でみつめていた。


「ああいう時は、ギュッと兄上が抱きしめて慰めれば、なんということはないのですよ。さっさと婚姻の儀を行ってしまえば、いつでも抱きしめられるものを……」

王の執務室に戻った三人は、ソファに向かい合って座っていた。シャイガンが帰り際に『反省会ですよ』と言ったからだ。

「リューセーは、家族のことを思い出して、悲しくなってしまったのだ。別に私が抱きしめても、何も解決はしない」

「そういうことじゃないんですよ～～、ねえ！　シュウエン兄上」

「あ？　ああ……まあそうだな」

シュウエンは困ったように苦笑した。ロウワンは、複雑な面持ちでいる。

「リューセー様は、こちらが驚くくらい、最初から物怖じせずすぐにすべてを受け入れて、この世界に馴染んで平気そうに見えたのだが、やはり無理をなさっていたのだな。きっと無意識に、あちらの世界のことは一切考えないようにされていたのだろう。考えたら寂しくて帰りたくなってしまう。まだ十八歳だ。子供とさして変わらない歳だ」

シュウエンの言葉に、皆が静かになって考え込んだ。

「私はどうすればよかったのだ」

ロウワンが困ったように尋ねた。シュウエンとシャイガンの二人は顔を見合わせる。

「我慢せずに、すべて吐き出せと言えばいいのです。帰りたいと言ってもいいと。泣き言もすべて受け止めてやるから、いくらでも言えと……そして抱きしめて、慰めて、今は私がいるからと言ってやればいいのです……もちろんすべては、婚姻の儀がすんだ後にしか出来ないことですが……」

珍しくシュウエンが、淡々とした口調で語ったので、シャイガンは少し驚いたような顔をしたが、ロウワンは深刻そうな表情をして考え込んでしまった。

「煮え切らずに、引き延ばしている私が悪いのだな」

「そうです」

またはっきりとシュウエンが答えたので、シャイガンはさらに驚いた。おろおろと二人を交互に見る。シュウエンは怒っているというよりも呆れているようで、ロウワンは意気消沈している。

「どうすればいい？」

「五日後なんて言わずに、明日にでも婚姻の儀をなさったらいかがですか？」

「でも五日後と延期の日取りを決めてしまったのだから……」

「兄上！」

言い訳をするロウワンを、シュウエンが鋭い口調で咎めた。

「真面目に決め事ばかり守ればいいというものではありませんぞ」

ビシリと切って捨てるように言われて、ロウワンは黙り込んで俯いてしまった。シャイガンはおろおろとするばかりだ。沈黙が流れる。

「明日、婚姻の儀を執り行う。皆にはすまないが、準備を進めてくれ」

「かしこまりました」

シュウエンはロウワンに深く頭を下げると、すぐに立ち上がった。

「シャイガン、手伝え」

「あ、ああ」

シュウエンに腕を引っ張られたので、シャイガンは慌てて立ち上がった。ロウワンのことを気にしてチラリと見たが、ロウワンは俯いて考え込んでいる。シャイガンはシュウエンに伴われて、王の執務室を出た。

「私はこれからシアンにこのことを伝えて、リューセー様の準備について打ち合わせる。お前は台車に侍女達を乗せて、北の城へ連れていき、掃除と準備の指示をしてくれ、私もこちらの用がすんだら合流する」

「兄上、さっきは驚きましたよ……ロウワン兄上に向かって、あんな言い方……」

「兄上は生真面目なだけで、我が儘《まま》でも暴君でもない。こちらが正しいことを言えば、別に怒りはしない。……それに……今の私だから言えたというのもある。若い頃ならば、たとえ自分が正しくても、兄上に意見など出来なかっただろう。やはり歳を取っていてよかった」

シュウエンがそう言ってニヤリと笑ったので、シャイガンは安堵すると共に「そうだな」と言って、わははと笑った。


シャイガンは、侍女達をぎゅうぎゅう詰めにして乗せた台車を、自分の竜で北の城まで運んだ。本来ならば六人乗りの台車に十人も乗せたのだ。台車が重くて、それを脚で掴んだ竜は一瞬ふらついたが、シャイガンが励ましたので、力強く羽ばたいた。

北の城は、始祖であるホンロンワンが築いた最初の城だ。今の城と同じように岩山をくり抜いて、山肌に張りついたように建てられている城だったが、人間世界の建物の知識も少なく、建築技術もまだ未熟だった頃に建てられた城なので、窓もほとんどなく、壁や床や天井が、すべて岩山を削ったままの状態で出来ていて、人間の身ではとても住み心地のいい住まいとは言えなかった。

だがここには、ホンロンワンが、その強力な魔力とたくさんの竜の亡骸を使って作った特別な部屋が存在した。

竜王の間と呼ばれる広間は、床も壁も天井も、水晶のように結晶化した古い竜の亡骸で作られ、天井にはたくさんの竜の宝玉が埋め込まれている。

そのため、部屋全体が白く輝き、永遠に昼間のような明るさを保つ不思議な空間であった。その最奥には、ふたつの小さな部屋がある。ひとつは、竜王の世継ぎが眠りにつくための部屋だ。この世に、竜王は一人しか存在出来ない。前竜王が命を落とし自分の世となるまで、そこで永い眠りにつく。この前までロウワンが眠っていた部屋だ。

そしてもうひとつは、契りの部屋。新しき竜王とリューセーが、婚姻の儀を行うための部屋であった。二人が初めて交わる時、リューセーは竜王の精をもらい、その体を変化させる。それは寿命が延びるという意味で、シーフォンに近い者への変化であり、竜王の子を宿せる者への変化でもある。

劇的な変化は、体に大変な負担をかける。その苦しみを和《やわ》らげ、さらに変化を活性化させるため、この部屋に籠って儀式が行われるのだ。

ふたつの部屋には、それぞれホンロンワンの宝玉とホンロンワンの親竜の宝玉が置かれており、魔力に満ちて竜王とリューセーを守ってくれるのだ。

シャイガンは北の城へ辿り着くと、台車を下ろして侍女達を城の中へ誘導した。入り口から竜王の間まで続く廊下を綺麗に掃除させて、ランプも手入れして火を灯《とも》せるように準備した。それらが終わると、竜王の間の掃除と、果物などの食料の補充や寝具の用意などが必要だ。すべてを今日中にやらなければならない。

シャイガンも手伝いながら、皆で懸命に行った。しばらくして、シュウエンが援軍を連れて駆けつけてくれ、大人数で一気に行ったので、なんとか一日で終わらせることが出来た。

一方、シアンは急な話にとても驚いたが、本来ならば今日が婚礼の予定だったのだ。婚礼衣装などの準備はすでに出来ている。どちらかというと、婚礼や北の城での婚姻の儀のことよりも、その後で行われる婚礼の宴の準備の方が大変だと思った。予定を先に延ばしていたのが急遽四日後になったのだ。侍女達にその話をして、すぐに準備に走らせた。

「リューセー様」

ロウワンとの対面の後、すっかり元気を失くしてしまった龍聖は、それを誤魔化そうと、また勉強に打ち込んでいた。シアンがそっと声をかけると、最初は気づかずに勉強を続けていたが、何度か声をかけられてようやく顔を上げた。

「あ、ごめんなさい……どうかなさったのですか？」

気がつくとなんだか周りが慌ただしく感じられたので、不思議な思いでシアンをみつめながら尋ねた。シアンは優しく微笑んでいる。

「リューセー様、急なお話ですが、明日、婚礼が行われることとなりました」

「え!?」

龍聖は驚いて、持っていた本を落としてしまった。

「なんで急に……」

「延期になったのも急でしたから……シャイガン様が帰国されましたし、陛下も仕事の都合がついたのでしょう……本来ならば、今日行っていたはずですから、早まってよかったと思います」

シアンが嬉しそうに言ったので、龍聖はなんだか信じられないというように、しばらくぼんやりとしていた。

「どうかなさいましたか？　明日では心配なことでもありますか？」

「あ、いえ、決してそんなことはありません」

龍聖は慌てて首を横に振った。そしてまた少し考えてから、ほんのりと頬を朱に染めた。

「なんだか嘘みたいだと思って……あんなに素敵な竜王様と本当に婚礼をするなんて……私……この世界に来たばかりの時、その話を聞いて、信じられないと思いましたが、今はその時よりももっと信じられない気持ちなのです。だって……もう三度もロウワン様にお会いすることが出来て、お話もして、私の想像の何倍も素晴らしい方だと分かったから……だからなおさら、私とロウワン様が婚礼を挙げて、夫婦になるだなんて……嘘みたいだって……」

シアンは頷いて、龍聖の手をそっと握った。

「ですがリューセー様、それならばこうお考えになってください。陛下もリューセー様に三度もお会いになって、話をされて、それで延期していた婚礼を早めたのですから、それだけリューセー様を気に入られて、妻として迎えたいと思われたのだと……」

シアンの言葉に、みるみる龍聖の表情が明るくなった、それと共に耳まで赤くなり、とても幸せそうに笑って頷いた。

「こんなに幸せなことはありません……ああ……本当に……」

龍聖は何度もそう呟いた。

翌日、シアンがいつもよりも早く起こしに来た。もっとも龍聖はほとんど眠れなかったのだが。少し赤くなっている目を見て、シアンが心配そうにしている。

「いつもよく眠っているから、一日くらい平気です」

龍聖は明るい笑顔でそう言った。

軽く食事をして、ぬるま湯で体を綺麗に拭かれた。香油を隅々まで塗られて、衣装を着せられる。それはすべてが真っ白な衣装だった。

小袴のような穿き物も、上衣も、帯も、さらにその上から羽織る上着も、すべてが純白で、全体に銀糸で細かい刺繍が施されている。ただ首飾りなどの宝飾が何もないのがいつもと違っていた。

「この世界でも婚礼の衣装は白なのですね……刺繍は見事で、とても手の込んだものだと思いますが……いつも陛下にお会いする時に着る衣装よりも、簡素なように見えますね」

「婚礼の後、すぐに北の城に向かわれて、陛下と二人で婚姻の儀を行います。そこには私や侍女は一緒に行けませんから、ご自身で脱ぎ着がしやすいように、余計なものは付けておりません」

シアンが少し抑えた声でそっと説明したので、龍聖はその意味を理解して真っ赤になった。

「あ……そうでしたね」

北の城で行う婚姻の儀についても説明を受けていた。それは『性交』を行うことについてで、元々人間の男性である龍聖のために、先に知らせておくべきこととして告げられたのだ。

龍聖は『もしかしたら夜伽の相手もしなければならないかも』と、日本にいる頃から聞かされていたので、特に驚くことはなかった。

ただやはり本当に、あの方と性交を行うのだという事実を改めて知らされ、『妻』となるというのは、婚礼を挙げての形だけのものではないのだと、認識したことで少し恥ずかしくなった。

竜王が男にも子を孕《はら》ませることが出来る……というのは、なんとなく『神通力《じんつうりき》』のようなものを想像していたのだが、男女のそれと同じく、交わることで子を作るのだと理解したからだ。

昨夜眠れなかったのは、そのことについて不安があったからだ。日本にいる時に、少し試してみたが、なかなか後ろの穴を広げることが出来なかった。もしも交わる時に、竜王の手を煩《わずら》わせてしまったらどうしよう。きちんと交われなかったらどうしよう。そう思って、昨夜も久しぶりに自分で試してみた。だが昨夜はいつも以上にダメだった。

ロウワンのことを思っただけで、すぐに気をやってしまい、穴をほぐすどころではなかった。

「あの……シアン……」

「なんでございますか?」

髪を梳いてもらいながら、そっとシアンに話しかけた。

「その……婚姻の儀式で……私が上手く出来なかったら……どうしたらいいですか?」

龍聖が不安そうに尋ねるので、シアンは微笑んだ。

「リューセー様は何も心配することなどございません。すべては陛下にお任せすればよろしいのです。陛下のなさるままに、身をお預けください」

「でも……」

「陛下もその方がきっとお喜びになります」

シアンの言葉に、龍聖は赤くなった。

支度が整って、呼ばれるまで待機することになる。龍聖は緊張して体を強張らせていた。

「リューセー様、大丈夫でございます。婚礼はシュウエン様とシャイガン様のご兄弟が立ち会いで行い、本当にすぐに終わりますから。そんなに緊張なさる必要はありませんよ」

シアンは懸命に、龍聖を落ち着かせようとしていた。

やがて扉が叩かれると、龍聖がビクリと反応する。シアンが扉を開けて、迎えに来た従者と話をしている。龍聖は立ち上がって、じっと待っていた。

「リューセー様、お迎えが来ました。陛下の所へ参りましょう」

シアンが龍聖の下まで戻ってくると、手を取って歩きだした。扉の外へ出ると、たくさんの兵士が並んでいた。部屋の外に出るのは初めてだったので、思わず周りを見回していた。右にも左にも、長く廊下が続いている。兵士達がその廊下の両側に整然と並んでいた。

「さあ、陛下のお部屋まで参ります。ご婚礼を挙げられ、晴れて正式な伴侶となられました後は、陛下のお部屋となっている王の私室が、お二人のお住まいとなります。もちろん今までご使用になっていたお部屋は王妃の私室として、これからも自由にお使いいただいて結構です」

緊張している龍聖を気遣って、シアンが歩きながら色々と話して聞かせた。龍聖は何度も頷きながら、ゆっくりと手を引かれて歩く。

「こちらが王の私室でございます」

少し歩いて、大きな観音開きの扉の前に辿り着いた。龍聖には随分長い道のりのように感じられたが、実際には十間ほど（十八メートルほど）の距離である。

兵士が両側から扉を開いた。大きく開かれた扉の向こうには、小さめの部屋があった。そこには従者が数人並んで立っており、龍聖に向かって深々と頭を下げた。

「こちらは普段、従者が控えている部屋でございます」

シアンがそう小声で説明をして、中へ入った。さらに奥の扉が開かれ、今度は先ほどよりも幾分広めの部屋があった。大きなテーブルとソファが並べられている。

「こちらは王が家臣などの来賓の方と、話をされるためのお部屋です。ただし、こちらのお部屋まで入ることを許されるのは家臣でも限られた方々になります。シュウエン様やシャイガン様などのお身内か、他のロンワンの方々になります」

シアンが小声で説明する。

「そしてその奥の扉からが、実質的な王の私室となります。普段寛がれる居間と、その奥に陛下の書斎と寝室がございます」

シアンの説明を聞きながら、扉の前に立った。扉が開かれると、そこにはとても広い部屋があった。天井や床の装飾はとても美しく、調度品も手の込んだものばかりで、豪華としか言いようのない部屋だ。中央にロウワンが立っていた。龍聖と同じように白い衣装を身に着けている。その両脇にはシュウエンとシャイガンが立っていた。

「これは実にお美しい……リューセー様は白がよくお似合いですね……ほら、兄上は見惚れてしまって言葉も出ないらしい」

シャイガンが嬉しそうにそう述べたので、シュウエンが「こら」と小さく叱責した。ロウワンは怒るのも忘れているようで、ただぼんやりと龍聖をみつめている。本当に見惚れているようだ。それは龍聖も同じで、ロウワンの美しさに腰が抜けそうだった。神々しいとはまさしくこのことだと思った。

「リューセー様、さあこちらに」

シュウエンがコホンとひとつ咳払いをしてそう促したので、シアンが手を引いて龍聖をロウワンの前まで導いた。いつもよりも少し近いと思った。

するとふわりととてもいい香りを感じた。鼻孔をくすぐるその香りは、今まで嗅いだことのないような香りだ。だが惹かれるほどに、とても好きな香りだと思った。まだ微かに香るという程度だ。

「それでは婚礼を始めます。第四代竜王ロウワンは、この者を第四代リューセーとお認めになりますか？　認めるならば、その証をお授けください」

シュウエンが朗々とそう告げると、銀の杯をロウワンの前に差し出した。するとロウワンは懐《ふところ》から銀の短剣を出して、杯の上に左手をかざした。

「竜王ロウワンは、リューセーを我が妃と認める。この証をリューセーに与える」

大きな声でそう述べると、銀の短剣の切っ先を、左手の指先に宛がい、ピッと斬りつけた。すると鮮血が杯の中に滴《したた》り落ちる。その瞬間、ボウッと一瞬炎が上がったので、龍聖はとても驚いて目を丸くした。

「これでこのリューセーの指輪は、竜王ロウワンのリューセーの指輪になった」

ロウワンはそう言って、杯の中から銀の指輪を取り出した。それを合図とするように、シアンに促されて龍聖はもう一歩ロウワンに近づいた。言われるままに左手を差し出して、ロウワンが左手の中指に指輪を嵌めた。

「おめでとうございます」

「おめでとうございます」

ロウワンの後ろに控えていたシュウエンとシャイガン、そして龍聖の後ろに控えるシアンが一斉に二人に祝いの言葉を述べる。それを聞いて、ようやく龍聖は、本当に婚礼を挙げたのだと実感した。ロウワンがずっと龍聖の左手を握っていることに気づき、かあっと赤くなる。

「では北の城に参ろう」

ロウワンはそう言うと歩きだした。手を引かれて龍聖も歩きだす。握られている左手がひどく熱く感じられた。部屋を出る時、ふとシアンが側にいないことに気づき振り返った。シアンは先ほどの場所に立って、こちらに頭を下げている。

「シアン」

龍聖が小さく名を呼んだので、ロウワンが足を止めた。

「シアンは一緒には参らん。北の城には我々二人だけしか行けないのだ」

ロウワンはそう告げると再び歩き始めた。龍聖も手を引かれるので、慌てて後についていく。少し後ろ髪を引かれるような思いがした。龍聖にとって、シアンは唯一頼りになる人物なのだ。側にいないと思うだけで、ひどく心細かった。

廊下へ出て、ロウワンは黙々と歩いた。ロウワンの歩幅が大きいので、龍聖は少し小走りにならなければ追いつかない。

「あっ」

龍聖が躓《つまず》いてしまい、ロウワンがその体を支えた。

「大丈夫か?」

「も、申し訳ありません」

そう言った龍聖の息が少し弾んでいることにロウワンは気がついた。

「……私の足が速かったか……気づかずすまなかった」

「いえ、そんなことは……」

「大丈夫だ。ゆっくり参ろう」

ロウワンは先ほどよりも、ゆっくりとした足取りで歩き始めた。しばらく歩いて、階段の前に辿り着いた。上へ続くその階段は螺旋《らせん》状になっている。

「これは中央の塔へ続く階段だ。この上に私の半身である竜がいる」

「陛下の半身……」

「リューセー、我々は婚礼を挙げたのだ。陛下ではなくロウワンと呼びなさい」

「あ、は、はい……ロウワン様」

ロウワンは『敬称はいらない』と注意しそうになったが、それは思いとどまった。そんなことでムキになる必要はない。徐々に慣れればいい。そう譲歩出来たのは、小言を言いそうなシュウエンの顔が浮かんだからだ。

長い階段を昇りきると、そこはとても広い部屋だった。広いなんてものではない。天井もとても高くて、小山のひとつでも入りそうだと龍聖は思った。見ると実際に部屋の中央に、小さな小山があった。いや、よく見ると、小山ではない。それはゆっくりと動いて、長い首を高く持ち上げた。黄金に輝く大きな竜だった。

龍聖はただ口を開いて声もなく見上げていた。

竜はゆっくりと長い首を下ろした。

「私の半身ジンバイだ」

竜はグルッと小さく喉を鳴らす。龍聖はまだ固まっていた。

「リューセー、怖いか？」

「あ……は……」

龍聖はようやく大きく息をした。息をするのを忘れていたのだ。何度か深呼吸をすると、頬を上気させて、ごくりと唾を飲み込んだ。上を見上げてじっと竜をみつめた。

「いえ……怖くはありません……ただ……驚いているだけでございます」

龍聖はそう言って、両手を合わせて竜を拝んだ。

「何をしている」

「龍神様のお姿を拝見出来たので、ありがたいと思っております」

ロウワンが当惑したようにそう呟いたので、龍聖はハッと我に返りロウワンを見ると、赤くなって首を横に振った。

「私も龍神様だ」

「いえ、もちろんそうです。あの……龍神様は、人の姿と竜の姿とふたつの体を分け合っていると伺いました。ロウワン様も自分の半身だとおっしゃった……人の姿の龍神様にはもう何度もお会い出来ていましたが、竜の姿の龍神様は初めてなので……ここにお二方がいらっしゃるということは……これで本当に龍神様にお会い出来たのだと……そのことに感動しているのです」

龍聖の言葉に、ロウワンはジンバイと顔を見合わせた。ジンバイが、グルルッと喉を鳴らす。

「そうだな」

ロウワンは頷いた。そのやりとりに、龍聖は不思議そうに首を傾げた。

「ジンバイが、リューセーは賢いと言っているのだ」

「ああ……恐れ多いことです……ありがとうございます」

「お前は不思議だ……竜を見ても怖くないと言って、こうして竜が話をしても驚かないのだな」

ロウワンに言われて、龍聖は一瞬キョトンとして、すぐにニッコリと笑った。

「だって神様ですから、何も不思議はありません」

ロウワンとジンバイはまた顔を見合わせた。ロウワンはコホンとひとつ咳払いをする。

「とにかく……北の城に参ろう」

ロウワンはそう言って、龍聖の体を抱き上げた。龍聖は驚いて声を上げそうになったが、ロウワンは気にする様子もなく、そのままジンバイの頭から首の上を渡り、背中の上へあっという間に登ってしまった。

「ジンバイ、北の城だ」

ジンバイが、グルルッと唸って、首を高く上に伸ばすと、天井から下がっている大きな鎖を口にくわえて、グイッと下へと引っ張った。するとガラガラガラッととても大きな音がして、目の前の壁が左右に開いていく。目の前に青空が開けて、ビュッと強い風が吹き込んできた。

ジンバイは翼を大きく広げると、風を翼に孕み、ドスドスッと何歩か歩いて、フワリと宙に舞い上がった。

「ああっ」

龍聖はロウワンに抱き上げられたまま、ぎゅうっと肩にしがみついた。

「リューセー、怖いか？」

ロウワンに大きな声で問われたので、龍聖はギュッと固く閉じていた両目を恐る恐る開いた。真っ青な空が広がり、とても近くに太陽があるように見えた。視線を少し落とすと、赤茶けた険しい山々が見える。そして辺りの空には、たくさんの竜が次々と舞い上がってきていた。

初めて見るその景色は、とても美しかった。

「こ、怖くないです……とても綺麗です」

ロウワンの首に両手を回して、うっとりとした表情でそう言って笑った龍聖の顔が、鼻が触れ合うほどすぐ目の前にある。ロウワンは腕の中の重みを、とても愛しいと思った。思わず龍聖の顔に、顔を近づけていた。その小さな柔らかそうな唇に、そっと軽く唇が触れる。

「あ……」

龍聖は驚いて、思わず声を漏らしていた。それにハッと気づいて、ロウワンは顔を離す。

「す、すまない」

「い、いえ」

二人とも真っ赤になって視線を逸らした。

「無事に婚礼が挙げられて良かったですね」

シャイガンがシュウエンと共に、王の私室を後にしながら、そう嬉しそうに言った。

「ああ、お前が手伝ってくれたおかげだ……宴まではいるのだろう？」

「ああ、もちろん。そっちが目的ですし」

シャイガンはそう言って笑った。

「宴の準備も大変だな……シアンが色々と手配してくれているが……」

「まあ三日ありますからなんとかなるでしょう……兄上も上手くやってくれるといいですけどね」

「それが心配なんだ」

シュウエンは大きな溜息をついた。

「いやあ、大丈夫でしょう。あれだけ好き合っているようならば、上手くいくでしょう。兄上は性交の勉強までしていたんでしょ？　だったら……」

シャイガンが気楽な様子で歩きながらそう言ったが、シュウエンは浮かない表情をしている。

「三日しかないんだ……ちゃんと出来るだろうか」

「え？　兄上はそんなに心配になるほど、出来ないかもと思っているんですか？」

「ああ……兄上が、あんなに晩生《おくて》だとは思わなかったんだ」

「まあ……ああ見えても、まだ百歳の若造だし、童貞だし、恋愛したこともないんですから、それは仕方ないでしょう」

「いや……そういうことじゃなく……」

シュウエンは言いかけて、辺りを見回した。ここで話すのはまずいと思ったのか、足早に自分の執務室へ向かった。シャイガンも慌てて追いかける。

部屋の中に入ると、ソファにどかりと腰を下ろして、大きく溜息をついた。

「兄上は、とても真面目なだけではなく、才能もあり優秀で、王としての器量は十分だ。父上の代役も早くからこなしていたし、国政の采配も確かだ。家臣を使うのも上手いし、人を見る目もある。とにかく竜王としては申し分ない。生真面目な性格が幸いにして仕事の精度を上げてもいる……だからてっきりなんでもこなせるものだと思っていたんだ」

シュウエンはそう言って、また溜息をついた。

「え？　違うのですか？」

「恋愛についてはな……考えてもみろ、兄上はリューセー様との対面に、あんなに積極的だったというのに、実際に会うと、ほとんどまともに会話も出来ないし、赤くなったり、呆けたりしているばかりだった」

「確かに……」

「どんな相手とも、眉ひとつ動かさずに、交渉の出来るあの兄上がだぞ？」

「うむ」

「あれじゃあ、ちょっと唇が触れただけでも、真っ赤になりそうだ」

「確かに」

「性交が出来ると思うか？」

二人は無言になった。沈黙が続く。

「あ、でもほら、香りには抗《あらが》えない」

「リューセー様が指輪をしている間は、香りの効能は弱まる。外したとしても、離れていれば効かない」

二人はまた無言になった。

「さすがに……三日間何もしないことはないでしょう……逆に真面目な兄上が、自分が為すべきことを果たせぬままでいるはずがない。最初の一日は出来なくても、二日三日となると、さすがに焦って行動に移すのではないだろうか？

「三日で出来なかったからと、延長するかも」

ポツリと言ったシュウエンの言葉に、二人は顔を見合わせた。そして同時に大きな溜息をついた。

ロウワンと龍聖は、北の城の竜王の間に辿り着いていた。長い廊下を、ずっとロウワンに手を引かれて歩く間、龍聖は顔から火が出そうだと思っていた。歩きながら、そっと右手の指先で唇に触れる。さっき、ロウワンと接吻《せっぷん》をしてしまった……そう思うだけで、心臓が爆発して死んでしまいそうだ。もう胸が苦しい、駄目だ……そう思った時、突然目の前が真っ白になった。

「ここが竜王の間だ」

ロウワンがそう呟いた。

龍聖は驚いて辺りを見回した。床も、壁も、天井も、きらきらと光り輝いている。真っ白な光る石で出来ているようだ。とても幻想的で、この世のものとは思えない。

「おいで」

ロウワンはまた歩きだすと、広間の一番奥まで来た。そこには扉がふたつある。二人は片方の扉の前に立つと、ロウワンが繋いでいた龍聖の左手をぐいっと引っ張った。

「ここにその指輪を当てるのだ」

小さな窪みがある。龍聖は言われるままに、中指に嵌められている指輪を押し当てた。ロウワンも自分の指輪を押し当てている。するとゴゴゴッと音がして、扉が少し開いた。それをロウワンがゆっくりと引いて開けた。

中は小さな部屋になっていて、淡く赤い光に満ちている。覗き込むと、ベッドがひとつあるだけで、他には何もなかった。そのベッドも台座だけで、布団は敷かれていない。

「ここは我々にしか開けることが出来ないので、寝具の用意を侍女達では出来ないんだ」

ロウワンはそう説明すると、その場を離れた。近くのテーブルの上に、寝具が重ねて置いてある。

ロウワンはそれを抱えて戻ってきた。

「自分でやらねばならないのだ」

「あ、私がやります」

「では中に運ぼう」

ロウワンは寝具を抱えたまま、部屋の中へと入った。それをベッドの上に置く。すると龍聖がいそいそと布団を広げたり、掛布を広げたりと、ベッドの用意をした。ロウワンは何も出来ずにただそれを見守るしかなかった。

小さな体で良く動くと思いながらみつめていた。そんなところまでもが愛しい。どうしてここまで、自分に尽くしてくれるのだろうと、不思議な気持ちになる。

「出来ました」

龍聖が笑顔で振り返りながら言った。

「ありがとう」

ロウワンは素直に礼を述べていた。龍聖は照れくさそうに笑う。

「さて……」と思うが、やるべきことは分かっていても、きっかけが分からない。さあやろうと、いきなり始めるわけにもいかないだろうと思う。ロウワンはとりあえず扉を閉めた。すると気密性が高いのか、先ほどまで遠くに聞こえていた水の流れる音が聞こえなくなった。シーンと無音になってしまい、この狭い空間に二人きりになったのだと、改めて思わされてしまった。

二人はみつめ合うと、気まずい気持ちになる。龍聖が恥ずかしそうに俯いた。ロウワンは困って小さく深呼吸をした。

「とりあえず座ろうか」

ロウワンに促されて、龍聖はちょこんとベッドの端に腰を下ろした。ロウワンは歩み寄ると、体半分ほど間を空けて、隣に座る。

二人は落ち着かない様子で、互いに黙り込んだまま俯いて座っていた。どれくらいそうしていたのか分からないが、ロウワンがハッと何かに気づいて立ち上がった。

ベッドの脇にある大きな砂時計をくるりと回すと、ホッと息を吐いて元の場所に戻り腰を下ろした。

「あれはなんですか？」

「砂時計だ……ここは窓も何もないから、昼か夜かも分からないだろう？　あの砂が全部落ちたら、大体三日が過ぎたことになる。それくらいを目途《めど》に城に帰るんだ」

「そうなのですね」

龍聖は、不思議そうにじっと落ちる砂をみつめている。そんな龍聖をみつめながら、ロウワンは溜息をついた。

「リューセー」

名を呼ぶと、龍聖が振り返った。

「はい」

返事をして、微笑みながらロウワンをみつめた。

「その……昨日はすまなかった」

「え？」

「昨日からずっと謝りたいと思っていたのだ」

「なんのことですか？」

「昨日……お前と対面をした時、お前は兄の話をしていて、悲しくなってしまっただろう？　あの時、慰めてやることが出来ずすまなかった」

「そんな……」

龍聖はとても驚いた。そしてじっとロウワンをみつめる。

「ロウワン様……どうしてロウワン様は、そんなにお優しいのですか？」

「私が？　優しい？」

ロウワンは言われている意味が分からないというように、真顔で聞き返した。龍聖も真顔で頷く。

「はい……いつもそうやって、私をお気遣いくださる」

「それは……お前は私の伴侶なのだ。優しくするのは当たり前だ」

「でも……今は確かに婚礼を挙げたので、伴侶になりましたが……貴方様は、初めてお会いした時からとてもお優しかった……私はずっと、位の高い方はもっといばっていて、下々の者に気遣いなどしないと思っていました。別に、偉い人は意地が悪いということではなく……高い身分の方というのはそういうものだと思っていました。でもロウワン様は、私にも優しいし、侍女達にもお優しい……それはやっぱり神様だからですか？」

曇りのない真っ直ぐな眼差しでみつめられて、そう問われたので、ロウワンは困ってしまっていた。

「私は……神様などではない。……我らは元は竜だったし……今でも人の何倍も長生きしたり、魔力を持っていたり……人間とは違うかもしれない。だが我らは神より神罰が下った身。人間として生きるように定められたのだ……神などではないよ」

ロウワンは落ち着いた口調でそう説明した。龍聖はじっとロウワンをみつめながら、何度も頷いている。視線が気になるが、ロウワンはそれを見ることが出来なかった。

「でもお優しいです」

龍聖がぽつりと呟く。花のように微笑んでいるのだろうと思ったが、やはり見ることが出来なかった。ロウワンはとても戸惑っていた。意識すればするほど、先ほどから体の変化に気持ちが追いつかない。

ロウワンは勃起していた。実は、うっかり口づけをしてしまった時から、変化を感じていた。下半身に血が集まるような感覚だ。触れもしないのに、性器がそんな風になったことなど、今までにない。初めて精通した時、医師から性器を弄るように言われて、強引に射精させられたことがある。子を作る機能が正常であるか確かめられたのだ。

あの時も、体の変化に気持ちがついていかず、初めての射精に戸惑い、なんとも嫌な気持ちになった。

でも今は、その時とも違う。勃起はしているが、無理やりそうさせられたわけではない。体が勝手にそうなっているだけだ。原因は分かっている。龍聖のせいだ。物理的に性器に触れずとも、気持ちの昂りで勃起してしまう。その現象だ。

性交出来るだろうかと不安に思っていたが、今なら何も案ずることはない。こんなにも痛いほどに勃起しているのだ。あとはこれをリューセーに挿入すればいい。そしてリューセーの中で射精すれば、性交は完了となるはずだ。頭の中に本のページが思い浮かぶ。でも……と思った。

こんなに純真無垢で愛らしい龍聖に、そんなことをしても良いのだろうか？　もちろんやらなければならないことは分かっているが、なんだか可憐な花を乱暴に散らすようで、罪悪感に苛《さいな》まれた。

「ロウワン様」

「な、なんだ？」

「さっき……婚礼の時に、とても芳《かぐわ》しい香りがいたしました……あれはもしかして、シアンから聞いていたロウワン様と惹かれ合うという香りでしょうか？」

「あ、ああそうだ。私にも香っていたよ。お前の香りはとても気持ちがいい香りだった」

「やはり近づくとそうなるのですね……でも今はほとんど香りません……微かに……本当に微かに感じますが……」

「お前が指輪を嵌めているからだよ。その指輪を嵌めている間は、互いの香りが抑制されるのだ。性交をして、私がお前に私のものである証をつけたら、もう香りはなくなると教わっただろう？　指輪はそれと似たような状態になるのだ。その指輪は私の証……私の血を落としただろう？　私の証を身に着けるということは、そういうことになるのだ」

「そうなのですか」

龍聖は左手をかざして指輪をみつめた。

「とても綺麗な指輪です……では外してしまったら、また香りがするのですね」

「ああ」

二人は意識してまた沈黙してしまった。

「指輪を外せと言えば」「指輪を外したら」そう互いに考えていたのだ。でも二人とも恥ずかしくて、行動を起こせずにいる。

「リューセーが嫌でなかったら……もう少しこのままでもいいか？」

「え？　あ……はい、もちろんです」

龍聖は、はにかみながら頷いた。ロウワンがそっと手を握ってきた。龍聖は恥ずかしそうに俯きつつ、それに応えるように手を握り返した。二人はそのまましばらくの間無言で過ごしていた。ドキドキと心臓の音だけが、やけに聞こえる。時が止まってしまったようにも感じる。でもとても幸せだと龍聖は思った。

「こんな気持ちは初めてなんだ」

ぽつりとロウワンが呟いた。

「え？」

「私は恋慕の情というものがよく分からなかった。両親や弟や妹のことはとても好きだし愛している。でも伴侶への想いはそれとはまったく違うと言われて……好きの意味の違いが分からなかったのだ」

ロウワンはぼんやりと宙をみつめながら、静かに語った。低いロウワンの声で、ゆったりとした語り口で言われて、龍聖はとても心地よさを感じた。緊張がほぐされるようだ。

「それは私も……ロウワン様の気持ちは分かります……私もそうでした。龍神様をお慕いする気持ちは、恋慕なのか、信仰なのか……良く分からなくなっていました。でもロウワン様にお会いして、やはりこの気持ちは恋慕なのだと、そう気づいたのです」

龍聖の言葉に、ロウワンはまた下半身が熱くなる。ぎゅうっと龍聖の手を握った。

「お前は……どうしてそんなに純粋に私を慕ってくれるのだ？」

「ずっと夢に見て憧れていた方です。実際のロウワン様は、その想像の何倍も素敵で優しい方なのですから、好きになることしか考えられません」

「お前は私を優しいと言うが……私はお前に優しくしているとは思えない。私は生真面目で、堅物で、面白みもない男だ。自分でもそれくらいは分かっている。シュウエンのように優しい心配りも出来ないし、シャイガンのように相手を楽しませるような話も出来ない。お前と三回も対面したのに、結局大した話も出来なかった。それなのにお前は、こんな私を心から慕ってくれている。初めて会った時から……優しいのはお前の方だよ」

ロウワンにしては、珍しく素直な心の内をたくさん話せたと思う。この様子をシュウエンが見ていたら、喜びに涙を浮かべたかもしれない。

「ロウワン様は真面目で嘘がつけないお方です。確かに最初は分からなくて……ロウワン様が機嫌を損ねられたのではないかと、思い悩むこともありましたが、無言で素っ気なく見えることがあっても、決してそういうわけではないということが分かってからは、気にならなくなりました。怒っているわけではないとおっしゃるならば、本当にそうなのだと……何もおっしゃらなくても、会いに来てくださるのは、私を気に入ってくださっているのだと……そういうことが分かってくると、ロウワン様の優しさも分かってくるのです。私は……ロウワン様のお側にいられるだけで幸せです」

龍聖の言葉を聞いて、ロウワンはゴクリと唾を飲み込んだ。

「リューセー……その……もう一度……口づけてもいいだろうか？」

「ロウワン様……口づけてください」

龍聖の言葉に誘われるように、ロウワンは顔を近づけると、そっと唇を重ねた。龍聖の唇は柔らかかった。ちゅっと触れる程度に軽く口づけて、一度離してから、もう一度軽く口づけた。高揚《こうよう》して息遣いが荒くなる。ロウワンは己の性器から、たらたらと精液が漏れているのを感じる。今にも爆発しそうだ。

もう少し、もう少しと、何度も軽く唇を重ねた。啄《ついば》むような口づけ。

「ロウワン様……ロウワン様……ああっあっあっ」

龍聖がロウワンの服の胸元をぎゅっと掴むと、すがりつくように体を寄せて、ぶるぶるっと体を震わせた。

「リューセー……？」

「あっああっ……申し訳ありません……気をやってしまいました……」

はあはあと息を乱して、喘ぐようにそう囁いた龍聖の言葉と、ふわりと微かに香る匂いで、龍聖が射精してしまったのだとロウワンは気がついた。そう思うと、体の芯が熱くなった。ぎゅっと龍聖の体を抱きしめると、ぶるっと震えて、ロウワンも射精してしまった。

はあはあと息遣いが荒くなる。腕の中の龍聖が愛しい。また唇を重ねた。何度もちゅうっと、龍聖の柔らかな唇を食《は》むように吸う。今射精したはずなのに、勃起はおさまることがなかった。もやもやと胸の奥に湧き上がる感情が、何か分からない。

「リューセー……服を……脱がせても良いか？　濡れてしまっただろう？」

ロウワンがそう言うと、龍聖は真っ赤になって頷いた。上着を脱がせ、帯を解き、上衣も脱がせた。すると裸の上半身が露《あらわ》になる。細くしなやかな体だった。ズボンを脱がせると、半分ほど立ち上がった状態の性器があり、その周りが精液で濡れていた。薄い陰毛も濡れている。それはひどく淫猥《いんわい》で、ロウワンを欲情させた。

ロウワンも自ら服を脱いだ。全裸になると、性器が赤黒く怒張して、陰嚢《いんのう》もせり上がっている。陰茎はいつもの倍くらいに膨れ上がって、長さも倍くらいに伸びて、腹に付きそうなほどに立ち上がっている。自分のそんな姿を見るのは初めてだ。

全裸にされた龍聖は、恥ずかしそうに顔を両手で覆って、ベッドに座っている。

「後ろを見せてもらっても良いか？」

ロウワンがそう言うと、龍聖は顔を手で覆ったままこくりと頷いた。ベッドの上にうつ伏せになって横たわる。ふっくらと丸い尻が目の前に現れた。白い柔らかそうな尻だ。ロウワンは恐る恐る手を伸ばした。人の尻など初めて見るし、初めて触る。両手で包むように触ると、そっと割れ目を左右に開いた。小さな穴が現れる。ここに挿入するのだと思った。本で読んだことを思い出す。性交に関する様々なことが載ったあの本には、男女のことばかりではなく、男同士や女同士の性交の仕方までが載っていた。

『小さいな……大丈夫なのだろうか』

ロウワンは思った以上に小さなその穴を見て、不安に思った。

きゅっと口を閉じているその窪みを、そっと指で触った。びくりと龍聖の体が揺れる。指の腹で、捏《こ》ねるように窄んだ穴のひだを、ゆるゆると撫でていると、やがて口が小さく開いた。そこへゆっくりと指を入れる。

「あっああっ」

龍聖が小さく喘いだ。指を少しずつゆっくりと中に差し入れて、根元まで深く入れた。中はとても熱くて、きゅうきゅうと指をゆるく締めつけてくる。

「ああっあっ……あっ」

龍聖が布団に顔を埋めながら、はあはあと乱れる息と共に声を漏らした。

「痛いか？」

尋ねると、ふるふると首を横に振る。項《うなじ》が朱色に色づいていて、とても艶《なま》めかしい。ロウワンは指を動かして、穴の入り口をほぐし始めた。その行為にひどく興奮する。もう一本指を入れてみた。それも意外と難なく根元まで入った。

「痛いか？」

また尋ねると、龍聖はまた首を横に振る。

「ああっあんっあっああっ」

指を動かすたびに、龍聖が喘ぎ声を漏らす。やがて少し腰を浮かせてきた。見ると勃起していて苦しそうだ。先から汁が垂れていて、布団に染みを作っている。穴の方は大分ほぐれてきて、指が三本も入っていた。

「あっああっ……もう……もう……だめ……」

龍聖は泣くような声でそう呟くと、腰をびくびくと震わせてまた射精した。ビュルッと放たれた精液が、布団を濡らす。それを見て、ロウワンはさらに欲情した。もうこれ以上はロウワンも我慢が出来ない。ベッドの上に膝立ちになると、龍聖の穴から指をゆっくりと抜いた。

「ああっあっ」

龍聖が切ない声を上げた。穴は口を開いてひくひくと動いている。そこに爆発しそうな亀頭を宛がった。龍聖の中に入れると思っただけで、ひどく興奮する。

「うっ……だめだ……」

ロウワンは眉根を寄せて顔を歪めると、ビクンと腰が跳ねて、ビュビュッと勢いよく射精してしまった。真っ白な精液が、龍聖の穴を濡らす。陰茎を持っていた右手で、激しく上下に擦り上げた。腰が跳ねて、何度も精液を吐き出した。大量に吐き出された精液が、龍聖の尻や穴を濡らし、股を伝って布団の上に滴り落ちて染みを作る。

ロウワンは、はあはあと肩で息をした。鼻の奥がツンと痛む。興奮して頭に血が上っていた。それでもまだ勃起がおさまらない。まるでそこに心臓があるように、びくびくと脈を刻んでいる。

ロウワンは冷静さを失っていた。右手に摑んでいる怒張した男根が、自分とは別の生き物のように抑制が利かなかった。

龍聖の美しい裸体を目の前にして、このまままた右手を激しく動かして、男根を扱《しご》きたくなってしまう。性欲を抑えられなくて、安易な快楽を求めたくなる。だがここで、自慰だけですませるわけにはいかない。

射精したい衝動をなんとか我慢して、そのまま濡れている穴に亀頭を押し当てた。ぐいと穴を押し広げて、中へと挿入した。

「あっああ……入って……入ってくる……ああっあん……ロウワン様が……入ってくる」

龍聖はうっとりとした表情で、喘ぎながら呟いている。硬い大きな塊が、肉を押し分けて入ってくるのを感じて、体を震わせている。下腹を圧迫するほど、質量を感じるようだ。

ロウワンは挿入しながら初めての感覚に、恍惚《こうこつ》となっていた。龍聖の中はとても熱く狭い。荒ぶる男根を締めつけてくる。

半分ほど入れたところで、ゆさゆさと腰を動かした。

「ああっああっあーっ」

龍聖が揺すられるたびに喘いでいる。その声に、欲情を掻き立てられて、ロウワンは腰を揺さぶり続けた。気持ちよくて腰の動きが止まらない。また射精しそうになったので、動きを止めて龍聖の腰を掴み、ゆっくりと深く挿《さ》し入れ始めた。

「あっああっ……深い……ロウワン様……ロウワン様」

何度か抵抗があったが、半ば強引に根元まで挿入した。龍聖が苦し気に呻いている。

「痛いのか？」

ロウワンは、龍聖を案じて声をかけた。すると龍聖は無言でただ首を横に振っている。背後からなので、顔を覗き見ることが出来ない。

ロウワンは動きを止めた。腰を揺すったら、すぐにでも射精してしまいそうだった。龍聖の様子も気になる。ロウワンは、肩で息をしながらごくりと唾を飲み込んだ。

性交がこんなに気持ちいいものだとは思わなかった。快楽に溺《おぼ》れそうだ。いや、ほとんど溺れていた。夢中になって理性を失っていた。

ようやく、少しばかり落ち着きを取り戻して、今の状況を確認する余裕が出来た。

ロウワンは一度深く息を吸い込み、ゆっくりと吐き出した。視線を落として、龍聖と繋がっている部分をみつめた。龍聖の柔らかな尻が、自分の腰に密着している。男根は完全に根元近くまで、龍聖の中に入っている。

龍聖の中はとても熱くて、中で限界まで怒張している男根は、少しでも腰を揺らせば爆発してしまうだろう。

『不思議だ』

ロウワンは心の中で呟いた。あんなに理解不能だと思っていた性交を、今自分はしているのだ。本で見た絵で、色々な体勢で体を重ね合わせて、性器を繋げるなど出来るものなのかと怪しんでいた。自分に付いている細長い性器を、相手の体の中に入れるなど、そんなことは無理だろうと思っていた。性器は普段は柔らかいし、もちろん勃起すれば硬くなることは分かっていたが、そもそも簡単に勃起などしない。何度か自慰をしてみたことはあるが、手で扱いてもなかなか硬くならず、勃起するのに時間がかかった。ようやく勃起しても射精にまで至らないこともあった。

だから性交とは、とても難しいものではないのかと思っていたのだ。

本を読んでどんなに知識を増やしても、自分の体さえ自由に扱えず、知識と実技はまったく違うのだなと思って悩んだりもしたが、シュウエンは『愛を育めば自然と……』などとあいまいなことを言い、挙げ句の果てには『婚姻の儀では互いの香りで出来ます』などと無責任なことを言って誤魔化された。

『ん？　そういえば……』

ロウワンはふと我に返った。自分の指に嵌められた指輪をみつめて、次に龍聖の左手に視線を向けた。ベッドに突っ伏して、シーツを握りしめている龍聖の左手には指輪が光っている。

『指輪を外すのを忘れていた』

ロウワンはそのことに気づき、目を丸くした。

『香りを嗅がなくても勃起したし、性交出来ているではないか』

ロウワンは驚いて、改めて自分の下腹部に視線を送った。まだしっかりと熱をもって怒張しているのが分かる。萎《な》えることはない。自慰でもこんなに硬く大きく膨れ上がったことはなかった。自分が欲情してひどく興奮しているのも分かる。こんなことは人生で初めてだ。

『それもすべては……』

ロウワンはそう思いながら、龍聖をみつめた。綺麗な背中は、薄く朱色に色づいている。乱れた息遣いで、肩が揺れている。

『かわいい小さな花のようだ』

ロウワンは目を細めた。胸が苦しくなって、また男根が熱くなるのを感じる。

『そうか……これが愛なのか……』

ロウワンはまるで研究分析の結果、答えを見つけたように瞳を輝かせた。

再び腰を揺さぶり始めた。ゆっくりと前後に動かして、男根の抽挿《ちゅうそう》を繰り返すと次第に射精の昂りが込み上げてくる。

「あっあぁぁっ……ロウワン様……ああっ」

龍聖が甘い声で喘ぎ、それに合わせるように、激しく腰を動かした。

「あっううっ……リューセー……リューセー……」

今まででー番の快楽だった。頭が痺れるような感覚と、腰が爆発するような感覚。がくがくと腰を痙攣《けいれん》させながら、龍聖の中にたくさんの精を放っていた。


ふと目を開けて、赤い光にぼんやりとした。しばらくしてようやくここがどこかを思い出し、眠っていたことに気がついた。ロウワンは腕の中のぬくもりに、はっきりと目を開けた。

龍聖を抱きしめて眠っていたのだ。龍聖はまだ眠っているようで、ロウワンに身を委ねている。違和感があると思ったら、まだ龍聖と繋がったままだった。龍聖と交わって、中に射精してそのまま意識を飛ばしてしまったようだ。

でもこれで龍聖は自分のものだと思うと、自然と笑みが零れた。

ぎゅっと抱きしめて、頭に口づけた。すると龍聖が体をもぞりと動かした。目覚めたようだ。

「リューセー……大丈夫か？」

声をかけると、龍聖が大きく息を吐き、こくりと頷いた。

「痛い所はないか？　体は大丈夫か？」

ロウワンは龍聖を気遣い、何度も問うた。ゆっくりと龍聖の中から陰茎を抜くと、体を起こして龍聖の体も抱き起こした。ずっと後ろ向きに抱いていたので、自分の方へ顔を向かせて抱き直す。顔にかかる乱れた髪をそっと払ってやり、額に青い花のような印があることに気づき目を細めた。

「リューセー」

その潤んだ黒い瞳をみつめながら名を呼ぶと、うっとりとした表情で、龍聖が微笑む。

「そんなに心配なさらなくても、私は大丈夫です。これでも結構丈夫なのですよ」

くすりと笑ってそう言った。

「私が不慣れで……お前の体に負担をかけたのではないかと思ったのだ」

真面目な顔でロウワンがそう言うと、龍聖は微笑みながら首を横に振った。

「私こそ……ロウワン様はちゃんと気持ち良くなられましたか？　満足していただけましたか？」

龍聖の優しい言葉に、ロウワンは思わず欲情してしまった。

「私はお前に気持ち良くなってほしいのだ」

ロウワンはそう言いながら、龍聖の頬に口づけた。龍聖は恥ずかしそうに微笑む。

「私は何度も気をやってしまいました……気持ち良くなければ、そんなになるはずがございません……ロウワン様に触れられるだけで、私は気持ち良すぎておかしくなってしまうのです」

龍聖はそう言うと、ロウワンの胸に顔を埋めた。

「今度はもっとちゃんとするから……」

ロウワンはそう言って、龍聖を抱きしめた。そのままベッドに押し倒すと、唇を重ねる。深く唇を吸った。舌を龍聖の口の中に差し入れると、龍聖の舌を探して絡ませた。

「んっ……ふっ……」

長い口づけだった。もっともっとと龍聖が強請《ねだ》るので、唇を離しては、また深く吸った。口づけが心地いい。うっとりとした高揚感がある。体が熱くなった。

少し体を起こして、龍聖を見下ろすと、白い胸に薄い肉色の小さな乳輪がふたつある。それに口づけるとちゅうっと強く吸い上げた。

「ああっあああっ」

龍聖が背を反らせて喘いだ。

舌の先で乳頭を刺激すると、そのたびに龍聖が声を漏らして、体をくねらせる。はあはあと息が乱れ、龍聖の陰茎が立ち上がっていた。

「気持ちいいか？」

「気持ちいいです……ああっ……気持ちいい……」

龍聖の答えに、ロウワンは満足げに笑みを浮かべた。ふたつの乳首を弄り回して、龍聖を一度射精させると、仰向けにしたまま両足を開かせて、腰を抱えるようにして再び挿入した。本で覚えた『正常位』を試してみたのだ。

前に入れた時の精液が中に残っていて、難なくするりと挿入出来た。腰を前後に動かすと、精液が溢れ出て、厭らしい音を立てる。

ロウワンは夢中になって腰を揺すった。

「あっああっ……ロウワン様……そんなに深くしたら……ああっあっ」

龍聖は何度も腰を痙攣させて、射精していた。しかしもう以前のような白い精液は出なかった。体が変化していたのだ。

「うっうっふうっ」

ロウワンはがくがくと腰を動かして、龍聖の中に射精した。それでもまったく萎えなくて、精液を

出しきると、再び腰を動かした。

この部屋の力のせいか、全然性欲が萎えることがない。射精しても射精しても、何度でも勃起し続けた。体が疲れきって眠りに落ちるまで、ひたすらに交わる。龍聖の中に注ぎ込んだ精液は、次々と溢れ出して、シーツを濡らしていく。

龍聖もまた性交の虜になっていた。ロウワンの逞《たくま》しい腕に抱きしめられただけで、体の奥が疼《うず》いた。もう羞恥も感じない。ロウワンの熱い肉塊に貫かれて、犯されて、体の深い所まで突いてほしいとさえ思うほど、肉欲に溺れていた。

もう何度目か分からない射精をして、ぐったりとした龍聖の体を抱きしめながら、挿入していた陰茎をそっと引き抜く。

「リューセー、大丈夫か？」

ロウワンが耳元で囁くと、龍聖がほうっと息をついた。

「はい、大丈夫です」

「ずっと性交ばかりをして申し訳ないな」

ロウワンが自分でも呆れ気味に呟くと、龍聖が顔を上げてロウワンをみつめながらクスリと笑った。

「でもこの部屋での儀式は……それをするためなのでしょう？」

「それはそうなのだが……我ながら呆れている。こんなにそなたを抱いてばかりで……もう少し落ち着いて、話をしたりとかすればいいものを……お前にひどいことばかりしてすまないと思う」

ロウワンが神妙な面持ちで謝罪するので、龍聖は頬を染めながら首を横に振った。

「ひどいことなど……ロウワン様、私が今どれほど幸せかお分かりですか？」

「そなたが幸せ？」

「はい、ロウワン様が私に欲情して求めてくださるなんて……夢のようです」

龍聖がうっとりとした表情で言うので、ロウワンはたまらずに唇を重ねた。

深く浅く何度も吸って、ようやく唇を離した。

「リューセー……私は……」

ロウワンは何かを言いかけて、言いよどむように口を閉ざした。

「なんですか？」

龍聖が微笑んで尋ねるので、ロウワンは「うっ」と小さく唸って、しばらく考えた。

「その……まだそなたに言っていなかったことに気づいたのだ」

「私に？」

「あ……愛している」

ロウワンは振り絞るようにそう言うと、赤くなって視線を逸らした。龍聖はとても驚いたように目を見開いて、ロウワンをみつめている。

「今さらかもしれぬが……ずっと思っていたのだ。お前を愛していると……それを早くお前に言わなければと思っていたが……なんというか……性交に夢中になってしまっていた……だがそれはお前の体に溺れていたためで……それもすべてはお前を愛しているからなんだ」

「ロウワン様」

「愛しているという言葉は分かるか？　大和の国では使わない言葉だと、母が言っていたが……恋しいよりも、もっともっと好きだということだ」

「はい……分かっております……前の龍聖様が書き残されたエルマーン語の教本の中に、意味を添えて書かれてありました」

龍聖はとても嬉しそうに微笑んでそう言うと、ポロリと涙を零した。

「なぜ泣く」

「嬉しいからです」

微笑みながらそう言う龍聖を、心から愛しいと思った。ぎゅっと抱きしめると、龍聖がロウワンの背中に腕を回して、抱きしめ返してきた。

「愛している」

もう一度耳元で囁いた。

ふと砂時計が視界に入った。上の砂がもう残り僅かで、今にもすべてが落ちてしまおうとしているところだ。婚姻の儀式は、無事に終わったのだ。ロウワンはそう思って、少し安堵した。

「兄上達が帰ってこられた」

シャイガンが窓の外を眺めながら、嬉しそうにそう言ったので、シュウエンも頷いた。

「竜王もずっとご機嫌で歌っていたし、いらぬ心配だったようですね」

シャイガンがそう言うと、シュウエンは苦笑してみせた。

「いや、最後まで気を抜いてはならぬ……竜王は半身がご機嫌ならば歌うのだ。二人で一緒にいるだけで、兄上がご機嫌だったら、それだけで歌ってしまうかもしれぬぞ」

シュウエンがそう言って笑うので、シャイガンも一緒に笑った。もちろん、まさかとは思うが、やはり念のため確認しなければ……と内心思っていた。

二人は塔の上まで出迎えに行った。

黄金の竜がゆっくりと舞い降りてくる。着地すると、その背から龍聖を抱きかかえたロウワンが降りてきた。下に降りると、そっと龍聖を下ろす。

「お帰りなさいませ……無事に婚姻の儀を終えられ、おめでとうございます。夜の宴まで、まだ時間はたっぷりとございますので、それまでお部屋でお休みください」

シュウエンがそう言うと、ロウワンは頷いた。

「リューセー様、今夜の宴で、シーフォンの皆にご対面いただきます。ただの宴ですから、かしこまったことはありません。どうぞ気楽になさってください」

シュウエンにそう言われて、龍聖は嬉しそうに微笑んで頷いた。

「ありがとうございます。とても楽しみです」

「さあ、とりあえず部屋に参ろう」

ロウワンがそう言って、龍聖の手を取ると、龍聖は誰かを探すようにキョロキョロと辺りを見ていた。

「シアンを探しているのか？」

ロウワンがそう言ったので、龍聖は不安そうに頷いた。

「シアンは今夜の宴の準備で、走りまわっております。夜には会えますすよ」

シャイガンがそう説明したので、龍聖はホッとした表情に変わった。

「分かりました。ありがとうございます」

ロウワンは龍聖の手を引いて歩きだした。それをシュウエンとシャイガンは見送った。

「ちゃんとリューセー様の額に印が付いていましたね」

「ああ、安心した」

二人はそう言うと顔を見合わせて笑い合った。


ロウワンと龍聖は王の私室へ戻った。龍聖にとっては婚礼以来来るのは二度目になる。なんだか落ち着かなくて、部屋の中を見回していた。

「疲れたか？　少し休むと良い」

「それがあの部屋のおかげで、まったく疲れていないのです……なんだか夢でも見ていたような気がいたします」

龍聖はそう言って、ほうっと溜息をついた。

「では食事でもするか？」

「いいえ、お腹は空いておりません……ロウワン様、そんなに私にお気遣いくださらなくても、大丈夫でございます」

龍聖は心配そうなロウワンに小さく微笑んだ。

「無理をしているわけではないのだな？」

「はい、本当に……とても元気でございます」

龍聖は笑いながらそう言って、両手を広げてみせた。それを見て、ロウワンも微笑む。

「リューセー、こっちにおいで」

ロウワンが手招きをしたので、龍聖は小走りにロウワンの下へと向かった。ロウワンは扉を開けて中を見せた。

「ここは私の書斎だ。執務室とは別で、私用で使うための部屋になる。ここでよく本を読んで過ごしたりしている」

中を覗くと、壁は天井まで書棚がしつらえられており、たくさんの本が詰まっていた。

「ここにある本は全部お読みになったのですか？」

「全部ではないよ。読みたいと思った本を集めている。時間のある時に、少しずつ読んでいるのだ。そなたも向こうの王妃の部屋を自由に使うと良い。趣味などがあれば、なんでも取り寄せて構わない」

「はい、ありがとうございます」

「今まではあの部屋に閉じ込めてしまっていたが、これからは城の中を自由に歩きまわっても大丈夫だ。ただし、一人ではだめだ。シアンを連れるか、兵士を護衛につけるようにしなさい」

「はい、分かりました」

ロウワンは龍聖の返事に満足したようで、機嫌よく頷くと扉を閉めて移動した。もうひとつある扉を開ける。

「ここが寝室だ」

中を覗くと、王妃の寝室の倍はある部屋に、これまた倍ほどの大きさのベッドが置かれていた。

「大きなベッドですね」

「二人で使うのだからな」

ロウワンはそう言うと、龍聖の手を引いて中に入り、扉を閉めた。そのまま手を引いてベッドまで来ると上に乗った。

「ほら、寝心地はいいよ」

ベッドの真ん中に座ってそう言うと、龍聖を手招きして隣に座らせた。

「はい、とても」

龍聖は右手で掛布の上を撫でながら頷いた。上質の布はとても手触りが良かった。

ごろりとロウワンが仰向けに寝転がったので、龍聖はそれを見てクスクスと笑った。

「そなたも横になるといい」

促されたので龍聖も隣に寝転んだ。その体を、ロウワンがそっと抱きしめる。

「これからはここがそなたの家だ」

「はい」

「ずっと私の側にいるのだ」

「はい」

龍聖はロウワンの胸に顔をすり寄せながら、幸せそうに微笑んだ。

広間にはすべてのシーフォンが揃っていた。皆、新しいリューセーを一目見たいと、胸を弾ませていた。そこへ、宴用の衣装に着替えたロウワンと龍聖が入ってくると、わっと歓声が沸き起こる。皆が立ち上がって拍手で迎えた。

用意された席に二人が着くと、皆も席に着いた。龍聖は目の前に集まっているシーフォン達を、驚きながらみつめていた。全員が眩いばかりに美しい容姿をしていたからだ。

やはり神々は美しいのだと、心の中で思った。

食事が用意されて、皆が一斉に食べ始めた。ロウワンと龍聖も静かに食事をした。

宴と言っても、歌ったり騒いだりすることはないと、事前に説明を受けていた。今日はあくまでもシーフォン達への龍聖のお披露目だ。皆はただ新しい龍聖を見たくて仕方がなかっただけなのだ。

一通り食事が終わったところで、ロウワン達の前に一人の美しい婦人が歩み寄ってきた。

「リューセー、紹介しよう。妹のリィファだ」

「ああ、初めてお目にかかります」

龍聖が慌てて立ち上がろうとしたのを、ロウワンが押さえたので、座ったままであいさつをした。

「はじめまして、リューセー様、本当にかわいらしい方……兄をよろしくお願いいたします」

そう言ってころころと鈴の音のような声で笑うリィファを見て、龍聖は天女様のようだと思っていた。

「今度遊びに伺ってもよろしいですか？　ぜひリューセー様とお話がしたくて」

「もちろんでございます」

龍聖は嬉しそうに笑って頷いた。

リィファは一礼して、席へと戻っていった。

「お美しい方ですね」

「私が眠りにつく前はまだ赤子だったんだ。だから私自身、今ひとつ妹という実感がないんだ」

ロウワンが小声でそう語ったので、龍聖は驚いて目を丸くした。冗談かと思ったが、ロウワンはとても真面目な顔をしている。そんなロウワンに、龍聖はぷっと吹き出した。

「なんだ？　何がおかしい」

「だって……ロウワン様ったら……」

二人の仲睦まじい様子を、皆が嬉しそうにみつめていた。

「よい宴ですね」

シャイガンがシュウエンに言うと、シュウエンは溜息をついた。

「まったく……ここまで来るのに、どれほど大変だったか……」

「まあ、良いではないですか。よい結果になったのですから」

シャイガンが笑いながらそう言ったので、シュウエンも「そうだな」と言って笑った。

シャイガンは、翌日、再びナディーンへと旅立っていった。

第4章

　龍聖がこの世界に来て瞬く間に一年が過ぎた。

　龍聖は毎日の勉強を続けていた。以前よりもさらに熱心で、時々熱心すぎて、時間も忘れて没頭するほどだった。王妃の私室で、シアンと共に勉強している時は問題ないのだが、今日は終わりと言って、王の私室へと帰された後、ロウワンが戻るまでまた勉強を続けていた。

　ロウワンが帰ってきても、気づかずに没頭していると、ロウワンは邪魔をしないで、そっとしておいてくれる。近くのソファに座って本を読んでいるロウワンに気づいて、龍聖が真っ青になることもしばしばだ。

「ロウワン様、申し訳ありません……お帰りになったら、私を叩いてでもお教えください」

「そなたがあまりに没頭しているから、邪魔してはいけないと思ったんだ」

　慌ててロウワンの隣に座り、焦った様子で謝罪する龍聖に対して、ロウワンは特に気にしていないというように真顔で返事をした。

「そんな……まことに申し訳ありません」

「リューセーは、本当に勉強が好きなのだな」

　ロウワンが微笑んでそう言ったので、龍聖は照れくさそうに笑って「はい」と答えた。

「新しいことを覚えるのは楽しくて仕方がありません」

「それは同感だ。私も勉強は好きだ」

ロウワンが深く頷く。

「もうエルマーン語も大分話せるのですよ」

「それはすごいな」

「これからロウワン様ともエルマーン語で話しても構いません」

龍聖がニコニコと笑ってそう言うと、ロウワンはしばらく考えてから首を横に振った。

「いや、二人の時は大和の言葉で話そう」

「なぜですか？」

「お前が言ったのだ……内緒の話の時は、大和の言葉が良いと……侍女達に分からないから」

ロウワンが真面目な顔でそう言ったので、龍聖は真っ赤になった。

「あれは……戯言《ざれごと》とお忘れください」

「いや、私は気に入っているのだぞ」

ロウワンは龍聖の腰を抱き寄せると頬に口づけた。ひょいと抱き上げて、膝の上に載せたので、龍聖がくすくすと笑った。

「王様の上に座るなど、罰が当たってしまいそうです」

「私が好きで抱き上げているのだ。別に構わぬ」

ロウワンはそう言いながら、龍聖の首筋に口づけた。

「明日から外交にお出掛けになるのですね」

「ああ、東の海岸沿いをいくつか回るから、十日ほどかかるかもしれない」

「お気をつけていってらしてください」

「寂しいか？」

「はい」

ロウワンは龍聖に口づけた。深い口づけに、龍聖はうっとりとした。ロウワンの右手が、龍聖の帯を解き始めたので、龍聖はその手をそっと握って止めさせた。

「明日は早いのではないのですか？」

「だが十日会えないのだ……少しだけ」

「でも……」

ロウワンは龍聖にちゅっと口づけた。ごそごそと自分の帯を緩めると、ズボンの中から、男根を引きずり出した。それはもう硬くなり太く膨張して反り上がっている。ロウワンはそれを左手で上下に扱きながら、何度も龍聖に口づけた。

龍聖はそそり立つロウワンの男根をチラチラと見ながら、頬を上気させてはあはあと、少し息を乱した。そんな立派なものを見せつけられて、平静でいられるわけがない。体の奥がじりじりと疼いて、後孔が熱くなった。

扱いているロウワンの男根の鈴口からは、汁が溢れ出していて、自身を濡らしている。

「お前の中に入れさせてくれ」

「ロウワン様」

囁かれて龍聖はぶるりと身震いした。体が熱い。抵抗など出来なかった。龍聖が自分でゆるゆると帯を解くと、ロウワンが龍聖のズボンを少し下げて、尻を露にした。膝の上に抱えている龍聖の尻に宛がいゆっくりと挿入する。

「あっああっ……」

龍聖はロウワンの首にしがみついて喘いだ。ロウワンはそのまま向かい合って龍聖を抱きかかえると、ゆさゆさと腰を突き上げるように揺さぶった。

「あっあっあっあっ……」

突き上げられるたびに声が漏れるのを、龍聖は恥ずかしそうにロウワンの肩に顔を埋めて、一生懸命こらえようとした。ロウワンは構うことなく腰を揺さぶり続けた。

「あっあっ、もう……もう……出てしまう……ああっ」

龍聖はロウワンにぎゅっとしがみつき、抽挿されながら達してしまった。

「ああっあっ……いや……ああっ……ロウワン様……」

達している間もゆさゆさと突き上げられて、快感がさらに大きくなっていた。龍聖は腰をゆるゆると動かしながら、透明な汁を吐き出している陰茎を、ロウワンの体に擦りつけて、刺激を得て恍惚となった。きゅうきゅうと穴が締まり、ロウワンの男根を締め上げる。

ロウワンは激しく腰を揺すって、龍聖の中に射精した。

「ああ……ロウワン様……たくさん……入ってくる……」

うっとりと龍聖が呟いた。


翌日、夜明けと共に旅立ったロウワンを、龍聖は見送ると、そのまま王妃の私室へ戻って、勉強を始めた。

「こんなに朝早くからお勉強をなさらなくてもよろしいのではないですか」

シアンがお茶を淹れながら苦笑すると、龍聖は小さく溜息をついた。

「シアン……どうすれば、ロウワン様の子を身籠《みごも》れますか？」

「リューセー様……それは良き時に授かりますよ。あまりお気になさってはいけません」

シアンはお茶を差し出して、宥めるように言った。

「シーフォンがなかなか子が出来にくいということは分かっています……子作りは四、五年くらいかけてするものだと医師からも言われました。私もそれほど焦ってはいないのです。ロウワン様も特に何も言わないし、私も毎日幸せなので、何も不満に思っていません」

「それならばよろしいのです」

シアンが微笑んで頷いた。

「でも私が……ロウワン様の御子が欲しいのです」

「リューセー様……」

龍聖の熱の籠った表情を見て、やはり焦っているのかと、シアンは心配そうな顔でみつめた。

「ロウワン様の御子ならば、どれほどかわいいことでしょう。見てみたい。抱いてみたい……毎日それればかりを考えてしまうのです」

龍聖の話を聞いて、シアンは目を丸くした。

「ロウワン様は、努力してくださるのに、私が子を宿せなくて申し訳ないと思ってしまうのです」

「リューセー様……大丈夫ですよ。リューセー様がそれほど御子を欲しいと願われているのです。きっと早いうちに授かりますよ」

シアンは内心安堵していた。龍聖が自分の立場ゆえに、子が出来ないのを悩んでいるわけではないと知ったからだ。純粋にロウワンを愛するあまりの願いだ。夫婦仲も良いし、これならば本当にそれほど待たずとも子が出来るのではないかと思った。

「本当にそう思いますか？」

「はい、こんな確かではないことを、不用意に言うものではないと分かっているのですが、なんだかそんな気持ちになったので言ってしまいました。側近失格かもしれません。申し訳ありません」

「シアン、ありがとう」

龍聖が笑顔になってそう言ったので、シアンは安心したように微笑んだ。

その日の夜、夕食を食べ終わった後、本を読んでいた龍聖は軽い眩暈を覚えた。気のせいかと思ったが、時間が経つうちに、少し熱っぽいような気もしてきた。

「風邪かな？　でもロウワン様がシーフォンは人間の病気にはならないって言っていたけど……」

龍聖は小さく溜息をついた。

「リューセー様、何もないようでしたら、そろそろ私は部屋に戻りますが、今夜はどちらでお休みになりますか？」

シアンにそう声をかけられて、龍聖は我に返った。

「あ……えっと……じゃあ向こうで寝ます」

「それではお部屋の前までお送りいたしましょう」

龍聖はシアンに伴われて、王の私室の方へ戻った。

「ちょっと疲れているだけかな」

龍聖はそう呟いて、早く休むことにした。王付きの侍女に、もう休むから下がるように伝えて、そのまま寝室に向かった。

広い寝室は、一人で寝るには寂しい。しかしベッドにはロウワンの香りが残っているからと思って、こちらで寝ることにしたのだ。

上着を脱いで、帯を解き、ズボンを脱いで、薄い上衣一枚になってベッドに向かおうとした。ふと自分の左手を見て、ぎょっとした。左手にあるリューセーの印である藍色の文様が、赤い色に変わっていたからだ。

「え!?　これ何?」

びっくりして思わず擦ってみたが、もちろんどうにもならない。

「どうしよう」

焦りながらもひどく体が熱いと思った。熱も上がっているようだ。

「とりあえず横になろう」

龍聖はベッドに横になった。ロウワンの香りがして、少し落ち着いた。

一晩寝れば、きっと具合もよくなる。そう思って目を閉じた。

明け方、辺りが少し明るくなってきたので、龍聖は起き上がった。左手を見ると文様は藍色に戻っていた。

「良かった……」

龍聖はホッとして、ベッドから降りた。寝室を出て、テーブルの上に置かれたコップに水差しの水を注ぐと、一気に飲み干した。

どうしようと思った。まだ少しばかり体にだるさが残っている気がした。こういう時はシアンに一言言っておいた方が良いだろうか？　しかし余計な心配をかけてしまうのも申し訳ない。

「もっと具合が悪くなるようだったら言おう」

龍聖はそう思った。呼び鈴を鳴らして侍女を呼ぶと、着替えをお願いした。

勉強をしている分には、じっと部屋にいるだけなので、多少具合が悪いことも誤魔化せたし、我慢も出来た。シアンに悟られないようにだけ気を遣った。昼を過ぎた頃に、熱が少し上がった気がして、ふと見るとまた左手の文様が赤くなっていたので慌てて袖で隠した。夕方頃にはまた藍色に戻っている。

熱が上がると赤くなるのだろうか？　そんなことを考えながら、その日はなんとかやり過ごした。

しかし翌日には、今までで一番熱っぽさを感じていた。体のだるさもあって、お腹まで鈍い痛みを感じる。さすがにこれは隠せないと思った。左手もまた赤い色に変わっている。

ベッドに座ったままぼんやりとしていると、シアンがやってきた。

「リューセー様、おはようございます……どうかなさいましたか？」

いつもならばとっくに着替えをすませているはずの龍聖が、寝着のままでベッドに座っているので、シアンは不思議そうに龍聖の側まで歩み寄った。

「シアン、なんだか少しばかり熱があるようなのです」

龍聖が困ったように言うと、シアンが驚いて龍聖の額に手を当てた。

「本当ですね。額が熱い……お辛いですか？」

「いえ、少しだけ体が重く感じるだけで……私自身は元気なのですが……あの……これって変な病なのではないかと少し心配になってしまって……」

龍聖がそう言って左腕の文様を見せた。赤い色に変わっているのを見て、シアンの顔色が変わった。

「リューセー様！　こ、これは……」

シアンがひどくうろたえているのを見て、龍聖は急に不安になった。

「やっぱり……何か悪い病気なのですか？」

悲愴な顔でそう言った龍聖を見て、シアンは慌てて首を横に振った。

「違います。リューセー様、その逆です。これはとてもよい兆候《ちょうこう》なのです！　ああ……先日言ったばかりでこれとは……やはりリューセー様の願いが通じたのです」

「私の……願い？」

シアンは笑顔で大きく頷いた。

「ご懐妊の証でございます。リューセー様、御子を身籠られているのですよ」

龍聖はぽかんとした顔で、しばらく何も言えずにいた。言われた言葉をすぐには理解出来なかったのだ。

「懐妊……？」

「はい、リューセー様、おめでとうございます」

シアンがとても喜びながら言うので、龍聖はようやくそれを理解した。みるみる笑顔になり、信じられないというように両手で口を押さえた。大きな声を上げてしまいそうだったからだ。

「私に……ロウワン様の御子が……」

嬉しくて飛び上がりたくなるのを我慢しながら、喜びを噛みしめた。

「ああ、シアンどうしましょう！」

「リューセー様、とりあえず今は安静になさってください。ベッドでお休みください。すぐに医師を呼んでまいります」

シアンが立ち上がり、寝室を出て侍女に医師を呼んでくるように指示を出した。

龍聖は言われた通りに大人しくベッドに横になることにした。だが興奮が冷めやらない。あまりに興奮したためか、先ほどよりも腹痛が強くなってきた。

「あいたたた」

横になろうとしたが、腹の痛みで思わずうずくまった。

「リューセー様、間もなく医師が参りますので……リューセー様？　どうなさいましたか？」

「お腹が……痛くて……」

「リューセー様！」

シアンが慌てて龍聖の下に駆け寄った。ベッドに膝をついて、龍聖の背中をさする。

「どのように痛いのですか？　大丈夫ですか？」

「もしかしたら……何か食べ物にあたったのかもしれません……お腹を下しているのかも……シアン、申し訳ないのですが……厠《かわや》に行くのに手を貸していただけませんか？」

龍聖が苦し気に顔を歪ませながらそう言ったので、シアンは驚いて龍聖の手を握った。

「リューセー様……それはもう産気づいていらっしゃるのではありませんか？」

「え？」

龍聖はシアンの言う言葉の意味が分からずに、腹痛と戦いながら眉間にしわを寄せた。

「リューセー様、お医者様がお越しになりました」

そこへ侍女が医師を連れてきた。

「リューセー様、いかがなされましたか？」

「リューセー様はご懐妊されているのです。ですが先ほどからお腹が痛いとおっしゃって……」

シアンは医師に早口で今の状態を告げた。

「なんですと？」

医師は驚いて龍聖の様子を見ようと側に寄った。シアンが立ち上がって場所を譲る。医師は龍聖に横になるように促して、腹の辺りを触診で調べていた。

「これは……もう生まれますよ……一体なぜ……いや、そんなことを言っている場合ではありません。シアン殿、すぐに卵を受け取る用意を！」

「は、はい！」

シアンは慌てながらも、侍女に命じてお湯や柔らかな布などをたくさん用意させた。シュウエンへの知らせも走らせる。

「リューセー様、我慢をなさらずにそのままいきんでお産みになってください」

医師が龍聖の腹をさすりながらそう言ったので、龍聖は驚いて医師の顔をみつめた。

「え、でも……産むって……どういう……」

「私の手を強く握って結構ですから、排せつするように下腹部に力を入れてください」

医師にそう促されて、龍聖は戸惑いながらも言われる通りにするしかなかった。しばらくいきんでいると、するりと何かが排せつされるのを感じた。

龍聖は粗相《そそう》をしてしまったのではないかと、ひどく焦った。

「あ、あの……今、出たのですけど……」

「生まれましたか？　リューセー様、失礼いたします」

医師は龍聖の言葉を聞いて、龍聖の寝着の裾をまくり、そっと何かを探り当てた。

「おお……姫君の誕生です」

医師は大切そうにその手に卵を持っていた。

「シアン殿」

医師がシアンを呼ぶと、シアンはふかふかの布で卵を包み、綺麗に周りを拭いて龍聖の前に差し出した。

「リューセー様、今お産みになった卵です。これが陛下とリューセー様の間に授かった御子様です」

龍聖は起き上がり、目の前の卵を驚いたようにじっとみつめていた。突然の展開に、かなり動揺していたが、竜王の御子は卵で生まれることは、以前にシアンから聞いていたので、これがそうなのかとみつめていた。

卵は鶏の卵よりも二回りほど大きくて、表面がきらきらと輝いていた。淡い桜色のその卵はとても綺麗だと思った。

「これが……私とロウワン様の子……」

「姫君ですよ。どうぞ卵を触ってください。リューセー様が卵を触ることで魂精を与えられて育つのです」

シアンに言われて、龍聖は恐る恐る卵に触れた。卵はとても柔らかかった。

「温かい……」

「卵は生きていますから」

シアンが優しくそう言ったので、龍聖はほっとして、ようやく笑みを浮かべた。

「さあ、横になって少しお休みください。少し体の状態を診《み》させていただきます」

医師が龍聖にそう言って、ベッドに寝かせると診察を始めた。シアンは改めて卵を湯で丁寧に洗って、綺麗な布に包み龍聖の枕元に置いた。

「リューセー様が卵をお産みになったというのは本当ですか!?」

そこへ慌てた様子でシュウエンが駆け込んできた。

「シュウエン様」

龍聖が起き上がろうとしたので、シュウエンとシアンが同時にそれを止めた。シュウエンは枕元にある卵に気づくと、「おお」と感嘆の声を上げた。

「姫君ではありませんか！　これはめでたい!!　すぐに兄上に知らせましょう！　飛んで帰ってきますよ」

「あ、でも大切な外交中ですのに……」

龍聖が心配そうな顔でそう言うと、シュウエンが、ははは と笑った。

「何を申されます。これ以上に大切なことなど、他にありましょうや？　いや……しかし……突然出産されるとは、驚きましたよ」

「そうです。シアン殿、一体これはどういうことですか？　まさか側近の貴方が、リューセー様のご体調の変化に気づかれなかったというわけではないでしょう？　無事に生まれたからいいようなものの……どう責任を取られますか？」

医師が立ち上がって、厳しい口調でシアンを責めた。シアンはそう言われることを覚悟していた様子で、ゆっくりと立ち上がり、シュウエンと医師に対して深々と頭を下げた。

「はい、おっしゃる通りです。すべて私の責任です。今回のことは私の職務怠慢です。どのようにでも罰をお受けいたします」

「シアン殿……」

シュウエンも困ったように腕組みをしている。

しかしそれを聞いた龍聖が、飛び上がるほど驚いた。じっと寝ていられなくて起き上がる。

「ま、待ってください！　シアンは何も悪くありません！」

「しかしリューセー様、何日も前からお加減が悪かったはずです。それに気づかないなど、側近失格です」

擁護《ようご》する龍聖に、医師が首を横に振ってさらに責める言葉を言った。

「でも！　私自身が体調の変化に気づいたのは一昨日なのです。それも具合が悪くなったのは今朝のことで、シアンが気づくはずなどないのです」

龍聖の言葉に、医師もシアンも驚いた。

「いや、しかし……妊娠期間は五、六日で、その間高熱が出るはずです」

医師が戸惑いながらそう言うと、それを聞いて龍聖はポンと手を叩いた。

「それならやはり私のせいです。私は子供の頃から熱に強くて、病にかかり高熱を出しても、気づかずに赤い顔で野山を駆けまわり、夜になって寝込んでしまって家族を慌てさせたことがよくあります。妊娠した時の高熱がどれくらいなのかは分かりませんが、私には少し熱っぽいなと思う程度でした。別に我慢していたわけでもなく、普通に日常を過ごしていましたから、シアンに分かるはずがありません。私が丈夫すぎるせいです。シアンは悪くありません」

龍聖の必死の弁明の言葉に、医師は何も言えなくなり、シアンは俯いていた。

「まあ、せっかくのめでたい日に、言い争いはやめましょう。それよりも卵の護衛官をすぐに用意しなければなりません。シアン殿、それまでの間お願い出来ますか？」

「は、はい。かしこまりました」

「すべて陛下がお戻りになってからご判断いただこう。それで良いな？」

シュウエンが医師にそう言ってその場を鎮めた。

「リューセー様、ご心配なさらずに、今はお体を休めてください」

「シュウエン様……ありがとうございます」

龍聖は安堵したように微笑んで、大人しく横になった。

シアンは卵を抱えて、シュウエンと共にどこかに行ってしまった。龍聖はシアンがいなくなって、少しばかり不安に思ったが、これ以上騒ぎを起こしたくないと思い大人しく眠ることにした。

その日の夜、ロウワンが帰国した。出迎えたシュウエンの話もろくに聞かないまま、真っ直ぐに寝室へ向かった。

「リューセー」

「ロウワン様……申し訳ありません、大事なお仕事中だというのに……」

寝室に血相を変えて飛び込んできたロウワンの姿を見て、龍聖は慌てて起き上がり謝罪した。

「何を言う。外交など、どうでもいいのだ……体は大事ないか？」

「はい、もう全然大丈夫なのですが、お医者様から今日は安静にしているように言われたので……また起きて、シアンに迷惑をかけたくないし……今日は大人しく寝ています」

「そうだな」

ロウワンは、安堵したように微笑んで、龍聖の髪を撫でた。

「それにしてもいつの間に懐妊したのだ？」

「そのことなのですが……実は……」

龍聖は二日前からの体調の変化も含めて、すべてを正直に話した。そしてそのことで、医師からシアンが責められてしまったことも話した。

「どうかシアンを叱らないでください。本当に私のせいなのです、咎めたりしないでください」

「大丈夫だ。事情は分かった。そんなことで有能な側近を罰したりなどしないよ。お前にはシアンが必要であろう？」

「はい、シアンがいないと困ります。家族のような存在なのです」

「分かった……大丈夫だ」

ロウワンは安心させるように、何度も龍聖の髪を撫でた。

翌日、王の執務室を、シアンが訪ねてきた。シアンは部屋に入るなり、その場に平伏したので、ロウワンは少し驚いて眉根を寄せた。

「何をしている」

「陛下……このたびは、私の注意が足らず……誠に申し訳ありませんでした」

シアンが平伏したまま謝罪の言葉を述べたので、ロウワンは小さく溜息をついた。

「お前が謝るようなことは何もなかったと思うが？」

「陛下、お優しいリューセー様が、私を罰さぬようにとお願いされたかもしれませんが、私の失態は簡単に許されるようなことではございません」

「何をしたというのだ？」

「リューセー様がご懐妊された兆候に気づくことが出来ませんでした。いくらリューセー様が熱に強かったなどと、私を擁護されましても、まったく体調に変化がないはずはありません。腕の文様の変化にも気づかず……側近としてこれ以上の失態はありません」

「だがリューセー自身が具合が悪いと感じていなかったのだ。侍女達にも聞いたが、リューセーはいつもと変わらなかったと皆も言っている。お前は側近であって医師ではない。いくらなんでもそこまでリューセーの体の状態を熟知しろとは言わぬ」

「ですが……」

なおも平伏したままのシアンをみつめながら、ロウワンは龍聖の側近の忠誠心に、いたく感心していた。

すでに医師からは、ロウワンの下に謝罪の言葉が届いていた。

医師がシアンに厳しい言葉を投げたのも、龍聖の側近という存在に、とても信頼を寄せているが故だという。医師という立場ではどうしても体調を崩した後からしか、様子を知ることが出来ない。だが側近は誰よりも龍聖のことを把握していて、常に龍聖の心身を見守っている。だからこそつい厳しく責めてしまったが、今回のことは龍聖の言う通りシアンに落ち度はないと言ってきたのだ。

ロウワンは、何事も途中経過はどうでもよくて、すべては結果だと思っていた。

どんなに努力したと言っても、結果が出なければ無意味だ。

今回の件だけで言えば、龍聖が体調不良を訴えてからのシアンの采配は完璧だった。状況を正しく判断し、出産することを予見して準備を整えつつ、医師を呼び、シュウエンに知らせることも忘れなかった。

普通に考えれば、懐妊したことも知らずにいて、腹痛を訴えられても、たとえそこで腕の文様の変化に気づいたところで、今すぐに出産するとは判断しにくい。

ロウワンは、龍聖に頼まれたからというだけではなく、シュウエンや侍女達や医師など、周囲の者達すべての話を聞き、冷静に判断を下していた。

「シアン、そなたは何か秘密にしていることがあるだろう」

ロウワンは落ち着いた口調で、ふいにそんなことを言い出した。シアンは驚いて顔を上げた。まだ何を言われているのか分かっていないという表情だ。

「数日前、懐妊とは別にリューセーが元気がなく見えていた時期があった。結局リューセーの方からそなたに悩みを打ち明けて、なかなか子が出来ないことを悩んでいたのだと分かり、それはそなたが慰めて解決をした。だがそれで終わりではないだろう？」

ロウワンにそう言われて、シアンは絶句してしまった。なぜそれを知っているのだと思ったからだ。

「お前は工房の職人に、楽器を作るように頼んだそうだな。大和の国の三味線という楽器だ。こちらの世界にも似たようなものがあったので、それを元に作らせたと聞いた。なんのためだ？　元気のないリューセーに贈ろうとしていたのではないのか？　リューセーが大和の国にいた頃、好きでいつも奏でていたと聞いて……リューセーの悩みを聞く前だったから、何か励ませないかと思った。お前のことだから、私からの贈り物ということにしようと思っていたのではないか？　リューセーの精神面にもそのような細やかな気配りをするお前が分からなかったのだ。この城中の誰も……私が側にいたとしても、今回の懐妊には気づかなかっただろう」

ロウワンはそこまで言って、ふうと息を吐いた。しばらく無言でじっとシアンをみつめた。シアンは何も言わずにひざまずいている。

「シアン、悪いと思っているのならば、一刻も早くその楽器をリューセーに渡して、喜ばせてやるのだな。お前の仕事は、リューセーを何者からも守ることではないのか？　お前が罰せられるのではないかと、リューセーは不安に思って一人で待っているぞ。早く戻りなさい」

「陛下」

「これからもリューセーのことを頼む」

ロウワンがそう声をかけたので、シアンは言葉もなく深々と頭を下げた。零れそうになる涙を懸命にこらえていた。

その夜、ロウワンが部屋に戻ると、龍聖が嬉しそうに三味線を抱えて出迎えた。

「ロウワン様、ありがとうございます。どうしてこれのことをご存じだったのですか？　わざわざ作ってくださるなんて……こんなに嬉しい贈り物は、初めていただいた花束以来です」

ロウワンは思わず苦笑した。「まったく」と小さく呟く。結局シアンは、この楽器をロウワンが作らせたことにしていた。

「聴かせてくれるのだろう？」

「はい、もちろんでございます」

龍聖は満面の笑顔で頷いた。

その夜、龍聖の奏でる三味線の音色に合わせるように、エルマーンの空には竜の歌が響き渡っていた。

第5章

「兄上、先ほどから随分《ずいぶん》険しいお顔をしておいでですが、そんなに難しい本なのですか？」

王の執務室に、書簡を届けにやってきたシュウエンが、眉間にしわを寄せて書物を眺めているロウワンに声をかけた。ロウワンはチラリと一度シュウエンに視線を向けたが、何も答えずにまた書物に視線を戻す。

シュウエンはそれ以上の詮索はせずに、脇に置かれている袖机の上に、ドサリと持ってきた書簡を置いて、椅子に座り整理を始めた。

生真面目なロウワンが、難しい書物に没頭すると何も聞かず話さずになるのはいつものことだ。政務をサボるような性格ではないので、放っておいても自分でキリを付けて仕事に戻ってくれると分かっていたので、シュウエンもそれ以上は何も言わずに、今は自分がやるべきことを優先させた。

たぶんシュウエンが書簡の整理を終える頃合いで、ロウワンも本を閉じてこちらに声をかけてくれるだろう。

シュウエンは黙々と書簡を整理し、差出人・内容に応じて仕分けをして、自分で処理するものと、王の采配を仰ぐものにより分ける。ようやくそれが終わったところで、まるで計ったかのようにロウワンがパタリとその分厚い書物を閉じた。机の上に置くと、はあーっとひとつ大きな溜息をつく。

シュウエンはそのロウワンの様子が、少しばかり気になって、もう一度尋《たず》ねてみることにした。

「何の本をお読みだったのですか？　そんなに難しい本なのですか？」

シュウエンの問いかけに、ロウワンはすぐには答えなかった。まだ思考の海に潜《もぐ》ったままのようだ。そんなロウワンをみつめて答えを待つうちに、ふとシュウエンの脳裏に既視感のようなものがよぎった。なんだろう。何か嫌な予感がする。こんなこと、以前にもなかっただろうか？　と、シュウエンが思って拳《こぶし》を作った右手を口元に添えて目を閉じる。

「難しい」

ロウワンが独り言を呟いた。その言葉に、シュウエンはハッとしたように目を開けて、僅《わず》かに眉根を寄せてロウワンをみつめた。

「兄上……お待ちを……まさかとは思いますが……また、兄上はとんでもないことを、書物にて研究なさろうとしているのではないでしょうね？」

シュウエンは怖々という様子で尋ねる。シュウエンの言葉に、ようやく現実に戻ったかのような表情で、ロウワンがシュウエンをじっとみつめた。

「なんだそれは」

「私は以前にも同じような状況があったような気がするのです……。そう……あれは兄上が父上から貰ったという本を読まれていた時だ」

シュウエンに言われて、ロウワンは少し考えてから小首を傾げた。

「それは性交に関する書物のことを言っているのか？」

「そうです!!　それです！」

シュウエンは思わずロウワンを指さしてから、慌てて手を引っ込めると、頭を深く下げて謝罪した。

「失礼しました……つい興奮して……コホン……まさか……また同じようなことで悩まれているわけ

ではないですよね？」

ロウワンは露骨《ろこつ》に不機嫌な顔に変わった。

「当たり前だ。もう性交については、十分学んだし、理解したつもりだ」

『十分学んだし』という部分に少し引っかかりはしたものの、真っ当な返事にシュウエンは安堵《あんど》した。

溜息をひとつついてから、気を取り直してまた尋ねた。

「それでは、その本は何の本ですか？　そんなに難しい本なのですか？」

「いや、この本が難しいのではない。この本には、私の求めていた答えが載っていなかったのだ」

ロウワンはそう言って、シュウエンに本を差し出したので、シュウエンは立ち上がると、ロウワンの側《そば》まで行き本を受け取った。

重厚な革張りの表紙に金字で書かれたタイトルだけでは、何の本か分からなくて中を開いて見たが、そこに書かれていた文字を読むうちに、シュウエンの眉間にしわがどんどん寄っていき、驚愕の表情へと変わっていった。

「兄上……こ、これは……恋愛叙情詩集ではありませんか……」

それは吟遊《ぎんゆう》詩人などを介して、世界中から集められた恋愛についての叙情詩をまとめた本だった。

堅物ロウワンが読む本とは、到底思えないので、シュウエンは驚愕していたのだ。

「そうだ」

ロウワンはいつもと変わらぬ真面目な様子で、あっさりと肯定《こうてい》した。

「兄上が、詩に興味をお持ちだとは思いませんでした。しかしこの本にはお気に召すものがなかったのですか？」

「別に詩に興味などない」

「え？　ではなぜ？」

「私は『愛』について調べていたのだ。そのために色々な本を読んでいる。この本もその中のひとつだ」

淡々と真面目な顔で説明するロウワンの言葉を聞いて、シュウエンは「ああ……」と心の中で唸《うな》ってから、額に手を添えて目を閉じた。

『やはり』とまた心の中で呟《つぶや》く。嫌な予感が的中した。あの時と同じだ。またこの堅物の兄は、書物でなど得られるはずのない答えを探しているのだ。

「兄上、愛について何をお調べになるというのですか？」
「それが分からないから調べているのだろう」

ロウワンは、シュウエンに向かって『何を馬鹿なことを』とばかりに即答したので、シュウエンは溜息をついた。

「リューセー様とは、すっかり夫婦らしくなられたと思っていましたのに、まだ何かご不明に思われることがあるのですか？」
「分からないことばかりだ」

ロウワンは珍しく拗《す》ねたようにも見える困り顔で、俯《うつむ》き気味にそう呟く。そんなロウワンをみつめながら、こうして姿だけを見ると成人したばかりの、まだ青さの残る青年なのに、話をすると気難しい老人の相手をしている気分になる、とシュウエンは思った。シュウエンは、ロウワンが何を言っているのかまったく理解出来ずに首をひねった。

兄ロウワンが、伴侶である龍聖《りゅうせい》と婚姻の儀を行ったのは、もう二年近く前のことになる。堅物の兄が、上手く伴侶と結ばれるのか、最初はハラハラしていたが、まあ色々とあったものの無事に結ばれて、その後の夫婦仲も良好に見えたし、子も授《さず》かった。その二人の子となる卵が、間もなく孵《かえ》る頃だ。すべてが順調なように見えた。何が分からないのか、こっちの方が分からない。

「リューセー様とは、とても仲の良い夫婦に見えますが、何か困ったことでもありましたか?」

「仲の良い夫婦に見えるか?」

「え!? み……見えます。見えますが……?」

ロウワンが憮然《ぶぜん》とした様子で尋ね返してきたので、シュウエンは何かまずいことでも言ってしまったのかと少しばかりうろたえる。ロウワンの表情を窺《うかが》いながら、恐る恐るという様子で答えると、ロウワンは眉根を寄せたまま、なんとも言えない不思議な表情に変わり、シュウエンから視線を逸《そ》らした。

「そうか……」

そしてぼそりと呟く。

シュウエンは、ロウワンのなんとも言えない表情……驚いたような、困ったような、嬉しそうな……色々な感情が交ざったような表情が引っかかったので、ロウワンの顔をじっとみつめ続けた。ロウワンは一瞬シュウエンに視線を戻して、見られていることに気づいて、コホンと咳払いをした。

「私は未だに分からないのだ。リューセーをきちんと愛せているかどうか……リューセーが私のことを、心から愛してくれていることはさすがの私でも分かる。あれは全身全霊で、私を慕ってくれている。無条件に私のことを愛してくれているんだ。そんなリューセーのことは、かわいいと思うし大切にして幸せにしてやりたいと思う。その感情が本当に愛情なのか……愛とはどういうものなのか、考えれば考えるほど分からないのだ」

真剣な顔でロウワンが論じたので、それを聞き終えたシュウエンは『えー……』と心の中で驚きと呆《あき》れの声を漏らしたが、もちろん口にも顔にも出さないように注意した。

「兄上、兄上……また悪い癖だ。いちいちそんなこと難しく考えられなくてもよろしいのですよ。私が以前申し上げたことを覚えていらっしゃいますか？」

「以前お前が言ったこと？」

「兄上が性交のことで悩まれていた時に申し上げたでしょう？　愛を育《はぐく》めば自然と性交したくなると……兄上は今、リューセー様との性交は、自然になさっていますか？　それとも義務的になさっておいでですか？」

「それは……」

ロウワンは答えかけて止めた。珍しく少し赤くなって、恥ずかしそうな表情を浮かべている。

「今はリューセーが卵を育てているので、医師からも性交を止められているから、もう一年近くしていないが……時々……感情とは別に……欲情を抑えられなくなる時がある」

「それはリューセー様を愛していらっしゃるからではないのですか？」

「もちろんだ。別に私は、リューセーのことを愛していないなどとは思っていない。愛していると……思っている。何度か口に出して言ったこともある。だがこの感情はどういう意味でのものかと……私は夫としてリューセーを愛しているのだろうか？　間もなく卵が孵る。そうすれば、私は父となり、リューセーは母となる。私はどのようにリューセーを愛し、子を愛せばいいのだろうか？」

ロウワンはとても困ったような顔で目を伏せた。

『不安なのだろうか？』

シュウエンはそんなロウワンをみつめながら、ふとそんな風に感じた。

「その本を読んでも、恋人とか、片恋の相手への熱い想いを、様々な言葉で語り尽くしているばかりで、愛そのものがどういうものかなどとは記されていない。やれ花のような君とか、星のような人とか、相手を褒め称える言葉が、くどくどと書かれているばかりだ」

ロウワンはムスリとした顔で、腕組みをして言った。それを聞いてシュウエンは、笑いだしそうになるのを必死でこらえた。

『美しい叙情詩も、兄上の手にかかれば、くどくど……か』

そう思って苦笑しながら溜息をついた。

「兄上だって、リューセー様のことをかわいいとか美しいとか思うでしょう？」

「それはそうだが」

「恋する気持ちとか、愛を語る言葉なんて、他人から見たら馬鹿馬鹿しいものばかりですよ……でも愛とは、そんな風に……どんな者も……たとえ兄上のような立派な方でさえ、馬鹿な男にしてしまうものです」

「私は馬鹿に見えるか？」

ロウワンが少し驚いたように尋ねてきた。心外だとでもいうようだ。シュウエンは、言葉を選んで少し黙ってみつめ返す。笑いそうになる口元は、考え込んでいるような素振りで、右手の拳を添えて隠した。

「失礼を承知で申し上げると……そうやって愛とは何かと悩まれている姿は、正直滑稽《こっけい》ではあります」

シュウエンに言われて、ロウワンは一瞬表情を歪《ゆが》めたが、しばらく何か考えるように宙を仰いだ。

「滑稽か……そうだな。滑稽かもしれぬ。私は良き王でありたいと思うが、良き王であるかどうかを決めるのは、家臣や民達だと思っている。だが、良き夫、良き父とはと思うと……こうして模索《もさく》してしまうのだから、滑稽なのかもしれぬな」

「私から見れば、兄上は良き夫であると思いますよ」

シュウエンが微笑んで言うと、ロウワンは苦笑して首を横に振った。

「まったくダメだ。まだ何ひとつ……答えの欠片《かけら》も見つけていない。私は誰よりもリューセーを愛し、リューセーを幸せにし、良き夫となりたい。間違いは許されない。きちんとしたいのだ。それなのに私は、愛のことを何ひとつ知らず、どう愛せばいいのかも分からず……シュウエン、私はもう分かっているのだ。リューセーがこの世界に来て、婚姻の儀を行うまでの間、私がどれほど無知で、愚かだったかということを……。一人で戸惑い、空回りをして、リューセーを不安にさせ、泣かせてしまっていたということ……今思い返しても後悔しかない。だからもう間違えたくないのだ。もう二度と……リューセーを不安になどさせたくない。きちんと『愛する』ということを理解して、良き夫になりたいのだ」

ロウワンの告白に、シュウエンはとても驚いた。そんなことを考えていたとは知らなかった。

「兄上がそうお考えになったのはいつからなのですか？」

「婚姻の儀を終えて、城に戻ってきてからだ」

「え……」

そんな最初から？　……とシュウエンは言葉を失った。真面目だ、真面目だと言っていても、ここまで真面目だとは思わなかった。

「いや……正確には、今のように悩み始めたのはもう少し後だし、色々なことに気づいて……つまり私がどれほど愛に対して無知で、リューセーに対して愚かな行為をしていたのかということに気づいたのはもっと後だ。婚姻の儀が終わって、北の城から戻ってきた頃から、もう少しきちんと愛というものについて考えなければならないと思い始めていた。漠然《ばくぜん》とだが……」

「それはどういう心境の変化からなのですか？　北の城で何があったのですか？」

「何もない。ああ……別に何か事件があったというわけではないという意味だ。お前も知っての通り、私はリューセーと上手く性交をすることが出来るのかと、ずっと不安で……お前から、愛はなくても性交は出来ると言われて、そんなものなのかと思いつつ……私は竜王として、伴侶であるリューセーと契《ちぎ》りを交わさねばならないし、不安がってばかりいる場合ではないと、最終的には覚悟を決めて婚姻の儀に挑《いど》んだのだ。実際のところ、私自身まだリューセーに対して確かな愛情は確信出来ていなかったにもかかわらず、性交は無事に出来た。いや、自分でも驚くほど夢中になっていた。正しいやり方が出来ていたかどうかすら分からないほど……あれほど父上から貰った書物を読んだのに……」

ロウワンはそう言ってから、とても悔しそうに眉根を寄せてしばらくの間目を閉じた。シュウエンは息を呑んで見守っている。やがてロウワンは溜息と共に目を開くと、ひとつ咳払いをした。

「とにかく婚姻の儀の間、私は夢中で性交をしていて……とても満足していたのだ。だから思い違いをしてしまったのだと思う」

ロウワンは真剣な顔で頷《うなず》いてみせた。

「思い違いですか？」

シュウエンが言葉を拾って尋ねると、ロウワンは真剣な顔で頷《うなず》いてみせた。

「愛を育んで正しく性交を果たせたと……そう思い違いをしてしまっていたのだ。その過《あやま》ちに気づいたのは、それからしばらくして……三月ほどしてからだと思う」

ロウワンの告白を聞きながら、シュウエンは腕組みをして「うーん」と唸ってしまっていた。シュウエンが思っている以上に、なんだか深刻な話のような気がしてきたのだ。どう考えても『兄上の考えすぎですよ。真面目に考えすぎです。そんなにきちんとする必要はありません。もっと気楽になっては？』と言いたくなる内容なのだが、ロウワン自身が、真剣に悩んでいるのは分かる。どう諭《さと》しても、これればかりは自分達と同じ感覚では分かり合えないような気がした。これは『真面目』で片づけられる話ではないようだ。

結局、ロウワンは『完璧主義者』なのだと思う。それも普通の『完璧主義者』ではないから厄介だ。先ほど、自身でも言ったように『王として』の部分では、『家臣や民が判断する』というとても真っ当な感覚を持っている。つまり『完璧な良き王になる』という部分は、希望としては持っているが、最終的には周囲が判断するのだということが分かった上での完璧主義者なのだ。

しかしこの『愛』について、『良き夫』『良き父』としての部分については、どうやらそうではないらしい。『完璧な夫』『完璧な父』にならなければと、なぜか頑《かたく》なに思い込んでしまっているようだ。

「では兄上は、まだリューセー様への愛が足りないとお思いなのですか？」

「それが分からないから困っているのではないか」

ロウワンはそう言って溜息をつく。その表情からは心もとなさが感じられて、まだ年若い青年だったのだと、今さらながらシュウエンは気づかされた。

「お前達兄弟に対する好きだという感情とは違うものだとは分かる。だが夫婦としての愛情に足るものなのかは分からぬ……」

ロウワンの話を黙って聞いていたシュウエンは、ふと何か閃《ひらめ》いたというような表情になった。

「兄上は、父上と母上の関係はどのようにお思いなのですか？　夫婦として愛し合っていたと思われますか？　父上は良き夫であったと思われますか？」

シュウエンの突然の問いに、ロウワンは少しばかり困惑したように視線を彷徨《さまよ》わせ、しばしの沈黙の後頷いた。

「もちろんとても仲睦まじい理想の夫婦だったと思う。良き夫だったと思う」

「しかし父上は、初めて母上がこの地に降臨された時、怖くて逃げまわっていたとおっしゃっていました。父上もまた母上をどう愛し、受け入れればいいか戸惑われていらした。それに何度も悲しい思いをさせてしまったと……兄上も父上からそう聞いたことがあるでしょう？」

「確かに……そういう話は聞かされたが……母上はとても幸せだと、父上に愛されて幸せだとも、よく聞かされていたから……父上も良き夫になろうと努力されたのだと思うし、私はそんな父上を尊敬している」

「ならば父上のようになればいいではないですか」

「父上のように……？」

ロウワンが父のことを尊敬すると肯定したので、間髪容《かんはつい》れずにシュウエンは畳みかけた。

「父上も、今の兄上と同じように、母上をどう愛したらいいか悩まれて、逃げまわっていたが、それでも母上を愛し、幸せにしたのです。そんな父上を、兄上が尊敬されているのならば、父上に倣《なら》って、父上のような夫になり、父になれば良いではないですか……つまり……兄上も今は色々と迷われるかもしれませんが、後になってリューセー様から幸せだったと言ってもらえるようになればいいのです」

ロウワンは、シュウエンをしばらくみつめた後、僅かに眉根を寄せた。

「幸せだったと言ってもらえなかったら？」

「弱気なことを申されるな。貴方は竜王でしょう？　絶対に幸せにしてやるというお気持ちでいらっしゃればいいのです」

シュウエンはわざと強い口調でそう言うと、本を取り上げるように掲げてみせて脇に抱えた。

「書物で愛について調べなさるな！　愛し方は人それぞれなのです。ましてや書物に書かれているのは、過度な演出をされた絵空事……悩まれてもいいので、書物ではなく、リューセー様と向き合って、兄上の愛を探してくださいませ」

「シュウエン……」

ロウワンがすがるような目でシュウエンを見たので、シュウエンは破顔して大袈裟《おおげさ》に首を横に振った。

「ダメですよ。私はこのように偉そうなことを申し上げたが、愛とはどのようなものかなんて分からないし、考えたこともない。妻を幸せに出来ているかどうかも自信がない。陰で悪態を吐かれているかもしれませんよ……もちろん、私だって妻を愛しているし、幸せにしたいと思っています。だが……問われれば、そう思うだけで、別に改まってそうあらねばと考えたことなどありません……。兄上、百五十年近く連れ添った私達夫婦さえそんなものなのです。そんなに悩まれることはありませんよ」

最後は優しい口調で微笑みながらそう言うと、恋愛叙情詩の本を机の脇に置いた。そして先ほど仕分けした書簡の束を摑むと、ロウワンの下へと歩み寄り、机の上に置いて仕事をするよう促した。

ロウワンは書簡を受け取り、じっとシュウエンをみつめた後、どこか諦めがついたような表情になって頷いた。


「リューセー」

その夜、ロウワンは私室に戻り、扉を開けると同時に龍聖を探して名を呼んだ。

「おかえりなさいませ」

寝室の扉が開いて、慌てた様子で龍聖が現れたが、龍聖の顔を見るなり、ロウワンは動きを止めてその場に立ち尽くし、無言になってしまった。

寝室でいつものように香を焚《た》いて、いつロウワンが戻っても寛げるようにと用意をしていた龍聖は、手に持っていた道具を側のテーブルに置いて、ロウワンの下に駆け寄ってくる。上着を脱がせて、それを丁寧に畳みながら、ロウワンを見上げてニッコリと微笑んだ。

「今日もお忙しかったのですか？　お疲れ様でございました。すぐにお茶の用意をいたしますので、ソファでゆっくりとお寛ぎください」

柔らかく微笑みながらそう言う龍聖の顔を、ロウワンは黙ってじっとみつめる。何も答えず、動きもしないロウワンの様子を、龍聖は不思議に思って首を傾げた。

「どうかなさいましたか？」

龍聖がそう尋ねると、ロウワンはゆっくりと両手を広げて、龍聖の体を包み込むようにそっと抱きしめた。

「ロウワン……？」

突然のことに、龍聖は戸惑いつつも、少し頬を染めながら、ロウワンの腕の中で大人しくしていた。

「お前は変わらぬな」

龍聖を抱きしめたままロウワンがポツリと呟いた。龍聖はロウワンの胸に顔を埋めるような形で抱きしめられているので、ロウワンがどんな顔でそのようなことを言っているのか分からなかった。

「ロウワン？」

問うように名を呼んだが、抱きしめるその手を緩めてくれる様子もない。

「お前は初めて私に会った時から、私のことを好きだと言い、誰よりも慕っていると申したな……それからずっとお前は変わらず、一途《いちず》に私のことを想ってくれている」

低く優しい声で、囁くようにロウワンが言った。龍聖はロウワンの腕の中でうっとりとそれを聞く。

「はい、誰よりもお慕い申しております。気持ちは変わりません……あ、いえ……気持ちは変わりました」

龍聖の言葉に、ロウワンが驚いたようにその腕を緩めて、龍聖の体を少し離すと、顔を覗《のぞ》き込むようにみつめた。龍聖の真っ黒な大きな瞳が、ロウワンをみつめ返す。白く柔らかな頬が、ほんのりと薄く朱に染まっている。

「初めてお会いした頃よりも、ずっと……ずっと想いは深くなっております。ロウワンをお慕いする想いは……比べ物にならぬほど強くなっております」

迷いのない真っ直ぐな瞳で、頬を染めながら熱く語られるその言葉に、ロウワンはひどく胸が苦しくなった。龍聖がこうしてロウワンへの想いを語るたびに、ひどく苦しくなる。それはその言葉に対して、自分も同じくらいに何かを返したいと思うのに、自分の今の気持ちを上手く言葉に出来ないからだ。

龍聖はこんなに素直に想いを口にするというのに、なぜ自分はひとつも言葉に出来ないのか……もどかしくて、苦しくて、胸が痛かった。

「リューセー……私も愛しているよ」

ようやくそれだけ口にする。すると龍聖は、花が綻《ほころ》び開くように、ふわりと美しい笑顔で笑うのだ。それを見るとまた胸がキュッと締めつけられるように苦しくなる。嬉しいのに、ひどく泣きたいような変な気持ちになる。その想いもまた上手く表現出来ないのだ。

『愛している』なんて言葉ではないのだ。そんな簡単な言葉ではない。ロウワンが今、龍聖に対して抱いているこの胸の中の想いは、そんな一言で表現出来るものではない。それを龍聖に伝えたいのに、言葉が見つからないのだ。

愛とはこんなに難しいものなのだろうか？　それとも愛ではないのだろうか？　叙情詩には、この想いを適切に表現している言葉は見つからなかった。

「すまない」

思わずそんな言葉が口に出ていた。龍聖が驚いたように目を丸くする。

「なぜ謝られるのですか？」

「あ……いや……」

ロウワンは自分でも驚いて、少し赤くなって口籠った。そんなロウワンの様子に、龍聖は微笑みながら、じっとロウワンの言葉を待つようにみつめている。決して相手を急《せ》かすようなことを言ったり、自分の話を優先したりなどしない。いつもこうしてロウワンの気持ちが分かっているかのように、ロウワンが何か言いたげな時は、それを察してただ黙って待ってくれるのだ。

ロウワンはすうっと息を吸うと、ゆっくり時間をかけて吐き出した。

「私は……」

ロウワンは言いかけて、また口籠った。龍聖をみつめると、黙って微笑んでいる。

「私はいつもお前に上手く気持ちを伝えてやれていないなと……そう思って、申し訳なくなったのだ」

「ロウワンの気持ちですか？」

ようやく龍聖が言葉を返した。

「ああ、私もその……私がお前のことをどう思っているのか……上手く伝えたいと、ずっと思っているのだが……いや、違うな。私はお前に愛していると、いつも言っていたけれど、それでは私の気持ちを正しく伝えていなかったのだと気づいて……ずっと思い悩んでいたのだが、未だにやはりよく分からないのだ」

ロウワンが真剣な顔でそう話していると、微笑んで聞いていた龍聖が、少しずつ笑みをなくしていくことに気づいて、ロウワンは、はっと息を飲み込んだ。

「あ、いや……待て、リューセー、別に愛していないという意味ではないのだぞ？　愛しているんだ。愛しているんだが……その……なんと言えばいいのか……私はもっとこう……愛しているという言葉よりも、もっとお前のことを想っているのだ……それを上手く伝えきれなくて……」

慌てて言い訳をするロウワンの様子に、龍聖は驚いて目を見開いた。

「ああ、どうも私はこういうことが不得意だ。すまぬ。いつもこうだ。私はいつも何かを間違えて、お前に悲しい思いをさせてしまっているのだな。初めてお前に会った時からそうだ。後になって気づくのだ。お前に悲しい思いをさせてしまったと気づいた時には後の祭りで……すまない。今も私は何か間違ったのだな？　誤解させて、笑顔を失わせてしまうようなことを言ってしまったのだな？　すまない」

「ロウワン、ロウワン……あの……座って話をしませんか？　お茶をお淹《い》れしますから」

龍聖は宥《なだ》めるようにそう言うと、ロウワンをソファに誘った。ロウワンが困ったような顔で大人しくソファに座るのを見届けると、大きなダイニングテーブルの上に、いつのまにか、侍女が用意してくれていた茶器で、お茶の用意をする。そしてロウワンの座るソファまで戻り、その前の低いテーブルの上にカップを並べた。

湯気が立ち、ふわりと甘い香りがするお茶の入ったカップを、ロウワンは黙ってみつめていた。龍聖はロウワンの隣に座ると、カップをひとつ手に取り、ロウワンに差し出した。

ロウワンが龍聖をみつめると、龍聖はニッコリと微笑む。差し出されたカップを受け取り、ロウワンは一口飲んで、ほっと息を吐いてカップをテーブルの上に戻した。

「一体どうなさったのですか？　なんだか今日のロウワンはおかしいですよ？」

龍聖は微笑みながら、やんわりとした口調でロウワンに問いかける。ロウワンはまだ少し困ったような顔のままで何も答えなかった。そんなロウワンの様子を、龍聖はニコニコと微笑を浮かべてしばらくみつめていた。

「ロウワンが、私のことを好いてくださっていることは、ちゃんと分かっておりますから、誤解などはいたしません。はっきりと嫌いだと言われるまでは、誤解したり悲しんだりなどはいたしません。……もちろん最初の頃は、私もまだ色々なことが分からずに、勝手に落ち込んだりしたこともございましたが……ロウワンのお側に二年もいるのですから……まだ二年かもしれませんが……それでも私なりに、ロウワンのことをお側でずっと見てきて、ちゃんと分かっているつもりです」

龍聖は笑顔を絶やさず、一生懸命に自分の想いを伝えようとした。ロウワンの右手をそっと両手で包むように握り、真っ直ぐにロウワンをみつめた。

「貴方様は決して嘘は申されません。とても真っ直ぐで、真面目なお方……とても優しいお方です。言葉など……私は別に気の利いた言葉で、愛を語ったり、私のことを褒めてほしいなどとは思いません。そんなものは必要としておりません。だって貴方様の目を見れば、すべてが分かるのですから」

漆黒の澄んだ瞳が、じっとロウワンをみつめる。ロウワンはますます困ったように眉尻を下げた。

「私の……何が分かるのだ？」

恐る恐るというように尋ねた。龍聖は視線を逸らさずに、ロウワンの金色の瞳をみつめ返したまま微笑む。

「こんなに慈悲深い……優しい眼差《まなざ》しでみつめられて、嬉しく思わぬ者などおりますでしょうか？私の思い違いでなければ、ロウワンは私をみつめる時、特にお優しい眼差しになられます……それがどんなお言葉よりも嬉しい……私のことを特別に想ってくださっているのだと……そう思うと、私の心は幸せに満たされるのです」

龍聖の言葉に、ロウワンはハッとしたように目を見開いた。

「幸せに満たされる……」

龍聖の言葉を、そのまま口にしていた。すると龍聖は頰を染めながら、少し恥ずかしそうに笑った。

「はい、胸の奥がきゅうっと痛くなって、苦しくて、そしてとても温かくなるのです。貴方様のその優しい眼差しでみつめられると、たまらなく……胸がいっぱいになるのです。幸せだと……本当に幸せだと思うのです」

「そうか……」

ロウワンは驚きの表情のままで、ぽつりと呟いた。この言葉に出来なかった想いの答えはそこにあったのかと思った。

『幸せに満たされる』

あの胸の痛みや苦しさは、幸せだったのだ。だから痛くても苦しくても、少しも嫌ではなかったのだ。泣きたくなるほどのあの熱い想いは、幸せだという喜びだったのだ。

「リューセー……私も幸せだ」

ロウワンが嬉しそうに微笑んでそう言うと、龍聖は満面の笑顔になる。

「ああ、幸せでございますか？　嬉しゅうございます」

ロウワンは思わず強く龍聖を抱きしめていた。

「リューセー……お前が幸せなのが、私の幸せだ……私はどんな風にお前を愛して、どんな風に愛しているということを伝えれば、お前にとって良い夫になれるのかと、ずっと考えていたのだ。特にお前が卵を産んでくれてから、より一層考えるようになった。お前は私を愛し、私に尽くし、子も儲《もう》けてくれた。私はまだそれに何ひとつ応《こた》えてやれてないと……お前を幸せにしてやれてないと……ずっとそう思って悩んでいた。なぜこうも不器用なのだろうと自分が情けなく……でもお前が答えをくれた」

ロウワンが苦しいほどに強く抱きしめてそう言うのを、龍聖はロウワンの腕の中で頷きながら聞いていた。両手をロウワンの背中に回す。

「お前が笑ったり、お前が語ったり、お前のひとつひとつの仕草《しぐさ》や行動や言葉に、私は幸せを感じていたのだ。お前の幸せが私の幸せ……なぜお前といると、時々無性に胸が痛く苦しくなるのだろうと思っていた。それはすべて幸せすぎて、嬉しかったからなのだな……」

「ロウワン」

龍聖が顔を上げると、その唇を奪うように少し乱暴に唇を重ねて強く吸った。その深い口づけに、龍聖はうっとりして、唇が離れると甘い吐息を零《こぼ》した。

ロウワンは愛しそうに龍聖をみつめ、額に頬に何度も口づけた。唇を吸うと、龍聖からも応えるように唇を重ねられた。すべてが愛しい。

ロウワンは何度か口づけた後、龍聖の体を無理やり自分から離した。頬を上気させて、うっとりした顔で少し首を傾げて龍聖がロウワンをみつめると、ロウワンは眉根を寄せて首を振った。

「これ以上はダメだ。お前を抱きたくなってしまう」

「別にダメではございません……夫婦なのですから……不都合なことなどございません」

「だがお前はまだ卵を抱いているではないか……抱卵の期間は性交禁止だと言われたから、ずっと我慢していたのだ」

「少しなら……構わないとシアンが申しておりました」

龍聖は目を伏せて恥ずかしそうにそう言った。さすがのロウワンも、この誘いには心が揺れた。

「か……構わぬか？」

少し上ずったような声でロウワンが尋ねると、龍聖はコクリと頷く。ならば我慢することもない。

ロウワンは龍聖を抱き上げると、そのまま寝室へ運んだ。

ベッドの上にそっと龍聖を下ろし、優しく口づけた。龍聖の顔を見下ろすように、じっとみつめる。

龍聖は恥ずかしそうに頬を染めながらも、ロウワンをみつめ返した。

「しばらくぶりだから……少し緊張してしまうよ」

ロウワンがみつめながら、そう言って苦笑すると、龍聖はクスクスと笑う。

「私も同じでございます」

龍聖はそう言ってロウワンの右手を取ると、自分の胸に当てさせた。

「ほら……こんなに心の臓が激しく鳴っております」

ロウワンはそれを受けて微笑むと、また優しく唇を重ねた。

「私は未だに正しき性交の仕方が分からぬ……ただ夢中で交わるのみだ。でもこの一年近く、性交を断って、お前をただ抱きしめて眠る毎日で、少しだけ分かったことがある。交わりたいという性欲は本能なのかもしれぬが、交わらずとも心を満たすことは出来る。お前を腕に抱くだけで、安らかな眠りを得ることが出来る。お前の体はとても神聖なもので、とても尊い……だから私はお前を求めてしまうのだろう。お前を抱きしめることで心が、交わり肉体を繋げることで体が、私のすべてがお前に満たされて満足するのだ。だから性交とは、子を作るためだけの行為ではないのだと……やっと分かったんだよ」

「ロウワン……」

ロウワンは龍聖の前髪を撫でて掻き上げると、現れた額に何度か口づけた。龍聖は目を閉じて幸せそうに微笑みながら、その口づけを受け止める。額からこめかみへ、瞼へ頬へとゆっくりと唇が降りて、龍聖の柔らかな唇を食《は》むように深く口づけた。

ロウワンの舌が唇の間を割り、龍聖の咥内を愛撫するように動いて、龍聖の舌も搦《から》め捕《と》る。深く濃厚な口づけに、龍聖は頭がぼんやりして心地よさに身を委《ゆだ》ねた。

ゆっくりと唇が離れる。龍聖は目を開けて目の前にあるロウワンの瞳をみつめる。金色の瞳は、いつもと変わらず、とても優しげな光を湛《たた》えて龍聖をみつめていた。

龍聖がほうっと甘い息を吐くと、ロウワンが微笑んだ。

「あとはお前の体に負担をかけぬよう……お前が気持ちいいと思える性交をすることに、ただ努力し精進《しょうじん》あるのみだ」

「ロウワン……私は十分に……あっ」

ロウワンの右手が龍聖の服の胸元を開けて、直に肌を撫でたので、龍聖はびくりと体を震わせた。胸を撫で、左の乳首を指の先で撫でられて、そのたびに龍聖の体がびくりびくりと反応する。ロウワンの唇は首筋を這い、ゆっくりとその味を楽しむように、幾度も強く吸い上げる。龍聖は次第に息が乱れ、頬を上気させながら熱い息を吐いた。

服を脱がされ、体中をロウワンの大きな手が撫でるように愛撫する。それだけで心地好さにうっとりして、昂《たかぶ》る気持ちに息が弾む。

ロウワンは熱を持って硬くなり始めている龍聖の性器を、やんわりと包み込むように握り、手の腹で擦るように愛撫する。

「あっあっ……んっんっ……」

龍聖がその刺激に身を震わせて、甘い声を漏らすと、ロウワンは少しだけ安堵したような表情になり、さらに愛撫を続けた。

「あっああっあっ……やぁっ……もうっ……だめっ……ああっ」

龍聖が体を捩《よじ》るようにして震えると、ロウワンの手の中の性器がびくりと跳ねて、先から透明な汁を吐き出した。射精したのだ。

全身を紅潮させながら、荒く息を吐き、とろんとした目でロウワンをみつめる。龍聖のそんな姿がひどく艶やかで、ロウワンの欲情を掻き立てた。

「リューセー……」

名を呼びながら、龍聖の胸を舐め、乳頭を唇に含み強く吸う。

「あっああっ……ロウワン……」

ちゅくりと音をたてながら、何度も強く吸い上げると、そのたびに龍聖が甘い喘ぎを漏らした。右手は龍聖の股を割り、秘所の窪みを指で撫で上げる。やがてひくひくと小さな孔《あな》が口を開けるのを待って、ゆっくりと中指を挿入した。

とても狭くて指一本入るのさえも辛そうに感じた。

「痛いか？」

「あっ……いいえ……大丈夫です……」

ロウワンが顔を上げて尋ねると、龍聖は目を閉じて息を乱しながら答えて、ふるふると首を横に振った。ロウワンは少し眉根を寄せて考えると、指を引き抜き体を起こす。

「あ……」

不意にすべてから解放されて、龍聖は心細げに目を開けた。

ロウワンはベッドから降りて、ベッド脇のチェストの引き出しを開けて、中から小さな丸い容器を取り出した。それを持ってまたベッドへ戻ってくると、自らの服を脱ぎ始める。

龍聖はまだ少し乱れる息遣いで、ぼんやりとロウワンの動向を見守っていた。

全裸になったロウワンは、龍聖の両足を抱えるように胡坐《あぐら》を掻いて座り、持ってきた小さな陶製の丸い容器の蓋《ふた》を開けた。中に入っている白い軟膏《なんこう》のような物を指で掬い取ると、龍聖の秘所へと塗り込んだ。

「あっ……ロウワン……」

「医師に作らせた……これを塗れば挿入しやすくなる薬だ」

孔に念入りに塗り込みながら指を入れると、先ほどよりもすんなりと中に入れることが出来た。ほぐすように指を出し入れし、時間をかけてゆっくりと丁寧に愛撫した。

「あっあっ……ああっ……ロウワン……ああっ」

再び龍聖が喘ぎ始めた。両足を開かされ、ロウワンに恥ずかしい場所をじっと見られながらほぐされる行為への羞恥が、より一層感度を上げているようだった。孔はロウワンの指を容易《たやす》く受け入れ、三本入れても大丈夫なほどほぐされた。

赤く熟《う》れた入り口をみつめながら、ロウワンは怒張する自身の昂りを左手で擦り上げる。

「リューセー……辛くないか？」

ロウワンが覆いかぶさるように体を重ねて耳元で囁くと、龍聖はふるふると首を横に振った。

「ロウワン……好き……貴方が好き……」

龍聖がそう何度も呟いて、両手を背に回し抱きついてきたので、ロウワンは一度口づけてから、その腰を抱き、昂りを入り口に宛がった。ゆっくりと突くと、亀頭の先が少し抵抗を感じながらも、孔の中へと収まっていく。

「ああっあっ……んんんっ……あああ……」

ぐぐっと腰を抱いて、中へと押し入れる。肉を割って熱い塊《かたまり》が、龍聖の中をいっぱいにしていった。熱い肉壁が、きゅうっとロウワンの肉塊を締めつける。ロウワンは喉を鳴らしてその快楽に酔いしれた。

深く根元まで挿入すると、一度動きを止めて息を吐いた。上体を起こして、横たわる龍聖を見下ろす。細く白い体が、ほんのりと色づいて、汗を浮かべながら、荒い息遣いに薄い胸が激しく上下していた。目を閉じて顎《あご》を少し上げながら、あんあんと小さく甘い喘ぎを漏らしている。その様子に、ロウワンは「愛しい」と想い、「かわいい」と笑みを漏らした。

ゆるゆると優しく腰を前後に動かすと、肉塊が龍聖の中を擦るように蠢《うごめ》く。ロウワンも気持ち良いが、龍聖も気持ち良かった。動きに合わせて、また喘ぎを漏らすと、その様子を窺いながら、ロウワンは腰を動かし続けた。

ほんの少しでも、龍聖の顔が歪んだり、苦しげに眉根を寄せたりすることがないよう、とても慎重に腰を動かし、真剣に龍聖の様子をみつめる。

今までロウワンは、快楽に翻弄《ほんろう》され、交わる行為に夢中になりすぎて、性交の最中の龍聖の様子など気にかけたことがなかった。

それに気づいたのは、性交を禁じられて、『愛』について悩み始めた時だった。父やシュウエンや、色々な書物が語るような、『性交』と『愛』の結びつきについて、どうしても理解出来なかったのは、自身が行為にばかり夢中になって、相手のことを思いやっていなかったからなのだと、今になってようやく気づいたのだ。

肉体的な快楽を得ることだけが性交ではなかった。こんなに腕の中で気持ちよさそうに喘ぐ龍聖をみつめるだけで、今までの何倍も性交が気持ちいいと思えるなんて……こんなに龍聖の何気ない仕草にも欲情し、かわいいと、愛しいと思えるなんて……。

久しぶりの性交が、とても新鮮だった。そして以前よりももっと夢中になっていた。

「あっあっ……ロウワン……ロウワン……」

うわ言のように龍聖が何度もロウワンの名を呼ぶ。龍聖にとってもまた今までで一番気持ちの良い性交になっていた。気持ち良すぎて、頭がおかしくなりそうだ。

以前は挿入される時、ロウワンの陰茎が大きすぎて、ほんの少し鈍い痛みを感じていたし、深く挿《さ》し入れられると、下腹が圧迫されるようで少し苦しく感じたりもしていた。

前戯はとても気持ちいいが、挿入されて中に射精されるまでの交わりでは、あまり快楽を得ることは出来なかった。

だが今日は違った。いつもよりも時間をかけて、ゆっくりとほぐされたせいか、挿入はまったく痛みを感じなかったし、むしろ入ってくる肉塊の熱さに、体の奥から痺れるような快楽が込み上げてきて、それだけで気をやってしまいそうになった。

ロウワンが腰を動かし、太い肉塊が中で蠢くのも、信じられないくらいに気持ち良かった。肉壁が擦られるたびに、びりびりと甘い痺れのような快楽が起こり、もっと続けてほしいと思ってしまうくらいだ。

本当は自分がロウワンに尽くさねばならないのに……ロウワンが気持ち良くなるように、体を捧げねばならないのに……そう頭の奥で思ってはいても、快楽に翻弄されて、頭も体も思うように動かなかった。

こんなに優しく尽くされて、なんて幸せなのだろうと、龍聖は泣きたくなった。

「ロウワン……ロウワン……」

「リューセー……」

「好き……ロウワン……好き……」

「リューセー、もっと言ってくれ……私を好きだと言ってくれ」

「好き……ロウワンが好き……ロウワンが好き」

龍聖はそう言い続けた。ロウワンはそれを聞きながら満足そうに笑みを浮かべる。龍聖のかわいい声が耳に心地よい。頬を上気させて喘ぐ顔が愛らしくて、いつまでもみつめていたくなる。目と耳で味わう快楽は、気持ちを昂らせ、より一層の快楽をもたらしていく。

「リューセー……気持ちいいか？　辛くないか？」

「あっああんっあっ……気持ち……気持ちいい……ああっあっ……ロウワン……気持ちいいです……ああっ」

あまり激しくならないように気遣いながらも、規則正しい律動で、腰を前後に動かし、肉壁を擦るように龍聖の中を犯し続ける。

「ああっああああっあっ」

やがて龍聖が、苦しげで切ない表情で、背を反らせて震えながら射精した。きゅうきゅうっと孔が窄《すぼ》まり、ロウワンの男根を締め上げる。ロウワンは少し顔を歪めて動きを止めた。

手を伸ばして、龍聖の頬をそっと撫でた。はあはあと激しく息を吐きながら、龍聖がうっすらと目を開ける。

「辛くないか？」

ロウワンが優しく尋ねると、龍聖は微笑んで首を横に振る。

「気持ちようございます……なんだか……おかしくなってしまいそうで……私ばかり申し訳ありません」

「何を言う……私もとても気持ちいいのだ。お前の中はとても気持ちいい、ずっとこうしていたいほどだ」

ロウワンの言葉を聞いて、龍聖は頬を染めて恥ずかしそうに目を閉じた。またきゅうっと孔が窄まり、ロウワンの男根を締めつける。

「動かしても良いか？」

尋ねると、目を閉じたままコクリと頷いたので、ロウワンは再びゆっくりと前後に動かし始めた。

ロウワンの先走りの汁が中を濡らし、肉塊が動くたびに隙間から溢《あふ》れ出て、淫猥《いんわい》な音をたてた。ロウワンは決して激しく動かすことはなく、ゆさゆさと腰を揺すったり、小刻みに前後に動かしたりして抽挿《ちゅうそう》を繰り返した。

再び龍聖が荒い息と共にかわいい声で喘ぎ始め、それを聞きながら高揚《こうよう》した様子で腰を動かす。夢中で激しく腰を揺さぶり、突き上げていた以前の行為とは随分違っていた。だがとても気持ちいい。

次第にロウワンの男根も、限界まで昂ってきていた。龍聖に負担をかけていないかと気にかけながら、徐々に腰の動きを速めていった。

「あっあっあっあっ……ロウワン……あっあああっ」

「リューセー……ああっ……リューセー……んっんんんっくっ」

限界まで膨《ふく》らんだ欲望が、パンッと勢いよく弾けるような感覚がして、頭の中が真っ白になった。勢いよく精が吐き出されるのを感じながら、腰を痙攣《けいれん》させて龍聖の奥深くに注ぎ込む。気持ちいいなんてものではない。無意識にロウワンも、喘ぎ声を漏らしていた。

久しぶりのせいか、それとも気持ち良すぎるせいか、射精感が終わらず、いつまでも精が吐き出されているようで、腰の動きが止まらなかった。

龍聖の両足を両脇に抱いたまま、腰を押しつけるように震わせて射精した。

「ああ……ロウワン……ロウワン……」

体の中に注ぎ込まれる熱い迸《ほとばし》りを感じて、龍聖も恍惚《こうこつ》とした表情で精のない汁を、自身の性器から幾度も吐き出していた。

「あああ……あああ……あっあっ……」

ロウワンは喘ぎを漏らしながら射精し、ようやく残滓《ざんし》まで絞り出すと、腰の動きを止めた。その場に尻をつき、目を閉じて肩で息をする。

二人ともしばらくの間、放心したように動かなかった。ただ激しい二人の息遣いだけが聞こえた。濃い雄の匂いがする。それはとても淫猥で、情事を楽しんだという満足感と共に、少しばかり羞恥心をそそられもする。

しばらくして、ようやく息の整ったロウワンは、ゆっくりと龍聖の中から陰茎を引き抜いた。ドロリと白い液体が、抜いた孔から溢れ出る。随分大量に精が出たようで、今溢れ出たものばかりではなく、交わっていた時に溢れ出たものが、龍聖の白い尻や内腿を濡らし、寝具にも大きな染みを作っていた。

性格上、汚れたままでいるのは我慢出来ないのだが、今はひどく脱力していて何もする気になれない。それに今までにないほどに、満たされていて、龍聖ともっと二人きりでいたいという気持ちが強く、侍女など呼びたくはなかった。

ロウワンはのろのろと体を動かして、龍聖の隣に横たわった。眠っているような龍聖の顔をみつめながら、そっと髪を撫でた。すると龍聖が薄く目を開ける。

「ロウワン……」

囁くように小さく龍聖が名を呼んだ。

「ん？」

ロウワンが優しく喉を鳴らして答えると、龍聖がぱちりと目を開いて、視線をロウワンへ向けた。目が合うと花のようにかわいらしく微笑むので、ロウワンも釣られて微笑む。

「好き」

龍聖が微笑みながらそう言った。ロウワンはただ嬉しそうに笑みを浮かべる。

「好き」

また龍聖が言ったので、応えるようにロウワンは龍聖の髪を撫でた。

「好き」

「私も好きだ」

三度龍聖が言うと、今度はロウワンも口に出して答えた。すると龍聖が微笑みながらポロリと涙を零した。それにロウワンはとても驚いた。思わず少し体を起こして、龍聖の頬に手を添える。

「どうしたのだ？　どこか痛いのか？」

「いいえ、いいえ」

龍聖は涙を零しながら笑った。

「幸せすぎて涙が出てしまうのです」

「リューセー……」

「私はこんなに貴方に愛されていいのでしょうか？　こんなに優しく慈しまれて……ああ、ロウワン……貴方は『愛が分からない』と言われたけれど、貴方ほど情が深く、優しく、慈愛に満ちた方はいません……そしてこんなにも私を愛してくださる方も……。言葉なんていらないのです。だって貴方はこんなに全身で示してくださるのですから……愛しい人……」

龍聖はそう言うと、両手を挙げてロウワンの首に回し、ぎゅっと抱きついた。

「リューセー……」

ロウワンは驚いて固まってしまった。龍聖の言葉を一生懸命頭の中で復唱して理解しようとする。

「リューセー……私は……」

戸惑うロウワンに、龍聖は抱きついたまま首を横に振った。

「難しくお考えにならないで……ただ私は今とても幸せなのだと、それだけは貴方に知っていただきたいのです」

龍聖は抱きついていた腕の力を緩めて体を少し離すと、鼻先が触れそうなほどの距離で顔を見合わせてニッコリと笑ってみせた。

「私はとても幸せです」

もう一度そう言った。するとロウワンは、ようやくすべてを理解したかのように瞳を輝かせて、釣られるように笑顔になった。

「そうか……お前は幸せか」

「はい」

二人は笑いながら口づけを交わし合った。


ロウワンが難しい顔をしなくなり、とても穏やかになったので、悩みごとは解決したのだなと、シユウエンはその後しばらくして思った。元々難しい顔で悩むようなことではなかったのだし……と思いつつも、それを夫婦で解決したのならば、本当によかったと安堵した。

結局、ロウワンが『愛』についてどう結論付けたのかは気になったが、そのことに触れるのは、藪《やぶ》をつくようなことだと思い、あえて何も尋ねないことにした。

そんな時だった。長くナディーン公国に、剣術の修業に出ていたシャイガンが、三年ぶりに帰国した。

「兄上！　ただいま戻りました！」

城中に響き渡るほどの元気な声で、シャイガンが嬉しそうに手を振りながら謁見の間に現れた。

ちょうど他国からの使者との接見が終わり、今日の分はこれで終わりかと、ロウワンがシュウエンに尋ねているところだった。二人とも一瞬驚いた顔でシャイガンを見て、すぐに顔を見合わせると、眉根を寄せて同時に溜息をついた。

「おやおや、お二人とも驚いておいでですね？　ははは、驚かそうと思って、帰国のことをわざと知らせなかったのです」

二人の下まで辿り着いたシャイガンは、場の空気をまったく読まぬいつもの調子で、笑いながら二人の兄の顔を交互にみつめた。

「笑いごとではない……そういうことはちゃんと知らせろ」

シュウエンが眉を寄せたまま叱りつけたが、シャイガンには響かないようだ。まだ笑顔で二人をみつめている。その『何か』を待っている様子に、また兄二人が顔を見合わせた。彼が何を待っているのか、二人にはよく分かっている。それはともかくとして、なぜこの男は、もういい歳だというのに、こういう周囲の心の機微が分からないのだろうか？　と二人は思っていた。

「おかえり……よく無事で戻ったな」

ロウワンが諦めてそう言うと、待っていましたとばかりにシャイガンが満面の笑顔になった。

「これは一時帰国ではないのだな？　本当に戻ってきたのだな？」

シュウエンが確認すると、シャイガンは大きく頷いた。

「修業は無事に終わりました。連れていった者達も一緒に帰国しております」

「そうか……ご苦労だった」

ロウワンのねぎらいの言葉に、シャイガンは満足そうに頷いてニッと笑う。

「では修業の成果はあるのだろうな？」

「もちろんですよ！」

シュウエンの問いに、シャイガンは自信満々に頷く。

「今すぐお見せいたしましょう！」

意気揚々と腰の剣に手をかけたシャイガンを、シュウエンが慌てて止めた。

「いや、いい！　今日はまだこれから忙しい。それは日を改めて見せてもらうから……お前も疲れているだろう。今日はもう部屋に戻って休め。奥方も待ちわびているだろう」

「妻のことは別に良いのですが……せっかく兄上達に成果をお見せしたかったのに……」

「妻のことは別に良いとは、なんという言い方だ！」

シャイガンの言葉に、突然ロウワンが怒りだした。思いもかけないところでのロウワンの怒りに、シャイガンだけではなく、シュウエンもとても驚いた。

「お前は奥方をどう思っているのだ！　愛していないのか！　奥方は子を産む道具ではないのだぞ!?　お前の生涯の伴侶だ。大切にし、愛さねばならぬ存在だ！　それを別に良いなどと……お前が留守にしている三年もの間、どれほど心細くしていたと思うのだ！」

ロウワンに説教されて、シャイガンはただ啞然《あぜん》としていた。その迫力に圧倒されている。弟とはいえ、ロウワンよりもずっと年上のいい歳をした中年の男が、まだ若々しい青年に妻のことで叱られているのだ。

「申し訳ありません」

シャイガンは、しおらしく謝罪した。

「まあまあ、兄上……シャイガンも謝っていますし、それくらいで……。それにシャイガンは別に奥方をないがしろにしているというわけではないのです。百年近くの長い間夫婦として過ごしてきたのですから、今さら口に出さずとも分かり合えることもあるのです。シャイガンのところは夫婦仲が良い……我々には分からない夫婦の間の繫がりがあるのですよ」

シュウエンに宥《なだ》められて、ロウワンは少し不服そうにしながらも静かになった。

「そういうものなのか？」

「え？　あ、はい……まあ、オレのような男につきあってくれるのですから、妻はとても寛大なところがあるのです……もしかしたら諦めているのかもしれませんが……」

シャイガンはそう言って苦笑してから頭を搔いた。

「そうでした……兄上方はお忙しかったのですよね……どうぞお仕事をすまされてください」

思い出したようにシャイガンに言われて、ロウワンとシュウエンは顔を見合わせた。

「ああ、そうだった……神殿がようやく完成間近となりました。兄上に最終的なご確認をいただいた上で、皆にお披露目《ひろめ》するための段取りを決めなければならないのでした」

「え！　神殿はまだ出来ていなかったのですか？」

シャイガンが驚きの声を上げたので、シュウエンは気まずそうに顔を歪める。

「アルピン達もがんばってくれたのだ。そう言うな」

「私の確認が必要か？」

「もちろんです」

ロウワンに問われて、シュウエンは大きく頷いた。

「神殿を造ろうと決断されたのは兄上ではありませんか。兄上のお考えになっていた完成図に近いものになっているのか、ご確認いただきたい……シーフォンにとって大事な場所となるのですから」

シュウエンに言われて、ロウワンは頷いた。

「では行こうか」

「兄上、オレも行って良いですか？」

シャイガンが嬉しそうに尋ねたので、ロウワンは頷いて三人並んで神殿へ歩きだした。


「おお……すごいじゃないですか……ナディーン公国にある聖堂にも見劣りしないほどの出来だ」

シャイガンが感心しながら、神殿の中を見渡した。

神殿は城の二階層をぶち抜きにしたくらいに天井が高く、そのせいもあってとても広く感じられた。元々シーフォン全員が入るくらいの広さはあった場所だが、それよりもさらに広い印象がある。

正面には巨大な竜の石像がある。初代国王ホンロンワンの竜の姿を模《も》して造られたものだ。彫刻はとても緻密で、今にも動き出しそうなほどの迫力があった。

竜の石像を中心に祭壇がしつらえられており、エルマーンの自然を表しているような花や木々の彫刻が、周囲を彩《いろど》るように施されている。神殿中の壁や柱、天井に至るまで見事な彫刻による装飾が施されていた。これならば時間がかかったのも頷ける。むしろ三年で造り上げたというのは、快挙と言えた。

「この祭壇の後ろに扉があり、この奥が玄室となっています。父上と母上の棺が安置されています」

ロウワンとシャイガンは、シュウエンの説明を聞きながら、祭壇の後ろへと回った。鉄製の頑丈な扉がある。二人は黙ってその扉をみつめた。

「私が死んだらここに入るのか？」

ふとロウワンが独り言のように呟いたので、シュウエンは頷く。

「はい、代々の竜王とリューセーの墓所とするつもりで、中はかなり広く造られています。ただホンロンワン様とルイワン様の棺の掘り起こしをするかどうか検討中なのですが……いかがいたしますか？」

「それはどういう理由からか？」

ロウワンが不思議そうに尋ねた。

「過去の資料から、ホンロンワン様と初代リューセー様、ルイワン様と二代目リューセー様がそれぞれ埋葬されている場所は確認出来ておりますが、当時まだ死後についての人間の風習を知らなかったので、おそらく棺などにも入れず、墓碑も建てず、そのまま土葬していると考えられます。そのためもう土に還られてしまい……骨は残っているかもしれませんが……」

シュウエンは深刻な表情でそう説明した。それを聞いてロウワンは深く頷く。

「だがホンロンワン様のお姿を模した石像まで作っているのだ。我らの始祖をここに祀《まつ》らなくて、なんのための神殿だろう。たとえ骨になっていたとしても、ここに移すべきではないだろうか？　まずは掘り起こして状態を確認してからでもいいのではないか？　移葬が難しそうな状態ならばそのままにするのも止むを得ないだろう」

　ロウワンがそう言うと、二人も同意して頷き合った。

「我々には宗教はない。神罰を受けた身なれば崇《あが》める神もない。だがその神罰を忘れないために、また神罰から我らを救ってくれたホンロンワン様を敬《うやま》い、後世に受け継いでいくべき儀式や教訓、慣習などを神聖なるものと位置付けるために、特別な場所が必要だ。ホンロンワン様の像を奉り、代々の竜王が埋葬されている場所ならば、シーフォンの誰もがここを特別な場所と捉え、ないがしろにはしなくなるだろう。皆の心のよりどころにもなる。そのために神殿を造った」

　祭壇の後ろからゆっくりと移動して、再び祭壇の前へロウワンは戻った。二人もそれに付き従う。

「人間達は教会や聖堂を『神の家』と呼び、そこに行けば神の声が聞け、そこで話せば神が聞いてくれると思っている。それが事実かどうかは大事ではなく、そういう場所があることが、人々にとっての救いであり、心のよりどころなのだ。我らシーフォンも、三代、四代と代を重ね、次第に人間に近くなっている。しかしそれはあくまでも、生活や思考の面だけの話で、我らの本質は変わることはない。人間には持ちえない能力を持ち、長命で、なにより竜を持っている。そして神罰によるたくさんの枷《かせ》がある。シーフォン達が人間に近くなればなるほど、人間との違いが大きな心の負担となるだろう。だからここは人間の世界の教会のように、悩みを打ち明け、懺悔《ざんげ》出来る場所にしたい。竜王には話せない悩みを聞いてやれる者を置きたいのだ」

「神父のような者ですね？」

シャイガンがそう言うと、ロウワンは頷いた。

「誰を任命いたしますか？」

シュウエンが問うと、ロウワンはホンロンワンの像を仰ぎ見ながら、すぐには答えなかった。しばらくの沈黙の後、ようやく顔をシュウエンへと向ける。

「何人か適任者を考えている。あとはその者達とよくよく話をし、それぞれの考えなどを聞いて決めたいと思う。普通の職務とは違うのだ。慎重に決めたい」

「それでは、陛下のご都合もありますから、選考の日程を決めましょう。それを元に、神殿の開放までの日程も決めなければなりません。また神殿で行う具体的な儀式や、神殿の果たす役割も決める必要があります。そしてシーフォンの皆とその認識を共有していかねばなりません」

「確かに忙しそうだ」

シュウエンの説明に、シャイガンが茶々を入れたので、シュウエンがジロリと睨《にら》みつけた。

「お前の腕前を披露してもらう日程も決めておこう」

ロウワンがシャイガンを慰めるように言ったので、シャイガンは嬉しそうな笑顔に変わる。

「きっとリューセーも喜ぶ」

「ご期待に添えるようがんばります」

シャイガンは意気揚々と答えた。

「それにしても……こんなことを兄上はどうやって思いついたのですか？　私には到底神殿を造るなどという発想は生まれませんでした。シーフォンにとっても心のよりどころが必要ということとか……人間達の世界での神殿の位置づけや意味なども、どうやって理解されたのですか？　私の知る限り、兄上は私のように他国に留学をしたことなどなかったでしょう？」

シュウエンが感心しながら尋ねた。シャイガンは、そう言われれば確かに兄上はすごい！　と一人で感動している。

シャイガンのはしゃぎっぷりは二人とも無視をしつつ、ロウワンは少しばかり自慢げな表情で頷いた。

「書物だ」

「え？」

「書物を読んで学んだのだ。私は人間のことをもっと良く知りたいと思い色々な本を読んでいる。元は学術書が多かったのだが、リムノス王国へ行きデメトリオ陛下から、色々な書物を読むように勧められて、他国の戦記や武勇譚なども読むうちに、たびたび神への信仰についての記述が出てくることが気になって、さらに神学についての書物なども取り寄せたのだ。我らにとっての神と、人間にとっての神は、存在そのものが違う。それを本で知るうちに、リューセーのことを思い出したんだ。リューセーは『龍神様』に対して絶対的な信仰心を持っている。それはどこから来るものなのか……とても興味深いと思って調べたのだ」

ロウワンの説明を聞いて、シュウエンは再び感心して大きく頷いた。

「いやはや……理由を聞いて、ますます驚きと感動で言葉もありません。さすが兄上というしかありません」

シュウエンの賛辞の言葉を聞いて、シャイガンもさらに盛り上がったので、ロウワンは眉間にしわを寄せて、ジロリとシャイガンを睨みつけた。シュウエンは苦笑しながら、シャイガンの服を引っ張って鎮《しず》めようとした。

「まあ……とにかく諸々については改めて検討しましょう」

シュウエンが笑顔を引きつらせながらロウワンを宥めるようにそう言って、シャイガンの口を手で塞いだ。

その二日後、ロウワンは約束通り、シャイガンの剣技を披露する場を設けた。

城の中庭に、ロウワンが龍聖を連れて現れると、すでに見物に集まったシーフォン達が四十人ほどいた。

シュウエンは二人を見物席へ案内した。ロウワンと龍聖が、用意されている椅子に着席すると、それまでざわざわと騒がしかった人々も静かになり、お披露目が始まるのを待ちわびた。

しばらくして、シャイガンが若者を五人従えて現れた。修業に連れていった者達だ。

中庭の中央まで進み出ると、横一列に綺麗に並び、ロウワン達に向かって深々と礼をした。

「本日はこのような場を設けていただきありがとうございます。陛下とリューセー様には、お忙しい時間を割いていただき感謝いたします。さて、ご存じの方もいると思うが、まずは説明を……私はエルマーン王国のさらなる発展のためには、陛下の身辺をお守りする我ら警備のシーフォンが、どんな敵からもお守り出来るという自信を付ける必要があると考えた。そしてそのためにも、独自の剣技を編み出さねばならないと考え、人間の国の中でも、優秀な騎士団を持つナディーン公国へ剣の修業に参っていた。三年という月日はかかったが、我らはその独自の剣技を編み出すことが出来、これならば陛下をお守りすることが出来るという自信がついたので、戻ってまいった。今日はそれを陛下の前でご披露させていただきます」

シャイガンは、見物に来ている者達をゆっくりと見回しながら、大きな声で説明をして、最後にロウワンと龍聖をみつめて一礼をした。

「ディーアル」

シャイガンは脇に控えていた次官のディーアルを呼んだ。シャイガンの留守中、国内警備の隊長を任されていた者だ。

事前に打ち合わせずみのようで、ディーアルは他に部下のシーフォンを十人連れて現れると、シャイガン達と対面して並んだ。

「これからディーアル達は賊《ぞく》として、我らに挑んでもらいます。本気で切り込んでもらうために、あえて模擬剣《もぎけん》を使わせています。当たったら痛いですが、切れることはありませんので、思いっきり相手を斬り伏せるつもりでかかってきてもらいます」

シャイガンが冗談を交えながら、龍聖が心配しないようにと気を遣って丁寧に説明をした。

「はじめ！」

シャイガンの号令で、ディーアル側のシーフォンの若者達が、「やあー！」と勇ましい声を上げて、剣を振りかざし襲いかかってきた。

堅い木で作られた模擬剣のため、剣同士が当たるとガッという鈍い音がした。だがシャイガンの言う通り、本気で切り合っているのが分かる。五人はそれぞれの相手と、真剣な顔で戦っていたが、すぐに状況は転じた。互角に見えたのは最初だけで、それは一瞬にして決着がつけられた。次々と賊役の者達が倒され捕らえられていく。

ある者は剣を宙に弾き飛ばされ、ある者は剣を地に突き刺し腕を搦め捕られ、ある者は地に倒されていた。まるで演武でも観ているかのように、華麗で見事な立ち回りに、皆が意表を突かれて歓声を上げるのも忘れてしまっていた。

「ディーアル」

見物客達の様子を無視して、シャイガンはお披露目を続けた。ディーアルを呼ぶと、ディーアルは部下を三人後ろに従えて、剣を構えてシャイガンの前に立った。シャイガンは一対四で戦うつもりのようだ。

「はぁっ!」

ディーアルがかけ声をかけて剣を振り上げながら一歩踏み出ると、後ろに控えていた部下達がそれを合図に、シャイガンに襲いかかった。左右から勢いよく剣を振り下ろされ、シャイガンは見事なまでに体を左右にひねりかわすと、三人目の剣を自らの剣で弾き、くるりと体を反転させて、ディーアルの剣を、剣の柄で受けて弾き返した。

ガッガッと模擬剣が当たり合う音が響く。

激しい剣技の応酬に、皆が息を呑《の》んで目が離せなかった。賊側は、なんとかシャイガンを倒そうと、激しい攻撃を繰り出すが、シャイガンの方は、舞うように体でかわし、剣でかわしている。だが決して逃げの一手には見えなかった。

その時、カーンという音がして、賊側の一人の剣が宙に飛んだ。くるくると回りながら、後方へ飛んでいく。剣を飛ばされた者は、その場に尻もちをついていた。次に別の者が剣を叩き落とされた。落ちた剣を拾おうとしたが、シャイガンがそれを踏みつけて、拾おうと屈《かが》んだその者の後頭部をゴツリと殴ったので、そのまま前のめりに倒れた。

シャイガンは二人目を倒した動きのまま流れるように、三人目の剣を脇へ払い、相手がバランスを崩したところで、剣の柄で相手の剣を持つ手の甲を叩きつけて剣を落として奪った。そのまま足を払うと、相手はどさりと地面に倒れ込む。そこへディーアルが「やあ！」と声を上げて、剣を振り上げてきたので、上体を屈めてディーアルの懐《ふところ》に入り込むと、下から剣を突き上げて、喉元寸前で止めた。

すべてがあっという間の出来事だった。

ディーアルの喉元に剣先を宛がったままで、シャイガンが立ち上がると、ディーアルは持っていた剣を捨てて両手を挙げ、降参の意思表示をした。

その場はシーンと静まり返っている。

「お見事！」

そう言って立ち上がり拍手をしたのは龍聖だった。龍聖は頬を上気させて、興奮した様子で拍手をしている。それに驚きつつも、我に返ったロウワンも拍手をした。

そこでようやく見物人達からも拍手が沸き起こり、ざわめきたつ。初めて見るその剣技に、皆も興奮しているようだった。

「今の戦いは一体どのようにしたのだ？　……打ち合わせて手加減したわけではないのだろう？」

ロウワンが問いかけると、シャイガンが言うより先に、ディーアルが前に一歩進み出て答えた。

「恐れながら、事前に誰と誰が戦うかという打ち合わせはいたしましたが、我々は、とにかく相手を

本気で倒すつもりで、遠慮なくかかってこいとシャイガン様から言われました。残って国を守ってきた我々のプライドにかけて、修業してきた者に、陛下の面前で赤恥をかかせてやろうくらいの気持ちで挑めと……そう言われました。このような結果になり、正直なところ私は面目ないと恥じている次第です」

ディーアルの言葉を聞きながら、ロウワンは何度も頷いた。

「いや、そなた達も見事な戦いぶりであった。シャイガン……見事だったぞ。三年も修業してきただけのことはある……一体今の技はどうやったのだ？」

「はい、どうやったのかをくわしく口で説明するのは大変なので、結論を申し上げるとこれは、剣で相手を斬らずに倒す剣技でございます」

シャイガンの説明に、見物人達がざわめいた。ロウワンも驚いた顔をしている。

「剣で相手を斬らずに倒す剣技……それで本当に倒せるのか？　ああ、いや、これは愚問であった。今、それをやってみせてくれたのだな……だが未だに理解出来かねるな。こちらから見ていると、いとも簡単に相手を倒してしまっている。お前の言う通り、剣で相手を斬らないから、余計に……」

「我々シーフォンは、神罰により人を傷つけることを禁じられています。人を殺せば、その何倍もの苦しみを身に被《こうむ》り、自らも死なねばなりません。だから平和的に、人間と交流を深めようと努力してきた。しかしそれは我らの都合であって、すべての人間がそれに応じてくれるわけではない。人間の中には、我らを恐れ忌み嫌う者もいるし、竜を欲する者もいる。人間達は、我らを勝手に伝説の生き物として、様々な寓話を作り上げている。竜の秘宝や不老不死の薬など、我らが持たぬ物まで持っていることにされて、そのおかげで常に命を狙われている。過去には幾度も、悲しい事件がありました。

相手も必死で来るのですから、こちらも必死で戦わねばなりません。しかしそのために、人間を傷つけ、結局自分達が死んでしまっては元も子もない……だから考えたのです。相手を傷つけずに、打ち負かせる方法はないか……そうして編み出したのがこの剣技です」

シャイガンはそう説明してから、部下を呼び寄せた。

「たとえば相手からこう斬りかかられた時に、それをかわして相手を倒そうと思うと、こんな風に剣を交えて、結局はこう……相手を斬って倒すしかありません」

部下を相手に、ゆっくりと戦う真似事をしてみせた。

「しかし斬ってはダメだからと、こちらが手を緩めると、こう……反対に斬られてしまいます。こちらが手加減したからといって、相手が手加減してくれるわけではありません。相手が命を懸けて戦う以上、こちらも相応に戦わねばならない……ではどうするか……相手の剣を奪って、戦えなくすればいいのです。つまりこうして……剣を交えて……こうやれば、相手の剣を払えます」

シャイガンはかわした剣の剣先が半円を描くように、くるりと回して相手の剣を下から掬い上げるように返し、そのまま剣を払って、あっという間に相手の剣を宙に弾き飛ばした。

「あとは相手を殴って気を失わせればいいわけですが、これも剣技のひとつに組み入れまして、こうしてこの動きの流れの力を利用して、剣の柄で相手の急所を殴れば、簡単に倒せます」

シャイガンはそう言って、相手を倒すふりをしてみせた。

「まあ、普通は相手を殴って怪我をさせれば、こちらにも少しは影響がありますが、これも色々と研究をいたしまして、急所を上手く突いて、気を失わせれば、怪我をさせることもないためか、割とこちらには影響が出ないのです。ですからこれも一発で出来るように訓練が必要です」

ロウワンは腕組みをしながら、感心したように真剣に聞き入っていた。

「簡単に出来るように見えますが、とても難しいですよね。よほど訓練を積まなければ、そこまで出来るようにはなれないと思います。三年間鍛錬《たんれん》されたのですね。そのご苦労が目に浮かびます。本当に皆様の努力を讃えたいと思います」

龍聖は賛辞の言葉を述べながらまだ立ったままでいた。目を輝かせ、一生懸命シャイガン達を褒め称えるので、シャイガンも部下達も感動して色めきたった。

「日々の鍛錬ももちろんですが、ナディーン公国の騎士達には、本当に何度も手合わせをしていただき、鍛えてもらいました。今は正直なところ、我ら六人でどんな国の兵士が相手でも、二十人ほどの一個小隊であれば倒せる自信はあります」

シャイガンの言葉に、龍聖がまた拍手をしたので、シャイガンは照れくさそうに赤くなって笑った。

「六人で……と言わず、すぐにでもその剣技を、国内警備のシーフォン達に教えなさい」

「はい、もちろんです」

シュウエンに言われて、シャイガンはディーアルと顔を見合わせると頷き合った。

「私にもその剣技を教えてくれないか？」

ロウワンが前のめりになって言ったので、皆が驚いてロウワンを見た。

「陛下をお守りするための剣技です」

シャイガンが困って言ったが、ロウワンは真顔で首を横に振った。

「私はリューセーを守りたいのだ」

「では私も習いたいです」

「え!?」

龍聖が続けて言ったので、これにはロウワンをはじめとして、その場にいた全員が驚きの声を上げた。

「リューセー、お前は別に戦わなくても良いのだぞ」

「しかしもしもの時には、私も陛下をお守りしたいし、子供を守りたいのです」

「私は自分のことは自分で守るし、シャイガン達もいてくれる。子供とお前は私が守る」

「ですが、万が一私と子供しかいないところに、敵が忍び込んだらいかがされますか？　私は大和《やまと》の国で剣術を学んでおり、それなりに腕に覚えがございます。ただ大和の国の刀と、こちらの世界の剣は形も大きさも戦い方も違うので、剣術を学ばなければならないと思っていたのです。もちろん戦わなくてすむのが一番ですが、学んで悪いことなどありませんでしょう?」

龍聖が熱弁するので、ロウワンは困ったように周りに視線を泳がせた。

「どうしたものか。私にはリューセーを説き伏せることが出来そうにない」

「陛下が出来ないことが、我らに出来るはずもございません」

ロウワンとシュウエンがそう言ったので、一同はどっと笑いだした。

「リューセー様があまりにお強くなっては、我らの面目が立ちません……ほどほどでお願いいたします」

シャイガンが笑いながら龍聖にそう言ったので、龍聖は真っ赤になって両手で顔を隠して笑った。

それを受けてまた一同から笑いが起こる。

ロウワンはそんな皆の様子を眺めながら、シャイガンへ視線を送った。やはりシャイガンは、皆を明るい気持ちにする不思議な魅力があると思った。シャイガンのいない間、こんなに皆が賑《にぎ》やかになったことはなかった。

自分にはないものをシャイガンが持っている。シュウエンも然《しか》り。二人の弟が、自分に欠けているものを補ってくれているのだと、しみじみと感じていた。

ふと視線を感じて、隣を向くと、龍聖がニコニコと微笑みながらロウワンを見上げていた。ロウワンは微笑み返すと、龍聖の肩を抱き寄せた。


「リューセー様、間もなく卵が孵るようでございます」

その日、いつものように朝から勉強に励んでいた龍聖の下に、その知らせは届けられた。シアンに告げられて、龍聖は驚いて立ち上がった。

「わ、私はどうすればよろしいですか？」

「何もなさらずとも大丈夫ですよ。すぐに卵の部屋へ参りましょう。おそらく陛下の下へも、もう連絡が届いていることでしょうから、陛下も参られます。お二人で姫君の誕生を見守って差し上げてください」

うろたえる龍聖を、シアンは微笑みながらゆっくりとした口調で宥める。龍聖は大きく息を吸い込むとこくりと頷き、シアンに連れられて卵の部屋へ向かった。

厳重に閉ざされた卵の部屋の扉を開けて中へ入る。ロウワンはまだ来ていなかった。今の時間は、まだ接見の最中のはずだ。他国からの使者の相手をしているようなら、話の途中では来られないだろう。頃合いを見て駆けつけるのだと思われた。

卵の護衛官をしているカイランが、ちょうど容器から卵を取り出したところだった。慎重に卵を抱えて、籠《かご》のような物に移し替えている。籠には柔らかな布が敷かれ、中には綿が詰めてあるのか、小さなベッドのようにも見えた。

「リューセー様、どうぞこちらで卵が孵るのをお待ちください」

籠の横に椅子が用意されていたので、龍聖はそこに移動すると椅子に座って、籠の中の卵を覗き込んだ。両腕で抱えるほどに大きくなった卵は、十日ほど前から、その柔らかだった表面が硬くなり、鳥の卵のようになってしまっていた。

じっとみつめていると、時々卵が微《かす》かに揺れる。中で赤子が動いているのだ。

しばらくして卵の部屋の扉が開けられ、ロウワンが入ってきた。

「どうだ？」

「先ほどからよく動いていますが、まだ殻《から》を割るまでに至っておりません」

カイランが答えると、ロウワンは頷いて、龍聖の側まで歩み寄った。椅子を勧められたので、龍聖の隣に椅子を並べて座る。

「いかがした？　少し顔が赤いようだが」

「緊張しているのです。胸が痛くなるほど、心の臓が激しく鳴っております」

龍聖が小さな声でそう言ったので、ロウワンは微笑んで龍聖の頬を撫でた。二人は身を寄せ合うようにして、じっと卵を見守る。そんな二人の様子を、カイランとシアンは静かに微笑んで見守っていた。

「あっ」

やがてぐらぐらと卵が大きく動いたと思うと、パリッパリッと微かな音をたてて、卵の表面にひび割れが出来た。そしてその一部が破れて、中から小さな指が現れた。

龍聖は声にならない感嘆の息を漏らすと、両手で口を押さえた。チラリと隣にいるロウワンを見ると、ロウワンも瞳を輝かせてみつめている。

小さな指はすぐに中に引っ込んだが、少ししてまた現れた。割れている殻の部分で、指を傷つけてしまいそうに思い、咄嗟《とっさ》に龍聖が手を伸ばして、指が現れた穴を割って少し広げた。するとその指が、龍聖の指に触れ、やがてキユッと龍聖の指を小さな手が握ってきた。

「ああ……」

龍聖は感動して、声を震わせた。

「陛下、殻を割る手伝いをしてあげてください」

「触って良いのか?」

シアンに促されて、ロウワンは戸惑いながら尋ねた。

「はい、自分で殻に穴を空けた後は、こちらで手伝って殻を割って差し上げてください」

ロウワンは恐る恐る手を伸ばすと、慎重に空いた穴を広げ始めた。中に殻の破片が落ちないように、緊張した面持ちで、両手で殻を割った。龍聖も、空いている左手でそれを手伝う。殻が半分ほど取り去られると、中で丸くなっている赤子の姿が現れた。

「ああ……なんと美しい赤子でしょう……」

龍聖が感嘆の声を上げた。色白のふくふくとした赤子は、その小さな手足をもぞもぞと動かしている。

「抱き上げて卵から出してあげてください」

シアンがそう言うと、龍聖とロウワンは顔を見合わせた。

「リューセーが抱きなさい」

ロウワンが囁くように言ったので、龍聖は頷くと両手で赤子をそっと抱き上げた。すると赤子は一度薄く目を開けてから、みるみる顔も体も朱に染め、顔をくしゃりとしかめて「ああ〜ん」とかわいい泣き声を上げた。

「元気な姫君でございますね」

シアンが微笑んでそう言うと、龍聖は嬉しそうに頷き、泣いている赤子をロウワンにも見せた。ロウワンは少し頬を上気させて、嬉しそうな表情で赤子をみつめていた。

若草色の髪と、緑の瞳の美しい姫君だ。

シアンが龍聖から赤子を受け取り、用意していた産湯で体を丁寧に洗ってから、真っ白な産着を着せて、再び龍聖の腕に返した。龍聖が抱くと、赤子は泣くのを止めて、涙に濡れた目を大きく開けて、じっと龍聖の顔をみつめてくる。龍聖は微笑みながらみつめ返した。

「お前のことが見えているようだな」

「そうでしょうか？　この者は誰だろうと思っているのでしょう」

ロウワンと龍聖は幸せそうに赤子をみつめる。

「名前はお決めになりましたか？」

シアンが尋ねると、ロウワンと龍聖は顔を見合わせて微笑み合った。

「アイファ」

二人が同時に答えた。

「よいお名前ですね」

シアンが微笑んで頷いたので、二人は嬉しそうに笑い合った。


姫君の誕生という明るい話題は、国中に活気をもたらした。アルピン達は街中に花を飾り、喜びに沸いた。

シーフォン達も、新しき世代の誕生に希望を持つことが出来た。龍聖が子を産めば、シーフォンの女性達にも良い影響がある。この時期、若い者達の婚姻が増えるのもその影響によるものだ。

よい傾向だとシュウエンが、ロウワンに報告をし、ロウワンもシーフォンの繁栄を喜んだ。

「兄上、まさかまた子育てを書物で学ぼうなどと、考えておいでではないでしょうね？」

シュウエンがからかうように言うと、ロウワンは真面目な顔で首を横に振った。

「赤子の世話は乳母に任せているし、もう少し大きくなれば、養育係にすべてを任せるつもりだから、私がそれに口を出すことはない」

真っ当な答えに、シュウエンは少しばかり気が抜けてしまった。

「そうですか……兄上はまったく子育てには関わらないおつもりですか」

「そんなことは言っていない。子供の教育は、養育係に任せるが、その養育係については、私が指導するつもりだ。もっとも姫の教育に関しては、どうするのが良いのか私もまったく分からぬ……ただ優しい女性に育ってくれれば、それでいいと思っている……リューセーのように優しい子になってほしい」

「それならば心配はいらないのではないですか？」

シュウエンが笑いながら言ったので、ロウワンも少し表情を緩めて頷いた。

「リューセー様はいかがですか？　子育てに悩まれたりしておいでではないですか？」

「いや、リューセーも、赤子の世話は乳母に任せる方が良いと思っているようだ。自分は男だから、女性のようにきめ細やかな母親としての配慮は出来ないと。育児に長《た》けている者に任せるのが一番、子供のために良いと言っていた」

「そうですか……リューセー様も兄上に似て、真面目なお方だから、悩まれておいでではないかと危惧しておりました」

シュウエンが少し驚いたようなので、ロウワンは首を横に振った。

「リューセーは、私よりもずっと柔軟なものの考え方をする。それに自分のことをよく分かっている。一度失敗したことは、二度と繰り返さないという強い意志がある一方で、無理をしないという考え方も出来る者だ。懐妊の時の失敗をとても悔いていて、少しでも分からないことや、困ったことがあれば、すぐにシアンや私に打ち明けるようにしているようだ」

「ほう……それは素晴らしいですね。そのように、自分を変えられるというのは、なかなか出来るものではありません。とても素直なあの方らしい」

シュウエンが感心したように言ったので、ロウワンも自分のことのように嬉しそうに頷く。

「それに大和の国では子供はみんなで育てるそうだ。母親だけではなく祖母や姉妹や使用人など、その時に手が空いているものが面倒を見るらしい。そうやって助け合い、経験や知識のあるものから助けられ、教わりながら母親は子供を育てるらしい。だから乳母がいることがとても助かると言っていた。私はリューセーがそのように前向きに考えているのならば、何も口を出すことはないと思っている」

誇らしげに話すロウワンを見て、シュウエンは目を細めた。

「兄上も……随分お変わりになった」

「私が？」

「ええ、以前と比べれば、随分柔らかくなられましたよ」

シュウエンに言われて、ロウワンは腕組みをして不思議そうに首を傾げている。それを見て、シュウエンはクスクスと笑った。

「ところで神殿長は、もうお決めになりましたか？」

思い出したようにシュウエンが尋ねると、ロウワンはそうだったとばかりに大きく頷いた。

「シンヤンに神殿長を任せようと思う」

「シンヤンですか」

シュウエンはそれを聞いて、少し意外そうに驚いた。

「一番若いが、私はそれが良いと思ったのだ」

ロウワンの言う通り、シンヤンは候補者の中で一番若かった。百十二歳で、ロウワンとそれほど変わらない。今は財務方の書記官に就いている。真面目な仕事ぶりで、評判も良かった。

「神殿長の職務を考えれば、もう少し歳をとっていて、経験豊かな方がよろしいのではないですか？」

「私も最初はそう思った。神殿長になれば、人々の悩みの聞き手も務めねばならない。それにはある程度歳をとった経験豊かなものが良いだろうと……。しかし候補の者達と、じっくり話をするうちに、考えが変わってきたのだ」

「他の者に問題でもありましたか？」

ロウワンはその問いに首を横に振った。

「そういうことではない。それぞれと話をするうちに、私自身が描いている神殿のあり方が、次第に明確になっていったのだ。先行きを考えると、シーフォン達に神殿の存在が自然と浸透するまでには、長い時間がかかるだろうと思った。そうすると、皆と同じように、神殿長自身もシーフォンと神殿との繋がりを、学んでいく必要がある。今からこの神殿はこうあるべきだと決めつけるよりは、シーフォンにとって一番必要とされる形になっていけばいいのではないかと……そう思った時に、若い者の方が柔軟に成長出来るのではないかと思ったのだ」

「なるほど」

「そしてそういう私の考えを、一番理解してくれたのが、シンヤンだった」

シュウエンは、ロウワンの話を聞きながら、それはまさしくロウワン自身のことのように思えてきた。永い眠りから覚め、王位に就いてからまだ僅か三年。この間のロウワンの変化はめまぐるしいものだ。人とはこうも成長出来るのかと、目を瞠《みは》るものがある。

次の竜王を百歳で眠りにつかせるようにと定めたホンロンワン様は、ひとつの世代に二人の竜王は存在出来ないというだけの理由で、そう定めたのではないような気がしていた。新しい国を任せる新しい王は、成長前の若い王の方が良いと考えたのではないだろうか？

もしも眠らずに、ずっと共にいれば、父王の統治の仕方を無意識に真似るように覚え、それをそのまま引き継ぐことが、当然のようになってしまうのではないだろうか？

実際のところ、自分がそうだった。ずっと父王の側で国政を手伝ううちに、何事も父王の治世を模範に考えるようになっていた。

だからロウワンが、次々と新しいことを始めようとするたびに、戸惑ってばかりだ。生真面目で、堅物だと思っていた兄は、自分よりもずっと柔軟にものを考え、この国を発展させるための新しき策を、常に試そうとしている。

たとえそれが失敗したとしても、きっと新しい策を試すことを止めないだろう。それが若さなのだ。自分はまだ父王の治世を引きずっている。安泰《あんたい》から抜け出せずにいる。

新しいことに挑戦した分だけ、シャイガンの方が自分よりも若さと柔軟さがあるのだと、少し妬《ねた》ましくも思った。

逝《い》く前に何度も「兄弟仲よく」と繰り返していた父王は、どれほどの意味を込めてそう言ったのだろう？　と最近ふと考える。

ここまですべてを分かった上での言葉だったのか？　いやまさか……と思いつつも、我ら三兄弟の性格を、とてもよく理解していて、それぞれの性格を尊重するように、教育や仕事を振り分けていた父ならばあるいは……。

兄ほどではないが、真面目な自分は宰相《さいしょう》として、若き王の引き止め役。天衣無縫《てんいむほう》のシャイガンは、国内警備を担い国政の外から若き王を守り盛り立てる役。そして生真面目で堅物な若き王は、国を発展させるという使命を果たそうと、新しき策を講じて邁進《まいしん》する。

こんな三人が、喧嘩をしたり、反発し合ったりすることなく、仲よく手を組みそれぞれの得意な分野で互いを助け合えれば、きっと上手くいく……自画自賛も多少入っているかもしれないが、そんな気がしていた。

「シュウエン、いかがした？」

ぼんやりと考え事をして黙ってしまったシュウエンに、ロウワンが声をかけたので我に返った。

「あ、いいえ、申し訳ありません。考え事をしていました……そうですね、シンヤンに託してみましょう」

こうして神殿長が任命され、神殿での祭事を決め、儀式の作法などを新たに『正式な形』として決めるなど、着々と準備が進められた。

神殿の完成から半年して、ようやくシーフォン達に神殿が開放された。

皆にはまだ馴染《なじ》みのない場所であったが、ホンロンワンの像や、奥の玄室に眠る先王と龍聖の存在のおかげで、宗教や信仰心はなくても、シーフォン達の中に「とても神聖な場所」という思いがしっかりと根付くのに、それほど時間はかからなかった。

次第に、人々は神殿を訪れるようになり、ただそこにいるだけで、心が癒やされる、と言うようになった。悩みが深い者は、神殿長が話を聞いてくれると知り、最初は遠慮していた者達も、少しずつ相談するようになった。

「私も今日、神殿に行ってみたのですよ」

ベッドに入りながら、龍聖がそう言ったので、ロウワンは少し驚いた。

「何か悩みでもあるのか？」

「いえ、ただあそこに行くと、とても気持ちが落ち着くのです……様式はまったく違うというのに、私の世界のお寺の本堂を思い出させるのです。静かでとても神聖な場所です」

ロウワンは龍聖の体を抱きしめて、額に口づけた。

「お前は部屋に籠《こも》って、勉強ばかりしているから、そのように外に出るのは良いことだと思うよ」

ロウワンがそう言うと、龍聖はクスクスと笑いだした。

「何がおかしい？」

「いえ、シュウエン様からも同じようなことを言われたものですから、やはりご兄弟だなあと思いまして……」

「シュウエンが？」

「はい、神殿からの帰りに、廊下で会ったものですから、その時に……ああ、それで思い出しました。シュウエン様に相談しましたら、それは陛下にお願いしなさいと言われたことがあったのでした」

龍聖が何か閃いたというような様子で、突然そう言ったので、ロウワンは首を傾げた。

「願い？　なんだ、言ってみなさい」

「はい、城の中に薬草園を作りたいのです」

「薬草園？」

ロウワンがさらに首を傾げるので、龍聖はそもそも『薬草園』が何かについて説明した。

「つまり、薬になる植物を育てる畑を作りたいということなのだな」

「はい、大和の国でも作っていたのです。この世界の薬草については、まだ勉強中で……一年ほど前から、医師団の方々に色々とお話を伺《うかが》って、この世界の医学の書物なども読んで勉強しておりました」

「しかし……我らは病気にはならないのだぞ？」

「でもアルピンは病気になるでしょう？　何年かに一度流行病《はやりやまい》で、多くの者が死ぬとも聞きました。城の医師団が、城下で時々医療活動をなさっているという話も伺いましたが、薬草を研究して、病によく効く薬を開発出来れば、より多くのアルピンを救うことが出来ると思うのです」

ロウワンは驚きながら聞いていた。

「乳母の一人と話をしていて知ったのです。昔に比べれば、随分よくなったけれど、それでもまだアルピン達の子供が病で死ぬことが多いと……医師団回診は限られているから、すべての民を毎日診《み》てやることは出来ないですよね……私の育った村を思い出しました。とても似ているのです。村には医師はいなくて、病人が出れば、遠くの町まで医者を呼びに行かないといけません。でも医者を呼ぶお金はないし、あってもそうたびたびは呼べないし……それで私は医学を学ぶことにしたのです。薬草園を作って、ちょっとした病や怪我から、子供や年寄りが少しでも多く救えればと……」

熱弁する龍聖を、ロウワンは強く抱きしめた。

「ロウワン……」

「お前は本当に優しい……そして何事にも一生懸命だな」

「そんなことはありません……私はただ自分が何か役に立てればと思っているだけです。だって私は一応王妃なのですから、国のため、民のため、何か出来ることがあればするべきでしょう？　貴方が王として日々忙しく働いていらっしゃるのに、王妃の私が遊んでいるわけにはまいりません」

少し頰を上気させて熱心に語る龍聖を間近でみつめながら、ロウワンがクッと喉を鳴らして笑ったので、龍聖は言葉を止めて不思議そうな顔をした。

「どうかなさったのですか？」

「いや……お前は真面目だな」

その言葉に、龍聖は目を丸くして赤くなった。

「貴方ほどではございません！」

さらに頰を染めて反論する龍聖に、ロウワンは声を出して笑った。そしてまた強く抱きしめると、額に口づけた。

「好きなところに薬草園を作ると良い」

「ありがとうございます」

龍聖は甘えるように、ロウワンの胸に顔を埋めた。


龍聖は中庭の片隅に薬草園を作った。まずは調べた薬草の中で、育てやすい物から苗を取り寄せてもらい植えてみた。

龍聖が中庭を選んだのには、もうひとつ理由があった。それは時々ここで行われる国内警備の者達の、剣技の練習を見ることが出来るからだ。その練習には、ロウワンもたまに参加していて、シャイガンから新しい剣技を習っていた。

龍聖も本当にたまにではあるが、剣技を習っている。ただこの世界の剣は、大きくて重いので、龍聖には扱うことが難しかった。だから短剣を使っての剣技を教わったりしていた。

アイファの世話をしたり、薬草園の世話をしたり、薬の研究をしたり、剣技を習ったり、毎日が充実して、とても忙しくて、日々は、あっという間に過ぎていく。

気がつけば龍聖がこの世界に来て、十年の月日が経っていた。

十年の間に変わったことは、アイファがよちよちと歩けるようになったこと。薬草の研究が進み、新しい薬の調合をいくつか編み出したこと。それによって医学が幾分進歩して、以前よりも治せるアルピンの病気が増えたこと。熱冷ましや血止めなどの簡易薬を、国民に配布したことで、医者を待たずとも各家庭内で、応急処置が出来るようになったこと。

そして国内警備のシーフォン達全員が、シャイガンの編み出した剣技を習得したこと。それはロウワンに、また新しい政策を進めさせることに繋がった。

「大陸の西方に、国交を広げようと思う」

ロウワンの言葉に、シュウエンは眉をひそめた。外務大臣を務めるヨウヨンも、険しい表情になる。二人のそんな反応は当然と言えば当然だった。ロウワンも予想はしていた。

エルマーン王国よりも西には、近くにいくつかの小さな集落があるだけで、国らしき国はほとんどなかった。荒野の先に大きな深い渓谷があり、その渓谷が人々の行き来を長く阻《はば》んでいた。

渓谷を挟んだ西方は、湿地と密林が多い地形で、密林には古くから蛮族が多く住んでいた。蛮族は人間ではあるが『古い民』と呼ばれ、文明を持たず原始的な姿で今も暮らしていた。『人間』をより野生に近くしたような野蛮な生態のため『蛮族』と呼ばれていたのだ。

西方には僅かに開けた平地や、海岸沿いの土地に、いくつかの小国が存在したが、常に蛮族との戦いを強《し》いられ、渓谷により大陸の文明から隔離され、独自の文明を発展させながら細々と暮らしていた。だがその国々については、情報も少なく謎が多い。

竜の伝説さえも伝わっていないようなそんな異国と、国交を結ぶことは危険だと、今までずっと避けられてきた。

「お前達の懸念は分かる。かつてルイワン王が、初めて人間の国と国交を結ぼうとして、竜を見て驚いた人間達との間に悲劇が起こった。それに近いことが起こるかもしれないし、野蛮だという噂の民達と、交渉出来るかどうかも怪しい……だがまったく違う文化の国との交流は、新しい資源や産物を手に入れる機会でもある。シャイガン達が、剣技を極めて強くなった今、私の身辺の守護は安心して任せることが出来る……多少危険だとしても、やってみてはどうだろうか？」

シュウエンとヨウヨンは、難しい顔で考え込んでいる。しばらく沈黙が流れた。

「どうしてもとおっしゃるのであれば……交渉には私が参ります。陛下が赴くことは承認出来かねます」

「いや……」

ヨウヨンの言葉に、ロウワンは反論しようとしたが、その言葉を飲み込んだ。しばらく考えてから、再び口を開く。

「分かった……まずは使者をたて、交渉に応じるようであれば、そなたに行ってもらう。その結果次第で、私が赴く場合もある……それでどうだろうか？」

ロウワンの方がかなり譲歩した形で提案したので、シュウエンもヨウヨンも、それに同意するしかなかった。

その後すぐにロウワンの書簡を携えた使者が二人、西の国トレイト王国へ向かった。トレイト王国までは直線距離なら馬で六日だ。しかし渓谷に架かる橋は、そこより北に、辛うじてひとつあるのみで、そこまで迂回するとさらに二日かかる。渓谷の一番幅が狭くなっている場所に架けられているその橋は、人が一人通れるだけの細い吊り橋だ。荷車のない馬のみであれば、引いて歩けばなんとか通れるというほどの橋のため、隊商などは行き来することが出来なかった。

これもまた東西の交流を難しくしている一因でもある。

ロウワンが交易を結ぼうと思っている西の国トレイト王国は、辛うじてこちらにも情報のある国だ。

トレイト王国から流れてきた者や、トレイト王国に行ったことのあるという旅人などが、エルマーン王国と国交のある近隣の国にいて、そこからたびたび話を聞くことがあった。

トレイト王国は西の国では、最も歴史の長い国であり、旅人なども受け入れる普通の国のようだ。ただ渓谷のこちら側との国交は一切持っておらず、独自の文化で細々と続いている国らしい。危惧するような蛮族ではなく、交渉次第では普通に交易も可能ではないかと思われた。

他国が今まで交易出来なかった原因である渓谷も、竜であればひと飛びである。エルマーン王国の者なら、容易に行き来する事が可能だ。だがいきなり竜で訪問しては、交渉どころではなくなる。まずは普通に使者によるお伺いを立てるところからだ。

トレイト王国へ送った使者が戻ってきたのは、十八日後のことであった。

「陛下、トレイト王国国王からの書状にございます」

シュウエンが使者から受け取った書状を、執務室にいるロウワンの下へ届けた。

「ああ、そうか、使者として出向いた兵士には、十分な休息と褒美《ほうび》を与えよ」

「はい」

ロウワンは書状を受け取ると、封を切って広げた。真剣な顔で書状を読んでいる間、シュウエンはロウワンの表情を窺いながら、書状の内容を気にかけた。

読み終わったロウワンは、視線をシュウエンに向けると、「ヨウヨンを呼んでくれ」と一言言った。まったく表情を変えないロウワンに、シュウエンは返事よりも先に、書状の内容を尋ねた。ヨウヨンを呼ぶということは、交渉は可能だったのかと思ったが、やはり気になる。

「何と言ってきたのですか？」

「何ということもない。当たり障《さわ》りのない文面だが、なぜ唐突に交渉を望んできたのか、怪しんでいる感じが伺える。歓迎はされていない。結論としては、一度話を聞くつもりはあるから、正式な使者と対面することを了承している。だからヨウヨンには、早速行ってもらいたい……それとシャイガンも呼んでくれ」

ロウワンは淡々とした調子でそう告げた。シュウエンは何か言いたげに難しい顔でロウワンをみつめ返したが、溜息をひとつついてから「かしこまりました」と礼をして、執務室を後にした。

しばらくしてヨウヨンがやってきた。シュウエンとシャイガンも共に現れた。

「すでにシュウエンから聞いていると思うが、トレイト王国より返事が来たので、私の代理として行ってもらいたい」

「はいっ、かしこまりました」

ヨウヨンは一礼をした。

「シャイガン、ヨウヨンの護衛として、部下を何人か出してほしい……あまり大勢で行くのも相手に警戒をさせてしまうので、六人ほどで良いと思う」

「分かりました」

「それからトレイト王国から離れた場所で竜を降り、馬で入国するように。竜の姿は、出来ればまだ見られぬ方が良い。交渉のすべてはヨウヨンに任せる。必要だと思ったら竜を呼んでも構わぬ。深入りはせぬよう。第一の目的は、国交を結ぶことだ。他国との外交条件と変わらぬ交渉を。私としては、トレイト王国を足がかりにして、西側の情報が知りたい。トレイト王国の文化はもちろん、トレイト王国以外の西の国の情報もだ。交易も出来れば行いたい。こちらから提示する条件としては、渓谷に橋を架ける支援をしようと持ちかけてほしい」

「橋をですか⁉」

それにはヨウヨンばかりでなく、シュウエンとシャイガンも驚いた。

「東西の交流が断絶しているのは、あの渓谷があるからに他ならない。人間達には今ある細い吊り橋を架けるのが精いっぱいだが、我らの竜を使えば、渓谷に大きな橋を架けるなど容易いことだ。少なくともこちら側の国々は、西方に関心を持っている。橋が架かれば我が国だけでなく、たくさんの国々との交易が始まるだろう。トレイト王国の主産物は、良質の岩塩と多種の香辛料だと聞く。どちらもこちら側の国々にとっては、とても貴重で魅力的な品物だ。海の向こうの東の大陸から流通している塩や香辛料よりも、運搬が楽な分だけさらに魅力的だろう。トレイト王国としても、決して損な話ではないはずだ」

ヨウヨン達は、深刻な顔でしばらく考え込んだ。ロウワンの言うことは、すべてその通りだと思う。特に外交で様々な国に行っているヨウヨンは、深く納得していた。

トレイト王国との交易が上手くいけば、最初に国交を交わした国として、あらゆる面で有利になるし、現在国交のある他国に対しても、トレイト王国との橋渡しとして我が国が立てば、よい外交材料になる。

「陛下、橋を架けるというのは、かなり危険な賭けになりませんか？」

珍しくシャイガンが、外交問題に口を挟んできた。だがこの発言に、隣にいたシュウエンも大きく頷く。

「今まで西方との諍《いさか》いがなかったのは、あの渓谷のおかげとも言えます。西にあるのはトレイトばかりではありません。蛮族もまだ多くいるというし、国を作っている蛮族もいるかもしれない。橋を架けることでそれらすべても、自由に行き来が出来るようになります」

シュウエンが深刻な顔で、懸念していることを告げた。それにシャイガンも頷く。

「もちろんそれも考えたが、橋はトレイト王国に最も近い場所に架け、管理はトレイト王国に任せることにしようと思う。我々にはまだ西方の事情が分からない。トレイト王国が西方で唯一まともな国家だとすれば、蛮族対策も含めて国家を存続する術があるはずだろうと考えた。だから蛮族との問題はすべてトレイト王国に任せる。蛮族には橋を渡らせない。それを国交の条件にする。トレイト王国が、我らや東側の国々との国交に魅力を感じて、橋を必要だと思うならばこの条件を呑むだろう。最悪の場合は、橋を壊してしまえばすむことだ。それとて我らには容易なことではないか」

ロウワンは、まるで随分前からすべてを考え尽くしていたかのように、淡々と論じてみせた。これには誰も反論出来ない。

「この世界で、人間として生きるため、人間の国を手本にするため、非戦闘国であるということ以外は、相手国に言われるままに外交をしていた時代は終わったのだ。もう我らは十分に人間としての知識も得て、国も発展している。これからは、我らも自国の益となるように駆け引きを行い、強気に出る必要があるのではないだろうか？　父王がかつて他国との国交をすべて断った時、人間の方から再び国交を求められた。我らには、交易材料となる多くの産物もある。人間達が竜を恐れているのならば、それを逆手に取ることだって出来る。決して人を殺さない、傷つけないというのは、決して戦わない腰抜けだということではない。我らはもう無知ではない。シャイガンが示してくれたではないか……命を狙われてばかりではもうないのだ。迎え撃つぐらいの覚悟で、外交もやらなければ、我が国のこれ以上の発展は望めないだろう」

ロウワンが論じ終えると、静寂が訪れた。ここにいる誰も、一言も発せずにいる。まずヨウヨンがその場にひざまずいた。それに続くように、シュウエンとシャイガンもその場にひざまずく。

「陛下の仰せのままに」

三人は同時にそう述べて、深々と頭を下げていた。

「たまには酒でも飲まぬか？」

執務室を後にしたシュウエンとシャイガンは、無言のままで歩いていたが、ふいにシュウエンがそう誘ったので、シャイガンは嬉しそうに頷くと、シュウエンの住まいへ向かった。

シャイガンがシュウエンの住まいを訪れるのは、久しぶりだったのでシュウエンの妻は大変喜んでもてなしてくれたが、シュウエンが二人で酒を飲みたいと言うと、すべてを察したように、酒の用意だけをして奥へと下がってしまった。

ソファに向かい合って座り、酒を酌《く》み交わす。何とはなしに雑談をしていたが、次第に二人とも言葉少なになった。二人は酒をちびちびと飲んでいたが、シュウエンがククッと笑いだしたので、シャイガンは不思議そうにシュウエンをみつめた。

シュウエンはしばらく一人で笑ってから、溜息をついて酒を一口飲んでグラスを置いた。

「なんか……圧倒されてしまったな」

ポツリとシュウエンが呟いた。それを聞いて、シャイガンは「ああ」と小さく同意の声を漏らして、グラスに残っていた酒を、ぐいっと飲み干した。シュウエンはテーブルの上にグラスを置いて、酒の瓶を手に持ち二人のグラスに酒を注いだ。

「兄上の言葉だけではない……あれは竜王の威厳というか……竜王の力なのだと改めて思った。あの時……あれは兄上ではなく竜王だと思った。変なことを言っているかな？」

シャイガンはそう言って、苦笑しながら頭を掻いた。だがシュウエンは真面目な顔で首を横に振る。

「まさしく竜王だった。あの時、言われた言葉はすべて正しかったが、その言葉のひとつひとつに圧倒的な力を感じた。たとえ間違っていたとしても、違うと言えぬほどの……。あんなこと……兄上はいつから考えていたのだろう。私では到底思いつかぬことだ」

シュウエンも苦笑して首を振る。

「最近は特に……兄上がまだ百歳足らずの若者であることを忘れてしまう。自然に兄上と……尊敬する目上の人に対するように向き合っている……」

「オレだってそうだよ……兄上を頼っている自分がいる」

二人は互いに顔を見合わせて笑った。そしてグラスを取るとまたグイッと飲んだ。

「以前、我らと兄上は別格だと話したことがあったな……覚えているか？」

「ああ、兄上が目覚める前だな。もしも目覚めなかったら、シュウエン兄上が竜王を継げばいいと、私が言ってしまった時の」

「そう」

二人は思い出して懐かしんだ。ほんの十数年前のことなのに、百年以上も前のことのような気がした。

「あの時、同じ兄弟であっても我々と兄上は違うと……竜王は別格なのだと話した。自分でももちろんそう思っていたし、そう習ったし……でも今改めて思った。本当に兄上は別格なのだな。あれが竜王だ。我らがもしも……とても優れていたとしても、到底竜王にはなれないのだ。分かっていたはずなのに、今初めて心の底からそう思った」

「シュウエン兄上が言ったんでしょう。竜王はホンロンワン様の分身だと……我らが敵《かな》うはずもない」

「そうだったな」

二人は大声で笑った。

「そういえば、我ら三人の中で、兄上が一番慎重派だと思っていたんだが……一番の熱血派だったな……お前よりもずっと血気盛んだ」

「本当に」

二人はとても楽しそうに笑いながら、その夜遅くまで酒を酌み交わした。


翌日ヨウヨンは、護衛の若いシーフォン六人を連れて西へ旅立った。馬を積んだ台車をそれぞれの竜が、脚に摑んで飛び立つ。

馬で片道八日もかかった道のりは、竜で飛べば半日ほどしかかからなかった。渓谷を越えたところで、竜はゆっくりと地上に降りた。ヨウヨン達は竜の背から降りると、台車から馬を下ろした。ここからトレイト王国までは馬で走っても二、三刻の距離だ。ヨウヨン達は、人目につかぬように、竜達を谷に隠して、馬に跨がりトレイト王国を目指した。

渓谷よりも西は、景色が違っていた。エルマーン王国の在る側の荒野と同じ、赤茶けた荒れ地は所々にあるものの、草木が生え、転々と小さな森が見える。緑の濃い大きな葉を持つ木が多く、東側では見たことのないものだった。

街道を馬で走らせていると、前方にトレイト王国の国境と思われる関所が見えてきた。そのまま近づくと、石造りの櫓《やぐら》が建つ見張り小屋があるが、関所には門や戸はなかった。小屋の中を覗いても人影はない。特に出入りを検問している様子はなかった。関所の左右には、国境を示す石積みの塀が、ずっと長く続いている。とても古いもののようで、所々崩れかけている部分も見える。

ヨウヨン達は不審に思い顔を見合わせたが、中に入る決心をした。アルピンの兵士である使者達が無事に戻ってきたのだ。きっと大丈夫なはずだ。

関所を通過してしばらく走っていると、左右に広大な畑が現れた。見たことのない植物が、赤い花をいっぱいつけて豊かに育っている。それはとても綺麗な光景だった。

畑には時折人影が見えた。驚いたようにこちらを見ている。服装や髪形は、初めて見るような様式だ。

やがて人家が増え始め、遠くに高い石造りの塀が見えてきた。道の先には大きな門も見える。城下町を守る門だと思われた。

速度を少し緩めて、門へ近づいた。門の左右には物見台の付いた関所がある。ヨウヨン達が近づくと、関所から兵士が数人現れた。ヨウヨン達は馬を止め、馬から降りた。

「どこから来た者だ？」

兵士の一人が、槍を片手に威嚇《いかく》するようにヨウヨン達に怒鳴りつけた。言葉は通じるが、少し訛《なま》りがあるようだ。

「エルマーン王国から王の名代《みょうだい》で参った。貴国のアリリオ王からの書状だ」

ヨウヨンはそう言って、先に使者が持ち帰った書状を差し出す。兵士はそれを広げて目を通すと、確かに自国の王の書状だと確認し、関所にいる仲間に向かって門を開けるように指令を出した。書状を丁寧に巻いて、ヨウヨンに返す。

「失礼をいたしました。先導いたしますので、どうぞお通りください」

兵士は一礼をして、走って関所脇に繋いでいる馬のところへ行くと、ひらりと跨がってヨウヨン達の前に進み出た。

ヨウヨン達は兵士の後に続いて、門をくぐり城下町へ入った。

トレイト王国の城下町は、たくさんの人で溢れていた。だが皆、この国の民のようで、旅人や異国の者の姿はほとんど見られなかった。

褐色の肌と茶色や赤毛の髪。赤毛と言っても竜王のような髪ではない。赤茶色の髪だ。瞳は茶色か黒が多く、少し平たい顔立ちをしている。男は皆背が高く、がっしりとした体格をしていた。女は少しふくよかな者が多いように見える。

男達は髪を長く伸ばし、後ろの高い位置で結んで三つ編みにして垂らしていた。女達は、不思議な形に結い上げている。

服は男も女も、ゴワゴワとして見える厚手の無地の生地で作られた足先まで隠れるほどの長衣を着ていた。首は丸く空いているだけで襟も飾りもない。袖は長袖で幅はそれほどない。色は生成りか薄い茶色で、柄なども無い。ただ男は色々な色の腰帯を巻いていて、女は鮮やかな色の薄い布を腰から垂らすように幾重も重ねて巻いて着飾っていた。それがトレイト人の風体だ。

そんな中で、シーフォンの姿は、浮いて見えるだろう。馬上のヨウヨン達を、道行く者達が驚いたような顔で、足を止めて見ていた。ヒソヒソと耳打ちしている者も多い。

だが特に好戦的な表情の者は見られず、怪しげな行動をする者も見られなかった。

道沿いにはたくさんの商店が並び、売られている物や、店の様子を見ても、文化の質は割と高いようだ。貧富の差もそれほどないように見える。

国として十分に栄えているようだ。

「これならば……」とヨウヨンは、不安が少しばかり晴れた。

そうしている間に、城へ辿り着いた。石造りのその城は、大きく立派なものだった。中へ入りしばらく廊下を歩いて、広い部屋へ案内された。椅子が用意されてそこで待つように言われて、兵士はどこかに去っていってしまった。

おそらく謁見の間ではないかと思う。ヨウヨン達は部屋の中を見回した。ここに来るまでの廊下もそうであったが、華美な装飾はまったく見られなかった。

城下町の家々も、レンガ作りの土壁で、同じような造りの家が並んでいた。飾りなどはなく、全体的に地味に見えた。これが彼らの国民性なのだろうか？

ヨウヨンがそんなことを考えていると、奥の扉が開いた。男が一人こちらに向かって歩いてくるので、ヨウヨン達は一斉に立ち上がった。

男はヨウヨン達の前まで来ると、一礼をした。

「初めてお目にかかります。私はこの国の宰相を務めますオラシオと申します」

「私はエルマーン王国の外務大臣を務めますヨウヨンと申します。王の名代として参りました」

ヨウヨンも一礼をしてあいさつを述べた。

「先日参られた使者からの書状で、貴国から王との面会を申し受けたことは、王より伺っておりましたが、まさかこれほど早く到着されるとは思っていませんでしたので……本日は、我が王は岩塩の採掘場に視察に出ており、あいにく留守にしております。よろしければ今日のところはゆっくりお休みいただき、明日、王とご対面いただくということでよろしいでしょうか？」

「それはもちろんです。こちらも早く来すぎてしまったようで、申し訳ありませんでした。明日、謁見を賜《たまわ》りたいと思います」

ヨウヨンは丁重に謝罪して、申し出を受けた。

その日は案内された部屋で、それぞれゆっくりと休んだ。夜は宰相が同席して、夕食のもてなしを受けた。当たり障りのない会話を交わして、互いの動向を探っているようだとヨウヨンは思ったが、もてなし自体に不満はなく、来賓として扱われているのだと分かった。やはり竜王が言ったように、こちらを警戒しているだけで、企みなどはなさそうだ。

翌日、王との対面が果たされた。

「よくぞはるばる参られた。昨日は留守にしていてすまなかった……そなた達の来訪を、心より歓迎する」

アリリオ王は、人の好さそうな笑顔で、ヨウヨン達にそうあいさつをした。ヨウヨン達は一度ひざまずいて最上の礼を尽くしてから立ち上がると、数段高い所にある玉座に座るアリリオ王を見上げて話を始めた。

「我が王は以前より西方に大変興味を抱いておりましたが、残念ながらあまり情報がなく、国交を結べる国があるかどうかも分からない状態でした。ところが少しずつ貴国の情報を得ることが出来るようになり、唐突とは思いましたが、書状を送らせていただいた次第です」

「それなのだが……なぜ急に我が国と国交を結びたいと思われたのか？　何かもっと理由があるのではないかと、失礼ながら疑念をいだいていたのです」

アリリオ王がそう尋ねたので、ヨウヨンは内心『随分素直なお人だ』と苦笑した。そういう質問は、もっと言葉を隠して探り出すものだと思うが、こうも素直に尋ねられると、調子を狂わされる。もしかしたら外交に不慣れなのではないか？　と考えた。

「確かにそれは仰せの通りです。……実は、我が王は、王位を継いだばかりのまだ年若い王なのです。先代より引き継いだ我が国を、盛り立てていくにあたり、新たな友好国を得ようと模索されているところにございます。西方は我らにとっては未知の土地、若き王はそこに興味を示されたのです」

ヨウヨンの言葉を、何度も頷きながら聞いていたアリリオ王は、感心したように唸ってから、チラリと脇に控える宰相と目を合わせた。

「それで……我が国と国交を結んで、貴国は何をお望みか？　それほど我が国に魅力を感じられることなどあるのか？」

「貴国は岩塩と多種の香辛料を産出されていると聞いております。現在、塩や香辛料を、海の向こうから仕入れている我が国と周辺国にとっては、とても貴重な品となるでしょう。我が国としては、貴国との交易が順調にいけば、さらにその周辺国の情報も得たいと思っております。貴国には国交のある周辺国はおありですか？」

アリリオ王の問いに、早速本題かと、ヨウヨンは用意していた言葉をスラスラと語った。するとアリリオ王の表情が少し変わったことを、ヨウヨンは見逃さなかった。

「あー……確かに……我が国は岩塩と香辛料が生産物の主ではあるが……そんなに珍しい産物でもあるまい？」

アリリオ王は何度も宰相の顔をチラチラと見ながらそう言った。

「それは西方では、どこの国も主産物としているということでございますか？　何分我らは情報が少ない故、この西方の地に貴国以外の交易が出来そうな国を知らないのです。ここより南にも国があるとは聞きましたが……」

「あそこは止めた方が良い！」

アリリオ王は少し慌てた様子で、ヨウヨンの言葉を遮るように叫んだ。

「陛下」

宰相に窘《たしな》められ、アリリオ王は苦笑して頬を撫でた。

「すまぬ、大きな声を出してしまった。……確かに我が国の南に小さいが国はある。建国してまだ百年にも満たぬ新しい国だ。だが……国と言っても……いくつかの部族が争い合って、勝った国がそれぞれの領地を奪い合い大きくなって出来た国なのだ。我が国とも何度か諍いを起こしたこともある。まともな国が、国交などするような相手ではない。止めた方が良い」

ヨウヨンが黙っていると、アリリオ王はそれをどう捉えたのか、宰相に目配せをしている。宰相は王が何を言いたいのか察したようで、少し眉根を寄せて頷いた。

「ヨウヨン殿、正直に申し上げよう。我が国は五百年の歴史のある国ではあるが、今のような平和な国になったのは、ここ百年ほどです。それまではずっと戦いが続いていた。渓谷を挟んだ東方とこち側が、今までまったく交流がなかったのは、そのせいもあるのです。我が国は蛮族との長きにわたる戦いで疲弊《ひへい》し、国を存続することで手がいっぱいで、渓谷にもっと大きな橋を架けるような土木事業に、手を回すほどの余裕がありませんでした。我が国を建国した祖は、元は東方より流れ着いた遊牧民族です。くわしい文献は残っていませんが、五百年以上昔、東方のさらに東の海を越えてきた侵略者に、国を奪われ遊牧民となり安住の地を求めて流浪した末に、この地に来たと言われています。当時、この西方は未開の地で、いくつかの蛮族が、集落を作って住んでいるだけでした。今我が国のあるこの地は、西方でも比較的土地が豊かで、荒れ地も開墾すれば十分に作物を育てることが出来たのです」

宰相が、王に代わり説明を始めた。おそらく事前に王と宰相が話し合い、目的も知れぬ相手には、あまり西方の事情を教えぬ方が良いと決めていたのだろう。そして南の蛮族の国が、彼らにとって触れられたくない部分なのだろう。それに王の反応から察するに、塩や香辛料がそれほど交易の材料になるとは思っていなかったのは確かなようだ。

「ここよりさらに西には樹海が広がり、人が開墾するにはかなりの労力を必要とします。南には湿地が広がっていて作物を育てるには適さない。そもそも蛮族達は、土地を開墾し田畑を作ることはせず、他者から奪うことしか考えておりません。我らの祖が、この地を開墾し作物を育て、ようやく国として成り立ったのを、幾度も蛮族に奪われかけました。今は蛮族達も南の湿地に国を作っていますが、先ほども王よりお伝えした通り、蛮族同士が争い続けている不安定な国です。北には山岳があり、そこには古くからその地に住む部族が治めるヴェルネリという国があります。国と呼んでもいいのは、そのヴェルネリくらいです」

過去に侵略により国を奪われ、この西方の地でも、蛮族との長き領地争いの歴史を持つ国ならば、突然、東方の国から国交を結びたいなどと言われて、警戒するのも無理はないだろう。

深い渓谷がある以上は、武力による侵略の心配はないが、ここは適当に話を聞いて、無難に追い払おうと思っていたのかもしれない。ヨウヨンは、話を聞きながらそんなことを考えた。

「では西方には、貴国以外、その南の蛮族の国と、北のヴェルネリくらいしか国はないということですか？」

「そうです」

宰相がそう答えたので、ヨウヨンはしばらく考えた。

「貴国はそのヴェルネリとは、国交があるのですか？」

「はい、今のような平和な国になったのも、そのヴェルネリと同盟を結んだおかげなのです。ヴェルネリは特殊な民族で、なぜか蛮族達は彼らを恐れ、決して戦おうとしない不思議な国です。おそらくはるか昔に、何かあったのでしょう……実は我らもあまりよく知らないのです。ヴェルネリは閉鎖的な国で、決して他国と国交を結びません。我らも同盟を結ぶことは出来ましたが、ヴェルネリには誰も行ったことがないのです」

宰相の話に、ヨウヨンは眉根を寄せた。

「それは不思議な話ですね。なぜそんな国と同盟を結ぶことが出来たのですか？」

「分からぬのだ。向こうから申し出てきた話なのだ」

王がようやく口を開いた。

「ある日、ヴェルネリからの使者が訪れ、蛮族を追い払ってくれると申し出てきたのだ。同盟を結べば、今後一切蛮族が襲ってこないようにしてくれると……その代償は、穀物と塩、香辛料を決められた量、毎年ヴェルネリに献上すること……我が祖父の代に、同盟を結んで以降、約束通り蛮族が我が国に手を出すことは一切なくなり、平和が訪れた。我が国もずっと約束を守り続けているのだ」

アリリオ王は真剣な顔でそう語った。

「同盟を結ぶ上での条件の中に、一切ヴェルネリに関わらない、詮索しないというものがあり、我らは北の地へ踏み込むことも許されていないのです。これは我らの想像ですが、同盟を申し出てきた頃、北の地は長く雪に閉ざされていました。三年ほど雪が降り続き、夏の間も北の山々は真っ白なままだったといいます。それでヴェルネリは、食糧に困窮していたのではないかと……。我が国はその頃、次第に力を増していた蛮族との戦いに疲弊しきっており、ヴェルネリの申し出に飛びつきました。確かに不思議と言うか……怪しいとは思うのですが、我が国にとっては、特に不利益なことはないので、これからもこの関係は続くと思います」

王の説明を補足する形で宰相が言った。

「それでは我が国は、ヴェルネリとの国交は望まぬ方が良いということですね。南の蛮族とも」

「そういうことになります」

ヨウヨンは再び考え込んだ。これは一度持ち帰り、竜王に判断を仰ぐ必要があるかもしれない。しかしトレイト王国との国交は結べるなら結んでおいた方が良いのだろうか？　とも考える。アリリオ王が、どこまで乗り気なのかにもよるのだが……。

「我が国だけではご不満か？」

考え込むヨウヨンに、王が恐る恐る尋ねてきたので、顔を上げて王を見た。王は少し引きつった顔で笑みを浮かべている。

「なぜそう思われるのですか？」

ヨウヨンはわざと鎌をかけるように尋ねた。

「それはその方が申したのではないか……周辺国の情報が知りたいと……貴国の王は国交の輪を広げたいのであろう？　西方がここまで未開の地とは思われなかったのか……我が国ぐらいしか国交を結べぬのならば、西方への興味もなくされるのではないか？」

少し自嘲《じちょう》気味に王がそう言うので、ヨウヨンは内心ニヤリと笑った。

「確かにそれはあります。貴国の岩塩や香辛料はとても魅力的ではありますが、私も王からは、それだけではなく、周辺国との交易の可能性を調べるように言いつかってまいりましたので、どうしたものかと考えていたところです。それに南の蛮族の問題もあるようだ。貴国と国交を結べたとしても、交易をする上で、その南の国からの妨害がないとは言えません。貴国は、その同盟国という後ろ盾があるでしょうが、我が方に対してはどうか？　我が国の隊商が襲われるようでは……安全な交易が行えるという保証がないのでは、この話は難しいと思われます」

ヨウヨンはわざと深刻な顔でそう述べた。

「それに恐れながら、貴国はあまり我が国と国交を結ぶことに乗り気ではなさそうだ……ヴェルネリとの同盟関係もあり、すでに安定した国内状況なのであれば、わざわざ得体の知れぬ我が国と国交を結ぶ必要性を感じられないのではないですか？」

「ヨウヨン殿、それはなんという言いようですか！」

「オラシオ！　控えよ」

宰相が険しい顔で抗議するのを、アリリオ王が制した。

「ヨウヨン殿、確かに我らはあまり乗り気ではない。そもそも貴国が本気で交易をなさるつもりか怪しんでおる。それもそうだろう。今まで東方からは一度として、そのような話をしてくる国はなかった。なぜなら、東と西の間には大きな渓谷がある。旅の隊商すら来ることが出来ないのだ。馬車を通す橋もない。貴国はどうやって交易をなさるおつもりか？　手立てがないようでは、どんなに上手いことを言われても信じることは出来ぬ」

「ではもしもこちらに、確かな手立てがあるのであれば、貴国は交易を望まれますか？　現状には満足されていないのですか？」

これは駆け引きだとヨウヨンは思った。アリリオ王の本音を引き出せれば、交渉で優位に立つことが出来る。

「現状には満足しておる。ようやく平和になり、国内も安定した。作物も毎年豊作で、田畑もさらに広がり国民も豊かに暮らしている」

アリリオ王が自信満々にそう言ったので、ヨウヨンは小さく溜息をついた。

「分かりました。大変残念ではありますが、貴国があまり乗り気でないのであれば仕方がありません」

「いや、待て」

礼をして去ろうという雰囲気を出したヨウヨンを、アリリオ王が慌てて引き止めた。

「そう慌てずともよいではないか、そなたはまだ私の質問に答えておらぬ」

「はて？　どのような質問でしょうか？」

ヨウヨンはわざととぼけてみせた。アリリオ王は苦笑する。

「交易の手立てじゃ……どうやって、交易の品をやりとりするつもりなのか？　まさかあの細い吊り橋を使って、細々とやりとりするわけではあるまい？」

「ああ……そういえば、陛下も私の質問にお答えいただいておりませんでした」

ヨウヨンは、王の質問を無視してそう言った。

「そなたの質問？」

「交易を望まれるのか？　という質問です。我が方の手立てを明かしても、貴国に交易するつもりがないのでしたら、無意味な話でしょう」

ヨウヨンの言葉に、アリリオ王は苦虫を嚙み潰したような表情をした。

「……出来るというのであれば……もちろん望まぬはずはなかろう」

アリリオ王が、渋々とそう答えた。

「しかしすでに同盟国と交易されておいでだ」

「あれは交易ではない。献上じゃ！　我が国に益はない……いや、まあ確かに蛮族から守ってもらうという益はあるが……物資や金などの収益はない……本当に岩塩や香辛料は、東で喜ばれるのか？」

「もちろんでございます。先にも申し上げた通り、東方では岩塩や香辛料を産出している国はなく、海の向こうから高値で買い取っております。貴国が輸出すれば、喜んで売買契約を結びたいという国はいくつもあるでしょう。我が国と交易すれば、他国と好条件で取り引き出来るように、執り成すことも出来ます……もちろん我が国との交易を優先していただくなど、それなりの条件は出させていただきますが……いかがでしょうか？」

アリリオ王は、少しばかり顔を紅潮させていた。塩や香辛料に価値があると聞き、欲が湧いたのだろう。もうすでに彼の頭の中では、東方のあらゆる国と駆け引きをする算段がついているのかもしれない。もっと渋って、エルマーン王国との取り引き条件を増やすか、それがダメなら、他の国を探ってもいいとまで思っていそうだ。

ヨウヨンはそんなことを考えながら、とどめを刺すことにした。

「陛下、ご存じだとは思いますが、現在貴国と国交を結びたいと思っているのは、我が国だけです。我が国が手を引けば、今後二度とどこからも申し出があることはないでしょう」

「随分強気な言い方をする」

アリリオ王が少し驚いたように呟いた。ヨウヨンは表情を変えず、真剣な顔でアリリオ王と宰相をみつめた。

「陛下が申されたのではないですか？　今まで東方より国交を申し出た国はひとつもないと……あの渓谷がある以上、どの国も交易を行うことが出来ない……今のところは」

「今のところは？」

「今のところは我が国だけです。……ですが我が国と国交を結び、交易が実現可能となれば、他国とも交易が可能になります」

「よほど自信がおありのようですが、その手立てとは何なのですか？　それが分からぬうちは、我が方も納得出来かねます。むしろ場合によってはお断り申し上げるかもしれません」

ヨウヨンの術中にはまりそうな王を見かねて、宰相が口を挟んだ。

「橋を架けていただきたい」

ヨウヨンが満を持してそう答えた。

「なんと⁉」

王と宰相は、あまりに馬鹿げた答えに、逆にひどく驚いた。

「今なんと申された？　橋を架けると？　それもまるで我らの方に、橋を架けさせるというような言い方だ」

「そうです。貴国に橋を建設していただきたい」

ヨウヨンが自信満々にそう言ったので、王と宰相はしばらく呆然《ぼうぜん》としていたが、やがて二人はゲラゲラと笑い始めた。

「まったく何かと思えば……馬鹿馬鹿しい……話にもならぬ……それが出来れば、別に苦労はせぬし、わざわざ貴国と国交を結ぶ必要もなかろう……正気で申しておるのか？」

「はい、正気です。ですが国交を結ぶ以上は、何もすべてを貴国に押しつけるつもりはありません。橋を架けるために、我が国が全面的に協力いたします。我が国が協力すれば、あの渓谷に橋を架けるのは容易いことです」

「そこまで申されるならば、貴国が橋を架ければよいではないか。よほど自信があるのだろう？　なぜ我が国に橋を架けよと言うのか？」

アリリオ王は、笑みの消えた顔でそう言った。呆れを通り越して腹立たしくなってきたようだ。しかしヨウヨンは態度を変えなかった。

「それは我が国が、貴国と国交を結びたいからです。貴国を侵略するためではない。もしも我が方が橋を架ければ、我が方が優位に立ち、貴国を侵略することになりかねない。いや、もちろん我が方に侵略の思惑など一切ないが、貴国はそう思うでしょう……橋は貴国が架け、貴国が管理するのです。蛮族がその橋を使わぬようにするのも、貴国の責務です。万が一、貴国が橋を管理しきれず、蛮族に奪われるようになったら、その時は我が国が橋の権利を有します。それが橋を架けるために我が国が協力する条件となります」

ヨウヨンの言葉に、王と宰相は一瞬怯んだ。『貴国を侵略するためではない』という言葉が、強く効いたからだ。そう言われればその通りだと、納得するしかない説得力があった。

「その方の言い分は分かった……しかし本当に、橋を容易く架けることが出来るのか？　なぜそこまで自信があるのだ。貴国にしか出来ないと？」

「我らには秘密があるのです」

「秘密？　それは何だ？」

アリリオ王はゴクリと唾を飲み込んで尋ねた。

「それは……我が国からの条件を呑んで、国交を結ぶと約束してくだされればお教えしましょう」

「条件は何だ」

「陛下！」

食いついたアリリオ王を、慌てて宰相が窘めた。

「まだ条件を呑むとは言っていない。条件を聞くだけだ」

王は宰相に向かってそう言って控えさせた。ヨウヨンは、じっとアリリオ王をみつめた。

「条件は先ほども申し上げましたが……貴国が橋を架け管理すること。管理出来ぬ時、また蛮族に奪われた時は、橋の権利を我が国に渡すこと。交易の優先権を我が国が第一位とすること。ただし交易の内容については、別途互いの輸出品について交渉することとします。そしてここからは、我が国が国交を結ぶすべての国と共通の条件となります。我が国は非戦闘国であり、いかなる理由があろうとも、他国と戦闘は行わず、友好国であっても争いに関与することはない。よって貴国が他の国と戦争することになっても、戦力としての助けを我が国に求めてはならない。それから、決して我が国の『力』を欲してはならない。これらはすべて絶対条件であり、ひとつでも破られれば、一方的に国交は破棄させていただきます」

「非戦闘国……」

宰相が驚いたようにその言葉を復唱した。そんな国があるのかと驚いているようだ。

「絶対に戦わぬというのか？」

王も驚いて思わず尋ねていた。

「はい、絶対に戦いません」

「貴国が侵略されるようなことになっても戦わぬのか？」

「はい、その時は……恐らく我が王は逃げる道を取られると思います」

ヨウヨンが自信を持って答えたので、アリリオ王と宰相は唖然とした。アリリオ王は一瞬絶句したが、信じられないというように首を振ってさらに問いかけた。

「逃げられぬ時はいかがするのだ？　そもそも戦わぬなど……そんな宣言を国がしてしまったら、他国から舐められてしまうのではないか？　侵略してくれと言っているようなものだ」

「我が国が現在国交を結んでいる国は八つ。そのうち友好国はみっつ。それらすべての国から脅されたことは一度もございません……むしろ国交のない国からの脅威を、友好国が牽制し我が国を守ってくれている次第です」

それを聞いて、アリリオ王と宰相は信じられないというように顔を見合わせた。

「最後に申された貴国の『力』とは何か？　欲してはならないというのが気になる」

「それは先ほど申し上げた秘密に繋がることです。……どうなさいますか？　秘密を知りたければ、国交を結ぶお約束を……」

アリリオ王は目を閉じて考え込んだ。しばらくの沈黙の後、決意したかのように目を開けた。

「貴国と国交を結ぶと約束しよう」

「陛下！　安易に受けられてはなりません！　エルマーン王国の秘密など、知らなくても良いではありませんか！」

宰相が血相を変えて止めに入ったが、アリリオ王は真剣な表情で首を横に振った。

「別に秘密が知りたくて承諾したわけではない。出された条件は、我が方に不利なものは何ひとつなかったではないか……何より非戦闘国と宣言されたのだ……それがまことであれば……我らは今まで戦いに振り回されてきたのだ。最初から、絶対に戦わないと言ってくれる国があるとはありがたいではないか」

アリリオ王は宰相を宥めた。

「ヨウヨン殿、貴国と国交を結びたいと思う……ロウワン王にそうお伝えいただきたい」

「かしこまりました。それではお約束の証文を書いていただけますか？」

アリリオ王は、ヨウヨンの申し出を受け、国交を結ぶことを約束する書状を書いて渡した。

「確かにお預かりいたしました。すぐに帰国し我が王に伝えましょう……陛下のご都合さえよろしければ、二、三日のうちに、我が王が貴国に来訪し、国交締結をさせていただくことになるかと思います」

「二、三日!?　そんなに早く？」

ヨウヨンの言葉に、聞き間違いかとアリリオ王は聞き返した。

「はい、お気持ちの変わらぬうちに……何事も早い方がよろしいかと思います」

「いや、しかし……貴国は遠い。早駆けでも片道七、八日はかかるだろう。どうなさるおつもりか？」

「申したはずです。我が方には秘密があると……二、三日では問題がありますか？」

逆に聞き返されて、アリリオ王は宰相を見た。宰相も困惑した表情でいたが、王の問いかける眼差しに、思わず首を横に振った。

「我が方には……特に問題はない」

アリリオ王は戸惑いながらも答えた。それを聞いて、ヨウヨンは満足そうに頷く。

「それでは証文もいただきましたし、これにて失礼させていただきます。また近日中にお会いいたしましょう」

ヨウヨンと護衛のシーフォン達は、深々と礼をして謁見の間を後にした。残されたアリリオ王と宰相は不思議そうに顔を見合わせた。

「なんともせっかちな男だ……」

アリリオ王がポツリと呟いた。

「陛下、本当によろしいのですか？」

宰相はまだ不安を隠せない様子で、王に尋ねた。アリリオ王は「うーむ」と小さく唸りながら顎《あご》を撫でていたが、やがてひとつ溜息をついて諦めたような表情で宰相をみつめ返した。

「秘密が何か、結局分からなかったが……まあ、よいではないか。我が国の建国以来、初めて東から国交を結びたいと申し出てくれたのだ。怪しいと勘繰《かんぐ》りもしたし、真実は分からぬが、あのヨウヨン殿が申していたことは、とても好感が持てた。信じてみたいという気になった。少なくとも蛮族よりはずっとマシだろう。それより随分派手な出《い》で立ちで、最初は驚いたがな。あの髪の色を見たか？紫や青やオレンジ……あのように髪を染めるのが、彼らの種族の装いなのだろうか……？」

二人がそんな話をしながら、笑っているところへ、兵士が慌てて駆け込んできた。

「陛下！　大変です！」

「いかがした」

「空を……空をご覧ください!!」

「空を？　どうしたというのだ」

「先ほどのエルマーン王国の方々が帰られる時に、陛下に空をご覧になるようにお伝えくださいと言って出ていかれたのですが……それが……」

兵士のただならぬ様子に、王と宰相は怪訝な面持ちで視線を交わした。二人は謁見の間のテラスへ出て空を見た。そして腰を抜かすほどに驚いた。見たこともない巨大な生物が空を飛んでいたのだ。

「あ、あっ……あれは……竜だ！　あれは竜ではないか!!」

アリリオ王はそう叫んだ。

空には七頭の竜の姿があった。ゆっくりとトレイト国の上空を旋回《せんかい》している。竜達はしばらく旋回した後、王の姿を確認したかのように、城の上空を通過して、東の空へ去っていった。

「そ、そういえば……どこかに竜使いの種族が治める国があると聞いたことがあります……まさか、エルマーン王国がそうだったとは……」

宰相は驚愕しつつもそう呟いた。

「竜など、伝説上の生き物ではないのか!?」

アリリオ王は真っ青になっていた。

「大丈夫なのか？　あのような者達の国と国交を結んで……」

「陛下……信じてみようとおっしゃったのは陛下です」

「しかし、まさかあんな……」

「力を欲してはならない……とは、なるほど、そういうことだったのですね」

青ざめてうろたえている王とは反対に、宰相はひどく冷静だった。

「何のことだ」

「条件ですよ……確かに……竜の力を欲する者は多いでしょう」

「竜の力……」

アリリオ王は改めてその言葉の意味を考えていた。


帰国したヨウヨンから、ロウワンは早速話を聞いた。

「どうなさいますか？」

「もちろんトレイト王国とは国交を結ぼう」

ロウワンは受け取った証文に目を通しながら答えた。

「すぐに準備をして、明日にはトレイトへ参ろう」

「そんなに早くですか？」

シュウエンが眉を寄せて言った。ヨウヨンにはもちろん予想がついていた王の言葉だったので、特に驚きはしなかった。

「早い方が良い。時間を置けば、余計な不安が募り心変わりをしかねない。ヨウヨンが竜の姿を見せてきたというのならばなおさらだろう。戦いの準備をさせる余裕を与えてはならない」

「竜の姿は見せぬ方が良かったでしょうか……申し訳ありません」

ヨウヨンは、少し早まったかと顔を歪めて頭を下げた。

「いや、お前の話から察するに、アリリオ王には、見せるべきところはすべて見せる方が良いだろう。勝手な疑念を持たれるよりも良い。正直者のようだから、こちらが誠意を見せれば、信じてくれるだろう。すぐに騙《だま》されそうでもあるが……」

ロウワンはそう言って微かに笑みを浮かべた。

「しかしヴェルネリとは、気になる国だな」

「使者を送りますか？」

「いや、関わらぬ方が良いだろう。そんな気がする」

ロウワンは腕組みをしながらそう答えた。

「シュウエン、すまないが、明日の公務はお前に任せる。シャイガン、お前は私の護衛として付いてきてくれ、他に護衛として連れていく人数や人選はすべてお前に任せる」

「かしこまりました」

シュウエンとシャイガンは同時に返事をした。


その夜、私室に戻ったロウワンは、真っ直ぐに書斎へ向かうと、本棚からいくつか本を抜き出して、何か調べ物を始めた。龍聖はロウワンの様子が気になって、何度も書斎のドアをみつめていたが、邪魔をしてはいけないと声をかけなかった。

随分遅い時間になって、ようやくロウワンが書斎から出てきた。

「ロウワン」

「リューセー……まだ起きていたのか？　遅いのだから、先に寝ていて良かったのに」

ソファに座り本を読んでいた龍聖が、書斎から出てきたロウワンに駆け寄ってきたので、ロウワンは龍聖の頭を優しく撫でた。

「いかがした？　元気がないようだが」

「明日、出掛けられるとお聞きしました」

「ああ、急に決まったのだ。だがその日のうちに帰れると思う」

ロウワンは答えながら寝室へ向かって歩きだした。

「西方の国と聞きました」

「ああ、そうだ。トレイトという国だ。西方では初めて国交を結ぶ国になる」

「大丈夫なのですか？」

「ん？」

龍聖が足を止めて不安そうに言ったので、ロウワンは首を傾げて龍聖を見た。

「西は辺境の地で、蛮族が横行している危険な地だと聞きました」

「大丈夫だ。トレイト王国はきちんとした国だ。ヨウヨンが今日訪れている。思っていたよりも文化の質が高い国だったと言っていたよ」

ロウワンは龍聖を宥めるように微笑みながらそう言うと再び歩きだした。寝室へ入り、衣服を脱いで、薄い長衣一枚になると、ベッドに腰を下ろした。龍聖は入り口に佇んで、不安そうな顔をしている。引き止めたいのだが、そんな我が儘《まま》を言ってはいけないと悩んでいるようだ。ロウワンはそんな龍聖を黙ってしばらくみつめていた。

『愛しいリューセー』そう思いながらみつめる。十年などあっという間だった。子供の成長を見なければ、十年も経ったことなど忘れてしまいそうだ。初めて会った時と、少しも変わらぬ龍聖。あの頃よりも髪が伸びた。背中の中ほどまでだった美しい漆黒の髪は、今は腰まである。歳よりも幼く見える白くて小さな顔。大きな黒い瞳。すぐに赤くなる柔らかな頬。かわいい声で語る唇。細くしなやかな体。

龍聖の気持ちにまったく気づいてやれず、よく泣かせてしまったり、困らせてしまったりしていたが、今では何を言いたいのか分かるようになった。

今、龍聖は『そんな危険な所に行かないでください』と言いたくて仕方ないのだろう。だがそんな我が儘を言っては、ロウワンを困らせてしまうとも思っている。どうしていいのか分からずに、今にも泣いてしまいそうなのを我慢している。

ロウワンは龍聖をみつめながら、そんな風に思って微笑みを浮かべた。

『愛しいリューセー』

ロウワンは右手を差し出した。

「おいで」

一言そう言うと、龍聖は大人しくこちらへ歩いてくる。ロウワンは差し出した右手で、龍聖の左手首を掴むとぐいっと引き寄せた。

「あっ……」

引かれて倒れ込むように、ロウワンの腕の中に収まった。その体を優しく抱きしめる。

「何も案ずることはない。いつものようにすぐに戻ってまいる。それも今度はいつものように数ヶ国も回る外交ではない。すぐだ。用事がすんだらすぐ戻る」

まるで子供をあやすように、龍聖の耳元で優しく囁きながら、その細い背中を何度も撫でた。龍聖はキュッとロウワンの首にしがみつくように抱きつく。

「申し訳ありません」

龍聖がか細い声でそう呟いた。

「何を謝る？」

「行ってらっしゃいと、笑顔で送り出さねばならないのに……こんな顔をしてしまって……貴方を困らせています」

「困ってはいないよ、むしろ喜んでいる……お前が行かないでと我が儘を言ってくれるならば、私は嬉しい」

「嬉しいのですか？」

「ああ、嬉しいよ」

ロウワンは優しく囁いて、龍聖の耳たぶに口づけた。

「滅多《めった》に我が儘など言わぬからな……お前は」

ロウワンはそう言うと、龍聖の頬に手を添えて唇に口づける。優しく唇を愛撫するようにゆるゆると何度か吸って、時折深く長い口づけをした。口づけをしながら、そっと龍聖の衣服を脱がしていく。そのきめの細かい白い肌を、ロウワンの大きな手が隅々まで撫でていく。丸く柔らかな尻を撫でると、龍聖の体がビクリと反応する。

「あっ……ロウワン……」

両手で双丘を包むように摑んで揉みしだき、前はロウワンの太腿に押しつけて擦るようにすると、すぐに龍聖の口から喘ぎが漏れ始めた。口づけて唇を塞ぐと、苦しげに喉を鳴らす。

尻を揉みしだく手を止めて、長い指を割れ目に滑り込ませると、指の腹で窪みのひだを愛撫する。

するとすぐに口が開いて、ツプリと指先が中に入った。

「あっあっ……ロウワン……」

龍聖の腰が震えて、甘い吐息を漏らす。中指を深く差し入れ中を掻き回すように動かすと、甘く喘ぎながらきゅうっとしがみついてくる。

「リューセー……お前はなんてかわいいのだ……お前が愛しくて仕方ない」

「あっあっあっ……ロウワン……ロウワン……」

ロウワンの耳元でかわいく喘ぐその声は、欲望を刺激する。ロウワンも少しずつ息が荒くなっていた。それでも無理をさせないようにと、ただひたすら龍聖の体をほぐして慣らすことに専念した。

ロウワンの性交のやり方は、ずっと変わらなかった。あれきり、あの分厚い性交の本を見ることもなかった。すでに熟読したからというわけではなく、色々な体位は必要ないと思ったからだ。ただそれだけが、ロウワンにとっての性交だった。

龍聖の負担にならない抱き方。龍聖が痛くならない挿入の仕方。龍聖が気持ち良くなる交わり方。

性交をするのは、五日のうち二日と決めていたし、就寝の時間に寝室でだけとも決めていた。射精は二回というのまでも決めている。

きっちりと自分で決めた性交のルールを、この十年間守り続けてきた。例外は一度としてない。

どんなに龍聖がかわいいことを言っても、どんなに龍聖が甘えてきたとしても、絶対にルールは変えなかった。もちろんそれでロウワンが、心動かされ欲情しないというわけではない。だがそんな時はひたすら我慢をするだけだ。

『焦らずとも決まった日に交われるではないか』と自分に言い聞かせる。

外交で長く離れる時は、これも仕方ないと諦めて、出発の前に無理に抱くことはない。もちろんその日が、決めていた性交の日であれば、遠慮なく抱く。遠慮なくと言っても、射精は二回と決まっているのだが……。

今日は運よく性交の日だった。龍聖のすべてを味わうように、丁寧に体中を愛撫し、後孔を丁寧にほぐし挿入する。

こんな風にロウワンが『性交のルール』を決めているなんて、シュウエン達は知らない。だが龍聖は気づいていた。しかし異論を唱えるつもりはない。本心を言えば、もっと抱いてくださっても良いのにと思うのだが、ロウワンの性格を考えれば言っても無駄だと思うし、性交を求めるのは恥ずかしくもあった。

『ロウワンなりに愛してくださっているのだから、不満ではないのだし……』

龍聖はそう自分に言い聞かせていた。

「ああっあっあっあっあっ……んんっ……あっあっ……ロウワン……ロウワン……」

突くたびに龍聖の口から切ない声が漏れた。きゅうっと時折孔《あな》が締まる。

「気持ちいいか？」

ロウワンが囁くと、龍聖は喘ぎながら、コクコクと頷く。それを見て、ロウワンは満足そうに口の端を上げた。

「気持ちいいか」

今度は龍聖の言葉を代わりに言うように囁いた。龍聖は頷いて「いい」と小さく呟いた。

「いい……ああっ……ロウワン……いい……」

規則正しく繰り返される抽挿に、絶え間なく快楽の波が押し寄せてくる。それは決して激しいものではないが、あまりの心地好さに頭の中が真っ白になって、ずっと続けてほしいと無意識に体が開く。恥ずかしいという思いは、無情にも掻き消されて、龍聖はただ喘ぎ続けるしかなかった。

それはロウワンが、龍聖が何も考えられないほど気持ち良くなってほしいと尽くしている成果なのだ。

「あっあっ……ロウワン……ロウワン」

龍聖が何度もロウワンの名を呼んで、腰を抱くロウワンの手首を握るので、一度動きを止めると、体を屈めて龍聖の唇に口づける。それに応えるように龍聖もロウワンの唇を吸い返してくる。

「んっ……ああっ……ロウワン」

何度も求め合うように深く口づけ合った。

「リューセー……リューセー……」

ロウワンが何度も龍聖の名を呼んだ。愛のある性交は、心が満たされる。幸せだと心から思う。

ロウワンは少し腰の動きを速めると、龍聖の中に熱い精を注ぎ込んだ。


「行ってくるよ」

白銀の甲冑《かっちゅう》を身にまとい、濃紺のマントを風になびかせながら、ロウワンが微笑んでそう言った。

「いってらっしゃいませ……無事のお帰りをお祈りしております」

ロウワンは頷くと、龍聖の額に口づけた。名残惜しそうに見つめる龍聖を振り切るように、ロウワンは金色の竜の首に飛び乗り、そのまま背まで駆けていく。

「ジンバイ様、ロウワンをよろしくお願いいたします」

龍聖は両手を合わせて祈るように、金色の竜に向かってそう言った。金色の竜は、目を細めてグルルルッと返事をすると、ゆっくりと首を上げた。

「危ないから下がっていなさい」

竜の背に立つロウワンが叫ぶと、シアンが龍聖を出入り口のところまで連れていった。ロウワンはそれを見届けて真っ直ぐに前を向いた。

「ジンバイ、出発だ」

金色の竜は、グルルルッと唸って翼を広げると、勢いをつけて走りだし宙へ舞い上がった。

「リューセー様、そんなに心配なさらなくても大丈夫ですよ」

シアンが何度も宥めるように言ったが、龍聖は心配そうにジンバイの姿が見えなくなるまでそこに立ち尽くしていた。


西の国トレイト王国の空に再び竜が現れた。人々は驚き怯え逃げまわった。皆が悲鳴を上げながら、建物の中へ逃げ込む。

「陛下、竜です。竜が現れました」

兵が転がり込むような勢いで、会議の間に叫びながら飛び込んできた。

「もう来たのか」

「早かったな」

王と宰相は顔を見合わせてそう言った。王は昨日、十分に驚いたので、もう今度は驚かなかった。昨夜のうちに覚悟を決めていた。今さら騒いだところでどうにもならないのだ。宰相からもそう諭された。国交を結ぶと約束したのは王自身だ。その王が慌てふためいては、家臣に示しがつかない。

この日は朝から、重臣達を集めて、エルマーン王国と国交を結ぶことを発表した。そしてエルマーン王国が『竜使い』であることも打ち明け、国交を結ぶ条件についても説明した。

重臣達は皆ひどく動揺し、なぜ誰にも相談せずに決めたのかと、たった今会議が紛糾《ふんきゅう》していたところだ。

重臣の中には、昨日の竜を見た者もいる。ヨウヨンと王達との対面に立ち会っていないため、その竜を見た衝撃は大きく、どんなに王と宰相が説明しても誰も納得出来なかった。

「戦争だ！」と荒ぶる者までいる。

「たとえ竜だろうと、我らは一歩も退きませんぞ！」

血気盛んな者は、鼻息も荒くそう叫んでいる。しかし、再びの竜来訪の知らせに、会議の間は静まり返った。

「陛下、そ、それが先日の竜とは比べ物にならないほどの巨大な竜が……」

青い顔の兵士がそう続けたので、場は騒然となった。

「巨大な竜だと？」

アリリオ王と宰相は立ち上がり、窓へ向かって歩いていきテラスへ出た。するとそこには、彼らの想像をはるかに超えた巨大な竜が、悠然と空を舞っていたのだ。目の前すべてが一瞬金色に見えるほど、城下町をすっぽりと覆い尽くすほどの巨大な竜の姿に、皆が真っ青な顔で言葉を失った。

ショックでひっくり返りそうになる王を、宰相が慌てて支える。

「あ、あ、あれは……なんだ……」

巨大な金色の竜はゆっくりと上空を旋回すると、国境の方へ降りたように見えた。その姿が大きすぎて、遠近感が分からない。そしてそれまで巨大な竜にばかり目を奪われていたが、その周囲にたくさんの竜がいることにもようやく気づいた。とにかくたくさんだ。たぶん二十頭くらいはいるように思われる。それらも金色の竜に従って、国境付近に降りたようだ。

「あんなにたくさんの竜が……ああ……我が国はもうおしまいだ……」

誰かが泣きごとのように呟いた。

「陛下、お気を確かに」

宰相はアリリオ王の体を揺さぶって、なんとか正気を取り戻させようとしていた。

「と、とにかく誰か迎えを……ああ、もういい、私が行く！　陛下を頼む」

宰相は王を近くの者に預けると走りだした。城の中を走りながら、兵士を集めて馬を大至急揃えるように命じた。

王が使用する一番立派な馬車に馬を繋いで用意させると、自身も馬に乗る。

宰相の乗った馬を先頭に、馬車やたくさんの馬を引いた兵士達が、城下町の中央道を駆け抜けた。門を出て国境を目指すが、ここからでもずっと遠くのはずの国境付近にいる金色の竜の姿が確認出来た。それを目指して馬を走らせる。

近くまで来て、竜の側に立つ人影が確認出来た。近づくにつれ、そのいくつかの人影の中、中央に立つ人物に目が釘付けになる。

白銀の美しい甲冑に身を包み、濃紺のマントに深紅の長い髪が映《は》える。美しい顔をした長身の若い青年だった。赤毛などではない。目に眩《まばゆ》いほどの真紅の髪。遠くからでもはっきりと分かる。

宰相は馬を止め、飛び降りると、その場にひざまずいた。たぶんこの青年がエルマーンの王だと思ったからだ。後ろからついてきた兵士達も馬を止めて降りた。

「トレイト王国宰相のオラシオと申します。このたびははるばる我が国へお越しくださりありがとうございます。お迎えに上がりました。どうぞ我が城へお越しください」

宰相は深々と礼をした。

「わざわざのお出迎え痛み入ります。私はエルマーン王国国王ロウワン。貴国から国交締結のお許しをいただき、こうして馳せ参じました」

青年の堂々たるあいさつに、皆が緊張して固まってしまった。なんということだろう。他国の王の威厳に圧倒されるとは……と宰相は内心、驚愕していた。それもまだ成人したばかりのような歳若い青年ではないか……我が王よりも威厳があるかもしれないと思った。

ロウワンとシャイガンは馬車に乗り、他の者達は用意された馬に跨がった。

一同が城に到着すると、城の入り口にアリリオ王が家臣達と共に立っていたので、先頭に立っていた宰相はとても驚いた。同行してきたヨウヨンもさすがに驚く。馬車に並走すると、窓に顔を近づけて、そっと「アリリオ王が入り口で出迎えておいでです」とロウワンに耳打ちした。

馬車は入り口の前で止まり、馬車の扉が開けられるとロウワンとシャイガンが降りた。二人の姿を見て、出迎えていた家臣の中にどよめきが起こった。しかしもちろんそれは、来賓に対して失礼なので、すぐに静かになり皆が一斉に礼をした。

アリリオ王がロウワン達に歩み寄り、緊張した面持ちで一度礼をする。

「ようこそおいでくださいました。私はこの国の国王アリリオと申します。陛下にお会い出来て、大変嬉しく思っております」

「エルマーン王国国王ロウワンです。このたびは、こちらからの申し出を快くお受けいただき、大変ありがたく思っております」

二人はあいさつをして握手を交わした。

「さあ、どうぞ中へお入りください」

アリリオ王に付き添われてロウワンが城の中へ入っていく。シャイガンはそのすぐ後ろに付き従い、その後にヨウヨンとオラシオ宰相が並んで続いた。同行のシーフォン達はその後ろからついていく。

アリリオ王は、来賓の間へロウワンを案内した。それほど華美な装飾はないが、美しいソファや椅子が並んでいる。ロウワンにソファを勧めると、自分も向かい側のソファに座った。シャイガンとヨウヨンが隣のソファに座り、他のシーフォン達はソファの後ろに並べられた椅子に座った。

オラシオ宰相もアリリオ王の隣のソファに座り、他の家臣達は後ろの椅子に座る。

すぐに数人の侍女が、酒とグラスを持ってきた。テーブルに並べると、酒を注いでいく。皆にグラスがいきわたるのを待って、アリリオ王がグラスを掲げた。

「まずはロウワン王とエルマーン王国の皆様のご到着を祝い、乾杯と参りましょう」

アリリオ王の言葉に、皆が一斉にグラスを掲げた。グラスの酒を飲み干してテーブルの上に置く。

「このような辺境によくぞお越しくださいました」

「いいえ、とても栄えた良い国だと思います。あの赤い実のなる畑は香辛料を作っているのですか？　とても美しい眺めでした」

ロウワンがトレイトを褒めると、アリリオ王はとても嬉しそうに微笑み、家臣達も緊張が少しほぐれたように笑顔に変わった。

「それにしても竜には驚きました。初めて見ましたが、伝説上の生き物だとばかり思っておりましたので、正直なところ腰を抜かしかけました」

アリリオ王がそう言って笑うと、家臣達も釣られて笑った。ロウワンも微笑みながら頷いた。

「驚かせてしまい申し訳ありません。たいてい初めての国に行くと驚かれ、怖がられてしまいます。ですから昨日、外務大臣を名代として貴国に送った時には、いきなり竜で来訪しないようにと、厳重に注意していたのです。我が国は建国して八百年あまり、ずっと竜と共に生きてきた種族です」

ロウワンは落ち着いた様子でそう説明した。年相応には見えない貫録《かんろく》と威厳があったため、トレイト王国の家臣達は、ただ圧倒されながら聞き入るしかなかった。

「陛下はとてもお若いようですが、おいくつですか？」

「二十二歳になります」

ロウワンは人間の相応の年齢で答えた。百十三歳だと言っても、相手を混乱させてしまうだけだからだ。

「それはお若い……私の倅《せがれ》とそれほど変わらぬ……上の王子は今年十八歳になります」

二人はたわいもない会話を交わしながら、少しずつ互いの国についての話をして、認識を深めていった。

「そうですか……国の発展のために、外交に力を入れようとなされて……いや……素晴らしい……私のような凡庸《ぼんよう》な王は、陛下の前ではお恥ずかしいばかりだ……国の発展を考えておらぬわけではないが、ようやく平和が続く中で、国内の安定を第一に考えてしまう。だが貴国と国交を結ぶことが出来て、私も少しは国のために働くことが出来そうだ。本当にありがたいと思っております」

やがて話は、国交を結ぶにあたっての条件の確認に及んだ。ロウワンが条件をひとつひとつ丁寧に説明した。

アリリオ王と宰相はすでにヨウヨンから説明を聞かされてはいたが、改めてロウワンから、その条件を作ることになった背景や、過去の話などを聞き深く感心していた。

それと共に『力』を欲しないこと……の意味を痛感する。確かに、「竜」の存在はとても魅力的だ。一頭いるだけで、他国をやすやすと支配出来る力になるような気がする。自分達はその姿を見ただけで腰を抜かしたのだ。あんなものに攻め込まれたら、なす術もないと絶望し、戦う気力も削がれた。少しでも欲のある王であれば、なんとしても欲しいと思ってしまうだろう。

しかしそれに比べて、当事者であるはずのエルマーンの民は、なんと無欲なのだろうと思った。それほどの力を持ちながら、非戦闘国を宣言している。信じがたいと思っていたが、この目の前の青年王からは、一欠片の悪意も、傲慢《ごうまん》さも感じられない。

戦うことを心から嫌っているようだ。彼らエルマーンの民よりも、よほど自分達トレイトの民の方が、戦いにまみれていると思う。

「命を狙われることはないのですか？」

アリリオ王はふとそんなことを聞いていた。宰相が驚いた顔で見たので、自分の質問が軽率であったことに気づき、とても慌てた。

「あ、いや、失礼なことをお聞きしてしまった」

「いえ、確かにおっしゃる通り、いつも命を狙われております。私は王なのでもちろんですが、子供がよく狙われるのです。竜欲しさだと思いますが……」

「竜を欲しいがために、貴方がたの子供を狙うのですか？」

アリリオ王が不思議そうな顔でさらに聞いたので、ロウワンは少し言葉を選ぶように考えた。

「我々は生まれた時から、自分の相手になる竜がいるのです。竜はその決まった相手しか背に乗せません。ですから竜を手に入れるために、その相手となる子供も攫《さら》うのです。まあもっとも、我が国の関所はとても堅固で厳しい。関所を通らずに出国することは、絶対に無理なのです。ですから子供を攫っても逃げられないことが分かれば、賊も諦めます」

「ああ、なるほど……竜使いとはそうなのですか……いやあ、とても神秘的なお話だ。それに関所の話は素晴らしい……我が国も見習いたいものだ」

いちいち感心するアリリオ王に、ロウワンは少しばかり好感を持った。正直な男だと思う。

「もうひとつ聞いてもよろしいですか？」

すっかり緊張が解けた様子のアリリオ王が、さらにそう尋ねたので、ロウワンは「どうぞ」と答えた。

「国交の条件である貴国を頼らない、戦争に巻き込まないという理由が、貴国が非戦闘国だからという説明は分かりました。しかし……私はまだ信じられないのです。竜という最強の武器を持っていながら、非戦闘国を掲げていることに……。我々は、竜を見ただけであなた方には敵わないと理解した。

これはある意味、武力での制圧に近いものではないのだろうか？　あ、いや、もちろん、あなた方に敵意がないことも分かるし、脅しているわけではないことも十分承知しています。それでも……最初にあのように竜を見せられては……たとえこの交渉に不満があったとしても、断ることは出来ない。断れば我が国は滅ぼされると……そう考えてしまうのです。本当に非戦闘国だと信じてもよろしいのか？」

「陛下……お言葉を慎まれてください」

宰相が真っ青な顔で、アリリオ王を諫《いさ》めた。だがロウワンは、宰相に向かって微笑みながら首を横に振る。

「アリリオ王のお言葉はもっともだと思います。確かにあれを脅しと思われても仕方ない。その辺りは我々も不用意でした。まずは脅かしてしまったことをお詫びいたします」

ロウワンは真面目な顔でそう謝罪した。

「我が国が非戦闘国であることは紛れもない事実ですが、それを証明しろと言われると難しい……。確かに我が国も建国してから一度も戦争をしたことがないというわけではありません。はるか昔……五百年以上前のことですが、海の向こう……東の大陸から攻め込んできた国がありました。この大陸は戦火に包まれた。たくさんの国が滅ぼされ、従属国に下った。その侵略国と我が国は戦いました。それはとても壮絶な戦いになり……侵略国には勝ちましたが、我が国は尊い犠牲を出しました。本当に……たくさんの仲間を失った。我々はその戦争を機に、二度と戦わないと誓ったのです。もしも再び同じ目に遭うことがあれば、次は国を挙げて逃げようと誓いました。もう誰も戦争などという無意味なもので失わないと誓いました。あなた方もそうでしょう？　もう二度と蛮族と戦いたくはないはずです」

ロウワンの話を聞いたアリリオ王は愕然とした。それは王だけではなく、その場にいたトレイト王国の家臣達にも衝撃的な話だった。なぜなら彼らの祖先は、その侵略国に国を滅ぼされて、この辺境の地に逃れてきた者達だからだ。

彼らの祖先が、この辺境で蛮族達の侵攻に抗い続けてきたのも、一度侵略国に国を滅ぼされたからだった。もう二度と、国を失いたくない。自分達は生き延びた者達の子孫なのだという自負があったから、逆境を乗り越えてこの国を守ってきた。

図らずも祖先が同じように、侵略国と対峙したという話は、トレイト王国の者達の心に響いた。それまで疑心暗鬼だったトレイト王国の者達の心が動き、空気が一変したことを、ロウワン達も感じていた。

「ではそろそろよろしいですか？」

宰相がそう言ったのを合図に、再び皆に緊張が走った。

「場所を変えましょう」


宰相の先導で、一同は謁見の間へ案内された。中に入ると広間の中央に、赤いビロード張りの豪奢《ごうしゃ》な椅子が、対面する形でずらりと並んでいた。その先頭にあたる椅子へロウワンを案内し、その向かいにアリリオ王が座った。

両者のちょうど中央に背の高い講壇のような台が置かれ、そこに羽根ペンとインク壺が置かれていた。

それぞれの家臣達もぞろぞろと後に続き、椅子に座る。

ヨウヨンが用意してきた条約書を宰相に渡すと、宰相は台の上にそれを開き、書かれている国交締結の条件をひとつひとつ朗々と読み上げた。すべてを読み終えると宰相は一同を見渡した。

「異義ある者は挙手にて申し出られよ」

宰相はそう言った後、しばらく待った。誰一人何も言わないのを確認すると、アリリオ王とロウワンに合図を送った。二人は立ち上がり、前に一歩進み出て台の脇に立つ。

「それでは王の署名をお願いいたします」

二人は条約書に署名した。宰相はそれを掲げて皆に見せる。

「ここにエルマーン王国とトレイト王国の国交が締結された」

その後「急なことで何も用意が出来ていませんが」と会食の誘いを受けたが、それは丁重に断った。肉食が出来ないなどの条件があることを告げて、宴は橋が完成したら改めて招かれますとロウワンが説明をした。

来た時と同じように、馬車で国境まで送られる。その途中ロウワンがハッとした顔で、窓の外を見ようとしたので、シャイガンがどうしたのかと尋ねた。だがそれと当時に、グオオオオッという竜の咆哮《ほうこう》が聞こえた。シャイガンもハッとする。

「兄上」

「賊が襲ってきたとジンバイが言っている……あとどれくらいの距離だ？」

ロウワンがそう言った時、馬車が止まった。突然の竜の咆哮に馬も兵士も驚いたのだ。ロウワン達はすぐに扉を開けて、馬車から飛び降りた。

「何事ですか！」

宰相が駆け寄ってきた。

「竜が賊に襲われているようです」

「何ですと!?」

宰相はとても驚いた。ロウワンが道の先を見ると、ジンバイの姿が見える。それほど遠い距離ではないが、走っていくには遠い。

「失礼、馬をお借りしたい」

ロウワンが近くにいる馬上のトレイトの兵士にそう言うと、兵士は慌てて馬を降りた。ロウワンは馬に飛び乗ると、駆けだした。シャイガンも馬を借りて後を追う。他のシーフォン達も続いた。

「我々も行くぞ！」

宰相が混乱する兵士達に発破をかけて後を追った。

ロウワンが駆けつけると、一頭の竜が、首に幾重もの縄をかけられて、もがいているところだった。他の竜達は空に飛び立ち、難を逃れていた。ジンバイも空に上がっている。

縄をかけた竜を押さえようと、男が十人ほど必死に縄を引っ張っている。

「何をしている！」

ロウワンは馬から飛び降りると、怒鳴りながら賊の下へと駆けていった。賊の男達は、現れた深紅の髪の男の姿に驚いて、一瞬動きを止めた。その隙を見逃さなかった。

「竜から離れろ!!」

ロウワンが叫び、カッとその金の瞳が赤く光った。その光を見た男達は次々に気を失って、バタバタとその場に倒れていく。残った男達は味方が次々に突然倒れたことに驚いて、竜を縛っていた縄から手を離した。賊達は何かを叫びながら、剣を抜いてロウワンに斬りかかってくる。一度に別の方向から三人の男に斬りかかられて、ロウワンは咄嗟に魔力を使えなかった。

「兄上！」

シャイガンが、ロウワンを襲う男の一人の顔面に蹴りを入れた。そのまま別の一人の剣を、剣技を使ってあっという間に払い落とし、柄を鳩尾《みぞおち》に入れて一撃で倒した。他のシーフォン達がロウワンを守るように飛び出してきて、次々と男達を剣技で倒して捕らえていった。

「陛下！　危ない！」

ロウワンはかけられた声に反応して、咄嗟に右に避けると左頬すれすれを矢が通過した。矢の放たれたと思われる茂みに視線を送り、カッと瞳を赤く光らせると、ドサリと何かが落ちる音がした。木の上にいた賊が落ちたのだろう。

護衛のシーフォン達が、その茂みに駆け寄り、他に賊はいないかを探った。

「もうこちらにはおりません」

茂みを探ったシーフォンが、そう報告したので、シャイガンは頷いて、ロウワンを見た。

「これで全部か？」

ロウワンはそう言って、倒れている賊達を見回した。

皆浅黒い肌に、ボサボサの黒い髪を縄で縛っていた。黒い変わった形のズボンのような物を穿《は》き、上半身は裸で胸や腕に不思議な模様の刺青《いれずみ》を入れている。腰や背中には、短剣や弓矢や縄など色々な武器を携えていた。

　蛮族だろう。

　賊達が使っていた縄を利用して、全員を縛り上げた。

　そこへようやくトレイトの兵士達が宰相と共に駆けつけた。

「これは……陛下、お怪我はありませんか？」

　捕らえられているたくさんの蛮族達を見て、宰相は顔色を変えた。

「私は大丈夫です。これが南の蛮族ですか？」

「そうです……もう二度と襲ってこないと思っていたのに……」

「竜を捕らえようとしていました。貴国の国境の外だし、ここまでは忍び込めたのでしょう……彼らは貴方がたにお任せします。皆、気を失っているだけだ」

「え⁉」

　ロウワンに言われて、宰相は改めて賊達を見た。確かに誰一人血を流していなかった。

「賊を斬らなかったのですか？」

「ええ、我々は戦わない。人を殺さないと申し上げたはずだ」

「しかし自分達を殺そうと襲ってきた者でさえ……ですか？」

「そうです。それが我らの規律なのです」

　ロウワンがそう答えると、宰相はただ呆然と立ち尽くしていた。話に聞いていても、実際に目にするまではやはり信じられずにいたのだ。いや、こうして目にしてもまだ信じられない。国王が襲われてもなお、戦わずにいるなんて……。

そうしている間に、次々と竜が舞い降りてきた。ロウワン達はそれを確認して頷き合う。

「それでは我々は帰ります……ふた月後までに、先ほどご説明した吊り橋の材料を揃えておいてください」

「わ、分かりました。必ずご用意いたします」

宰相が慌てて答えて、深々と頭を下げた。

すると捕らえていた賊の一人が目を覚ましたらしく、突然大声で何かを叫び始めた。ロウワン達に向かって、激しく怒鳴っている。

「この男は何を言っているのですか？」

ロウワンが眉間にしわを寄せて、男を一瞥した後、宰相に尋ねた。宰相も露骨に顔を歪めながら、男を睨みつけた。

「我々も蛮族の言葉はよく分からないのですが……盗人というような意味の言葉を言っているようです」

「盗人？　何のことだ？」

ロウワンは怪訝《けげん》そうな顔で首を傾げた。シャイガンと視線を交わしたが、シャイガンも肩を竦めている。

「どうかお気になさらずに、我々が始末いたしますので」

「大丈夫ですか？　蛮族から報復されませんか？」

シャイガンが心配そうに尋ねたので、宰相は苦笑しながら首を振った。

「始末と言っても……我々が蛮族を懲《こ》らしめるわけではありませんから……以前話した同盟国から、

もしも蛮族が襲ってきた場合の対処法を聞いていますので……こちらの方はどうぞご心配なく。お気をつけてお帰りください」

宰相は深々と頭を下げて、去っていくロウワン達を見送った。


ジンバイが城の塔の上にある自分の住み処に舞い降りてくると、ちょうど龍聖が階段を駆け上がってきた。ジンバイが着地すると、龍聖が近くまで近づいてきたので、ロウワンは微笑みながらジンバイの背から飛び降りた。

「ああ……ロウワン……おかえりなさい」

龍聖がロウワンに飛びつくように抱きついた。ロウワンは嬉しそうにその体を抱きしめる。

「ご無事で何より……そ、その頬はどうなさったのですか?」

龍聖がロウワンの顔を見て、驚きの声を上げる。左頬の赤くなっている部分にそっと触れる。ロウワンは笑みを浮かべて首を振り、頬に触れる龍聖の手を握った。

「赤くなっているだけだ。血は出ていないだろう?」

「どうなさったのですか?」

笑って誤魔化《ごまか》そうとするロウワンに、なおも龍聖が尋ねたので、ロウワンは困ったように小さく溜息をついた。

「実は賊に襲われかけたのだ。だが何事もなかった……大丈夫だよ。シャイガンが守ってくれた」

ロウワンの話を聞きながら、龍聖の大きな目にみるみる涙が溜まり始めたので、ロウワンは慌てて抱きしめて、龍聖の頭を何度も撫でた。

「大丈夫だと言っただろう……本当に何もなかったのだ。私はお前に嘘はつかぬ。だから賊に襲われた話も正直にした。な？　さあそんな顔をしないで笑っておくれ」

「本当に何もなかったのですか？」

「ああ、本当に何もない。私の言葉が信じられぬのか？」

ロウワンは抱きしめていた腕を緩めて、少し体を離すと龍聖の顔を覗き込んで優しい顔でそう尋ねた。龍聖は潤んだ瞳で、ロウワンをみつめ返しながら首を横に振る。

「すぐに戻ると約束したのも守ったであろう？　私は嘘はつかぬ」

「ロウワン……」

ロウワンは龍聖の額にそっと口づけた。

「さあ、私はまだ少しやらねばならぬ仕事が残っている。先に部屋に戻って待っていてくれ」

ロウワンは優しくそう言って、龍聖の頬を撫でると、離れた所で見守っているシアンに目配せをして、龍聖を預けた。そのまま先に城の中に入っていくロウワンを見送る龍聖を、シアンが優しく慰めた。

龍聖は涙を拭うと振り返り、ジンバイの顔を仰ぎ見る。

「ロウワンをお守りいただきありがとうございました。ジンバイ様」

龍聖が両手を合わせて祈るようにジンバイに礼を述べた。ジンバイは首を少し下げてから、ググッと喉を鳴らした。

「ジンバイ様も心配ないと仰せなのですね？　分かりました……信じることにいたします……ジンバ

イ様もゆっくりとお休みになってください」

龍聖がそう言って両手を胸に当てながら深々と頭を下げたので、ジンバイは目を細めてグルルッと鳴いた。

「さあ、ここは風が強く当たります。中に入りましょう」

シアンに促されて、龍聖はもう一度ジンバイに頭を下げてから、城の中へ入っていった。


「兄上！」

ロウワンが執務室で甲冑を脱ぎ終わった頃に、ノックもせずに勢いよくドアを開けてシュウエンが入ってきた。ロウワンは怪訝そうにシュウエンをみつめた。

「お前にしては珍しい……シャイガンのような現れ方だな」

「兄上！　のんきなことを言っている場合ではありません！　蛮族に襲われたそうではないですか！」

「ああ、正確にはウージンの竜が襲われたのだ。私が襲われたわけではない。しかしジンバイが上手くウージンの竜を抑えてくれたおかげで、大事にならずにすんだ。もしも竜が暴れて、蛮族を踏み殺していたら、今頃ウージンは無事ではなかった。本当に良かった」

「本当に良かったではありませんぞ!!」

ものすごい剣幕でシュウエンが怒鳴ったので、ロウワンは啞然としてシュウエンをみつめた。

「何をそんなに怒っているのだ」

「なぜ兄上が先陣を切って、賊のところへ向かったのですか！　せっかく護衛がついているのに、自ら争いの渦中《かちゅう》に飛び込んでは意味がないではないですか！」

「だが私の力を使って気絶させる方が早いだろう」

「その技は、シャイガンも使えます！　何のためにシャイガンが一緒についていったと思っているのですか！」

「ああ、もう、それくらいにしてください！」

そこに扉を開けて、シャイガンが入ってきた。シャイガンもようやく着替え終わって、急いで駆けつけたのだ。

「シャイガン！　お前がついていながら！」

「またですか？　さっきも散々怒られたのに……」

シャイガンが眉尻を下げて、困ったという様子で頭を掻いた。ロウワンも困った顔で佇んでいる。

「兄上がものすごい速さで、さっさと現場に行ってしまったのですから仕方ないでしょう。オレだって必死に追いかけたんですから」

シャイガンが勘弁してくださいよ……と困り顔でぼやく。

「兄上も兄上だ。貴方は国王なのですよ⁉　ご自分の立場をお考えください。同行している護衛の者達の立場もです」

「シュウエン兄上……貴方が言ったんですよ？　兄弟の中でロウワン兄上が一番血の気が多いと……まあ皆無事だったのですから、もういいではないですか」

シャイガンが宥めると、シュウエンはまだお怒り足りない様子でいる。目を吊り上げて二人を交互に睨みつけた。ロウワンは黙ったままで、そっと自分の机に着いた。呼び鈴を鳴らして侍女を呼び、お茶の用意を頼んでいる。

「兄上、今後貴方が西方に赴くことを禁じます」

「なっ！」

思いもかけない言葉に、ロウワンは絶句した。一呼吸置いて慌てて尋ねる。

「なぜだ！」

「蛮族がいるような危険な地に、貴方を行かせられません」

「他の場所だって、危険なところはいくらでもあるだろう。それにシャイガンの編み出した剣技もあるのだ。今回もそれで助けられた。大丈夫だ」

ロウワンはそう反論しながら、シャイガンへ視線を送ったが、シャイガンは素知らぬふりして視線を合わせなかった。そんなシャイガンの態度に、ロウワンはむっとする。

「私がこれからより一層外交に力を入れられるように、シャイガンは剣技の修業に行ってくれたのだ。どこに行っても私を守れるように！　そうだったなシャイガン！」

ロウワンはわざとシャイガンに、話の矛先《ほこさき》を向けた。シャイガンは焦ったように視線を泳がせている。

「蛮族は別です。あんな言葉も通じないような相手では、何が起こるかもわかりません。普通の敵とは違うのです。今まで白昼堂々、竜に縄をかけて奪おうとする者などいましたか？　常識が通じない相手なのです。兄上が西方に行くことは今後絶対に許しません」

シュウエンからものすごい勢いでピシャリと言われて、ロウワンは一言も返せなかった。そこへ侍女がお茶の用意を運んできたので、シャイガンが「まあお茶でも飲んで落ち着きましょう」と言って宥めた。

三人は無言でお茶をすすった。しばらくの間、なんともいえない気まずい空気が流れた。ロウワンは特に気にしているようには見えず、いつもと変わらぬ表情で、黙って茶をすすっている。シュウエンは明らかに不機嫌そうで、シャイガンはそんな二人を気にしている。

「それでどうだったのですか？　トレイトの王様は」

シュウエンが不機嫌そうな態度のままで、それでも尋ねてきた。

「ん？　ああ、正直な男だと思う。嘘もつけないが、すぐ騙される感じだな」

「あ～、分かる分かる」

ロウワンの評価に、シャイガンが笑いながら頷く。

「宰相はなかなか出来る男だと思う……お前と気が合いそうだ」

「私とですか？」

ロウワンがシュウエンに向かってそう言ったので、どういう意味だと眉根を寄せながらシュウエンが聞き返す。それにシャイガンが頷きながら大笑いしていた。

「ところで我々も吊り橋の準備に取りかかった方が良いだろう。土木作業の指揮官を決めなくてはならない」

「え？　我々も吊り橋を作るのですか？　手を貸してやるだけで、橋はトレイト側に造らせるのではないのですか？」

シュウエンが聞いていないというように目を丸くして聞き返してきた。

「東側の橋台くらいは、我々が作っても良いではないか」

「分かりました。すぐに人材を当たってみます」

ロウワンが呆れたように返したので、シュウエンは溜息交じりに承諾した。


「ロウワン」

その日、随分遅くなってからロウワンが部屋へ戻ってきた。待ちわびていた龍聖が、ロウワンに駆け寄る。

「ああ、すまなかったな。遅くなった」

抱きしめて額に口づける。

龍聖がすぐに左の頬を見たので、ロウワンは苦笑した。

「どうだ、もうそんなに赤くないだろう？」

「はい……腫《は》れてもおりませんね」

龍聖はそう言って、ほうっと安堵の息を漏らした。

「今日はもう遅い。休もう」

ロウワンは龍聖の肩を抱いて寝室へ向かった。

二人とも衣服を脱いで、薄い長衣だけになると、ロウワンはベッドへ入った。龍聖はロウワンの脱いだ衣服を畳んでいる。

「それはいいからおいで」

呼ばれたので畳みかけの衣服を置いて、龍聖がベッドに入った。ロウワンが両手を広げる。その中にすっぽりと収まると、優しく抱きしめられる。ロウワンの大きな腕の中に包まれるのは、とても心地よかった。ロウワンの胸に顔を埋めると、ロウワンの香りを嗅《か》いだ。

「シュウエンに叱られた」

「え？」

ポツリとロウワンが呟いたので、龍聖は驚いて顔を上げる。ロウワンが苦笑していた。

「叱られたのですか？」

龍聖が改めて尋ねると、ロウワンは頷いてまた苦笑する。

「なぜですか？」

「危ないことをするなと叱られたのだ。竜が蛮族に襲われたので、咄嗟に助けに向かったのだ。そのことを叱られた。そういう時はシャイガン達に任せろと……」

龍聖はその真っ黒な大きな瞳を、さらに大きく見開いて、じっとロウワンをみつめている。何か言いたげな顔をしていたが、きゅっと唇を噛むと、再びロウワンの胸に顔を埋めた。

ロウワンは龍聖の体を強く抱きしめて、龍聖の頭に口づけた。

「何だ？　シュウエンの言う通りだと思ったのだろう？」

そう耳元で囁かれて、龍聖は少し赤くなってふるふると首を横に振る。ロウワンは龍聖の髪を撫でながら、顔は見えないがきっと図星を指されて赤くなっているのだろうと思い、思わず微笑んでいた。

「そうだ……お前、ジンバイをねぎらってくれていただろう？　ジンバイがとても喜んでいた」

その言葉に驚いて、龍聖は顔を上げた。目が合うと、金色の瞳が優しく揺れていた。

「離れていても分かるのですか？」

「ああ、分かるよ」

「ジンバイ様は何かおっしゃっていましたか？」

「リューセーは優しいと言っていた」

それを聞いて耳まで赤くなった龍聖の頬に、そっと口づける。

「西方はどんなところですか？」

「こちらとは風景が違っていた。生えている木も違うようだ……トレイト王国には香辛料の畑が広がっていて、小さな赤い実をたくさんつけた作物が、一面に生えていて、それがとても綺麗だった」

「赤い香辛料……唐辛子のようなものでしょうか？」

「トウガラシ？　それは大和の香辛料か？　そうだな……もしかしたら似ているのかもしれぬな」

そう言ってまた口づけた。

「リューセーにも見せてやりたいが……そもそも私が西方へ行くのを禁止されてしまったからな」

「禁止されたのですか？　どなたがそんなことを？」

「シュウエンだよ。さっき叱られたと言っただろう」

「まあ」

これにはさすがの龍聖も、思わず吹き出して笑い始めた。

「だからもう私は危ないところには行かないよ。機嫌は直ったかい？」

「はい」

龍聖が頬を染めて恥ずかしそうに返事をしたので、ロウワンは優しく微笑んで龍聖の髪を撫でた。

カタンと音をたてて糸の並びが交差する。

「ああ……目を間違ってしまっている……あ～……難しいなぁ」

龍聖は独り言を呟いて溜息をついた。

王妃の部屋に機織《はたお》りの機械を運び込んでいた。機織りに興味を持ったので、一生懸命覚えているところだ。これはロウワンには秘密にしていて、ロウワンのために布を織り上げて、着物を縫いたいと考えていた。

「この機織りは、前の龍聖様が考案されたのですよね？　すごいなぁ……今では、エルマーンの一番の産業になっている」

「リューセー様も十分すごいと思いますよ」

シアンがクスクスと笑いながら言ったので、龍聖は首を傾げた。

「私の何がすごいのですか？」

「たくさんございます。リューセー様はお勉強が大好きで、薬草の研究もなさって、たくさん色々な薬を開発なさったし、その研究のすべてを書物におまとめになった。簡易薬を国民に配られた功績は素晴らしいです。アルピン達がどれほどリューセー様に感謝していることか」

「そんなことは……」

龍聖は恥ずかしそうに笑うと、織機を動かした。

しばらくして扉が開いた。

「失礼いたします、リューセー様。さあアイファ様、お母様ですよ」

乳母がアイファを連れて現れた。

乳母が近くまできて、そっと床にアイファを下ろすと、アイファはよちよちと歩いて、龍聖の下へ向かった。龍聖の姿を見て嬉しそうに笑いながら、一生懸命歩くアイファに、龍聖は笑みを零す。

「ああ、アイファ……おいで」

ようやく足下まで辿り着いたアイファを抱き上げた。柔らかな頬に頬ずりして、抱きしめる。声を上げて笑うアイファに、龍聖は目を細めた。

「今日はご機嫌だね」

「お母様と一緒だからですよ。さっきまでぐずってばかりでした」

乳母がそう言って苦笑する。龍聖はそれを聞いて少し驚いてから、腕の中のアイファをみつめた。

「ぐずっていたの？」

龍聖がそう尋ねてアイファの頬に口づけると、また「きゃあ」とアイファがかわいい声を上げて笑った。

「そうだ、今日はこのままアイファと一緒にいても良いですか？　最近ロウワンがとても忙しそうで、アイファに会っていないと思うのです。今夜は私達と一緒に寝かせます」

「大丈夫ですか？」

シアンが心配そうに尋ねると、龍聖は笑って頷いた。

「もしもアイファが泣き出して、ぐずって寝つかないで困ったとしても、どうか乳母も気にせずにいてください……たまには育児に困らないと、親であることを忘れてしまいそうですから……それにアイファのためにも……」

龍聖はそう言って、「ね？」と乳母の女性に笑いかけた。

「たまにはゆっくり夜を過ごしてください」

龍聖がそう声をかけると、乳母の女性は深々と頭を下げた。

「じゃあ早速今から子育て開始ですね」

龍聖はそう言って笑ってから、膝の上にアイファを抱いたままで機織りを始めた。


「ただいま戻った」

「おかえりなさいませ」

ロウワンが私室に戻ってくると、アイファを抱いた龍聖が出迎えた。

「おお、アイファ……どうしたのだ？」

「貴方が最近アイファに会っていないのではないかと思って、今夜は三人で過ごそうと思ったのです」

「そうか」

ロウワンは照れくさそうに笑って、アイファを腕に抱いた。まだ少し抱き方にぎこちなさがある。

ロウワンがアイファを抱く機会は、そんなに頻繁にはない。いやむしろ滅多にないというくらいだ。

龍聖は毎日日中、アイファを抱いてあやしたりしているが、夜は遅い時間になると、乳母が寝かしつけてしまうので、ロウワンは仕事で遅くなると、寝顔を覗きに行くくらいで終わってしまう。ここ最近はそれさえもなく、アイファに会うのは数日ぶりかもしれなかった。起きているアイファに会うのは、数ヶ月ぶりかもしれない。

アイファはすぐに龍聖の方に抱っこを強請《ねだ》る仕草をするので、ロウワンは困ったように笑う。

「私が父であることを覚えていないのかもしれぬ」

「そんなことはありません。今はちょうど、人見知りをする時期なのです。一日会わないだけでも、恥ずかしがるのですよ……まったく見知らぬ人と思うならば、アイファは今頃大泣きしています」

ロウワンの腕からアイファを受け取ると、あやしながら笑ってそう言った。龍聖の腕の中で落ち着いた様子のアイファは、じっとその大きな丸い瞳を見開いてロウワンをみつめている。

「それならばよいのだが……」

「これから時々、こういう時間をとりましょう。貴方もアイファの父であることを自覚していただきたいし……」

ロウワンはアイファと龍聖にそれぞれ頬に口づけて微笑んだ。

「そうだな……アイファも私に甘えてくれるくらいになってほしいものだ」

「そうなさってください」

龍聖がクスクスと笑う。龍聖が笑うので、アイファも声を上げて笑った。そんな二人を、ロウワンは目を細めて嬉しそうにみつめる。なんて愛しい光景だろうと思った。龍聖が美しい。いつもとはまた違う龍聖の姿だ。母親の顔になっている。

その後眠くなったアイファを龍聖が寝かしつけて、ベッドに三人で眠ることにした。

「夜泣きしてしまうかもしれませんが大丈夫ですか？」

「ああ、構わないよ」

ベッドに横になり、安らかに眠るアイファをみつめながら、ロウワンが微笑んで答えた。

「よくぞすくすくと健康に育ってくれた……じきに美しい娘になるだろう。アイファはお前によく似ている」

「私にですか？」

驚く龍聖に、ロウワンはクスリと笑う。

「私達の子供は、男女で作るそれとは違うかもしれぬが、お前の魂精で生を受け、お前の魂精で人となるのだ。お前に似たところが出来ても、決して不思議ではあるまい」

「私の魂精で生を受ける……」

龍聖はその言葉を口にしながら、眠るアイファの頭を撫でる。

「そうですね……男の私が子を孕《はら》むことが出来るのは不思議ですが、あなたのお力もあるのですよね」

ふいにロウワンがクスクスと何か思い出し笑いをした。龍聖が不思議そうな顔でみつめる。

「ああ、すまぬ……お前がこの子を産んだ時のことを思い出した。お前はお腹を下したと、勘違いしたんだったな」

それを聞いて、龍聖はみるみる耳まで赤くなった。

「そ、そのことはお忘れください」

龍聖がムキになって言うと、ロウワンが「シィ」と人差し指を口元に立てて言ったので、龍聖は口を手で塞いで、アイファを見た。まったく起きる様子はなく、安堵する。

「そのことを思い出すと、恥ずかしくて死にたくなるので、お止めください」

龍聖は小声でそう訴えた。ロウワンは頷きながら、なおもクスクスと笑う。

「さあ、私達も、もう寝よう」

「はい」

ロウワンは龍聖とアイファを、まとめて抱き込むようにして横になった。龍聖は幸せそうに微笑むと目を閉じた。


「昨夜は大丈夫そうでしたね」

シアンに言われて、龍聖は嬉しそうに笑った。

「成功して良かった……ロウワンがとても嬉しそうで……なんだか初めて親子らしい時間を過ごしたように思います」

「リューセー様は、赤子の世話を全面的に乳母にお任せになり、自分が出来ることを理解した上で、子育てに取り組まれていらっしゃるので、とても上手くいっているのだと思います。リューセー様は男性なのですから、いきなり母親になろうとするのは難しいこと……そのことで悩まれるリューセー様もいらっしゃったと聞いていましたから……真面目なリューセー様は、育児に悩まれるのではないかと心配しておりました」

シアンの言葉を聞いて、龍聖は頷いた。

「私は大家族の中で育ちました。赤子は母親だけではなく、みんなで育てるものだと……家の中で、いつも誰か手の空いた者が世話をしていました。祖父母や叔父叔母、歳の離れた兄弟……そのため、初産の母親も、家の仕事と初めての子育てに追われても、悩むことはなかったのです。そういうのを見て育ったので、私も、私の子に乳母がついてくださるというのならばお任せしようと思いました。だって私一人ではどうにも出来ませんから」

シアンは頷きながら聞いていた。

「でも最近、すっかり任せきりで甘えていることに気づいて、これではダメだと……私もですが、ロウワンが子供と過ごす時間が減っているのが気になってしまって……」

「良いことですよ」

シアンに褒められて、龍聖は少し恥ずかしそうに笑った。


渓谷では吊り橋の建設が進んでいた。東西でそれぞれに橋台が建てられていた。

「お願いしていたものは揃いましたか？」

西側に渡って、トレイト王国の現場責任者と話をしているのは、吊り橋工事の指揮官に任ぜられたメンウェイだ。シャイガンの息子で、まだ成人して間もないメンウェイは、重要な仕事に初めて大抜擢された。責任感からとても熱心に取り組んでいる。

「はい、これくらいの太さで大丈夫でしょうか？」

トレイト側が用意したとても太い特注の縄を見て、メンウェイは頷いた。

「これならば大丈夫だと思います」

早速一番重要な工事から始めることにした。トレイト王国が用意した縄を、竜が東側へ摑んで運ぶ。東西の橋台に架けた縄は、吊り橋の最も重要な『吊り』の部分になる。四本の太い縄は、あっという間に橋台に架けられた。

それを見て、トレイト王国の者達は感動していた。縄を向こう側に渡すことが、最も難しい作業だと思われていたからだ。今までは矢に縛りつけた糸に縄を結わえて、弓矢を使って向こう側に渡す方法が採られていた。だがこの方法では、渡す縄の太さに限界があった。そのため現在架けられているような細い吊り橋を作るのが精いっぱいだった。

人間が抱え上げるのもようやくというような太い縄を、渓谷の遠い向こう岸に渡すなど不可能だったが、たった今、竜を使ってあっという間に渡してしまった。

「大きな橋を作る」と言われていた夢のような話が、実現出来そうな期待が持てた。

こうして馬車も通れる大きな吊り橋は、半年で完成した。

トレイト王国は、吊り橋から自国の国境までの道を整備し、国境にあった古びた関所も建て直した。橋のトレイト側の入り口脇には砦《とりで》が築かれて、見張りの兵士が五人常駐して交代で物見に立ち、蛮族から橋を守る策が取られた。

こうして橋の完成と共に、エルマーン王国とトレイト王国の交易が始まった。

エルマーン王国経由で、旅の隊商達も次々とトレイト王国に渡ったので、トレイト王国はたくさんの旅人と商品に溢れ、城下町は今までにないほど活気に満ちていた。それまでほとんど利用のなかった宿屋がいくつも必要になり、酒場も盛況だった。

最初は異国の者達に戸惑っていたトレイト王国の国民も、次第に喜び歓迎するようになっていった。

噂を聞きつけた他の国が、エルマーン王国を通じて国交締結を打診してくるのに、それほどの時間は要さなかった。

吊り橋完成から二年後には、トレイト王国は交易の盛んな国へ変貌していた。


「リューセー様、今日は勉強会の日ではございませんでしたか?」

王妃の私室でソファにぼんやりと座っている龍聖に、シアンがそう声をかけた。しかし返事がないので、シアンは不思議そうな顔で龍聖に近づいた。

「リューセー様? どうかなさいましたか?」

ぼんやりしていた龍聖は、そこでようやく我に返った。

「あ、ごめんなさい。何か言いましたか?」

「今日は勉強会の日ではなかったかと……伺ったのです。薬草の……」

「あ! そうでした! 忘れていました!」

龍聖は医学に興味のある若いシーフォン達に、薬草の知識を教える勉強会を三日に一度開いていた。今日がその日のはずだった。

慌てて立ち上がった龍聖は、眩暈《めまい》を覚えてそのまま座り込んでしまった。

「リューセー様?」

「あ、ごめん……ちょっと眩暈がして……」

「大丈夫ですか？　最近お忙しそうにしていらっしゃるから、お疲れなのではないですか？」

「ええ……なんか朝からあまり調子が良くなくて……体が重いし、少し熱があるように思うのです……」

龍聖はそこまで言ったところで、ハッとしてシアンを見た。シアンも何か察したようだ。二人はほぼ同時に、龍聖の左腕の袖をめくり上げた。すると龍聖の証《あかし》である藍色の文様が、朱色に代わっていた。

「あっ……」

「リューセー様……これは……」

「懐妊の証ですよね？」

龍聖が興奮した様子でそう言うと、シアンが微笑んで頷いた。

「念のために医師を呼びましょう。あ、その前に、どうぞリューセー様は、ベッドに横になってください」

「向こうの寝室に行きます」

龍聖は王の私室へ移動して寝室で休むことにした。医師が呼ばれ診察を受けて、懐妊が確定した。

「リューセー」

しばらくしてロウワンが戻ってきた。知らせを聞いて駆けつけたのだ。

「ロウワン」

「リューセー……よくやった……よくやった」

ロウワンが何度もそう言って、龍聖の頭を撫でた。

それから六日後、熱に浮かされながら龍聖は竜王の卵を産み落とした。


「竜王？」

「はい、御世継ぎにございます……リューセー様、おめでとうございます」

シアンが目に涙を浮かべながらそう言ったので、龍聖は最初ぼんやりとしていたが、次第に理解してきたのか、笑顔に変わりやがて目にいっぱいの涙を浮かべた。

「陛下もさぞお喜びになるでしょう」

ロウワンは朝から、外交に出ていた。出産間近なことは分かっていたので、日帰りですぐに戻るからと言って出立したのだ。

ロウワンは予定をかなり早く切り上げて戻ってきた。

「リューセー！」

バタバタと珍しく、ロウワンが慌てた様子で廊下を走ってきた。

「リューセー！」

ロウワンが寝室に飛び込んでくると、ベッドには布に包まれた卵を抱いて座る龍聖がいた。ロウワンの姿を見て笑顔に変わる。

「ロウワン、おかえりなさいませ」

「リューセー！　世継ぎが生まれたというのは本当か？」

「はい、こちらに……」

龍聖が見せた卵は、確かに竜王の証が表面に浮かび上がった真珠色の美しい卵だった。

「ああ……」

ロウワンは崩れるようにベッドの端に座り込んでしまった。

「ロウワン？」

「ああ、なんだか気が抜けてしまったのだ……良かった……リューセー……良かったな」

「はい、とても嬉しゅうございます」

二人は喜び合った。

世継ぎの誕生の知らせは、国中を駆けまわった。人々は喜び、城下町はお祭り騒ぎとなった。

「良かった……本当に良かった……」

シュウエンとシャイガンも心から喜び合った。

その年は、エルマーンにとって良いことばかりが続いていた。トレイト王国との交易も順調で、岩塩の流通を橋渡しする繋がりから、長く国交交渉に応じなかった国とも国交を結ぶことが出来た。力を入れていた外交に、次々と良い成果が出てきていた。

国内では、世継ぎ誕生の効果で出生率が前年よりも上がった。良い年だと皆がそう思っていた。

第7章

その日、龍聖はいつものように中庭の薬草園で、薬草の世話をしていた。

「今日もいい天気ですね」

龍聖は晴れ渡った空を見上げて、空高く飛び交う竜達を眺めた。いつもと変わらぬ平和な日常、見慣れた風景。龍聖がこの世界に来て十年以上が経つ。

ロウワンに愛され、二人の子宝に恵まれ、それも待望の世継ぎを産むことが出来て、今が一番幸せだと、龍聖はつくづく思っていた。

薬草園も随分立派になりつつあった。最初は手探りで始めたが、世界中から色々な薬効のある植物の種や苗を少しずつ集めて増やしていき、中庭の一角だけでは手狭になったので、城の外に薬草専用の畑を作って、量産も始めている。

現在、中庭の薬草園では、薬の調合研究に使うための栽培や、新しい薬草の栽培実験が行われていた。

医師達も今では龍聖の作る薬草に強い関心を寄せていて、若い医師見習いが龍聖の助手として薬草園管理の手伝いを買って出ていた。

「リューセー様、シアン様がお戻りになりました」

手伝いの侍女が、そう龍聖に声をかけたので、龍聖は手を止めて城の方に目を向けた。ちょうどシアンが、大きな麻袋を抱えて中庭に降りてくるところだ。

「誰かシアンを手伝ってあげてください」

思っていたよりも大きな麻袋を抱えているシアンを見て、驚いた龍聖が慌てて近くにいる者達に声をかけた。シアンは龍聖に頼まれて、薬草のための肥料を取りに行っていたのだ。

龍聖の護衛に立っていた二人の兵士が、龍聖の指示を聞いて急いでシアンの下に駆けていった。しかしやってきた兵士達を、シアンが怒った様子で追い返している。

おそらく龍聖の護衛を離れて来るなどけしからんと、シアンが兵士を叱っているのだろう。傍から見ていても、それが容易に想像出来るので、龍聖は思わず吹き出してしまった。

「すみませんが、貴女達が手伝いに行ってくれますか？」

その場を収めようと、龍聖は側にいた侍女にお願いをした。二人の侍女も、状況を理解したらしく、クスクスと笑いながら急いでシアンの下に駆けていった。

異変は突然起こった。

ドンッ！　という爆発音のようなものが遠くで聞こえた。それに続いて、悲鳴と怒声が入り交じった騒ぎが城の中で起こり、続けてまたドンッドンッという爆発音が響いた。

「今のは一体何ですか？」

龍聖が驚いて立ち上がり、辺りを見回した。

ドンッとまた爆発音が響く。

「四回目ですね……下の階のようですが……」

隣に立つ医師見習いに、龍聖はそう話しかけた。

「リューセー様、ここは危険です。部屋へお戻りください」

護衛の二人の兵士が、龍聖の下に駆け戻りながらそう叫んだ。

「リューセー様！　こちらへ早く！」

シアンも血相を変えて、麻袋をその場に投げ捨てながら叫んだ。

「はい！」

龍聖は大きな声で答えて、兵士に護衛されながら、シアンの下へ向かった。

その時ドンッとすぐ近くで爆発音がした。ガシャーンと廊下の窓ガラスが一斉に割れる。黒い煙が割れた窓から立ち上った。龍聖達のいる場所からそれほど遠くない距離だ。

「リューセー様！　止まってください！」

シアンが爆発のあった場所との距離を見て、ここから城に入る方が危険だと判断した。駆けてくる龍聖を制して、辺りに神経を配りながら龍聖の下へ近づこうとした。

「そっちに行ったぞ！」

城の中から怒声が聞こえる。すると割れた窓から男が二人飛び出してきた。日焼けした浅黒い肌で上半身が裸の、話に聞く蛮族のような男達だった。逃げ場を探して辺りをきょろきょろと見回している。龍聖の下に駆け寄る侍女達を目ざとく見つけた。男達はニヤリと笑うと、龍聖達の方へ走り出した。人質に出来るとでも思ったのだろう。

「リューセー様！　お逃げください！」

二人の兵士は、男達を足止めしようと剣を抜いて身構えた。龍聖は侍女の手を引いて、中庭の奥に向かって走りだした。

ドンッと今度はすぐ近くで爆発音がした。驚いて龍聖が振り返ると、中庭で小規模だが爆発が起きて、先ほどの護衛の兵士が二人とも吹き飛ばされるのが見えた。その爆発をよけながら、賊がこちらに向かって走ってくる。異常に足が速い。追いつかれると思った瞬間、龍聖は咄嗟に持っていた鍬《くわ》を振り上げた。

　意表を突かれたのか、男の一人が足をもつれさせて転んだ。もう一人は鍬をよけて後ろに飛び退いた。

　龍聖は鍬を両手で強く握ると、木刀のように構える。

「やあ！」

　転んでいた男が起き上がり、短剣を振りかざして飛びかかってきた。

　龍聖は鍬を振り下ろし、飛びかかってきた男の肩を思いきり打った。

「ぐわっ」

　男は肩を押さえて後ろによろめき尻もちをつく。もう一人は間合いを取って警戒していた。

「リューセー様！」

　シアンが剣を抜いて、叫びながら駆けてくる。

「シアン！」

　龍聖が一瞬気を取られた隙に、男が短剣を振りかざして飛びかかってきた。

「たあ！」

　龍聖はすんでのところで鍬を横に構えて短剣を受け止めた。

「やあ！」

　そこへシアンが剣で切りかかった。男は咄嗟に飛び退いたが、シアンの剣先が、男の右腕をかすめ

て傷を負わせた。シアンは龍聖の前に立つと、剣を構えて男を睨みつける。

二人の男達は立ち上がり、顔をしかめながらぶつぶつと、知らない言葉で何か言っていた。

「リューセー様は下がっていてください」

シアンが小声で、後ろに立つ龍聖に向かって言った。

「で、でも二人を相手では……私も戦います」

「大丈夫ですから、下がっていてください」

シアンが龍聖を気にして一瞬後ろを見ようとした時、その隙を見逃さず二人の男が奇声を上げながら同時に飛びかかってきた。

「ぐっ……！」

シアンは二人の短剣を、なんとか剣で受け止めたが、さすがに二人がかりの力に抗うことは出来なかった。よろめいて片膝をつきかけて、シアンは苦し気に顔を歪めた。

そこへグオオオッと鳴きながら一頭の竜が地面すれすれに飛んできた。その羽ばたきで巻き起こる風に、男達も龍聖達も飛ばされそうになって、バタバタと尻もちをついてしまった。

「うわぁ！」

皆が悲鳴を上げる。

「リューセー様！」

シアンが転びながらも、体を反転させて起き上がり、後ろで尻もちをついていた龍聖の腕を掴んで引き起こした。

「こちらにお逃げください！」

「シアン！　危ない！」

龍聖が空を見上げて叫んだ。釣られてシアンも空を見上げると、たくさんの竜が上空に集まってきていた。龍聖の危機を察した竜達が助けに来たのだ。殺気立った竜達が今にも一斉に、舞い降りてきそうな勢いで咆哮を上げている。

倒れている賊達も驚いた様子で、空を見上げていた。

グオオオォォォッと一際大きな咆哮が響き渡った。中央の塔からだ。その場にいた者達が声のする方を見上げると、塔の上に黄金の竜が半分体を乗り出していた。上空で殺気立っていた竜達が、一瞬で静かになり少し高度を上げて中庭の上空から離れ始める。

竜達の脅威は去ったと、賊達が安心したのも束の間だった。賊達が立ち上がると同時に、悲鳴のような声を上げて、バッと素早い動きで再び塔を見上げた。

そこには黄金の竜が、首をもたげてじっとこちらを見ている姿があった。その眼光に、只《ただ》ならぬ殺気を感じたらしい。野生に近い蛮族ならではの勘かもしれなかった。

立ち竦んでいる二人の賊の足が微かに震えているのが分かった。

シアンは悟られないように、龍聖の腕を摑んだまま、ゆっくりと後退りをして少しでも賊から離れようとした。

トサッと草の上に何かが落ちる音がした。シアンが視線を送ると、賊達が短剣を落とした音だった。ジンバイの脅威に降参したのか？　とシアンは思った。だがそれは違っていたと、瞬時に悟った。

「リューセー様！」

シアンは力の限り龍聖を突き飛ばした。そしてその上に覆いかぶさるように倒れ込む。それとほぼ同時だった。

ドンッ！　と爆発が起きた。

爆発の衝撃と吹き飛んで散らばる草交じりの土、耳をつんざくような爆音……龍聖は一瞬何が起きたのか分からなかった。

「リューセー様！」

「リューセー様！」

それが一瞬だったのか、もっと長い時間だったのかは分からない。意識がはっきりしてきて、駆け寄ってくる兵士達の声が聞こえてきた。耳鳴りがひどくて、硝煙の匂いに思わずむせて咳き込んだ。

兵士達が駆け寄り、倒れている龍聖を救出した。

「リューセー様！　ご無事ですか？」

「んっんん……だ、大丈夫です」

耳が痛くて頭がくらくらしていたが、龍聖はなんとかそう答えた。

「おい！　誰か医師を呼んでこい！」

「シャイガン様に知らせを！」

ばたばたとたくさんの人の足音が聞こえて、怒鳴り合うような声も聞こえた。そこでようやく龍聖は、すべてを思い出して我に返った。

「シアン……シアンは？」

龍聖を助け起こしてくれた兵士に尋ねた。兵士は沈痛な面持ちで答えなかった。龍聖は兵士の視線の先を辿り、額から血を流して倒れているシアンの姿を見つけた。

「シアン？」

龍聖は慌ててシアンの下に這うように近づき、名前を呼びながらすがりついた。

「シアン!?　シアン！　しっかりしてください！」

龍聖の必死の呼びかけに、シアンがうっすらと目を開けた。

「シアン！」

「リューセー様……ご無事でしたか？　良かった……」

シアンは龍聖の顔を見てそう呟くと、安堵したように薄く微笑んでガクリと頭を垂れた。

「シアン!!」


「リューセー!!」

血相を変えたロウワンが、部屋の中に飛び込んできた。そこには医師と共に、必死の様子でシアンの治療をしている龍聖の姿があった。

「リューセー！　襲われたというのは本当か？　怪我は？　怪我はないのか？」

ロウワンは真っ青な顔で龍聖に駆け寄り、両手で肩を掴んで尋ねた。龍聖は治療の手を止めて、一瞬目を丸くしてロウワンをみつめたが、微かに作り笑顔を見せて、肩を掴むロウワンの手を握った。

「私は大丈夫です。兵士の方々やシアンがその身を犠牲にして助けてくださいました」

龍聖の言葉を聞いて、ロウワンは安堵する間もなく、そこで初めて気づいたかのように、ベッドに横たわる傷だらけのシアンを見た。

「シアン……大丈夫なのか？」

「傷はひどいですが、命に別状はありません」

表情を曇らせて俯いた龍聖の代わりに、医師がロウワンに答えた。

「ロウワン、心配をおかけしてしまい申し訳ありませんでした。でも私はこうしてたいした怪我もなく無事です。ロウワンが心配なさるので正直に申し上げますが、ここに掠り傷がひとつと、お尻に軽い打ち身がありますが、それ以外に怪我はありません」

龍聖は右袖をめくり上げて、肘の擦り傷を見せながら答えた。ロウワンは真面目な顔で傷を間近にみつめて、腫れや出血がないことを確認して頷いた。

「大変な事態です。私はここで私が出来ることを精いっぱいにやりますので、貴方は王としての務めに全力を注いでください」

龍聖は気丈に振る舞ってはっきりとそう告げた。ロウワンは目を瞠り、ようやく自分を取り戻した。龍聖の凛とした態度に、うろたえて自分の務めを忘れてここに駆け込んできたことを恥じた。改めて部屋の中を見渡すと、シアンだけではなく怪我をした兵士や侍女がベッドに横たわり、医師達の治療を受けていた。

「そうだな……そうだった。すまない。リューセー、ここはお前に任せた。あとを頼む」

ロウワンはそう言って、龍聖の額に軽く口づけて部屋を出ていった。


「陛下！」

廊下に出たロウワンが、厳しい表情で騒然とした城の様子をみつめていると、シャイガンが駆けてきた。

「リューセー様はご無事でしたでしょう?」

シャイガンは、ロウワンが出てきたであろう部屋の方に視線を送って、ロウワンを宥めるように言った。だがいつもの飄々《ひょうひょう》とした様子は微塵《みじん》もない。硬い表情でロウワンがみつめていた方角へ視線を向ける。廊下の奥からは、まだうっすらと煙が流れてきていた。兵士達が忙しなく駆けまわっているのが見える。

この場所は爆発現場からは離れているが、怪我人の治療のため中庭から出来るだけ近い部屋に、急遽用意された治療部屋だった。一歩廊下に出れば、硝煙の匂いの残る生々しい事故現場が見える。

部屋の周囲にはたくさんの兵士が配置されていた。何人《なんぴと》も近づけまいと、兵士達も皆殺気立っている。

「全兵士で城の中をくまなく探索いたしました。もう賊はいないものと思われます」

「関所は閉鎖したか」

「はい、南北共に閉鎖し、城下には他国の者の国外退去の勅令を出しました。城下町では多少の混乱はあるもののアルピン達の協力で、粛々と他国の者達の退去が始まっています」

「分かった……詳しい報告は、執務室で聞こう」

ロウワンがシャイガンと共に執務室に戻ると、シュウエンが次々と届く被害報告をまとめていた。

「あ、兄上……リューセー様はご無事でしたか?」

「ああ、無事だった。自分の務めを果たせと追い返されたよ」

ロウワンがそう苦笑して言ったので、シュウエンは驚いて読んでいた報告書から顔を上げた。

「それは……」

「さすがリューセー様と言うべきだな」

シュウエンが返事に躊躇《ちゅうちょ》していると、代わりにシャイガンが答えた。

「それでリューセー様は、姫様と一緒にいらしたのですか？」

「いや、医師達と共に負傷者の治療に専念していた」

ロウワンは淡々とそう語りながらソファに腰を下ろした。シュウエンはさらに驚いて言葉を失っている。シャイガンはすべてを知っていたので、特に驚くこともなくロウワンの向かい側に腰を下ろした。

「それで？　現在分かっている被害状況は？」

ロウワンが険しい表情でシュウエンに尋ねると、シュウエンは我に返って机の上に散らばった報告書を集めて摑み、ロウワン達の下へ移動した。

ソファの前のテーブルに報告書を置いて、シュウエンはシャイガンの隣に座った。

「死者は兵士六人、侍女四人。怪我人は兵士十八人、侍女六人、書記官のイージア、ウェイマン、側近のシアン……これらはすべて爆発に巻き込まれた者です。爆発による被害箇所は、運搬用玄関、一階兵舎通路、二階工房前通路、階段踊り場、三階大広間前廊下、中庭、以上六ヶ所です」

ロウワンはシュウエンの報告を聞きながら、詳細が書かれた報告書に目を通した。

「賊は全部で九人。全員捕らえております。うち戦闘で五人死亡。二人自決、残り二人も自決しましたが命を取り留めていたため治療して拘束しております。この二人はリューセー様を襲った賊です」

続けてシャイガンが報告をした。

「賊を治療しているのか？」

シュウエンが眉をひそめて言ったので、シャイガンは真面目な顔で頷いた。

「助けるのが目的ではない。襲撃の目的と誰の差し金かを吐かせるためだ。もっとも瀕死の状態だから、回復は見込めないかもしれない」

シャイガンの言葉を聞いて、ロウワンは頷いた。

「尋問はしているのか？」

「はい、ただ蛮族の言葉は独特で……訛りがひどくて通訳に時間がかかっています」

「すぐに死なせるな。なんとしてもあと数日は持ちこたえさせるのだ」

ロウワンが眉間にしわを寄せながら、厳しい口調でそう言った。

「助けてどうなさるのですか？」

シュウエンが怪訝そうに眉根を寄せて尋ねたので、同意するようにシャイガンも頷いてロウワンをみつめた。

「トレイト王国に連れていき差し出すつもりだ」

ロウワンの言葉に、二人は表情を硬くした。

「蛮族がどうやって我が国に潜入したのかは分からないが、可能性としてはトレイト王国からの物資の搬入時だろう。本日はトレイト王国からの馬車は来ていたのか？」

「はい、四台到着しています。馬車に乗っていたトレイトの者は拘束しております。こちらも現在尋問中です」

シャイガンの報告に、ロウワンは深く頷いた。そのまま目を閉じてしばらく考え込んでいる。シュウエン達は黙ってロウワンの動向を見守った。

ロウワンは眉間に深くしわを寄せながら、黙考を続けていたが、やがて額に手を当てて深く長い溜息をついた。

「かつて……このような惨事があっただろうか……こんな……一方的な暴力が……」

「兄上……」

「だがこんな時こそ冷静にならなければならない。感情的になってはならない。二人ともより一層慎重に調査を進めるのだ」

「はい」

「亡くなった兵士達の遺体を、家族が引き取りに来たら教えてくれ。私が自ら陳謝する」

「はい」

二人は深く頭を下げた。

「では、私は蛮族の尋問の様子を見てまいります」

シャイガンがそう言って立ち上がった。

「私はトレイト王国の者達の様子を見てまいります」

シュウエンもそう言って立ち上がった。

「頼む」

ロウワンは二人を送り出すと、再び報告書に目を通した。

その日の夕方、再びシュウエンとシャイガンが、ロウワンの執務室に集まっていた。それぞれが調べた事件の詳細を持って、ロウワンの下に報告に来たのだ。

ロウワンは難しい顔で、念入りに報告書を読み込んでは、じっと目を瞑《つむ》って考え込み、また報告書を読み返すという行為を何度も繰り返して熟考した。

シュウエンとシャイガンは黙って見守った。

「つまり……トレイト王国が蛮族と手を組んで仕組んだ恐れがあると？」

長い沈黙の後、ロウワンがようやくそう言って、二人を交互にみつめた。シュウエンは沈痛な面持ちでゆっくり頷いた。

「まだ確証はありませんが……」

シュウエンがそう答えると、シャイガンが怒りの表情で首を横に振った。

「確証？　あの馬車が十分証拠になるでしょう。あの馬車は荷台が二重底で、人が隠れられるようになっていた。蛮族はそこに入って我が国に潜入したんだ。そしてあの馬車はトレイト王国の馬車だ。これが手を組んだということ以外の何だと？」

「しかし馬車の御者《ぎょしゃ》をしていたトレイト王国の者達は何も知らないと言っている」

「兄上！　なぜそのような言葉を真に受ける？　おかしいでしょう？　トレイト王国から我が国まで七日近くかかる行程だ。そんな長い間一緒に旅してきて知らないはずはないでしょう？　蛮族達が七日間もずっと馬車の二重底の隙間に隠れ続けていたはずはない」

「誰も『蛮族を知らなかった』などとは言っていないだろう。彼らは『なぜ蛮族が乗っていたのかは知らない』と言ったんだ。震えながら……震えていたんだ。蛮族のことを恐れていた。あの顔は嘘を言っている顔ではない。彼らとて蛮族を乗せた馬車の旅は恐怖だったのだ」

「しかし！」

「もう良い！　よさぬか！」

二人の言い争いを、ロウワンが大きな声で制した。厳しい眼差しで睨みつけられて、シュウエンもシャイガンも、顔を強張らせて黙り込んだ。

「感情的になってはならないと言ったはずだ。冷静に事実だけを収集し、判断を下さねばならない。感情的になって自分の思考を混ぜて事実と取り違えてはならない」

ロウワンの言葉に、シャイガンは一瞬顔色を変えた。何か言いたげな顔をしたが、ロウワンの厳しい眼差しを前に、何も言いだすことは出来なかった。

「蛮族が隠れていた二重底の馬車を用意していたのはトレイト王国だというのは事実だろう。だが御者の『知らなかった』という言葉も事実だ。共に旅をしてきたのだから知らないはずはないという部分は、あくまでもシャイガンの想像でしかない。たとえ……」

シャイガンが不服の表情で口を開きかけたのを制するように、ロウワンはもう一度睨んで語気を強めた。

「たとえ皆がそうだろうとしか思えない状況であったとしても、その事実が立証出来ない以上は、ただの想像でしかない。シュウエンの言い分はそういうことだ。そして私もそう思う。たとえどちらが正しかろうと、被害報告書に『～と思われる』などという私見を用いてはならない」

ロウワンはそう言って、報告書をテーブルの上にタンッと叩きつけて言ったので、シャイガンは顔面蒼白になって口を閉ざした。

「陛下……醜態《しゅうたい》をお見せしてしまい申し訳ありませんでした」

シュウエンが深く頭を下げて謝罪すると、シャイガンも慌てて頭を下げた。ロウワンはひとつ溜息をついた。

「それで……蛮族が襲撃してきた理由は、我らに対する怨恨による復讐と言ったのだな？」

「はい、彼らの言葉を要約すると、獲物の竜を横取りした報復だと……竜を見つけて先に捕らえていたのは自分達で、一度縄をかけた獲物を横取りするのは、彼らの世界では許されない行為だと……禁忌《きき》を犯した異国の者達が何者か、この二年もの間探し続けていて、ようやく報復に至ったのだと……そう言っていました」

「……なるほど」

シャイガンの報告を聞いて、一呼吸置いて発したロウワンの返事には、呆れたような色があった。

「彼らには彼らなりの理由があったというわけか……分かった。だが我々は蛮族達に対して、戦いを挑むことは出来ないし、また彼らと平和的な話し合いも出来ない。彼らが話の通じる相手だとは思えないからだ。よって、生き残りの蛮族二名と、荷馬車をトレイト王国に引き渡し、これ以上の関わりを断つ。トレイト王国との国交は断絶する。すぐにこれらの経緯をまとめて、トレイト王国に使者をたてよ」

「はい」

「なお、使者にはアルピンの兵士を使い、竜にて渓谷の手前まで運びそこからは馬を走らせるように……渓谷の向こう側の状況が分からぬ以上、竜を近づけることは避けたい。正式な使者は明日改めて行く旨もあわせて知らせるように」

「かしこまりました。直ちに準備をいたします」

シャイガンはそう言って立ち上がり、ロウワンに一礼をして執務室を後にした。

「陛下」

シャイガンが去った後、残ったシュウエンはしばらく沈黙していたが、重々しい空気の中意を決したように口を開いた。ロウワンは無言のままで、腕組みをして座っている。

「陛下、私は……これは私の勝手な考えですが……アリリオ王がこのような大それた計画を、仕組むとは到底考えられません」

「確かにそうだろう……しかしトレイト王国側にいかなる事情があろうとも、我らはそれを許すつもりはない」

ロウワンは強い意志を示して答えた。

「はい、かしこまりました」

シュウエンは神妙な面持ちで頭を下げた。


あくる日の昼間、シャイガンとヨウヨンは、トレイトの王城、謁見の間に立っていた。昨日届いたエルマーン王国からの急使を受け、トレイト王国は大混乱になり、夜を徹して原因究明が行われた。

「申し訳ない……申し訳ない」

アリリオ王が必死で陳謝するのを、シャイガンとヨウヨンは沈痛な面持ちでみつめていた。

「それではそちらの家臣が蛮族に協力したのは間違いないのですね」

「はい、すでに捕らえて自供させております。財務副大臣のシプリアノという者です。半月前に国境付近で蛮族の襲撃に遭い、娘を攫われて人質にされ協力するように脅されたと……交易の馬車に仕掛けを作り、蛮族が潜入する手助けをしたそうです」

宰相が血色を失った顔で、土下座をしたまま答えた。シャイガンが険しい表情で宰相を睨みつける。

「国境周辺の警備は強化したのではなかったのですか？」

「それが……岩塩採掘所の拡張を行ったりしていたため、そちらに人を優先して使い、一時期国境周辺の警備が手薄になっていました」

「それは貴方がたもご存知だったので？」

「申し訳ありません……言い訳はいたしません……我々も国民も未だかつてない状況の変化に、すっかり舞い上がっていました。たくさんの旅人の往来、色々な国からの交易の申し出……ただ浮かれていて……街の整備や採掘所や畑の拡張などに気を取られ、甘く考えていたと思います」

宰相はそう言って、やつれ果てた様子で床に額がつくほど頭を下げた。

「半月前に蛮族からの強襲に遭ってからは、国境の警備を強化いたしました。それ以来何事もなかったため安心していたのです。まさかこんな……申し訳ない……申し訳ない」

王はただただ陳謝するのみだった。

シャイガンとヨウヨンは顔を見合わせた。

「我が王からはただひとつだけ言いつかってきております。貴国との国交を断絶する……それだけです」

ヨウヨンがそう告げると、声もなく宰相とアリリオ王はその場に崩れ伏した。

「本日、日の入り前に橋を落としますので、国内に滞在している隊商、旅人に通達を行ってください」

「ああ!! それだけはっ……それだけはどうかお許しください!! 橋がなくなれば、他国との国交も断絶してしまいます!!」

アリリオ王は跳ね起きて、両手を合わせて祈るように必死の形相で懇願した。

「我が国との国交は断たれたのです……最初からその約束だったはずです」

シャイガンが冷酷にそう言い放つと、アリリオ王の顔は土色に変わり、脂汗を流して震えながら嗚《お》咽《えつ》した。

「昨日お知らせした通り、我が国は大きな損害を被った。他国であれば宣戦布告とみなし、貴国と蛮族の国に対して、戦争を起こしてもやむを得ないほどの事態なのはご存じのはず……しかし我々は非戦闘国です。戦わない以上、自国を防衛するために橋を落とすのは、正当な行為でしょう」

ヨウヨンが厳しい口調で言いきった。

「アリリオ王……あれほど蛮族を取り締まるよう、警告したはずです。貴方がたはこの百年、ヴェルネリとの盟約により蛮族からの脅威がなくなっていたため、少しばかり蛮族に対する危機意識が薄れていたのではありませんか？ しかし蛮族が平和的になったわけでは決してない。交易を行う上できちんと警備するように言ったはずです……もしも貴方がたが今後さらに警備を強化するから橋を残してほしいと言ったとしても、今回の我が国で起こった事件が他国に知れれば、おそらく国交を断ちたいと申し出る国が増えるでしょう。蛮族を野放しにした貴方がたに責任があるのですよ」

シャイガンは冷静な口調で淡々と告げた。厳しい態度のヨウヨンよりも、一見は寛容に見えるかもしれないが、その視線は冷淡で一切の反論を許さなかった。

「それでは即刻、橋が落とされる旨の通達を出してください。我々は渓谷の向こうで待機しております。失礼いたします」

シャイガンとヨウヨンはアリリオ王達の目の前で、条約書を破り捨てて王城を後にした。

それからほどなくして、たくさんの馬車が逃げ出すように、トレイト王国を出国した。橋が落とされるという報が、城下に流されたようだ。

慌てて去っていく他国の者達以外に、知らせを聞いたトレイト王国の国民達も駆けつけて、「橋を落とさないでくれ」と皆が泣きながら口々に懇願していた。ほとんどの者が、何が起きたかも知らず、一方的に橋を落とされると思っているため、怒りの表情で反対の声を上げる者達も多く見られた。

今にも暴動が起こりそうな様子に、トレイト王国の兵士が出てきて、諫め始めた。

やがて橋を通る者は誰もいなくなった。

シャイガンは茜色《あかねいろ》に染まる空を、黙ってみつめていた。

「シャイガン様、そろそろ」

ヨウヨンがそう言って促したので、シャイガンは頷いて竜の背に乗った。ヨウヨンの乗った竜が空に舞い上がり、続けてシャイガンの竜も空に舞った。

「やれっ！」

シャイガンの命令で、シャイガンの竜がオオォォォォォッと咆哮を上げて、その口から紅蓮《ぐれん》の炎を吐き出した。炎は巨大な吊り橋を飲み込み、橋はあっという間に火だるまになってバチバチと激しい音をたてながら燃え盛った。

そこへ一台の馬車が現れた。馬車から降りたのはアリリオ王だった。燃え上がる吊り橋を、どんな顔をして見ているのかは、上空にいるシャイガン達には分からなかった。

やがて大きな音をたてて橋は崩れて、炎を上げながら深い谷底へ落ちていった。それを見届けて、二頭の竜は東へ飛び去っていった。


目覚めたシアンは、そこが見知らぬ部屋であることに気づくのに少しばかりの時間を要した。頭の怪我のせいで、ひどい頭痛と眩暈がして、考えることが難しくなっていた。

次第に意識がはっきりとしてきて、やがて脳裏に爆発の瞬間の光景がよみがえった。助かったのだ……やっとそう理解した。少しばかり体を動かして右手を顔の前に掲げた。鈍痛がする腕には肘から手首まで包帯が巻かれていた。頭を触ると、頭にも包帯が巻かれている。うつぶせに寝かされているため、少しばかり息苦しくもある。だが体の自由が利かないため、自分で寝返りを打つことは出来なかった。

「シアン……」

名前を呼ばれて、視線を動かすと、そこには今にも泣きそうな顔の龍聖がいた。

「リューセー様……ああ、リューセー様、ご無事でしたか……よかった……」

シアンは心から安堵の声を漏らす。

「シアン……シアン……良かった……良かった……」

龍聖はそう言って、ポロポロと大粒の涙を零した。

「シアンが死んでしまったら……どうしようかと思った……良かった……」

龍聖はそう言いながら、ベッドに突っ伏すと大声で泣き始めた。その声に驚いて医師が駆け寄り、シアンの脈を計り始めた。

あの騒ぎから、すでに四日が経っていると知らされた。ずっと昏睡状態にあったのだ。シアンは爆発から龍聖を庇《かば》い、背中と両腕にひどい火傷を負ったが命は取り留めた。瀕死の状態で、龍聖が懸命に看病したのだという。

あの時何が起こったのか、事件のあらましを簡単に医師が説明をした。

「たくさんの犠牲が出てしまいました」

ようやく泣き止んだ龍聖が、まだ赤い目をしたままでポツリとそう呟いた。シアンが寝かされている この部屋にも、他に治療中の重傷者が数人いることに気がついた。

「でも私はシアンが助かって良かったと思っています……ひどいですよね」

「私もリューセー様が助かって良かったと思っています……亡くなった方は残念ですが、助かった者がいて良かったと胸を撫で下ろしても別にひどい話ではないと思いますよ」

シアンに慰められて、龍聖はようやく少しばかり笑みを浮かべることが出来た。

「リューセー様……何かご不自由なことはありませんか？　私の代わりの側近は、まだ教育しておりませんので、このような事態に対処する術がなく、側近なしのご不便をおかけしてしまいますが……」

「シアン、何を言っているのですか？　あなたの代わりなど必要ありません。私に不自由をかけて申し訳ないと思うのでしたら、早く元気になって復帰してくださいませ。それまでの間くらい大丈夫です」

「リューセー様……」

シアンは感激して、目に涙を浮かべた。


エルマーン王国では、破壊された城の修復が急ぎ進められていた。修復に伴い、交易品の搬入口には、二重の防御扉が作られて、警備をより厳重にして今回のような事態への対処が図られた。

城の修復が終わるまで二月の日数を要し、その間は関所を閉ざして、他国からの入国を拒否した。

また襲撃事件の経緯とその後の対応については、シーフォン達だけではなく、国民全員にも説明が行われた。犠牲者のほとんどが、兵士や侍女など城で働くアルピン達であったため、ロウワンは陳謝の想いも含めて、国民達にすべてを明かしたのだった。

だがアルピン達は、城を護《まも》るために勇敢に戦った者達を称え、特に龍聖を守るために死傷した兵士や侍女達を誇りに思い、ロウワンやシーフォン達を責める者は誰一人としていなかった。

重臣達との会議の場では、今後の貿易方針について話し合いが行われた。シーフォン達の間では、これ以上国交を広げることに反対する声も多く上がった。

すでに国交を結んでいる国に対しても、もっと数を減らすべきではないかという意見も出た。先王スウワンが、国交のある国を整理したことを例に挙げて、新しい国との交流は辞めるべきであり、そもそも人間と深く関わり合うことを否とする意見も多く出た。

それは国交を広げようとしていたロウワンの政策を、遠回しに批判するものでもあり、そういう意見に対して真っ向から反発する若いシーフォン達の姿もあり、会議は紛糾していた。

会議の場が荒れ始めると、シュウエンとシャイガンが諫める側に回り、最終的には中断をすることになり、なかなか結論は出なかった。

ロウワンは、常に平静でいて、特に意見を言うこともなく、賛成意見にも反対意見にも平等に耳を傾けていた。

「陛下の意見はどうなのですか？」

ある日の会議の後、王の執務室でシャイガンが意見を求めた。その日も会議は中断されてしまった。一向に話がまとまらないため、何も言わないロウワンに、シャイガンが少しばかり苛立ちを覚えていたのだ。

「私の意見？」

ロウワンがいつもと変わらぬ落ち着いた様子で聞き返したので、まるで他人事のように見えて、シャイガンは眉間にしわを寄せた。

「毎日会議が荒れているでしょう？　陛下が意見を述べないから荒れるのです。陛下がこうしろと発言すれば、こんなに皆が言い争う必要はありません」

「それでは会議をする意味がないではないか」

ロウワンが冷静に切り返したので、シャイガンはさらに不満を露《あらわ》にした。

「今の論争は、すでに国交自体のことではなく、陛下に対する忠義に関わる話に変わっているのです。

反対意見の者達は国交を広げようとする陛下の政策を批判する者だとして、陛下に忠義を示す者達が怒っているのです。これを鎮められるのは、陛下の言葉しかないではありませんか」

「シャイガン、少し落ち着け」

それまで黙っていたシュウエンが、諫めるように発言した。だが決してシャイガンの発言を叱るものではなかった。シュウエンも同じ意見なのだ。

ロウワンは落ち着いた表情で、二人を交互にみつめた。

「今……論争の中心は私だと言ったな？　私の政策を批判する者とそれに反発する者の争いだと……だが私の政策を批判する者は、果たして私に忠義がない者なのだろうか？　王の過ちを正そうとする者も同じく忠義ある者ではないのだろうか？」

淡々とした口調でロウワンに論じられて、シャイガンは絶句して困惑の表情で立ち尽くしていた。シュウエンも唖然としたが、おかげで冷静さを取り戻し、今の状況を見て思わず苦笑した。

頭に血が上り熱くなっているのは中年の男二人で、対峙するまだ若い青年王は、誰よりも冷静なのだ。どちらが大人なのだろうと苦笑せざるを得ない。

「兄上」

シュウエンは笑いを噛み殺し、あえて『陛下』ではなく『兄上』と呼んだ。

「このまま見守るばかりでは、一向に話も進まず、家臣達の間に亀裂が生じるばかりです。どちらに加担するわけにもいかない兄上のお気持ちは分かりますが、ご自分のご意見を言う頃合いではないでしょうか？　もしもその時期を計っておいでででしたら、我々にだけでも胸の内をお聞かせ願えませんか？　そうすれば我らも皆の意見をまとめる手助けは出来ます」

シュウエンの意見を聞いて、ロウワンは頷きながら少し考え込んだ。

「私は今回のトレイト王国との国交については、失敗とは思っていない。我が国は西方の事情にうとく、またトレイト王国も他国との外交に不慣れであった。危機管理は、トレイト王国だけの問題ではないだろう。我々ももっと警戒を強くすべきだった。だが今回のことで、それを知ることができたのは良いことだと思っている。犠牲は確かにあったが……。父上は確かに国交を持つ相手を整理したが、国交を広げることに消極的だったわけではなかった」

ロウワンはそう言って、何かを思い出すように目を閉じた。

『我々シーフォンがこの世界で生き続け、繁栄したいと思うならば、人間達を好きになり深い関わりを持つことを避けることは不可能だ。だが我々が竜族である限り、人間を心から信頼してはならない。その両方を上手く舵取《かじと》りすることが出来れば、我が国は繁栄するだろう』

父スウワンの言葉を思い出す。

ロウワンは人間のことが嫌いではない。野蛮で貪欲な生き物だと思うが、その一方で学問や芸術を生み出す感情の豊かさは敵《かな》わないと思っていた。父の言うように、人間を信じても裏切られることがあるが、親しくして得られることはとても多い、エルマーン王国の発展には欠かせない存在だ。すべての国交を断絶することは出来ない。

蛮族は決して許せないし分かり合いたいとも思わない。だがトレイト王国の者達に対しては、怒りもわだかまりもなかった。アリリオ王は悪者ではないと思う。ただ、今回のことを心から反省しているものの、彼には年月が経てばまた同じ過ちを繰り返しかねない惰弱さがある。それが信頼関係を結べない最大の理由だ。

人間とのつきあい自体が、まだ手探り状態のエルマーン王国にとっては、蛮族も含めた渓谷の向こう側との関わりは、時期尚早なのだろう。

これから先も人間を警戒しつつ、人間と関わりを持っていかなければいけない。不満を持ち人間を嫌う者がシーフォンの中に出てくれれば、それを宥めて説得し続けるしかない。

そのために、家臣達の本音をすべて吐き出させて、それを理解してやることが必要だと思っていた。だから黙って会議の論争を聞いていたのだ。

「私の方針は変わらない。これからも出来ることならば、新しい国と国交を結びたいと思っている。しかしそのためには、今回のような困難があるかもしれないと、皆が理解する必要がある。普通の国は、戦争回避や戦争を有利にするために、他国と国交を結ぶ。だが我々は、最初から戦争という概念がない。この世界にとっては、我々の存在の方が稀有《けう》なのだ。それでも我々にはこの世界で生きていくために、他国との結びつきが必要だ。今は貿易も必須であるし、我らが非戦闘国であることに理解を示す国の存在も重要だ」

ロウワンの言葉に、シュウエンとシャイガンもいちいち強く頷いた。

「我が国最大の悲劇である戦争が起きた後でさえも、ルイワン王は人間達との関わりを強く求め続けた。他国との結びつきが必須であることは、過去の教えからも分かりきっている。今回のような事件が起きるたびに、国交断絶と言っていては、何も始まらない。だが家臣達の考えはすべて聞きたいと思っている。シーフォンの中に、人間を憎む者を生み出してはならない。我らの大切な国民であるアルピンは人間なのだから」

ロウワンの話を聞き終わる頃には、シャイガンも穏やかな表情に変わっていた。シュウエンはそんなシャイガンの顔を見て、安堵したように頷き、改めてロウワンをみつめた。

「それでは兄上、兄上に忠義を示して外交反対派に反発していた者達は、私が宥めておきますから、次の会議の席で反対派の者達に今話された兄上のお気持ちを、そのままお伝えください。きっとそれで上手くまとまります」

シュウエンの申し出に、ロウワンは少し首を傾げた。

「しかしそれでは、王の言葉として無理強いすることになってしまうのではないか？」

「兄上は相手の気持ちをよく察するでしょう？　相手に不満が残っていると感じれば、それがなくなるまで説得すれば良いだけです」

「そうか……分かった」

シュウエンが助言したように、その後の会議で、ロウワンは人間の国との関わりに反対を示す者達に、説得を試みた。ロウワンの深い考えに、家臣達は皆心を動かされた。

そうなることは、シュウエンには最初から分かっていたことなので、特に案ずる必要はなかった。なぜならロウワンが語ってくれたあの場で、シュウエンとシャイガンが完全に心を奪われていたからだ。

『さすが兄上』と二人の弟達は、心の中でほくそ笑んでいた。


それから間もなくして、竜王の世継ぎが卵から孵った。それは少し沈み気味だったエルマーン王国内の雰囲気を明るくし、大きな喜びをもたらした。

城下町は連日祭りのような賑わいで、祝福の宴が催されていた。

ロウワンの喜びも今までにないほどだった。そんなロウワンの姿に、龍聖はほっと胸を撫で下ろした。

世継ぎシャオワンを腕に抱いていたロウワンが、額と頬を撫でられたので驚いた様子で、隣に座る龍聖をみつめた。

「なんだ？　撫でるのは赤子の方ではないのか？」

きょとんとした顔でロウワンが言ったので、龍聖はクスクスと笑った。

「こんなに子供のように穏やかなお顔は久しぶりだと思って、撫でてみたくなったのです」

「な、なんだそれは……」

ロウワンは少し頬を染めて、困ったように眉根を寄せた。

「最近なんだか難しい顔ばかりされていて……会議は一段落して、家臣達も皆、国交を広げることに理解を示してくれて、城の修復も終わったし、関所も開けて……すべてが元通りに戻ったというのに、まだ何かお悩みですか？」

「ん……」

龍聖にやんわりと尋ねられて、ロウワンは困った顔で腕の中のシャオワンをみつめた。ふくふくと柔らかそうな頬を指でそっと触ると、大きな金色の目をくるくると動かして、一生懸命にロウワンの顔をみつめ返してくる。その仕草のひとつひとつに、心がとても休まる。

「リューセーは、建国記とエルマーン史は読んだのかい？」

シャオワンをみつめたまま、ロウワンがぽつりと呟くように言った。

「はい……読みました。それが……どうかしたのですか？」

「あれは初代と二代目が残したエルマーン王国創設の大事な記録だ。この国の成り立ちを知る上で、とても重要な文献だ。今は私の書棚に保管しているが、他のシーフォン達も読みたいと思う者がいればいつでも貸し出すつもりだし……いずれ私が自由閲覧の書庫を作ることが出来たら、そこに置くつもりだったんだ」

龍聖は話を聞きながら、ロウワンと同じようにシャオワンの頬をそっと指でつついた。するとシャオワンがきょろりと目を動かして、龍聖の顔をみつめて微かに笑った。その様子に、ロウワンは優しい顔をして龍聖と微笑み合う。

「書庫のお話は以前聞きました。早く実現すると良いですね。でも本を集めるのは大変なのでしょう？」

「そうだな。本はとても貴重なものだから、高額なものが多い。貿易の品として譲り受けるにしても、国民のために必要な食糧などを犠牲にしてまで交換すべきものではないと思うから、どうしても二の次になってしまう」

ロウワンはそう言って苦笑した。

「いや、悩みはそのことではないのだ……今回の事件があって……シーフォン達の中には、人間に嫌悪感を持つ者がいるということが分かった。力の弱いシーフォンに多い気がする。それは人間に対する恐れが生み出す感情だろう。リューセーが人間であることも、アルピン達が人間であることも理解して、受け入れている。だが今回のような事件があると、人間すべてに対して拒否反応を示してしまう。これは大変大きな問題だ」

ロウワンが暗い表情に変わり溜息をついた。そんなロウワンを、じっとみつめているシャオワンが、不安そうな顔に変わる。龍聖はロウワンの頬を撫でた。

「ほら、そんな顔をなさらないで。シャオワンが泣いてしまいそうですよ」

龍聖に言われて、ロウワンはハッとした顔をした。シャオワンの視線に気づいて笑みを浮かべると、シャオワンも釣られるように笑顔に変わる。

「つまり建国記とエルマーン史を、そんな心の弱いシーフォン達には読ませることが出来ないとお考えなのですね？　人間との戦いの歴史が載っていますから」

「そうだ」

ロウワンは驚いて龍聖を改めてみつめた。

「なぜ分かった？」

「先ほど申しましたでしょう？　私も本を読みましたから……」

「そうだったな……いや、だが理解が早い。リューセーは本当に頭が良いな」

「そんなことはありませんよ」

龍聖はクスクスと笑った。龍聖が笑うのを見て、シャオワンが手足をバタバタと動かしながら、嬉しそうな顔をした。

「しかしエルマーン王国の歴史は、皆が知っておく必要がある。本当は後々のために、父スウワンの治世についても、本として残したいと思っているのだ」

「それならば、ついでに初代と二代目の本も、新しく作ればよろしいのではないですか？」

「新しく作る？」

ロウワンは驚いて目をパシパシと瞬かせた。

「人間との戦いの部分を出来るだけなくして、表現を優しくしたものに編纂《へんさん》したらよろしいのではありませんか？　第一、建国記もエルマーン史も、古い書物でとても貴重なものではありませんか。後世に残したいのであれば、原本は大切に保管して、皆が読むための物は写本を作るべきです」

龍聖がいつもと変わらぬニコニコとした笑顔で、あっさりと当然のことのように言うので、ロウワンは目を丸くしてしまっていた。

「編纂……写本……」

「高額で購入が難しい本も、お借り出来そうなら写本をすればいいではありませんか……。私のいた世界でも本はとても貴重でしたから、それが当たり前でした。よく学問所で本をお借りして写本をしていましたよ。その写本を買いたいという人までいて、学費のために売ることもありました」

「それだ！」

ロウワンは喜びの表情で大きな声を上げた。空いている片手で龍聖の肩を抱き寄せて、抱いていたシャオワンをそのまま龍聖に託した。シャオワンは大きな声に驚いて、ふぇ～んと泣き始める。

「す、すまない。リューセー！　ありがとう！」

ロウワンは慌てた様子で、どこかへ飛び出していった。龍聖はシャオワンをあやしながら、笑っていた。

「困ったお父様ですね」

「リューセー様、どうかなさったのですか？」

シャオワンの泣き声を聞いて、隣室にいたシアンが驚いて、乳母と共に居間に戻ってきた。

「いいえ……ロウワンが張り切っているだけです」

龍聖がそう言ってまた笑ったので、シアンは不思議そうに首を傾げた。


ロウワンはシュウエンに命じて、若いシーフォンの中から、学識の高いものを数名集めさせた。その中から特に竜族としての力の強い者を厳選して、建国記とエルマーン史の編纂、写本を命じた。

「今後、建国記とエルマーン史の原書は、神殿に保管して竜王以外が読むことを禁じようと思う」

ロウワンは事の経緯をシュウエンに説明した上で、そう決めたことを告げた。シュウエンはそれに賛同して、神殿に厳重に保管するための保管庫を作った。そしてその管理を神殿長に申し付けた。

「シュウエン、近々、リムノス王国へ外遊したいと思うのだが、デメトリオ陛下にその旨の書簡を送ってくれ」

「リムノス王国へですか？　友好国ですし、陛下が外遊されることに反対する者はいないと思いますが……なぜ今の時期に？」

襲撃事件後、国の閉鎖は解かれているが、竜王の外遊にはまだ反対する者もいて、ずっと控えていたのだった。

「図々しい頼み事をしに行くのだ。私が自ら行くべきだろう。それから数日逗留《とうりゅう》したいということもあわせて書いておいてくれ」

「数日逗留……ですか？　陛下、何をしに行くのですか？」

「もちろん目的は王立図書館だ。何冊か本を借りたいと思う。それと製本技術も習いたい。貴重な本を貸してほしいと頼むのだ。図々しい願いだろう？」

年相応の若者のように、とても浮かれた様子のロウワンという珍しいものを見て、シュウエンは唖然としてしまっていた。だが嬉しそうなロウワンに、反対など出来るはずもない。

「承知いたしました」

シュウエンは苦笑して頷いた。


「シアン、この国には絵師はいないのですか？」

「絵師……ですか？　あの……絵を描く？」

「そうです。その絵師です」

突然龍聖からそう尋ねられて、シアンは驚いて首を傾げた。

「城内にはおりません。もしかしたら、城下に旅の絵師が来ることがあるかもしれませんが……あまり聞かないですね」

「ではこの世界には、絵画の文化も絵師も存在するのですね？」

「はい。もちろんございます。その多くは、国で雇っていて、王や王妃専属の絵師が多いと思います。私はあまりくわしくないので申し訳ありません」

「そうですか……この世界では絵師は貴重な存在なのですね？」

龍聖が残念そうな顔をしたので、シアンはさらに首を傾げた。

「リューセー様は絵師をご所望ですか？」

「べ、別に専属の絵師が欲しいというわけではないのです。ただ一枚で良いから、絵を描いていただきたくて……この世界に来て絵を見ることがなかったので、もしかしたらこの世界に絵師はいないのではないかとも思ったのですけど、ロウワンの持っている書物の中に挿絵の入ったものがあって……それで絵師がいるのならば聞いてみたいと思ったのです」

「それならばヨウヨン様にご相談されてはいかがですか？」

「ヨウヨン様……外務大臣のお方ですね？」

龍聖は一瞬考えてから、そう答えた。シアンが頷く。

「もしも近々我が国に来訪予定の王族などがいらっしゃるようであれば、贈り物として所望されればよろしいですよ」

「贈り物!? そ、そんな……そんなお願いは出来ません」

龍聖はひどく狼狽して、赤い顔で大きく首を横に振った。だがシアンはとても真面目な様子で、

「大丈夫です」と言いながらそんな龍聖を宥めた。

「来賓の方々は、必ず贈り物を持参されます。それは貿易の品とは別の物ですから、その国の王に対してのご機嫌伺いの品です。宝石や珍しい物や……とにかく高価なものです。その国の王や王妃が好きなものなどを持参されることが多いのですが、リューセー様は質素なものを好まれて、あまり宝石などはお喜びになりませんから……いつも他国の使者に、王妃様はどのようなものを好まれるのかと問われて、ヨウヨン様が困っているというお話を聞いたことがあります」

龍聖は思いもよらない話を聞かされて、とても驚いた。

『確かに……下々の生まれだった自分には無縁ではあったけれど、お武家様など位の高い方々は、お

つきあいの中で高価な着物や茶器などを贈り合われていたのだろう』

龍聖は自分の世界のことを思い出して、そう納得をした。

「リューセー様が、何かを欲しがるなど滅多にないことですから、きっとヨウヨン様も陛下もお喜びになりますよ」

シアンも嬉しそうに笑顔で言うので、龍聖は困ったように首を竦めた。

「やはり……ロウワンには知られてしまいますよね」

「そうですね……何か不都合でもございますか？」

「いえ……大丈夫です。少し恥ずかしいけれど……」

龍聖は迷いながらも頷いた。

「ヨウヨン様にお願いしていただけますか？」

「かしこまりました」

シアンは早速ヨウヨンの下へ向かった。


「リューセー、欲しいものがあるそうだな？　ヨウヨンがとても喜んでいたぞ」

「はい、それは……シアンからも聞きました」

その夜、ロウワンから早速尋ねられて、龍聖は恥ずかしそうに頬を染めながら、仕方なく答えた。

シアンに頼んだ時も、戻ってくるなりどれだけヨウヨンが喜んでいたかを教えてくれた。龍聖としては、贅沢《ぜいたく》すぎるお願いをしてしまったと後悔していただけに、まさかそんなに喜ばれるとは思わず、なんともいたたまれない気持ちでいたのだ。

「そなたが何かを所望するなど珍しいから、ヨウヨンがとても張り切っていた。絵師を頼んだそうだな」

「は、はい」

龍聖はさらに恥ずかしそうに俯いた。

「絵を描いてほしいのか？」

「はい」

「そうか……そなたは音楽にも精通しているし、芸術に造詣が深いのだな……私には無縁のものだ」

「ロウワンは音楽にも絵にも興味がないのですか？」

「興味がないというか、よく分からぬ。よく分からぬから興味があるかどうかも考えたことがない」

ロウワンが憮然《ぶぜん》として答えたので、龍聖は首を傾げた。

「ですが……私の三味線《しゃみせん》はよく喜んで聴いてくださいますよね？　それとも私のために無理をなさっているのですか？」

「そんなことはない！」

ロウワンが慌てて否定をした。その反応に、龍聖は思わず吹き出した。

「大丈夫ですよ。そんなに慌てなくても……無理をなさっているのだとしても、別に私は怒ったりしませんから」

「いや、本当にそうではないんだ。ただ……いつも不思議に思って聴いていた」

「不思議に？」

「そうだろう？　だって何本か糸を張っただけのもので、その糸を弾いて様々な音を出して、それが音楽になるのだから不思議で仕方がない。リューセーの奏でる音楽は、とても耳に心地好い……母上が吹いていた笛と同じくらいに良い」

　優しい表情でロウワンがそう語るので、龍聖は何か閃いたような笑顔になった。

「ロウワン、笛を吹いてみませんか？」

「何を言っているのだ。無理だ」

「でも笛の音は子供の頃から何度も聴いて、覚えているでしょう？　シュウエン様も笛をお吹きになるから、習えばきっとすぐに吹けるようになりますよ」

「無理だ、無理」

　ロウワンが即答で否定するので、龍聖は余計に気になった。

「なぜそんなに否定するのですか？　吹いてみたことがあるのですか？」

「いや、ない」

「じゃあやってみないと分からないではありませんか。三味線よりも覚えやすいかもしれませんよ」

「無理だ、無理」

　頑《かたく》なにロウワンが拒否するので、龍聖は少し考えた。

「ロウワンが私の三味線と一緒に笛を吹いてくださったら、どんなに嬉しいでしょう」

　龍聖がお願いするように言うと、ロウワンは一瞬言葉に詰まった。

「きっとアイファやシャオワンも喜びます」

「子供達が？」

ロウワンが怪訝そうに聞き返したので、龍聖はニッコリと笑って頷いた。

「貴方が言ったのでしょう？　私の三味線を聴くと心地好いと。それは子供の頃から聴いていた母上様の笛の音もそうだったのでしょう？」

ロウワンは言われてふと昔を思い出した。確かに母の笛の音は好きだった。シュウエンやシャイガンが、喜んで踊りだす様子も思い出す。子供には嬉しいものだったのだと、改めて気づかされた。

「確かに……」

ロウワンが呟いた。

「ロウワン、お願いします。私の三味線に合わせて、笛を吹いてくださいませ」

龍聖が手を合わせてお願いする様がかわいくて、ロウワンは思わず頷いてしまった。

「本当ですか？　ありがとうございます！」

龍聖は大喜びで、ロウワンに抱きついた。ロウワンは龍聖を抱きしめながら、なんだか上手く乗せられたような気がしたが、龍聖がかわいいので仕方がないと諦めた。

「リューセー、ところで今日は……抱いても良い日だったな？」

「はい、私はいつでも良いのですけど……」

龍聖は恥ずかしそうにそう答えて、ロウワンの口づけを受けた。

二人はそのまま寝室へ向かった。

衣服を剝《は》ぎながら、龍聖をベッドに横たえて、覆いかぶさり深く口づけをした。首に回された龍聖の手が、ロウワンの上衣をそっと肩から下ろしていく。

何度も求め合うように深く口づけを交わして、気持ちが高まってくると、ロウワンは龍聖の体を優しく愛撫した。ロウワンの大きな手が、胸の形をなぞるように肌を撫で、唇が首筋から胸元まで這っていく。

いつもの優しい愛撫に、龍聖は次第に身も心も解けていくのだ。

春画をみつめながら、どうやれば龍神様の夜伽《よとぎ》の相手が上手く出来るのだろうと、訳も分からず悩んでいた頃が、遠い昔のようだと龍聖はぼんやりと思った。

『結局、私は一度もロウワンのために閨《ねや》で尽くしてなどいない』

しかしロウワンが、そんなことを求めていないことは、とうの昔に分かっている。ロウワンは真面目に優しく抱いてくれる。彼は一生懸命、龍聖を気持ち良くさせたいと、真剣に抱いてくれているのだ。

『本当に優しくて生真面目な人』

龍聖はロウワンの背中に両手を回した。

「ああっあっあぁぁん」

ロウワンがゆっくりと深く挿入したので、龍聖が身を捩《よじ》らせて甘い声を漏らした。

「リューセー」

ロウワンが熱い息遣いと共に優しく囁く。

「あっあぁぁっんっ……んっ……ああっあぁっ」

ゆさゆさと腰を揺すられて、そのたびに龍聖が喘ぎを漏らした。熱く太い肉塊が、体の中を支配する。揺さぶられるたびに、龍聖の体の中をえも言われぬ快楽が走るのだ。何も考えられなくなり、無意識に体を開いて、喘ぎを漏らしてしまう。

それはロウワンも同じだった。龍聖に負担をかけないように、優しく抱くことを心掛けているはずなのに、次第に体が言うことを聞かなくなる。熱い昂りがさらなる快楽を求めて、龍聖の中を暴れまわる。腰の動きが止まらなくなる。

何度抱いても、飽きることはない。いつも龍聖の体に溺《おぼ》れてしまうのだ。

「あっあぁっ……ロウワン……ああっ……あっあっあああっ」

「リューセー……んっ……リューセー」

激しく腰を揺さぶり、ぶるりと震えて精を放った。

射精は二度まで。

ロウワンが頑なに守っている性交の決め事だ。

それでも情事の後の恍惚とした時間から我に返って、むせ返るような雄の匂いと、たくさんの精液に濡れた龍聖の白い下肢を見るたびに、またひどく抱いてしまったのではないかと、反省の気持ちが湧いてくる。

ロウワンが汗で濡れて頬に張りついている黒髪を、そっと撫でるように払うと、龍聖が薄く目を開けて微笑んだ。

「大丈夫か？」

ロウワンが心配して尋ねた。

「私はとても幸せです」

龍聖が満面の笑顔で答えたので、ロウワンも微笑み返して頬に口づけた。

シュウエンは腑《ふ》に落ちない様子で、時々首を傾げながら廊下を歩いていた。ロウワンから、仕事が終わったら、笛を持って執務室に来るように言われたのだ。

『なぜ笛を？』

理由が分からなくて首を傾げるばかりだ。言われた時に尋ねたのだが、理由を言ってくれなかった。三度尋ねた時点で、とても不機嫌そうに眉間に深いしわを寄せたので、それ以上は聞けなかった。

『兄上が私の笛を聴きたいのか？　いや、それならば執務室ではないだろう。仕事が終わってからと念を押されたのだ。私的な時間に笛を聴きたいのならば、自室のはずだ。そもそも兄上はそれほど音楽が好きなわけではないだろう』

シュウエンはそんなことを考えながら、以前笛を吹いて聴かせた時のことを思い出す。いつもの真面目な顔で聴いた後「上手だな」と褒めてはくれたが、喜んで聴いていたようには見えない。

しかしリューセー様の三味線はよく聴いているらしいが……。

『リューセー様だからだろう』

音楽を好きなわけでは絶対にない。生真面目で、何事にも真剣に取り組むが、そんなロウワンでも、好き嫌いははっきりしている。

リムノス王国の王立図書館のことになると、浮かれっぷりは年相応の青年そのものだ。あれを見てからは、音楽を聴く時の微動《びどう》だにしない真面目な顔は、完全に乗り気ではないのだと分かった。

『兄上は何を考えているか分からないことが多いからな……笛の構造を知りたいとか言って、分解しかねない』

シュウエンはふとそんなことを思って、足を止めて手に持っている笛をみつめた。思わず血の気が引く。

『ダメだ。ダメだ。いくら兄上に頼まれてもそれだけはダメだ。これは母上から貰った大切な笛だ！』

シュウエンは青い顔で、もう視線の先に見えている執務室の扉をみつめた。そして溜息をついて、とぼとぼと歩きだした。

「兄上、失礼します」

扉を開けて中に入ると、ロウワンが中央のソファに座って待っていた。

「仕事は終わったのか？」

「はい、終わりました」

「食事はまだだろうが、少しばかりつきあってくれ」

「は、はい」

シュウエンは、ロウワンの側まで歩いていくと、何を言われるのだろうと緊張した。

「笛は持ってきたか？」

「はい……これに……」

シュウエンが恐る恐る差し出すと、ロウワンも笛を差し出した。

「え？」

「笛の吹き方を教えてくれ」

「え？　ええ!?」

シュウエンは飛び上がるほど驚いた。

「あ、兄上がお吹きになるのですか？」

「そうだ。おかしいか？」

「ぜ、全然おかしくありません！」

シュウエンは大きく首を横に振った。まだ頭の中が混乱している。

「リューセーに頼まれたのだ。子供達のために、リューセーの三味線に合わせて、笛を吹いてほしいと」

ロウワンが憮然とした顔で説明をしたが、シュウエンは心の中で『リューセー様すごい！』と叫んでいた。

シュウエンが笛を吹くように誘った時は、間髪容れずに断られた。シュウエンの笛を聴かせた時も、そのたびに誘ったがやはり断られた上に、それ以来笛を聴いてくれなくなった。

そんな頑固で頑ななロウワンをその気にさせたのだ。

『リューセー様は本当にすごい!!』

シュウエンは感激のあまり、叫びたくなるのをぐっとこらえた。

「分かりました。コツさえ摑めばそれほど難しくはありませんから」

シュウエンはニッコリと微笑んで言った。

「そ、そうなのか？」

ロウワンが少し緊張した面持ちで尋ねたので、シュウエンはめいっぱいの笑みで頷く。

「では早速始めましょう」

シュウエンはロウワンの気が変わらないうちにと、早速教え始めた。

「まずは息の吹き方です。これさえ習得出来れば、吹けるようになったも同然です。難しいのはこれだけです。口を少し微笑むような形にしてください。そして小さく隙間を空けます……そうです。そうです。本当に小さく……この笛の穴と同じくらいの大きさを想像して……そうです。そして息を吹いてください」

シュウエンはそれから毎日、仕事終わりに小一時間ほど、ロウワンに笛を教え続けた。生真面目なロウワンは、教えられる通りに、きっちりとやるので覚えが速く、十日も経つ頃には、短いメロディを奏でられるまでになった。

「兄上！　すごいですよ！　曲を覚えて、指の運びを覚えれば、なんでも吹けるようになりますよ！」

シュウエンが感激して言ったが、ロウワンは不満そうな顔で、何度も何度も同じメロディを吹いている。

「どうかなさいましたか？」

「この……この音が少しずれているように思う」

「いえ、ちゃんとした音が出ていますよ」

「いや、少し違うだろう」

「いえ、出ていますよ」

何度も言い合いをして、シュウエンは溜息をついた。

『まただ……』

このやりとりは何度もあった。生真面目なロウワンは完璧を求める。僅かな音のずれも許さないのだ。普通は誤差とも感じないような微妙な音の違いが許せないなんて……と思うのだが、いくら言っても聞かないので、諦めて本人が納得いくまでやらせることにした。

「兄上、明日は外遊に行くのですから、今日はこれくらいにしておきましょう」

「うむ……そうだな」

素直にロウワンが練習を止めたので、シュウエンは安堵した。それにしてもこれだけ熱心に笛の練習をするとは思っていなかった。

『それもこれもリューセー様と子供達のためだとは……兄上の愛情の深さには頭が下がる』

シュウエンはしみじみと思った。


ロウワンがいつもよりも少し早めに私室に戻ると、龍聖の姿がなかった。

「あ、陛下」

シアンが驚いて、慌てて出迎えた。

「リューセーは？」

「はい、今、アイファ様を寝かしつけていらっしゃいます」

「寝室か？」

「はい」

ロウワンは頷いて、寝室へ向かった。そっと少しだけ扉を開けて中の様子を窺った。

「すると赤鬼は一寸法師《いっすんぼうし》をぱくりと飲み込んでしまいました。だけど一寸法師は赤鬼のお腹の中で針の剣を振り回し、えいっえいっとチクチクお腹の中を刺しました。赤鬼は痛い痛いと転げまわり、もう乱暴しないから許してください、と泣いて謝りました。それを聞いた一寸法師は赤鬼の口から飛び出てきました」

龍聖がアイファに何かを話して聞かせている。ロウワンはじっとそれを聞いていた。

「お姫様が赤鬼が置いていった打出《うちで》の小槌《こづち》を振ると、不思議なことに一寸法師の体がどんどん大きくなって、立派な青年の姿になったのです。こうして一寸法師はお姫様と結婚して幸せに暮らしました」

龍聖が話し終わると、アイファが嬉しそうにニコニコと笑っているのが見える。

「面白かった?」

「うん、お姫様と幸せになって嬉しい」

「そうですね……さあ、アイファ、目を瞑って……そうしたらきっとアイファを助けに来てくれる一寸法師の夢が見れますよ」

「はい」

「いい子だね」

龍聖はアイファの頬に口づけた。

アイファが目を閉じると、龍聖はしばらく側に寄り添い優しく髪を撫でていた。やがて寝息が聞こえ始めたのを確認して、そっと立ち上がりランプを手に持って、扉に向かった。扉を開くとロウワンが立っていたので驚いた。

「ロウワン……いつお戻りになったのですか？」

龍聖が驚きの声を上げたので、ロウワンは「シィー」と言って、龍聖を寝室から連れ出して扉を閉めた。

「今の話は何だ？」

「今の話……一寸法師ですか？　私の国に伝わる昔話です」

「昔話……小人や魔法使いがいるのか？」

驚くロウワンに、龍聖はふふふっと笑った。

「寓話です。作り話です。でも……龍神様がいるのですから、本当の話もあるかもしれません。子供は寓話が好きですから、話して聞かせるのです。そうするうちに眠くなって寝てしまいます。私が子供の頃もそうでした」

「今の話を最初から聞かせてくれ」

ロウワンが真剣な顔で言うので、龍聖は戸惑いながらも頷いた。二人は並んでソファに座り、龍聖が一寸法師の話を語り聞かせた。

シアンは邪魔をしないように、お茶の用意をして、そのままそっと部屋を出ていった。

龍聖が話し終えると、ロウワンは感心したように何度も頷いている。

「この話は小さな体でも大きな夢と勇気を持って、どんな敵にも負けずに戦えば幸せになれるという教えのようなものが含まれているのです。ですから子供は喜ぶのです」

「なるほど」

ロウワンは感心して何度も大きく頷いた。

「他にもそういう話はあるのか？」

「はい、いくつかあります。この世界には寓話はないのですか？」

「ある。私は読んだことはないが……本もあるはずだ」

「そうですか、本があると助かりますね。私は母から話を聞かされて、好きな話を何度も聞いて覚えているだけです。所々あやふやになっている細かい部分は、自作したりしています。でもそんなにたくさんの話を知っているわけではないので、アイファに聞かせる話も限られてしまいます」

龍聖はそう言って笑った。ロウワンは、少し考え込んでいた。

「どうかなさいましたか？」

「そういえば、私も子供の頃、母上が寓話を聞かせてくれたと思う。亀に乗って海の底に行く話だ」

「浦島太郎ですね」

「知っているのか？」

「はい」

龍聖が嬉しそうに頷いたので、ロウワンは複雑そうな表情で眉根を寄せた。

「それが……私は母上を困らせてしまって、きちんと話を聞いていないのだ」

「母上様を困らせたのですか？」

「そうだ。亀が話せるわけがないのにどうして話せるのか？　とか、海の底では息が出来ないのに大丈夫なのか？　とか、しまいにはありえない話だと言ったりして……話の腰を折って、きちんと最後まで聞かなかったのだ。母上がとても困っていたのを覚えている」

ロウワンの話に、龍聖は驚いて目を丸くしている。だがしばらくして、ぷっと吹き出すとコロコロと鈴が鳴るような、かわいらしい声を上げて大笑いをした。

あまりに笑うので、ロウワンは呆気にとられてみつめていた。

龍聖は一通り笑った後、涙をぬぐいながら「すみません」と謝罪した。

「随分困ったお子様だったのですね」

ふふっと笑って龍聖が言ったので、ロウワンは困った顔をした。

「もしも知っているのならば、きちんと話を聞かせてくれないか？」

「いいですよ。でも話の腰は折らないでくださいね」

龍聖はロウワンに浦島太郎の話を語って聞かせた。ロウワンは最後まで真剣に聞いていた。

「これはどういう教訓が入った話なのだ？　最後に年寄りにされてしまってはかわいそうではないか」

「でも太郎は自分の故郷のことはすっかり忘れて、竜宮城《りゅうぐうじょう》で遊び惚けていたのです。何十年も……世の中甘い話ばかりではないということではないのでしょうか？」

「厳しいな」

ロウワンの正直な感想に、龍聖はクスクスと笑う。

「すっかり話し込んでしまいましたが、明日は外遊に行かれるのでしょう？　数日お留守になさるからと思って、今夜はアイファをこちらで寝かせたのですよ。親子で一緒に休みましょう」

龍聖の提案に、ロウワンは嬉しそうに頷いて、二人は手を繋いで寝室に向かった。

ロウワンの外遊先は、リムノス王国だった。デメトリオ国王にお願い事をするために、たくさんの贈り物を持って訪れた。

「デメトリオ陛下、ご無沙汰しております。再びお会い出来て嬉しく存じます」

「ロウワン陛下、やはり全然お変わりないな。十年前と少しも変わっていない」

「陛下もお変わりありません」

「いやいや、すっかり歳を取りました」

二人は和《なご》やかな雰囲気で対談をした。

「書簡では我が国に数日滞在したいとのことですが……やはり王立図書館のことですか？」

「はい」

デメトリオ王に見抜かれていて、ロウワンは少し赤くなって頷いた。

「お願いがございます。私もこちらほどの規模は無理でも、閲覧自由な書庫を作りたいと思い、あれから本を集めていますが、世界に数冊もないような貴重なものも多く、なかなか揃えることが出来ません。それで写本を作りたいと思いまして……つきましては本を貸していただけないかと……図々しいお願いをしにまいりました」

ロウワンは深く頭を下げた。デメトリオ王は微笑んで頷いている。

「どうぞどうぞ、お好きな本を借りていってください」

デメトリオ王の寛大な申し出に、ロウワンは目を丸くした。

「そんなに簡単に承諾されてよろしいのですか？　貴重な本もあると思うのですが……」

ロウワンの反応を見て、デメトリオ王は口の端を上げた。

「我が国のエルマーン王国に対する信頼を見くびらないでいただきたい」

「ありがとうございます」

ロウワンは再び深く頭を下げた。

久しぶりの王立図書館に、ロウワンは心が躍った。前後左右見回してもすべてが本なのだ。ロウワンにとっては楽園である。本の匂いのする独特の空気を吸い込んで、借りる本を物色し始めた。数日滞在したいと願い出たのは、この膨大な数の本の中から、借りていく数冊を厳選しなければならないからだ。

いくらデメトリオ王が、寛大な心で貸し出しを承諾したからといって、何十冊も貴重な本を持ち出すわけにはいかない。十冊程度を目処に選ぶつもりだった。

そしてロウワンは本を厳選している間に、連れてきた家臣に製本技術を学ばせるつもりだった。

「さて、どれにしようか……」

ロウワンは図書館の中をゆっくり歩いて、棚をひとつひとつ眺めた。

「寓話……」

ロウワンはふと頭に浮かんだ言葉を呟いた。今までまったく興味のなかった部類の本だ。だが借りていけば、龍聖が喜ぶかもしれないと、そんな思いが脳裏をかすめた。

ロウワンは微笑みを浮かべて、本棚に並ぶたくさんの本をみつめた。

「絵師のファザーンと申します」

その頃エルマーン王国では、前日にロウワンが接見したベルダン公国の皇太子が贈り物として連れてきた絵師を、龍聖に引き合わせていた。

痩せた長身の中年男性だった。薄い茶色の長い髪を後ろでひとつにまとめていて、顎髭を生やしていた。芸術家らしい神経質そうな目つきをしている。

「エルマーン王国の王妃リューセーと申します」

龍聖は上品な物腰で会釈《えしゃく》をした。

ファザーンは瞳を輝かせて、興奮気味に龍聖に握手を求めた。

「憧《あこが》れのエルマーン王国に来ることが出来て、大変光栄です。空を舞う竜達の姿をこの目に焼きつけたいと思います。ああ、そして王妃様の美しいお姿に溜息が出ます。私の絵で王妃様の美しさを表現しきれるものかどうか……」

「あ、あの……ファザーン様、申し訳ないのですが、描いていただきたいのは私ではなく、国王陛下の肖像画を描いていただきたいのです」

「国王陛下の？　ああ、もちろんお描きいたします。ですが……」

ファザーンが困ったように黙り込んだので、龍聖も困ったように苦笑した。

「そうなんです。陛下は今日から外遊に出られていて……しばらく戻られないのです。申し訳ありません」

「そんな！　王妃様、謝らないでください！　陛下がお戻りになるまでの間、王妃様をお描きいたします」

ファザーンはやる気満々で言ったので、龍聖は赤くなって首を横に振った。

「私の絵は良いのです。それにそんなに何枚も描いていただくなんて申し訳ありませんから」

「私の仕事は絵を描くことですから、何枚でもお描きいたします」

ファザーンが自信を持ってそう言うと、龍聖は少しばかり考え込んだ。そして頬を染めながら、恐る恐る言う。

「あの……それでしたら……陛下の絵を何枚も描いていただくことは出来ますか？」

「もちろんです」

「ほ、本当ですか！」

龍聖は嬉しそうに瞳を輝かせた。


ロウワンは四日後に帰国した。

「ただいま戻った」

「お帰りなさいませ」

龍聖が出迎えると、ロウワンは龍聖を抱きしめて額に口づけた。

「リューセー、土産があるんだ」

「お土産でございますか？」

「ああ、寓話の本を見つけたのだ」

「まあ……それは素敵ですね」

龍聖が瞳を輝かせて喜んで、ロウワンは満足そうに頷いた。そして少し離れたところから、こちらをじっとみつめている人物に気がついた。

「あの者は確か……絵師だったな」

「はい」

ロウワンと目が合うと、絵師は優雅に頭を下げた。

「あの、ロウワン……実は貴方の姿絵を描いてもらうように頼んでいるのです。それでしばらく、あのように少し離れたところから、貴方の素描を描くのですが、お許しいただけますか？」

「私の？」

ロウワンは驚いて聞き返したが、龍聖に手を合わせてお願いされて、仕方なく承諾した。

「ロウワンは普段通りにしていて良いそうです。お仕事の邪魔にならないように、少し離れたところから素描をいくつか描いて、あとはそれをもとに絵を描くそうなのです」

「そうか……分かった。しかしリューセー……そなたが絵師を所望していたのは、もしや私の姿絵を描かせるためだったのか？」

ロウワンは龍聖の肩を抱いて歩きながら尋ねた。

「はい、そうです」

龍聖は嬉しそうに答えたが、ロウワンは少しばかり不可解というように眉根を寄せた。

「私の絵など……どうするのだ？」

「眺めます」

「眺める!?」

龍聖が笑顔で断言したので、ロウワンは驚いて聞き返した。

「はい、貴方の美しいお顔を絵に残して、それを眺めます」

龍聖は頬を染めて、幸せそうに語った。ロウワンはなおも不可解だというように、ピクピクと眉頭を震わせて龍聖をみつめた。

「絵を眺めずとも……私を見ればよいではないか」

「もちろん……貴方のこともみつめます。でも貴方はお忙しいし……外遊に出ることも多いではありませんか。私はずっと貴方の美しいお顔を描いた肖像画が欲しかったのです。手元に貴方の絵を置けるなんて、夢のようです」

嬉しそうに頬を染めて熱く語る龍聖に、否とはとても言えなかった。ロウワンは自分の肖像画を描かせることを承諾した。


その夜、仕事を終えて部屋に戻ったロウワンは、昼間話していた寓話の本を龍聖に見せた。

「世界中に伝わる寓話を集めた本だ」

「素晴らしいですね」

龍聖は本を受け取り、パラパラとページをめくりながら嬉しそうに言った。

「早速、今夜、アイファに読んで聞かせてあげてください」

「わ、私が……か？」

「はい、きっとアイファは大喜びいたします」

娘が喜ぶと言われて、ロウワンは心が揺れた。

「だ、だが……本を読み聞かせるなどしたことがない」

「誰でも最初は初めてです。ロウワンはきっと上手に読めますよ」

龍聖がニコニコと笑いながら、ロウワンをその気にさせた。そこへシアンがアイファを連れて現れた。

「おとうさま！」

寝着姿のアイファが嬉しそうにロウワンの下へ駆け寄ってきた。ロウワンはそれを屈んで受け止めて、そのままひょいと抱き上げた。

「アイファ、今夜はお父様が、お話を聞かせてくださるよ」

「まあ！　本当？」

アイファが若草色の瞳をきらきらと輝かせ、柔らかそうな頬を桃色に染めて、龍聖そっくりの笑顔で喜ぶので、ロウワンはすっかり乗り気になっている。

寝室に連れていき、アイファをベッドに寝かせると、側に椅子を持ってきて座り、本を開いて物語を読み始めた。

それは森の魔物に囚《とら》われたお姫様を騎士が助ける物語だった。

ロウワンの低い声が、とても優しく物語を語る。いつもの龍聖の語り口とは違う低い声音に、耳に心地いいのか話の途中でアイファは眠ってしまった。

そっとベッドから離れて、寝室を後にしたロウワンは、不可解という顔で首を傾げた。

「退屈な話だったのだろうか？」

「違います。貴方がとても上手に読むので、アイファは夢の中に早く行ってしまったのですよ。私も聞いていて眠くなってしまいました」

龍聖がクスクスと笑って嬉しそうに言うので、ロウワンは少し照れたように頬を掻いた。

「本を読み聞かせるのがこんなに楽しいとは思わなかった」

ロウワンは手に持っていた本をみつめて呟いた。

「知識を得ることだけが本の良さではないのだな。このようなたわいもない話も良いものだ」

新しい発見に、ロウワンは満足そうだった。


ロウワンは書庫を作るための準備として、建国記とエルマーン史の編纂や、リムノス王国から借用した本の写本などをどんどん進めて、蔵書をコツコツと増やしていった。

その一方で、国交のある国を減らすことはしないと家臣達に納得させた代わりに、当面は増やさないと宣言した。そして新しい施策を提案した。

会議の席で、ロウワンはテーブルの上に世界地図を広げた。

「トレイト王国と国交を結んだ際に集めた西方の情報によると、この辺りにいくつかの漁村があるだけで、大きな船が行き交うような港は、西の海岸線には存在しないことが分かった。これより先には西の大陸がある。そこから来る船がどこまで航路を広げているかについては、今後の調査が必要だが……今のところ分かっているのは、この辺りは手つかずの海だということだ」

ロウワンは地図を示しながら説明をした。

「我々は獣の肉を食べることが出来ないため、魚などの海産物は、とても重要な食糧源だ。現在は東の海岸沿いにあるシャタン王国とタヴィラ公国との交易で、海産物を手に入れている。しかし承知の通り、人間の国はいつ消えてなくなるか分からない。五百年以上存続する国は稀《まれ》だ。国がなくなるたびに、我々は国交を結ぶ新たな相手を探さなければならない。海洋資源の確保は、我々にとって最重要案件だ。他の交易とは意味合いが違う。絶やすことは出来ないものだ」

ロウワンはそこまで説明をして、シャイガンと視線を交わした。シャイガンは頷いて前に進み出る。

「そこで我々も独自の漁場を持つべきではないかと考えた」

シャイガンがそう言うと、家臣達がざわついた。『漁場？』と呟く声がちらほらと聞こえる。

「陛下の指示により、一月ほど前からこの辺りの海域を調査していた。この辺りには小さな無人島が連なっている。サンゴ礁の浅瀬で繋がっていて、海洋資源が豊富だ。ここに我々の港を作り専用漁場にしてはどうかと考えている」

「専用漁場とは具体的にどのようなものですか？」

家臣の一人が質問をした。それにシャイガンとロウワンは頷き合った。

「島のひとつを拠点として、小さな港を作り、そこから船を出して漁をする。船や港を作る資材はここから竜で運んでいく。小屋も建ててそこで数日は暮らせるような設備も整える。漁をするアルピン達を我々が竜で連れていき、数日かけて魚を獲《と》って、アルピンを連れ帰る時に魚も運んでくる。一年に何度かそれを繰り返して、安定した海洋資源の確保をはかるつもりだ」

シャイガンの説明を、皆は真剣に聞いていた。

「ではもう海産物の交易は行わないということですか？」

別の者が質問をした。

「いや、シャタン王国とタヴィラ公国との交易はこれからも続けるつもりだ。この二国がもしもなくなったとしても、別の海洋資源を有する国と国交を結ぶ。我らの西の漁場については秘密にしておく。他国には一切知られてはならないからだ」

「なぜですか？」

多くの家臣が疑問に思ったようだ。ざわざわと騒がしくなった。

「人間達は様々なところを、自国の領地だと主張する。海もそうだ。基本的には海岸線を持つ国が、近場の海を領地と宣言している。海沿いでもない内陸の国の我々が、この西の漁場を持つことが知れたら、我々がこの西方に侵略するのだと誤解を招きかねない。平和的な外交を望むのであれば、漁場は秘密にしておくことが必要だ」

「漁をするアルピンは、どのように選ぶのですか？」

「現在国内の湖に、漁師を生業にしているアルピン達が数家族いる。湖の魚は数が限られているため、獲る時期などを制限して漁をさせているが、もちろん国民が消費するには到底足りない量だ。だが彼らの祖先は、海運国の漁船で奴隷として使われていた者達で、魚を獲ることしか出来ないからと、我が国に保護されてからも漁師を代々続けている。彼らを中心として、二十名ほど連れていくつもりだ」

ようやく家臣達も納得したようだった。

「他に質問がなければ説明は以上だ。これが陛下が考えられた我々の新しい政策だということを、理解してほしい」

シュウエンが締めの言葉を述べると、家臣達は全員拍手をして同意を示した。

「シアン、夕食の後少し時間を貰っても良いですか？」

ある日の夜、龍聖がシアンにそう尋ねたので、シアンは少し不思議に思いながらも頷いた。

食事の後、シアンは龍聖から「ここに座って」とソファに座るように促された。

「アイファ」

龍聖がアイファを呼ぶと、侍女に手伝ってもらいながら、花束を抱えて現れた。

「シアン、おめでとう」

アイファが花に埋もれながら、ヨチヨチと歩いてシアンのところまで歩み寄り、そう言って花束を差し出した。

シアンは何のことだか分からずに、ただ驚いている。アイファから花束を受け取ったが、おろおろとした様子で、龍聖をみつめた。

「シアン、完治祝いです。あの事件から半年になりますが、まだ傷の癒えないうちから側近の仕事に戻ってくださりありがとうございました。でももう傷も完治して、完全復帰ですね。おめでとうございます」

龍聖にそう言われて、シアンはさらに戸惑ったようにしている。なんと答えればいいのか分からなくなっているようだ。

シアンは事故からひと月で側近の仕事に戻った。しかし当然ながら、まだ満足に立つことも出来ず、侍女に介添えをしてもらいながら、王の私室に出向き、椅子に座ったまま必要な仕事の指示を侍女達にしていた。その後は少しずつ立てるようになると、杖をついて仕事をした。

龍聖が休むように何度も言ったが、シアンは言うことを聞かずに、働き続けていたのだった。だがようやく杖もいらなくなり、以前と変わらない動きが出来るようになった。それで龍聖が完治祝いをしたいと計画したのだ。

「リューセー様……私は側近として当然の仕事をしているだけです。むしろ思うように務めを果たせない役立たずの側近を解任もせずに側に置いてくださり、私の方が感謝しております」

シアンは目に涙を浮かべながら、そう言って頭を下げた。

「シアンは私を庇って傷を負ったのです。私の命の恩人です。手放すつもりはありません！」

龍聖は頬を上気させて、泣きそうな顔でそう強く訴えた。龍聖の隣で、ロウワンはただ黙って頷いている。

「リューセー様……」

シアンはさらに深く頭を下げた。

「シアン、完治祝いはまだあるのですよ……シャオワンをお願いします」

龍聖はそう言って抱いていたシャオワンをシアンに預けた。シアンは花束を膝の上に置いて、シャオワンを腕に抱いた。シアンの隣にアイファがちょこんと座って、シアンを見上げながらニコニコと笑っている。

龍聖は側に用意していた三味線を手に持って、椅子に座った。その隣にロウワンも座る。その手には横笛が握られていた。

「人前で……二人で演奏するのは初めてですが……」

龍聖は照れくさそうにそう言って、ロウワンと顔を見合わせた。ロウワンは頷いて、笛を口元に当てて構えた。

「聴いてください」

龍聖がそう言ったのを合図に、ロウワンが美しい音色を奏で始めた。それに合わせて龍聖も三味線を奏でる。二人の奏でる美しい音楽に、食事の後片づけをしながら見守っていた侍女達も手を止めて、うっとりと聴き入っていた。

そこにアイファがかわいらしい声で「ラララ～」と歌い始めた。シアンの腕の中のシャオワンが、キャッキャッと声を上げて笑っている。

それはとても幸せに満ちた光景だった。

竜王と王妃、そして姫君と王子が、ひとつの音楽を一緒に奏でている。エルマーン王国の平和の象徴のように見えた。

シアンはポロポロと涙を零しながら、こんなに幸せなことはないと思っていた。侍女達も涙を浮かべて聴いている。

部屋の隅では、いつの間に呼ばれてきたのか、ファザーンがその素晴らしい光景を残そうと、必死で紙の上に木炭を走らせていた。

城の外からは、竜達の歌声も聴こえてきた。

それはエルマーン王国が幸せに満ち溢れた夜となった。

窓辺に赤い髪の小さな男の子が立っていた。何かを一心にみつめている。

「シャオワン……シャオワン？　そこで何をしているのですか？」

呼ばれて男の子は振り返った。龍聖は男の子の後ろに来るとしゃがみ込んだ。

「おかあたま」

「何をしていたのですか？」

龍聖がもう一度優しく尋ねた。

「お空を見ていたの」

「お空を？　何か見えましたか？」

「竜がたくさん」

「そうね」

龍聖は微笑むと、シャオワンの頭を優しく撫でた。

「ぼくの竜はどれ？」

シャオワンが空をその小さな指で差しながら尋ねた。

「シャオワンの竜はまだですよ……貴方が竜王になるまで会えないの」

龍聖の言葉に、シャオワンはあからさまにがっかりした様子で俯いてしまった。そんな様子を龍聖は思わず微笑んでみつめる。

「そうだ……母様と一緒にジンバイ様の所に行きませんか？」

「行く！」

シャオワンは急に元気になって、右手を挙げてそう答えた。龍聖はそれを見てクスクスと笑って立ち上がり、シャオワンの手を握った。

「シアン、ジンバイ様の所に参ります」

「それではお供いたします」

龍聖がシアンに声をかけると、シアンは微笑んで後についてきた。

龍聖はシャオワンと手を繋いで、シャオワンに合わせてゆっくりと歩いた。塔への入り口で、見張りの兵士にあいさつをすると、長い螺旋《らせん》階段をゆっくりと昇る。

「抱っこしましょうか?」

途中で龍聖がそう尋ねたが、シャオワンは赤い顔をしてふるふると首を横に振った。小さなシャオワンには、一段一段が高かった。それでも自分の足で昇り続けた。強情なのは、父親似なのだろうか? 母親似なのだろうか? 龍聖はそんなことを思って微笑む。シアンと目が合って笑われた。たぶんシアンも同じことを思っているのだろう。

ようやく頂上に辿り着いた。シャオワンは赤い顔ではあはあと息をしている。そして上を見上げた。

金色の巨大な竜が座ってこちらをみつめていた。

「ジンバイ様……ご機嫌はいかがですか?」

龍聖は両手を合わせて一礼すると、そう声をかけた。シャオワンも母を真似て、その小さな手を合わせてペコリと頭を下げる。

グルルッとジンバイが目を細めて鳴いた。

「とても良いって」

シャオワンが代わりに通訳をしてくれた。龍聖は微笑んで頷いた。

「ジンバイ様！　ぼくの竜はどこにいるの？」

シャオワンが背伸びをしながら大きな声でそう尋ねた。するとジンバイは、少し考えているような様子で、間を置いてからググググッと唸った。

「えー……」

それに対してシャオワンが、唇を尖らせている。

「ジンバイ様は何とおっしゃったの？」

龍聖が尋ねると、シャオワンは唇を尖らせたまま龍聖を仰ぎ見た。

「良い子にしていたら会えるって」

その答えに龍聖はクスクスと笑った。シアンも笑っている。

「良いお答えですね」

龍聖がジンバイを見上げて、ニッコリと笑って言うと、ジンバイは目を細めて頷くように頭を動かした。

その後シャオワンは少しばかりジンバイと話をしてから、疲れたのかその場に座り込んでしまった。

龍聖がヒョイッと抱き上げる。

「ジンバイ様、シャオワンのお相手をしてくださりありがとうございました」

龍聖は頭を下げて帰ることにした。塔の階段を半分ほど降りた頃には、シャオワンは眠ってしまっていた。シアンと顔を見合わせて笑う。

「陛下に似ておいでですよ」

ふいにシアンがそう言った。さっきの話だろうと思って、龍聖はフフフと笑った。

「シャオワンとジンバイの所に行ったのだね」

その日の夜、ロウワンがそう言ったので、龍聖は思い出したようにクスクスと笑った。

「本当に何でも分かってしまうのですね」

「私とジンバイは通じていると言ったではないか」

ベッドの端にロウワンが座ってそう言ったので、龍聖は微笑みながら隣に腰かけた。

「シャオワンは自分の竜に会いたいのだな……いつからそんなことを言い出した？」

「最近だと思います。最近よく窓から外を眺めていて、飛び交う竜を見ているようですから……」

龍聖が考えながら答えると、ロウワンは龍聖の肩を抱き寄せた。

「ああ、そうだ……もしかしたら、この前……貴方が外交へ出掛ける時に、アイファとシャオワンと一緒に、塔の上から見送ったでしょう？　あの時、ジンバイ様の背に乗って飛びたつ貴方を見送って、憧れたのかもしれません」

ふいに龍聖が閃いたとばかりに発言したので、「ああ、なるほど」と納得したように、ロウワンも呟いた。

「貴方もそんな時がありましたか？」

龍聖がロウワンの肩に凭《もた》れながら尋ねたので、ロウワンはしばらく真剣に考え込んだ。

「そうだな。確かに羨《うらや》ましいと思ったことがある」

ロウワンの答えに、龍聖はクスクスと笑った。

「しかしシャオワンのように小さな時ではなかった……もっと大きくなってからだ」

「え？　大きくなってから？」

龍聖は少し驚いた。

「大きくと言っても成人前だ……七十歳くらいだろうか……弟達にそれぞれ竜がいるのに、なぜ自分にはいないのかと思ってね」

「そういえば、シーフォンの男性は竜と一緒に生まれるのですよね？　赤ちゃん竜はどうやって育てているのですか？」

「攫われては困るから、飛べるようになるまでは、ひと所に集めて守っているんだ……ジンバイがいる塔を中心に、シーフォン達が竜に騎乗する塔とは反対の塔だ。警護が厳重だが、お前なら入れるから見たければ明日にでも行ってみると良い」

「それはぜひ見に行きたいです」

龍聖は嬉しそうに頷いた。

「そういえばシアンが……シャオワンは貴方に似ていると言っていました。私もそう思います」

「どんなところが？」

問われて龍聖は答えずに笑って誤魔化した。

「悪いところではないだろうな？」

ロウワンは龍聖の脇をくすぐりながら問うたので、龍聖は笑いながら首を横に振る。

「そうではありません……シャオワンは優しい子ですから」

龍聖が答えたのでくすぐるのを止めて、ロウワンは龍聖に口づけた。

「好奇心の強い子なのでしょう……それも貴方に似ているのだと思います」

「好奇心はお前の方が強いだろう？」

「私は勉強をするのが好きなだけです」

「私だってそうだよ」

「では似た者同士ですね」

二人は額を付けて笑い合った。

「愛しているよ」

「私も愛しています」

二人は幸せそうに口づけを交わした。


龍聖はその後王子と姫を一人ずつ産んで、四人の子宝に恵まれた。文化の発展に尽くしたロウワンの治世は、国を栄えさせた。エルマーン王国は安定期へと入る。

それは後の歴史で語られること。今は真面目な竜王と真面目な龍聖が、幸せに暮らしているというだけのお話……。

あとがき

こんにちは、飯田実樹です。シリーズ十一作目「空に響くは竜の歌声　気高き竜と癒しの花」を読んでいただきありがとうございます。

十一かぁ……とうとう大台の一作目です。もうむしろこれは一作目のつもりで初心に帰るべきでしょうか？　そんな十一作目は少し戻って四代目竜王ロウワンのお話です。

エルマーン王国が、国として安定し繁栄の一歩を歩み出す頃です。平和の始まり……。

皆様は今どのようにお過ごしですか？　とても不自由な思いはしていませんか？　私もそうですが、何もない平和な毎日って、本当に大切なんだなって切実に感じているところではありませんか？

そんな毎日だから、辛い試練も、厳しい苦境も、悲しい別れも、そんなものは何もない！　ただただ竜王と龍聖が仲良くいちゃいちゃと幸せに暮らしている日々を書きました。

王国の暮らしです。何もないと言っても、まったく本当に何もないという訳ではありません。ちょっとした事件はあります。でも超が付くほど生真面目なロウワンと、ちょっと天然でほんわか癒し系龍聖の幸せな日々の物語です。

ロウワンは、おそらくこのシリーズでは初めて、本人が主人公の本は出ていないけど、父親の代には息子として、息子の代には父親として登場していたので、すでに皆さんの中には秘かにファンがいるらしいという竜王様です。

私は今まで竜王のルックスはすべてひたき先生にお任せしていました。ただ今回だけは「オールバックでお願いします！」とリクエストしました。どうです？　めちゃくちゃかっこよくないですか？

銀縁眼鏡をかけさせて、生徒会長かインテリ若頭と呼びたくなるイケメン。もろ好みです。龍聖も可愛いですよね！　最推しの下へ嫁いだ幸せ者です。天然なので、生真面目なロウワンが結構振り回されているというか、めちゃめちゃ龍聖に弱くて、そういうところがギャップ萌えだったりします。

皆様は癒しが欲しくないですか？　私はとっても欲しいです。ですからこの本を読んで、少しでも皆様が癒されてくれたら嬉しいなぁと思っています。

今回もひたき先生のすばらしいイラストの数々に、心を鷲掴みにされました。アオハルしているロウワン達と、それに甘酸っぱい気持ちになっているシュウエンのイラストとか最高でしょ？

私個人としては、今回初めて龍成寺の龍神様に似ているという仏像が描かれて、仏像好きとしてはかなりテンション上がりました。仏像彫りたいな……。

ウチカワデザイン様には今回かなり苦労して家系図を作成してもらいました。もう限界ですよね。新たなタイトルを入れるスペースがないですよね。すみません。いつもありがとうございます。

担当様、ここまで私を支えてくださってありがとうございます。いえ、もちろんこれからも支えてください。お願いします。

そして竜歌を愛してくださっている読者の皆様、本当に感謝しかありません。いつも応援していただき、竜王達を愛していただき、ありがとうございます。

まだ続くと思いますので、これからもよろしくお願いします。

では次回、笑顔でお会いしましょう！

飯田実樹

空に響くは
竜王の妃として召喚される
運命の伴侶。
彼だけが竜王に命の糧
「魂精」を与え、竜王の子を
身に宿すことができる。
過去から未来へ続く愛の系譜、
壮大な異世界ファンタジー！
大好評発売中！
① 紅蓮をまとう竜王
② 竜王を継ぐ御子
③ 暁の空翔ける竜王
④ 黎明の空舞う紅の竜王
⑤ 天穹《てんきゅう》に哭《な》く黄金竜
⑥ 嵐を愛でる竜王
⑦ 聖幻《せいげん》の竜王国
⑧ 紅蓮の竜は愛を歌う
⑨ 猛炎の子竜
⑩ 恵みの風と猛き竜王
⑪ 気高き竜と癒しの花
①②以外は読み切りとしてお読みいただけます。

竜の歌声
MIKI IIDA
飯田実樹
ILLUSTRATION
HITAKI
ひたき
特設WEB
https://www.b-boy.jp/special/ryu-uta/

『空に響くは竜の歌声　気高き竜と癒しの花』をお買い上げいただきありがとうございます。
この本を読んでのご意見、ご感想など下記住所「編集部」宛までお寄せください。

アンケート受付中
リブレ公式サイト　https://libre-inc.co.jp
TOPページの「アンケート」からお入りください。

初出　　空に響くは竜の歌声　気高き竜と癒しの花
＊上記の作品は2016年に同人誌に収録された作品を加筆・大幅改稿したものです。

空に響くは竜の歌声
気高き竜と癒しの花

著者名　　飯田実樹

発行日　　2020年11月19日　第1刷発行

発行者　　太田歳子

発行所　　株式会社リブレ
〒162-0825 東京都新宿区神楽坂6-46 ローベル神楽坂ビル
電話　03-3235-7405（営業）　03-3235-0317（編集）
FAX　03-3235-0342（営業）

印刷所　　株式会社光邦
装丁・本文デザイン　　ウチカワデザイン
企画編集　　安井友紀子

Printed in Japan
ISBN 978-4-7997-4998-2